Helena Gäßler

Das Raunen der Flammen

Drachenmond Verlag

DRACHENMOND VERLAG

Astrid Behrendt
Rheinstraße 60
51371 Leverkusen
http: www.drachenmond.de
E-Mail: info@drachenmond.de

Lektorat: Sarah Adler
Korrektorat: Michaela Retetzki
Satz & Layout: Astrid Behrendt
Umschlagdesign: Sanja Gombar

Bildmaterial: Shutterstock
Druck: Booksfactory

ISBN 978-3-95991-771-1

PROLOG

Ich wollte nie die Heldin sein. Retterin hat man mich genannt, Auserwählte. Was für ein absoluter Schwachsinn!

Ich glaube nicht an die Ammenmärchen von der einen Auserkorenen, die von Geburt an dazu bestimmt ist, die Welt zu retten. Ich denke, es kommt vielmehr darauf an, zur richtigen Zeit am richtigen Ort zu sein. Oder in meinem Fall eher zur falschen Zeit am falschen Ort …

Nennt es Schicksal, wenn ihr wollt, ich werde definitiv bei Zufall bleiben – höchstens Pech könnte besser beschreiben, was mich in diese Lage gebracht hat. Zoraya, die Heldin. Dass ich nicht lache.

Alle sind so besessen von ihren Helden.

Es zieht sich durch die ganze Geschichte. Von dem Moment an, in dem meine Vorfahren vor unendlich langer Zeit auf einer kleinen einsamen Insel landeten. Damals, als sie Wesen irgendwo zwischen Mensch und Affe waren und ihre zukünftige Zivilisation nur ein Konstrukt aus Hoffnungen und Träumen. Jeder ihrer Tage war ein Kampf ums Überleben, denn die Insel spuckte unablässig Feuer, Asche und Gestein.

Sie begannen, den Berg anzubeten, machten ihn zu ihrer Gottheit und brachten ihm Opfer dar, um seinen Zorn zu mildern. Und unter der Hitze ihrer Heimat verloren sie ihr Fell. Im Schein der Lava lernten sie, das Feuer zu bändigen und Tiere zu erlegen; sie erlernten Sprache, Kunst und Gesellschaft. Dies ist lange, lange her. So alt sind die ersten Sagen. So alt sind die ersten Helden der Menschheit.

Später, als sie neues Land erreichten, hielten sie sich selbst für die Helden aus ihren Geschichten. Sie brachen in kühlere Gebiete ein, erlernten Ackerbau, Viehzucht und Schmiedekunst. Und Stolz. Stolz auf ihre Herkunft, Stolz auf ihren uralten Feuergott, ihre Anführer und ihre Legenden …

Warum will jeder den Helden spielen? Habt ihr euch schon mal gewünscht, ihr könntet euer langweiliges Leben gegen Ruhm und Abenteuer eintauschen? Gegen Reisen, Gefahr und Anerkennung? Vielleicht sogar gegen die große Liebe? Absoluter Humbug.

Held sein, das ist zunächst einmal nicht so golden glänzend, wie man sich das vorstellt. Held sein ist grau vom Staub der Straße, braun vom Schlamm des Schlachtfelds und rot von Blut. Dem eurer Feinde, eurer Freunde – oder eurem eigenen. Ihr dürft euch aussuchen, was euch lieber ist. Haha, reingelegt! Dürft ihr nicht. Am Ende habt ihr von jedem davon an euren Händen kleben.

Viel schlimmer ist es jedoch, nichts als ein Spielball zu sein. Ein Spielball der Reichen und Mächtigen, hin und her geworfen wie ein kleines Holzschiffchen auf einem Gebirgsbach. Ihr müsst kämpfen, töten, euer Leben riskieren – für Ziele, die niemals eure eigenen waren.

Klar, am Ende bekommt ihr den Ruhm. Beziehungsweise: Das Bild, das die Leute von euch haben, erhält den Ruhm. Der Schatten euer selbst, den die Massen vergöttern. Ihre Chance, Verantwortung abzuwälzen. Der Trottel, der freiwillig für sie in die Bresche springt. Selbstverständlich jubeln sie euch zu, beschmeißen euch mit Blumen und Geld. Was sind schon ein paar Rosen als Bezahlung für einen menschlichen Schutzschild? Ein paar Groschen für einen willenlosen Sklaven, der sich bereit erklärt, sämtliche Probleme der Welt auf sich zu nehmen?

»Das stimmt so nicht!«, denkt ihr jetzt, und ich weiß schon, was ihr sagen wollt. Wie wäre es mit: »Am Ende besiegt der Held das Böse!« Glaubt ihr? Glaubt ihr das *wirklich*? Ich verstehe schon, man will daran glauben. Allerdings gibt es da ein paar Schwachstellen. Zum Beispiel, was ist »das Böse« eigentlich? Glaubt mir, damit fange ich besser gar nicht erst an.

Es reicht schon alleine die Frage: Wie? Das Böse ist in den meisten Geschichten übermächtig, der Held ein Nichts dagegen. Wie ein Funken Hoffnung in der Dunkelheit … Seien wir mal ehrlich. In der Realität erlöschen Funken ganz, ganz schnell.

Was das mit mir zu tun hat? Ich sollte das Land retten. Besser gesagt seinen König. Es hatte eine Prophezeiung gegeben, die seinen Sturz ankündigte. Wovor er beschützt werden musste, wurde dabei mit keinem Wort erwähnt. Sicher nicht vor den Monstern, die unser Land heimsuchten. Die Einzigen, die darunter leiden mussten, waren die gewöhnlichen Leute. Den König in seinem prunkvollen Palast, hinter den hohen Mauern, was scherten ihn die paar Bestien, die in Scharen über seine Besitztümer herfielen? Im letzten Jahr hatte er keinen Finger gerührt, als die große Hungersnot herrschte.

Warum sollte ich den König retten? Ich hatte ihn nie sonderlich gemocht und mein Bild von ihm hatte sich im Laufe der Zeit nicht gerade gebessert. Im Gegenteil. Ein Machtwechsel hätte dem Land vielleicht ganz gutgetan. Ich konnte ja nicht einmal seinen Sohn leiden, diesen Idioten von einem Thronfolger. Nur weil jemand den König zu Fall bringt, um dessen Platz einzunehmen, muss derjenige nicht automatisch ein fürchterlicher Tyrann werden.

Aber so sind die Geschichten. Der alte König ist ein guter, weiser Mann. Der Held ist tugendhaft und furchtlos. Die Dinge nehmen ihren vorgeschriebenen Lauf und die Monster sterben wie die Fliegen. Habt ihr euch nie gefragt, ob die Geschichten wahr sind? Habt ihr euch nie gefragt, ob sie es sein können?

Ich will euch die meine erzählen. Die ehrlichste Heldensaga, die ihr je gehört habt. Ich kann euch nicht einmal ein glückliches Ende versprechen – im Moment sieht es eher schlecht für mich aus. Bald wird es vorbei sein, denke ich. Fast macht mich das froh. Ich wollte nie die Heldin sein.

Die ganze Geschichte begann geradezu lächerlich beschaulich, mit einem verlockenden Beerenstrauch auf der anderen Seite eines Flusses, inmitten einer malerischen Berglandschaft. Dann wurde alles sehr schnell sehr viel komplizierter.

Und egal wie das hier letztlich enden wird, eines kann ich euch versprechen: Meine große Liebe werde ich dabei gewiss nicht finden.

1. KAPITEL

Es war einige Tage vor Samaras, dem Frühlingsfest. Samaras ist der größte Feiertag bei mir in den Bergen. Man feiert den Sieg des Lichts über die Dunkelheit, man feiert den Anfang des Sommers. Und man feiert, einen weiteren Winter überlebt zu haben.

Das Leben vor und nach Samaras könnte unterschiedlicher nicht sein. Die Winter sind lang und hart, es ist furchtbar kalt und in der Speisekammer herrscht eine gähnende Leere. Ich hatte schon ein Brüderchen, das seinen ersten Schnee nicht überstanden hat. Genau aus diesem Grund bekommen die Kinder in den Bergen erst zu Samaras ihre Namen.

Zudem ist der Herbst die Zeit des Schlachtens. Niemand kann es sich leisten, die ganze Herde durch den Winter zu bringen. Vor dem ersten Frost sind die Tage mit Blut und Tod gefüllt. Die dunkle Jahreszeit ist grausam.

Im Sommer hingegen … Im Sommer ist es ein Leben wie im Paradies. Der Schnee schmilzt und klare Bächlein bahnen sich ihren Weg ins Tal. Wenn die Weiden grün und saftig sind und überall kleine Blumen sprießen, treibt man die Herden die Hänge hinauf. Man setzt sich auf einen großen Felsbrocken, lässt die Beine baumeln und spürt den Wind im Haar. Unter einem grasen friedlich die Schafe, während man den Blick davongleiten lässt, hinab ins Tal. Auf die dunklen, dichten Wälder hinunter. Auf die sanften Hügel. Bis ganz hinten, am Horizont, die Ebene beginnt und die Landschaft zu einem diesigen Blau verschwimmt.

Doch man ist hier, hier oben, auf dem Gipfel der Welt. Und wenn der Schrei des Bussards von den Felsen widerhallt, fühlt es sich an, als würde all das nur einem selbst gehören.

Abends, wenn die Sonne in der Ferne untergegangen ist, versammelt sich die Familie um das Lagerfeuer. Es wird gegessen, geredet, gelacht. Und es werden Geschichten erzählt. Zunächst nur Alltägliches, später, wenn die Kälte langsam mit ihren dünnen Fingern nach einem greift, folgen die Gruselgeschichten. Bis das Feuer ganz heruntergebrannt ist und man sich spät in der Nacht um das sanfte Licht der Glut drängt, denn erst dann lauscht man den alten Sagen.

Danach hüllt man sich in warme Felle und schläft unter dem sternenklaren Nachthimmel ein. Am nächsten Tag treibt man die Herden weiter. Das Leben ist schön im Sommer.

Was das mit meiner Geschichte zu tun hat? Nur mit der Ruhe.

Im Sommer gibt es Nahrung im Überfluss. Die Lämmer kommen zur Welt, die Blüten der Obstbäume fallen zu Boden und weit unten im Tal färbt sich das Getreide langsam golden. Es gibt Milch und Fleisch, Brot, Kuchen, saftiges Obst und Gemüse, frische Kräuter und Wein. Deshalb ist es üblich, zu Samaras die Vorratskammern zu leeren. Es gibt keinen Grund mehr, zu horten – was übriggeblieben ist, kann an einem einzigen Tag verspeist werden. Traditionell gibt es dazu eine süße Milchspeise mit den ersten Beeren des Frühlings.

Und wie versprochen beginnt meine Geschichte mit einem unwiderstehlichen Beerenstrauch auf der anderen Seite des Flusses.

Obwohl ich bereits den ganzen Vormittag unterwegs gewesen war, hatte ich nicht viel gefunden. Mein Körbchen war fast leer und wir würden dieses Samaras eine Menge Gäste erwarten. Ich starrte also für eine Weile sehnsüchtig hinüber zu dem vollen Strauch am anderen Ufer. Nur ein paar Meter und die zu den Zeiten der Schneeschmelze peitschenden Wellen des Flusses Raico trennten mich von einem gelungenen Nachtisch. Ich verfluchte den Prinzen dafür, dass er sich gegen den Bau einer Brücke eingesetzt hatte, und beschloss, dass ich diese Beeren brauchte. Was war schon dabei? Ich musste nur ein paar Hundert Meter weiter flussabwärts. In dem kleinen Städtchen Dufferingen gab es eine Brücke. Die Ernte dort drüben würde ausreichen, meinen Korb zu füllen, ich war bester Laune – wo lag das Problem?

Oh niedliches, naives Ich …

Ein schmaler Trampelpfad führte nach Dufferingen, ein heimeliges Städtchen, das überall in der Gegend für seine guten Gasthäuser bekannt war. Reichliche Mahlzeiten, große Ställe, freundliche Bedienung und weiche Betten, in denen kaum Wanzen vorzufinden waren. Es gab gleich drei solcher begehrten Unterkünfte in dem kleinen Ort: den *Goldenen Löwen*, die größte und teuerste, die *Adlerschwinge*, ganz oben am Hang und mit einer tollen Aussicht, und *Zum Lachenden Mönchen*, wo neben viel gutem Wein reichlich gutes Bier ausgeschenkt wurde. An ebendiesem Lokal, das so kurz vor Frühlingsbeginn erst recht an eine Kneipe erinnerte, musste ich vorbei. Und als ich so beschwingt und an nichts Böses denkend zwischen den hellen Steinhäusern hindurch an der weißen, mit Weinranken überwucherten Fassade vorbeischlenderte, passierte es.

Ein großer, kräftiger Mann torkelte offensichtlich angetrunken aus der Tür. Er machte ein paar unbeholfene Schritte, knallte fast mit einem Steuertransporter zusammen und zückte plötzlich ein Messer. Während ich damit beschäftigt war, verwirrt langsamer zu werden, ging er laut, dafür umso undeutlicher schreiend auf den Fahrer los.

Der Transporter bestand aus einer schmucklosen offenen Kutsche. Sie war beladen mit einigen Säcken Getreide, mehreren wesentlich kleineren Säckchen Gold und ein paar Krügen Wein und wurde von einem außergewöhnlich schreckhaften Pferd gezogen. Denn in der Sekunde, als der Räuber zu schreien begann, scheute das Tier, bäumte sich auf, schmiss den Karren um, riss sich los und stob davon. Der Kutscher wurde von seinem Sitz geschleudert, landete unter seinem eigenen Wagen und schrie schmerzverzerrt auf. Eine Passantin fiel kreischend mit ein. Der ohne Zweifel nur leicht angeheiterte Bandit versuchte sich in der allgemeinen Unruhe Gehör zu verschaffen, indem er das Geschrei lautstark übergrölte. Als das ohrenbetäubende Gebimmel der Alarmglocken dazukam, hatte er genug.

Die Alarmglocken waren der Hauptgrund für die – großzügig ausgedrückt – eher lasche Sicherung des Steuertransports. Innerhalb eines Ortes konnte man zwecks leichterer Verladung hart erarbeiteter Ernten gerne mal die Ladefläche offenlassen, denn jedes Haus besaß eine Glocke. Die Bürger waren verpflichtet, diese zu betätigen, solange sie sich in Sichtweite eines Gesetzesverstoßes oder einer Gefahrenquelle befanden. Was unter uns gesagt besonders bei Letzterem in den meisten Fällen keine gute Idee ist. Wenigstens wussten auf diese Weise die überall stationierten Wachmänner stets, wann und wo ihre Präsenz gefragt war.

Gerade rechtzeitig zum Eintreffen von einem dieser blau-weiß uniformierten Wächter kam der Räuber auf eine für seinen Zustand erstaunlich geistreiche Idee. Er nahm eine Geisel.

Tja, und so wurde ich damals zur Heldin. Was? Nein, ich habe die Geisel nicht mit viel Brimborium vor ihrem schrecklichen Schicksal gerettet. Das wäre in der Tat eine nette Art gewesen, zur Heldin zu werden, und eine Lüge obendrein. Ich konnte gar nicht ausziehen, um den Retter zu mimen. Ich war die Geisel.

Es war keine gute Idee gewesen, stehen zu bleiben, um die Ereignisse besser verfolgen zu können. Ich wurde grob am Oberarm gepackt, mit Gewalt zurückgezogen und bekam eine scharfe Klinge gegen meinen Hals gepresst. Ich verstand zunächst gar nicht, was vor sich ging. Erst als der stechende Schmerz an meiner Kehle langsam die ersten Blutstropfen hervorbrachte, wurde mir der Ernst meiner Lage klar.

»Wenn einer von euch verscheuerten Vollidioten auf die Idee kommt, mir su folgen, dann werd' ich … dann werd' ich der Dings … dem Gör hier die Kehle aufmachen, darauf könnt ihr euch wetten!«, erklärte der Bandit lallend. Ich starrte in die schockierten Gesichter der Schaulustigen, die dem Ruf der Alarmglocke gefolgt waren. Panik stieg in mir auf. Was, wenn einer von ihnen uns folgen würde? Ich betete inständig, dass all die Leute so feige waren, wie sie dreinblickten, denn das Messer an meinem Hals war ganz und gar kein Witz.

Der Räuber beugte sich nach unten, um nach den Goldsäckchen zwischen den zerbrochenen Krügen zu tasten. Ich wurde dabei unsanft durch die Gegend geschoben – ich erinnere mich gut, wie ich mich an seinen Arm klammerte, um nicht unabsichtlich in die Klinge gestoßen zu werden. Er wurde fündig, richtete sich auf und zog mir den Knauf des Messers so heftig über den Kopf, dass ich ohnmächtig zusammensank.

Augenzeugen zufolge warf er mich über seine Schulter und entfernte sich dann, undeutliche Drohungen von sich gebend, in den Wald.

In meinem Gedächtnis finden sich nur Bilder des Waldbodens, der über mir schwankte, der Gedanke an ein unaufhörliches Pochen in meiner Schläfe und der Geruch. Altes Leder, Schweiß und der beißende Gestank von Alkohol. Irgendwann muss ich die Augen zusammengepresst haben, um mich nicht vor lauter Schwindel zu übergeben.

Bis ich richtig zu mir kam, könnten Stunden vergangen sein. Ich erwachte mit fürchterlichen Kopfschmerzen, verschwommener Sicht und absolut keiner Ahnung, wo ich mich befand und wie ich dort hingekommen war. Eine einzige erschreckende Erkenntnis breitete sich mit unbestreitbarer Klarheit in meinem Kopf aus: Ich konnte mich nicht bewegen. Ich wollte schreien, aber es kam kein Laut heraus. Für einen winzigen Moment war ich fest davon überzeugt, gelähmt zu sein. Dann begann ich langsam zu begreifen, was los war.

Mit meinem schleichend klarer werdenden Blick betrachtete ich misstrauisch meine verschwommene Umgebung. Ich befand mich auf einer Lichtung, ringsum hohe Fichten und Buchen, dazwischen jede Menge Gestrüpp. Ein paar Meter entfernt lag das Diebesgut auf einem fein säuberlichen Häufchen, von meinem Entführer war keine Spur zu sehen. Vielleicht sah er sich gerade um, ob die Luft rein war, oder er musste ein paar Dinge besorgen, die er für seine Flucht benötigte.

Mein Mund war ganz trocken, weil jemand ein paar alte, stinkende Lumpen hineingestopft hatte. Gut! Wenn er Angst hatte, dass ich Leute mit meinen Schreien alarmieren könnte, mussten wir uns in der Nähe der Stadt befinden. Oder er wollte nicht, dass mich eventuelle Verfolger oder nichtsahnende Passanten hören konnten. Zu viel Optimismus steht mir nicht.

In beiden Fällen hatte ich nur ein knappes Zeitfenster, um mich zu befreien und abzuhauen. Es sah nicht so aus, als wäre uns jemand gefolgt, der mir helfen könnte. Vielleicht hatten sie zu viel Angst um mich, wahrscheinlicher jedoch eher um sich selbst.

Ich besah meine Lage genauer. Ich saß auf dem Boden, geknebelt, den Rücken an einen Baum gelehnt. Meine Arme waren hinter dem Stamm fixiert, durch dasselbe dicke Seil, das sich um meinen Bauch schlang. Meine Beine waren mit einem zweiten Strick an den Knöcheln zusammengebunden. Bis auf eine bald stattliche Beule und einen Schnitt am Hals hatte ich keine Schäden davongetragen.

Ich versuchte vergeblich, meine Hände durch Winden und Ziehen freizubekommen, die Knoten saßen zu fest. Stattdessen stieß ich mit den Fingerspitzen gegen einen Stein, der halb im Boden steckte. Mit einer Fingerkuppe fuhr ich über eine scharfe, gezackte Kante. Ha! Was für ein Anfängerfehler! Jedes Kind weiß, dass man mit spitzen Steinen Fesseln durchschneiden kann.

Davon abgesehen, dass das nicht funktioniert. Glaubt mir, ich habe es versucht. Es ist schier unmöglich, mit gefesselten Händen Sägebewegungen zu machen, ganz zu schweigen davon, dass das ein gutes Seil in irgendeiner Form interessieren würde.

Ich stellte jedoch fest, dass es möglich war, die Rinde abzukratzen. Der Baum musste kränklich sein, außen schon weich und modrig. Ich brauchte nicht lange, um eine flache Mulde freizukratzen, nur ein Stückchen unterhalb meiner gefesselten Hände. Ich wurde mit jeder Bewegung aufgeregter. Wenn mein Entführer jetzt zurückkam, würde ich meinen Fluchtversuch nicht mehr verbergen können. Mir blieb nur zu hoffen, dass er sich entweder Zeit ließ oder in seinem Suff nicht zu Wutausbrüchen und Gewaltanwendungen gegenüber hilflosen Gefangenen neigte.

So war es mir egal, wie schmerzhaft es war, meine Hände nach unten in die Mulde zu quetschen. Es war mir egal, ob ich meine Handgelenke an der rauen Rinde aufscheuerte, ich wollte nichts als weg von hier. Sobald meine Hände die Vertiefung erreicht hatten, lockerten sich die Fesseln kaum merklich. Mit einigen Anstrengungen gelang es mir, die erste Hand zu befreien, die zweite konnte ich ohne Schwierigkeiten herausziehen.

Ich streifte den Strick über meinen Kopf, um auch meinen Oberkörper freizubekommen. Dann riss ich mir den widerlichen Lappen aus dem Mund und hustete ein paar Mal trocken, während ich mit steifen Fingern meine Fußfesseln löste. Ich achtete gar nicht auf das Blut an meinen Händen, denn ich hatte Geräusche gehört. Geräusche, die verdächtig nach einem großen Menschen klangen, der sich behäbig seinen Weg durch das Unterholz bahnte. Da ich keine Lust hatte, einem gewissen – von mir wahnsinnig geschätzten – Herrn zu begegnen, galt es nun, keine Zeit zu verlieren. Ich sprang auf, was bei meinem angeschlagenen Kreislauf keine glänzende Idee war, mein Sichtfeld füllte sich sofort mit Sternchen. Normalerweise wäre ich in so einer Situation stehen geblieben, hätte tief durchgeatmet und geduldig abgewartet, bis sie sich auflösten. Jetzt schnappte ich mir die Säckchen und rannte los.

»Verdammt!«, erklang hinter mir ein wütender Schrei. Ich war entdeckt worden.
Ein idyllischer kleiner Waldweg führte von der Lichtung ab und garantiert ins nächste Dorf. Zielsicher steuerte ich daran vorbei. Um meine Verfolgung schwieriger zu gestalten, stürzte ich mich geradewegs ins Unterholz. Leider bestand das nicht nur aus Maiglöckchen, Farn und Efeu, sondern zudem aus Brennnesseln, Steinen und Brombeerhecken.

Da ich damit beschäftigt war, um mein Leben zu rennen, beeindruckte mich das nicht weiter. Egal, wie oft ich über Felsbrocken und Wurzeln stolperte, in der nächsten Sekunde war ich stets zurück auf den Beinen und hastete weiter. Ich zerriss mein Kleid, schürfte meine Knie auf und überzog dank dem Kontakt mit meterhohen Brennnesseln große Teile meiner Haut mit schmerzhaften Pusteln. Allein die aufgebrachten Schritte hinter mir ließen mich nicht langsamer werden. Selbst dann nicht, als mir eine Dornenranke quer durchs Gesicht schlug. Das näherkommende Fluchen und die brechenden Äste trieben mich weiter und weiter, schwer atmend kämpfte ich mich durch das Gestrüpp.

Erst als ich plötzlich aus dem Wald brach und mich auf einer Weide oberhalb Dufferingens wiederfand, kam endlich Erleichterung in mir auf. Die Schritte hinter mir verstummten schlagartig. Ich rannte trotzdem weiter, mit den Händen fest das Gold umklammernd, und sah mich dabei hektisch um. Erleichtert stellte ich fest, dass er mir nicht aufs freie Feld hinaus folgte.

Auf meiner Flucht habe ich einige Goldmünzen verloren und ich stelle mir gerne vor, dass es heute deshalb ein paar überaus glückliche Kinder gibt, die an Feen glauben.

Es wurde bereits Abend, als ich schwer geschunden in Dufferingen ankam. Ich muss furchtbar ausgesehen haben, verdreckt, zerkratzt, todmüde. Trotzdem waren die Bewohner begeistert von meinem Anblick, und sichtlich froh darüber, dass ich ganz ohne ihre Hilfe lebendig davongekommen war. Eine Flut aus aufgeregten Fragen prasselte auf mich nieder.

»Was ist passiert?«, wollte ein älterer Mann mit Hut wissen. »Geht es dir gut, Kind?«, erkundigte sich seine Frau und strich mir besorgt über die Wange. Bevor ich ihnen antworten konnte, wurde ich von einem überschwänglichen Mann in die Höhe gerissen.

»Wie hast du das denn geschafft? Alle Achtung, dieses Mädchen hat was auf dem Kasten, sag ich euch! Unsere Heldin!«, grölte er begeistert. Sein Kumpel schnappte sich meine Beine und gemeinsam hoben sie mich über ihre Köpfe. »Das Mädchen ist zurück! Und sie hat das Gold mitgebracht. Sie hat dem Entführer das Gold abgeluchst!«

Jubelnd trugen sie mich zum Wirtshaus und viele der Passanten folgten uns. Am Ort meiner Entführung hatte sich neben den üblichen Stammgästen eine ganze Menge Leute angesammelt, die die Ereignisse heftig diskutierten. Als ich durch die kleine Tür ins Innere der Schänke gedrängt wurde, verstummten sie überrascht.

»Zoraya!«, schrie meine Mutter und es klang zornig, nicht erleichtert. Als hätte sie mir schon tausend Mal verboten, mich mit Räubern und Entführern herumzutreiben. Dennoch brach sie in Tränen aus und fiel mir um den Hals. »Ich habe mir solche Sorgen um dich gemacht! Ich dachte schon, ich hätte dich verloren«, flüsterte sie in mein Haar und begann unkontrolliert zu schluchzen. Ich klammerte mich an sie und atmete ihren vertrauten Geruch ein. Erst jetzt spürte ich, wie mein Herzschlag langsam zur Ruhe kam.

Nach einer Weile lösten wir uns voneinander. Meine Mutter straffte ihre Schultern, pflückte ein Blatt aus meinen Haaren und schüttelte verächtlich den Kopf. »Man könnte meinen, dass die Wache energischer vorgeht, wenn die Sicherheit der Bürger auf dem Spiel steht.«

Ich entdeckte das Gesicht des Wachmanns in der Menge. Den Ausdruck darauf als erleichtert zu beschreiben, wäre eine maßlose Untertreibung gewesen. Ich musste lachen, so lebhaft konnte ich mir vorstellen, wie sie den armen Kerl zur Schnecke gemacht haben musste, weil er meine Entführung nicht verhindert hatte.

Erleichtert wirkte auch der Steuereintreiber, der seinen Arm jetzt in einer Schlinge trug; er hatte sich beim Überfall ernsthaft verletzt. Ich überreichte ihm stolz die Goldmünzen und er dankte mir feierlich im Namen des Königreichs und seiner Majestät.

Dann spendierte mir der Wirt ein üppiges Abendessen und einen Krug Wein, den mich meine Mutter, vor Freude von Sinnen, alleine austrinken ließ. Ich wurde den ganzen Abend über von einer wahren

Horde Neugieriger umringt, und während ich mir meine wohlverdiente Mahlzeit schmecken ließ, erzählte ich meine Geschichte. Wieder und wieder und wieder. Die Zuhörer wollten mir nicht ausgehen. Jeder verlangte meine Verletzungen sehen, meine Beule, meine blutigen Handgelenke und besonders den Schnitt an der Kehle.

Nach und nach erzählten andere Augenzeugen ihre Versionen des Ereignisses, in denen es hauptsächlich um ihren eigenen Schock und ihre große Sorge um mein Wohl ging. Ein paar stellten sich als nützlich heraus, da sie die Lücken in meiner Erzählung füllten: Sie berichteten über einen Streit im Wirtshaus, da der Entführer seine Rechnung nicht bezahlt hatte, und davon, wie er meinen bewusstlosen Körper in den Wald geschleppt hatte. Die meisten Leute beteuerten dagegen nur, wie es ihre Seelen zerrissen hätte, mir nicht helfen zu können. Sie wären selbstverständlich sofort zu meiner Rettung geeilt, wenn sie sich nicht befürchtet hätten, mich dadurch weitaus schlimmeren Gefahren auszusetzen. Selbst solche scheinheiligen und selbstverliebten Geschichten konnten mir an dem Abend nicht die Laune verderben. Die Stimmung war heiter, der Alkohol floss in Strömen und ich wurde gefeiert wie eine Heldin. »Auf Zoraya!«, schallte es jedes Mal durch den Raum, wenn die Bierkrüge aneinanderstießen.

Damals genoss ich das Ganze. Mein Lieblingsmoment war, als ich mich scherzhaft bei meiner Mutter für die fehlenden Beeren entschuldigte. Fröhliches Gelächter umbrandete mich und der Wirt schickte sogleich einen seiner Jungen in den Wald, um meinen Korb bis zum Rand mit den süßesten und prallsten Beeren zu füllen, die er finden konnte.

An diesem Abend fiel ich völlig erschöpft und berauscht von Wein, Übermut und Jubel in mein Bett. Ich war zufrieden mit mir und der Welt. Nachts träumte ich von weiteren Heldentaten. Ich rettete ganze Legionen von hilflosen Gefangenen und von überall im Land kamen Menschen, um mich zu sehen und mich mit Blumen, Gold und Lobpreisungen zu überhäufen.

Ich konnte ja nicht ahnen, dass in der Tat einige »Heldentaten« folgen sollten. Und dass sie für mich einem Albtraum gleichen würden.

Es vergingen einige Tage und der Morgen von Samaras brach herein. Ich stand mit der Sonne auf. Es war kühl draußen, das Gras war nass vom Tau, dennoch bildete ich mir damals ein, schon den Frühling in der Luft schmecken zu können.

Ich liebte den Morgen in den Bergen. Wenn die ersten Strahlen der Sonne die schneebedeckten Gipfel erstrahlen ließen, die Vögel zaghaft zu singen begannen und der Nebel sich ins Tal zurückzog, fühlte ich mich am wohlsten. Ganz langsam schälte das sanfte, rosige Licht die Berggipfel aus der Dunkelheit. Die Welt war still und friedlich und die Luft war so frisch wie sonst nur nach langen Regenfällen.

Nur Luna war schon wach.

»Guten Morgen. Hast du gut geschlafen?«, erkundigte ich mich, als sie sich zu mir gesellte.

Luna war eine bezaubernde, schwarz-weiße, flauschige alte Dame und der beste Schäferhund, den wir je hatten. Ich kannte sie schon aus der Zeit, in der sie auf eine einzige Hand meines Vaters gepasst hatte. Sie begleitete mich jeden Morgen, wenn ich Wasser holen ging. Ruhig trottete sie hinter mir her, still, sanft und verlässlich. Sie war einfach immer da.

Das Wassertragen war eine anstrengende Arbeit, besonders heute, da wir so viel mehr Eimer als sonst brauchten. Ungeachtet dessen war es seit Jahren meine Lieblingsaufgabe. Der Morgen gab mir Raum zum Denken.

Als ich endlich mit dem letzten Eimer zurückkam, Luna auf den Fersen, war bereits Bewegung ins Haus gekommen. Es dauerte sonst länger, bis die anderen auf den Beinen waren – ich war die Einzige in meiner Familie, die die Magie des Morgens schätzte. Heute jedoch scheuchte meine Mutter die anderen schon seit Tagesanbruch durch die Gänge: waschen, anziehen, Vorbereitungen treffen. Ich huschte durchs Treppenhaus nach oben in mein Zimmer und als ich hinunterkam, trug ich mein Festtagskleid. Es war aus herrlich leichtem Stoff, nicht so kratzig wie meine Arbeitskleidung und in einem warmen Rot gehalten. Leider war es ansonsten hauptsächlich alt und kitschig. Überall waren Schleifchen und Spitze angebracht und an den Rändern franste es bereits aus. Ich liebte es trotzdem. Jemand drückte mir eine Schüssel in die Hand und jagte mich nach draußen.

Ich erinnere mich an jedes Detail dieses Tages. Es war wie jedes Jahr, in dem wir Gastgeber spielten. Meine Mutter stand in der Küche, kochte mehrere Gerichte gleichzeitig und wurde dabei von Minute zu Minute unausstehlicher. Man beeilte sich, unbemerkt an der Küchentür vorbeizukommen, und dennoch blieben jedes Mal zwei, drei Aufgaben an einem hängen. Während meine kleine Schwester und ich unablässig Gemüse schnippelten, in Töpfen rührten und Speisen auf die lange Tafel im Garten auftrugen, war mein Vater mit meinen jüngeren Brüdern hinterm Haus. Von dort schleiften sie Holzscheit um Holzscheit herbei und richteten sie zu einem stattlichen Scheiterhaufen auf. Was nicht funktionierte, ohne dass sie sich dabei schrecklich in die Haare gerieten. Jungs in dem Alter schienen von Natur aus zum Streiten gemacht worden zu sein. Jeder wollte der Lautere sein. Ich frage mich, ob sie in dem Jahr, das ich jetzt fort bin, reifer geworden sind.

Entschuldige die Sentimentalitäten. Darum geht es nicht.

Ich kann förmlich sehen, wie du die Augenbraue hochziehst. Gut, ich gebe es ja zu, hier geht es um nichts anderes als um Sentimentalitäten. Warum sonst sollte ich in derartiger Ausführlichkeit von einem heimeligen Familienfest erzählen?

Es gab jemanden, der sich von all dem Trubel nicht beeindrucken ließ. Meine Großmutter. Sie saß auf der Bank vor dem Haus und strickte. Luna lag zu ihren Füßen und gemeinsam gaben sie das perfekte Bild von Gelassenheit ab.

Meine Großmutter tat kaum etwas anderes, als auf ihrer Bank zu sitzen und nachdenklich in die Ferne zu blicken, begleitet vom leisen Klappern ihrer Stricknadeln. Wenn ich mich traurig fühlte, ging ich zu ihr, setze mich neben sie und schüttete ihr mein Herz aus. Sie antwortete nicht auf meine Tränen, sondern strich mir schweigend übers Haar, bis ich mich beruhigte. Und manchmal, wenn ich Glück hatte, sprach sie doch einige Worte. Dann äußerte sie einen Gedanken voll derartiger Klarheit und Bedeutsamkeit, dass er all meine Probleme auf einen Schlag löste. Ich weiß nicht, was wir ohne sie getan hätten. Sie war der ruhende Pol der Familie.

Nach und nach gesellten sich die ersten Gäste zu uns. Entferntere Familienmitglieder, die man nur selten zu Gesicht bekam. Beispielsweise mein Onkel mitsamt Frau und drei Kindern. Wie an Samaras üblich, brachte jeder großzügig Essen mit, einen Nachtisch oder einen Salat. Manchmal sogar einen Braten. Und auch die Kränze und bunten Bänder durften nicht fehlen, mit denen die Gäste das ganze Haus und den Tisch feierlich schmückten. Bis der Letzte eingetrudelt war, war unser beschaulicher Hof kaum wiederzuerkennen. Die Tischplatte beugte sich förmlich unter all den Krügen, Schalen, Platten und Töpfen voll heißem und kaltem, dampfendem und duftendem Essen. Es war endlich Sommer.

Das Festessen zog sich jedes Mal schier endlos hin. Darauf freute ich mich am meisten. Nach so vielen Monaten des Zitterns und Bangens, nach so vielen Tagen der Entsagung, an denen meine Mutter die Vorräte strikt rationierte, nur für den Fall eines späten Frosteinbruchs, kam Samaras. Und mit ihm ein Festschmaus, der sich vom frühen Mittag bis in den späten Nachmittag hineinzog. Es war so viel, dass man Pausen zwischen den Gängen machen musste, in denen sich die Erwachsenen unterhielten und die Kinder über die Wiese tollten.

Ich war erstaunst, dass meine älteren Cousins sich unserem Spiel anschlossen. Ich war damals sechzehn und damit fast im heiratsfähigen Alter und trotzdem war ich nicht die Jüngste, die wie ein übermütiges Lamm durch die Gegend sprang. Selbst Luna machte mit, jagte uns nach wie ein schwarz-weißer Blitz und schmiss jeden um, den sie kriegen konnte. Also jeden Einzelnen von uns. Border Collies werden verdammt schnell.

Nach dem Essen gab es eine recht schläfrige Pause. Nur die Jüngsten tollten herum, einige machten einen gemütlichen Spaziergang, die meisten jedoch entschieden sich für ein Nickerchen. Ich lag im hohen Gras, den Kopf auf Lunas weiches Fell gebettet, und beobachtete die träge vorbeiziehenden Wolken.

Gegen Abend wurde das Feuer entfacht. Obwohl es ewig dauerte, bis die Hände meines Onkels dem riesigen Stapel endlich das erste Züngeln entlockten, loderten pünktlich zum Sonnenuntergang meterhohe Flammen in den Himmel. Viele meiner Verwandten hatten ihre Instrumente mitgebracht, Panflöten, Trommeln und Rasseln, und so tanzten wir zur Musik ums Feuer. Ab und an spielte ich ein fröhliches

Liedchen auf meiner Flöte, ansonsten hüpfte ich ausgelassen im Kreis oder unterhielt mich laut schreiend mit einer entfernten Cousine.

Ausnahmsweise gab es für die älteren Kinder so viel Wein, wie sie wollten. Wie es auf Festen so ist, trank einer der Jugendlichen zu viel und landete hinter dem Haus, wo er eine furchtbare Sauerei veranstaltete. An Samaras wurde das mit einem Schulterzucken hingenommen. Während dieser Feier kannte man keine Sorgen. Selbst die Last des schwersten Schicksals wurde leichter und für einen Tag und eine Nacht gab es kein Gestern und kein Morgen mehr.

Es wurde schon fast hell, als ich todmüde und gleichzeitig überglücklich ins Bett fiel. Sofort empfing mich ein tiefer, traumloser Schlaf.

Ich hoffe, ich habe euch nicht allzu sehr gelangweilt. Ich weiß, ich habe euch eine Geschichte über Helden versprochen und dieses Erlebnis ist weit entfernt davon, als spannend durchzugehen. Was mich angeht, würde ich am liebsten ewig in diesem Moment verweilen. Von einem Tag auf den anderen sollte sich mein Leben ändern. Und nicht zum Guten, wie ich finde.

Dies ist meine Geschichte und ich werde sie so erzählen, wie ich es für richtig halte. Ich werde nichts auslassen, das für mich von Bedeutung ist. Und was mich angeht, gab es nichts Wichtigeres als diesen letzten Tag.

Der letzte Tag, den ich zu Hause verbrachte.

Der letzte Tag, an dem ich wusste, wo mein Platz im Leben war.

2. KAPITEL

Als ich am nächsten Morgen aufwachte, war es schon fast Mittag. Es war ein merkwürdiges Gefühl, erst so spät hinunter zum Bach zu laufen. Die Luft war erstaunlich mild und das Gras unter meinen Füßen warm von der Sonne. Ich musste lächeln, als ich daran dachte, wie ich das als Kind für ein Zeichen des Sommerbeginns gehalten hatte. Natürlich war es am Morgen nach Samaras ungewöhnlich warm – ich stand schließlich einige Stunden später auf als sonst. Dadurch wurde das eiskalte Schmelzwasser nur umso erfrischender.

Ich wollte mich gerade mit den gefüllten Eimern zum Gehen wenden, als mir auffiel, wie ungewöhnlich die Situation war. Luna war mir nicht ganz bis zum Bach gefolgt. Sie kauerte einige Meter abseits des schmalen Trampelpfades, der zurück zum Haus führte, im Gras und schnupperte an einem niedrigen Busch.

»Luna!«, rief ich zu ihr hinüber. »Was ist, Mädchen? Komm her, komm!«

Sie sah kurz auf, wandte mir ihren hübschen kleinen Kopf zu und bellte. Es war kein lautes Geräusch, nur ein kurzes, hohes Bellen, fast ein Jaulen. Ich kannte es gut. Ich wusste, was sie mir sagen wollte.

Mit einem lauten Platschen fielen die Eimer links und rechts von mir zu Boden. Ich rannte bereits zu meiner Hündin hinüber.

Luna war überaus klug und verstand es, sich mit mir zu unterhalten. Manchmal hatte ich das Gefühl, dass sie die Bedeutung jedes Wortes kannte, das ich zu ihr sprach. Im Gegenzug hatte sie gelernt, sich verständlich zu machen. Ein kurzes Signal, halb Bellen, halb Heulen. *»Wolf.«*

Hier draußen waren keine Schafe, die es zu beschützen galt und die Wölfe wagten sich normalerweise nicht so weit aufs offene Grasland vor. Das machte mir echte Sorgen. Denn als Schäfer hatte das Wort »Wolf« eine zweite Bedeutung. Höchste Alarmbereitschaft.

Ich ließ mich neben Luna auf die Knie fallen: »Was ist, Mädchen?«

Ich folgte ihrem Blick zur Hecke hinüber.

»Da drin?« Ich stutzte. »Ist es gefährlich? Soll ich nachschauen?«

Eine feuchte Schnauze stupste meinen Arm an. Ich zog die Augenbrauen hoch. »Gut, wenn du das sagst. Falls ich dabei draufgehe, ist das deine Schuld. Ich hoffe sehr, da steckt kein halb verhungerter Wolf drin!«

Ein eindringlicheres Stupsen. Ich seufzte und begann, mir auf allen vieren zögerlich einen Weg in die Hecke zu bahnen. Ich kam nur langsam voran, die Äste waren dicht und sperrig und ich blieb überall hängen. Bald entdeckte ich vor mir den flachen Schatten eines Körpers. Dort vorne lag ein Tier. Ein großes. *Wenn das tatsächlich ein Wolf ist, bring ich dich um …*

Ich robbte vorsichtig näher. Nein, es gab keinen Grund zur Sorge. Der Verwesungsgeruch war unerträglich.

Das Tier hatte struppiges, dreckverkrustetes Fell, dessen Farbe irgendwo zischen Grau und Braun anzuordnen war. Vielleicht ein totes Wildschwein? Warum hatte Luna sich dann solche Sorgen gemacht? Ich kroch ein Stück näher und schrie auf. Meine Hand war auf ein Ding gestoßen, das sich anfühlte wie ein armdicker, schuppiger Wurm. Ich sah hinab. Nein. Das war kein Wurm. Das war eindeutig ein Schwanz. Ein Rattenschwanz.

Ich verstand. Und ich schrie erneut. Es ist mir heute fast ein bisschen peinlich, dass ich damals so schreckhaft war, aber das war das erste Monster, das ich in meinem Leben zu Gesicht bekommen hatte. Ich finde, unter den Umständen kann man nachsichtig sein.

Ein besorgtes Bellen drang von außerhalb der Hecke zu mir durch.

»Schon gut, alles unter Kontrolle! Das Biest ist tot!«

Ja, das war eindeutig ein Monster. Ratten, so groß wie Wildschweine. Ich hatte schon davon gehört: Seit ungefähr einem Jahr häuften sich die Berichte der Händler von Höfen oder sogar kleinen Dörfern, die solchen überdimensionierten Wesen zum Opfer gefallen waren. Doch das geschah weit entfernt. Man wusste, dass die Monster aus dem Düsterwald kamen. Woher sonst? Dafür kam nur dieses verfluchte Stück Natur infrage. Wer in den Düsterwald geht, kehrt nie zurück …

Das war Meilen von hier! Ich hatte kein Wort von Vorkommnissen in den Bergen gehört.

Vielleicht wusste meine Großmutter mehr. Sie war alt, weise und bestens vertraut mit den Sagen und Überlieferungen früherer Generationen. Sie musste nicht erklären, was das Vieh hier machte, Hauptsache sie konnte mir einen Rat geben. Ich wüsste nicht, wen ich sonst fragen sollte, was in so einem Fall zu tun ist. Ich würde ihr die Ratte zeigen müssen.

»Ich bringe es jetzt raus!«

Eine gebellte Zustimmung.

Ich packte das Tier an seinem widerlichen Schwanz und begann mühsam, es aus der Hecke zu zerren. Als der letzte Ast nachgab, fiel ich förmlich aus dem Gestrüpp und purzelte direkt vor die Füße eines königlichen Boten.

Ein Bote? Hier? Das war fast ungewöhnlicher als die Ratte. Königliche Gesandte nahmen sich viel zu wichtig, um sich auf einem provinziellen Hof die Schuhe schmutzig zu machen. Aber es musste ein Bote sein. Er trug die dunkelblaue Uniform, das Abzeichen und selbst den lächerlichen gefederten Hut.

Oh Gott! Jemand musste ein Verbrechen begangen haben. Manchmal schickten sie einen Boten, wenn ein naher Verwandter wegen Hochverrates hängen musste. Das konnte nicht sein! Meine Familie hätte nicht einmal die Chance, das zu tun.

Der Bote lächelte von oben auf mich herab: »Du musst Zoraya sein.«

Ich lag da, mit einem abgebrochenen Zweig im Haar, meinen Kopf vor seinen glänzenden Stiefeln, und nickte verwirrt.

»Es ist mir eine Ehre, dich endlich kennenzulernen. Ich habe schon so viel von dir gehört!«

Er … er hatte schon viel von mir gehört? Er kannte meinen Namen? Es war ihm eine Ehre? Ich hatte absolut keine Ahnung, was hier vor sich ging. Mir war hingegen durchaus bewusst, wie erniedrigend meine momentane Position war. Also beeilte ich mich, aufzustehen, meine Kleidung abzuklopfen und seinen Blick so wenig beschämt wie möglich zu erwidern. Frechheit siegt.

»Wie kommt jemand wie Sie dazu, von einer Hirtentochter zu hören?«

Er lachte. Ein süffisantes Lachen.

»Ach, ich bitte dich. Die ganze Gegend spricht nur von dir und deinen Heldentaten! Gerade konnte ich mich selbst überzeugen, dass du keine gewöhnliche Hirtentochter bist.« Sein Blick schwenkte zu der toten Ratte zu meinen Füßen. »Sieh dich an. Erlegst Monster mit bloßen Händen und bist nicht einmal außer Atem. Das nenne ich beeindruckend!«

Jetzt musste ich lachen. Sein Blick ließ mich sofort verstummen. Man lacht besser keinen königlichen Gesandten aus.

»Entschuldigen Sie«, stammelte ich schnell, »das muss ein Missverständnis sein, mein Herr. Ich habe das Tier nicht getötet.«

»Ich bitte Sie, meine Dame. Ich habe die Schreie und das Fiepen gehört. Und ich zitiere: ›Alles unter Kontrolle. Das Biest ist tot.‹ Klingt für mich unmissverständlich.«

Verdammt! Fiel ihm nicht dieser unerträgliche Gestank nach Verwesung auf? Vielleicht waren meine Aussagen leicht falsch zu verstehen, doch selbst ihm musste klar sein, wie unmöglich das war. Ich sollte ein Monster getötet haben?

»Mein Herr, ich bin nur ein zierliches, kleines Mädchen. Wie könnte ich es schaffen, ein Monster mit bloßen Händen zur Strecke zu bringen?«

Er nickte: »Ich muss gestehen, ich war zunächst skeptisch, als in der Prophezeiung von einem jungen Mädchen die Rede war.«

Prophezeiung? Was zur Hölle ging hier vor?

Der Bote legte den Kopf schief und musterte mich von Kopf bis Fuß.

»*Eine Heldin, strahlend wie eine Flamme und tödlich wie ein Pfeil.* Du könntest die Richtige sein. Dein Haar ist mehr als passend.«

Er hatte recht. In gewisser Weise traf der erste Teil der Prophezeiung auf mich zu. Ich hatte langes, seidiges Haar, auf das ich sehr stolz war. Es war ein trotziger Stolz, denn es war leuchtend rot. Ich selbst liebte die Farbe – sie erinnerte mich an den Sonnenaufgang –, aber in den Bergen war ein schlichtes Braun die Norm. Während Blond als besonderes und edel angesehen wurde, war Rot über alle Maßen verpönt. Man hatte mich oft als Hexe oder Feenkind beschimpft. Dagegen war der Vergleich mit einer Flamme nicht nur naheliegend, sondern geradezu schmeichelhaft.

Der zweite Teil der Prophezeiung jedoch … »Tödlich wie ein Pfeil?« Das war lächerlich. Ich fühlte mich ja schon schlecht, wenn ich aus Versehen Insekten zertrat.

»Ich bin keine Kriegerin«, erwiderte ich bestimmt.

»Du bestreitest also, was sich die Leute über dich erzählen? Dass du ihre Heldin bist?«

»Ja!«, rief ich entgeistert. Ich hatte keine Ahnung, wo er das aufgeschnappt haben wollte.

»Dann bist du nicht diejenige, die von klein auf unzählige Lämmer vor den Klauen des Wolfes gerettet hat?«

»Gut. Gut, das stimmt schon. Ich habe ungewöhnliche viele Lämmer gerettet, allerdings liegt das …«

»Du hast nicht vor wenigen Tagen einen Riesen bezwungen?«

»Einen Riesen?«

Jetzt redete er völligen Schwachsinn. Es gab keine Riesen. Vielleicht wusste er das ja nicht? Ich glaubte schließlich auch nicht an Prophezeiungen.

»Man hat mir gesagt, dieser Bandit sei ein wahrer Riese gewesen. Ein fürchterliches Monstrum, das dich in den Wald verschleppt hat. Und du hast ihn bezwungen. Völlig unbewaffnet!«

Jetzt verstand ich: »Oh das. Ich bin ihm nur entkommen, nichts weiter.«

»Natürlich«, er lachte. »Fräulein, langsam glaube ich, du willst es mir absichtlich schwermachen. Natürlich bist du ihm nur entkommen. Mitsamt der Beute. Reiner Zufall, dass man ihm am nächsten Morgen auf der Lichtung gefunden hat – genau auf der, von der du erzählt hast! An dem Baum in der Mitte hingen Seile. Und schrecklich soll der Bandit ausgesehen haben. Übel zugerichtet. Ich meine, du selbst hast so einiges abbekommen«, er deutete auf die Kratzer in meinem Gesicht, »aber er? Völlig zusammengeschlagen. Und dabei ist er mindestens zwei Köpfe größer als du. Ich ziehe meinen Hut vor solch einer Kämpferin.«

Ich verstand die Welt nicht mehr. Wie hatte er mich verfolgen können, wenn er derart verletzt war? Das konnte nicht wahr sein!

»Ich war das nicht!« Meine Stimme klang jetzt fast verzweifelt. »Bitte! Sie müssen mir glauben! Das muss jemand anderes gewesen sein. Ich weiß nichts davon!«

Selbst Luna begann – von meinem schockierten Tonfall alarmiert – zu winseln.

Der Bote winkte nur selig lächelnd ab: »Du musst nicht so bescheiden sein. Keine Sorge! Ich werde dein kleines Geheimnis für mich behalten.« Er zwinkerte mir verschwörerisch zu. Ich hätte ihm am liebsten den Hals umgedreht. »Als offizielle Geschichte könnten wir verkünden, dass ein Irrer zufällig vorbeigekommen ist, um ihn zusammenzuschlagen. Und seine Heldentat bescheiden für sich behält. Das klingt wirklich plausibel!« Er tätschelte meine Schulter. »Komm schon. Geh und pack deine Sachen! Verabschiede dich von deiner Familie. Wir holen dich vor Sonnenuntergang ab.«

Ich starrte ihn entsetzt an.

»Ich soll … meine Sachen packen?«

»Wie ich gesagt habe. Ich bin überzeugt, endlich die Richtige gefunden zu haben. Die Ratte hat die letzten Zweifel beseitigt. Ich werde dich so schnell wie möglich zum König bringen, damit er entscheiden kann, wie wir fortfahren. Du hast eine Prophezeiung zu erfüllen!«

Er strahlte mich fröhlich an. Mir war nur nach Wegrennen zumute. Ich wollte mein Zuhause nicht verlassen. Ich sollte zum König? Mich von meiner Familie verabschieden? Eine Prophezeiung erfüllen? Weil er dachte, ich könnte Monster mit bloßen Händen erledigen? Das klang für meinen Geschmack viel zu sehr nach einem Abenteuer, bei dem ich früher oder später draufgehen würde.

»Sie haben die Falsche!«, startete ich einen letzten, verzweifelten Versuch.

Langsam wurde sein Tonfall ernster: »Das lass mal meine Sorge sein. Ich wurde beauftragt, die Auserwählte zu finden, die unser Land retten wird. Und das habe ich. Ich werde mir von einem Mädchen, das vor dem Mittagessen schon gigantische Ratten tötet, nicht einreden lassen, sie hätte nicht das Zeug dazu.«

Er warf sich seinen langen Mantel über die Schulter und wandte sich zum Gehen.

Panik flammte in mir auf.

»Und wenn ich mich weigere?«

Er fuhr herum, seine Augen blitzten kalt auf. Ich zitterte, trotzdem hob ich mein Kinn und starrte trotzig zurück. Luna knurrte leise.

»Ich bin ein königlicher Bote.« Seine Stimme war jetzt gefährlich ruhig. »Siehst du das Abzeichen? Ich komme im Auftrag seiner Majestät. Jeder Widerstand gegen meine Anordnungen wird vor dem Gesetz als Hochverrat angesehen. Und das möchtest du nicht, oder?«

Wer hätte das schon gewollt? Andererseits wusste ich nicht, was der König mit mir vorhatte. Ich nahm mal scharf an, dass ich Monster töten sollte. Das klang für mich nach sicherem Selbstmord. Für Hochverrat würde ich vielleicht nur im Kerker landen …

Ich blickte den Boten unschlüssig an.

Sein Gesicht wurde weicher, fast mitleidig.

»Wusstest du, dass sich die Strafe für Hochverrat auf mehrere Generationen der Familie ausweiten lässt?«

Ich schluckte.

»Pack dein Zeug, Mädchen. Ich bin in ein paar Stunden zurück. Es wird ewig dauern, die Männer von der Theke loszueisen.« Er schnaubte leise.

Und als er sich erneut umdrehte und davonging, traute ich mich nicht mehr, ihn aufzuhalten.

Ich brach auf der Stelle zusammen und in Tränen aus.

Den Rest des Tages erlebte ich wie durch dichten Nebel hindurch.

Letztendlich blieb mir nichts anderes übrig, als zu akzeptieren, dass die Dinge jetzt eben so waren. Ich beruhigte meine sichtlich besorgte Hündin, stand auf und trocknete meine Tränen. Dann ging ich zum Haus zurück und erzählte, was geschehen war.

Meine Mutter wurde ganz hysterisch und begann zu weinen. Mein Vater stapfte wütend durchs Haus und verfluchte den König, was seine Art war, zu weinen. Meine kleine Schwester verstand nicht ganz, was vor sich ging, sie hatte sich dennoch binnen Sekunden in Rotz und Wasser aufgelöst.

Meine Eltern stritten sich, was zu tun war, während ich teilnahmslos am Küchentisch saß und in die Ferne starrte. Sie wollten mich nicht gehen lassen. Trotzdem waren sie sich schnell einig, dass es keinen Ausweg gab. Zu frisch war die Erinnerung an Papas jüngere Schwester.

Vor vielen Jahren, in einem besonders kalten Winter, hatte ihr Mann sich geweigert, seine jährlichen Abgaben an den Königshof zu leisten.

Bald darauf war ein Bote vor seiner Tür aufgetaucht. Und seitdem hatte seine Familie nichts mehr von ihm gehört. Sie wussten nicht, wo er war, nicht einmal, ob er lebte. Alleine hatte meine Tante den Hof nicht halten können und musste mit ihrem Baby in die Stadt ziehen. Wie sie sich dort über Wasser halten wollte, habe ich als Kind nie verstanden. Meine Eltern hatten das Thema stets gemieden und selbst meine Tante hatte sich nie mehr gemeldet. Mittlerweile war mir klar, welcher Beruf ihr geblieben war. Und warum sie sich so dafür schämte.

Einen königlichen Befehl zu ignorieren, konnte das Leben einer ganzen Familie zerstören. Also blieb meinen Eltern nichts anderes übrig, als mir dabei zu helfen, meine Sachen zu packen. Völlig egal, dass es ihnen das Herz brach.

Meine Brüder waren mit der Herde auf der Weide und ich muss gestehen, ich war froh darüber. Heute bedauere ich zutiefst, sie nicht gesucht zu haben, um mich zu verabschieden. Damals war es eine Erleichterung – es hätte den Abschied nur schwerer gemacht. Meine Welt war dabei, aus den Fugen zu geraten. Ich hätte am liebsten gar keinen gesehen.

Zunächst drängte meine Mutter mich unter Tränen, zu ihnen zu gehen, und ich weigerte mich standhaft. Als sie begann, mich anzuschreien, brachen endlich Gefühle an meine Oberfläche. »Ich kann das nicht …«, schluchzte ich, »ich kann das nicht.« So traurig und verzweifelt ich war, es wollten einfach keine Tränen fließen.

Nach einer Weile ließ meine Mutter endlich von mir ab. Stattdessen klammerte sich meine Schwester an mich und weinte und schrie, bis mein Vater sie förmlich von mir wegzerrte. Er musste gemerkt haben, dass ich es nicht ertrug.

Gegen Abend saß ich draußen auf der Bank neben meiner Großmutter und wartete auf den Boten. Mein Gepäck war fein säuberlich aufgeschichtet. Es war erstaunlich zu sehen, wie wenig ich besaß. Mein gesamtes Hab und Gut passte in ein paar Koffer.

Meine Eltern waren verschwunden. Damals dachte ich, sie hätten Dringenderes zu tun. Heute ist mir klar, dass es für sie an diesem Tag nichts Wichtigeres gegeben hatte. Sie wollten mir lediglich Zeit lassen, um mich in Ruhe von meiner Oma zu verabschieden.

Ich saß stumm da und saugte den Blick auf die Berge ein. Ich konnte mir kaum vorstellen, dass ich bald keine Möglichkeit mehr haben würde, zu ihren Gipfeln aufzublicken. Es war still, bis auf das monotone Klappern der Stricknadeln. Und dann verstummte selbst das.

»Es tut mir leid, dass du gehen musst.«

Verwundert sah ich meine Großmutter an. Ich hatte nicht erwartet, dass sie von sich aus sprechen würde. Ihr Blick war gesenkt. Sie wirkte nachdenklich, fast traurig.

»Es gibt einen alten Spruch.« Sie zögerte. Dann begann sie flüsternd, fast lautlos, zu sprechen. Es war eine Art Singsang, eine Melodie, die sich tief in meine Erinnerung eingrub:

»Wenn Finsternis kriecht aus den Schatten
in der hellen Hügel Licht,
begonnen mit den dunklen Ratten,
besteht der alte Herrscher nicht.
Das Rot der Morgensonne,
Aufgang oder Untergang –
restez fehouu ra deonne,
wie einst die Gold'ne Drossel sang.«

Eine Weile herrschte tiefes Schweigen.

»Du wirst die Bedeutung verstehen, wenn es an der Zeit ist«, verkündete meine Großmutter. »Bewahre die Worte in deinem Herzen, doch lass sie niemals über deine Lippen gleiten. Denn wie schon die alten Völker wussten: Im Geheimnis liegt die Macht.«

Ich verstand ihre Worte nicht, trotzdem versetzten sie mich in Ehrfurcht. Ich schwor mir, ihren Rat zu befolgen, wie kryptisch er auch sein mochte. Die alte Dame würde abermals recht behalten.

»Eines noch, mein Kind. Du wirst das alleine nicht schaffen. Du wirst einen treuen Begleiter finden müssen, der dir auf deiner Reise helfen kann.«

Sie sagte nichts mehr, das ihre kleine Rede erklärt hätte. Ich dankte ihr und sie beugte sich wieder über ihre Arbeit. Nachdenklich wandte ich mich zurück zu den Bergen und fragte mich, warum sich mein Herz so schwer anfühlte.

Es dauerte eine ganze Weile, bis der Bote auftauchte. Er kam in einer geschlossenen Reisekutsche, gefolgt von einem Dutzend Soldaten. Meine Eltern kamen aus dem Haus, um mir ein letztes Mal Lebewohl zu sagen. Es war ein sonderbar steifer Abschied. Als würden wir uns bemühen, vor der königlichen Gesandtschaft Haltung zu bewahren.

Als meine Mutter mich umarmte, raunte sie mir eine Frage ins Ohr: »Und? Was hat sie gesagt?«

Ich wollte ihr es erzählen, besann mich aber eines Besseren. Wenn ich den Spruch für mich behalten sollte, würde ich selbst bei meiner eigenen Mutter keine Ausnahme machen. Niemals hieß niemals. Meine Großmutter hatte es geschafft, mir eine Waffe mit auf den Weg zu geben, das wusste ich. Es war nur zu früh, um zu erkennen, wie sie funktionierte.

Also meinte ich nur: »Sie sagte, ich würde einen treuen Begleiter brauchen.«

Meine Mutter schob mich auf eine Armeslänge von sich weg und sah mich lange aus glasigen Augen an. Dann nickte sie bestimmt.

»Du kannst Luna mitnehmen.«

Ich konnte nicht glauben, was sie da sagte.

»Luna?«, wiederholte ich ungläubig. »Mama, das kannst du nicht tun!«

Sie schüttelte nur den Kopf: »Sie gehört zu dir, das weißt du. Sie folgt dir überall hin. Nimm sie mit. Du wirst sie brauchen.«

»Ernsthaft?«

»Ja, Zoraya, ernsthaft.«

Ich fiel ihr um den Hals. Zum ersten Mal seit Stunden liefen mir die Tränen übers Gesicht, Tränen der Rührung allerdings. Ein guter Schäferhund war teuer. Einer wie Luna war unbezahlbar. Meine Mutter hatte mir gerade das Wertvollste geschenkt, das meine Familie besaß.

Als ich Luna zu mir rief, fühlte ich mich schon viel besser. Ich wusste zwar nicht, was mich erwartete oder wie ich es überstehen sollte. Eines jedoch war sicher: Keinen Schritt des Weges musste ich alleine tun. Ein Stück meiner Heimat begleitete mich auf meine Reise ins Ungewisse.

Und ich wusste, dass diese treue Seele niemals von meiner Seite weichen würde.

3. KAPITEL

Die Kutsche schaukelte die holprigen, steilen Wege entlang, die sich durch die Berge schlängelten und nicht enden wollten. Wir waren jetzt schon seit drei Tagen unterwegs und nichts hatte sich verändert. Auf den unebenen Pfaden kam das Pferd nur schleppend voran und ich fragte mich langsam, ob sich mir jemals ein anderer Anblick bieten würde als das Tanaxgebirge.

Ich saß in der Kutsche, auf einer unbequemen, schlecht gepolsterten Bank und starrte aus dem Fenster. Mir gegenüber saß der Bote und studierte seine Schriftrollen, Luna lag auf meinen Füßen und schlief. Ihr bekam die Reise beinahe schlechter als mir. Es mangelte ihr an Bewegung, das spürte ich. Sie wirkte mit jedem Tag unglücklicher und harrte nur mir zuliebe geduldig aus.

Draußen vor dem Fenster zog die gleichbleibende Landschaft vorbei. Es war merkwürdig. Es sah genauso aus wie bei mir zu Hause, und trotzdem waren mir die Hänge, Klippen und Täler fremd. Ich war noch an keinem der Orte gewesen, die mir so vertraut vorkamen.

So verging Stunde um Stunde. Es passierte nichts. Und es war kein Ende in Sicht. Die Berge wurden nicht niedriger, die Pfade nicht flacher. Wir zottelten durch eine endlose Gebirgslandschaft.

Die Nächte brachten keine Abwechslung. Wir hielten wahllos an, entfachten ein Feuer und aßen Eintopf. Genauer gesagt einen grauen, schleimigen Brei, dessen einzelne Bestandteile ich unmöglich ausmachen konnte.

Die Soldaten redeten nicht mit mir. Ihren Blicken zufolge teilten sie nicht die Ansicht des Boten, dass ich ohne Zweifel die gesuchte Heldin sei. Ich nahm es ihnen nicht übel. Ich wirkte weder besonders Furcht einflößend noch in einer anderen Form beeindruckend. Was vielleicht – nur vielleicht – daran lag, dass ich ein kleines, verängstigtes Hirtenmädchen war, das jemand mit einem Helden verwechselt hatte. Gerade deswegen wäre mir ein bisschen Gesellschaft ganz lieb gewesen.

So saß ich alleine am Feuer, löffelte meine Schale aus und versuchte jeden Gedanken auszublenden, der im Entferntesten mit dem Geschmack des Breis zu tun hatte. Oder mit meiner Familie. Tagsüber verdrängte ich das Thema mit Leichtigkeit. Wie beim Abschied lag ein dicker Nebel zwischen mir und meinen Gefühlen. Abends ließ es sich schwerer aushalten.

Ich schlief, wie ich es von lauen Frühlingsnächten gewohnt war – unter freiem Himmel. Über mir die richtigen Sterne und die falschen Felle. Es war nicht der gewohnte Duft von Schaf. Diese Pelze waren alt und fremdartig und sie stanken. Ich lag damals nächtelang wach, starrte in den Himmel und weinte lautlose Tränen. Wenn ich endlich einschlief, dann nur, um mich unruhig hin und her zu wälzen, bis mich das kleinste Geräusch aus dem Schlaf riss.

Seltsamerweise konnte ich tagsüber in der unablässig ruckelnden Kutsche einiges an Schlaf nachholen. Man sollte meinen, in einer Holzkiste herumgeschüttelt zu werden, würde das verhindern. Im Gegenteil beruhigte mich das monotone Getrappel der Hufe und das gleichbleibende Quietschen der Räder. Vielleicht übertönte es meine Gedanken.

Dafür gab es, wenn ich aufwachte, keine einzige Stelle in meinem Körper, die nicht schmerzte.

Mir fehlten meine geliebten Morgenstunden. Die gesamte Truppe stand schon mit dem Sonnenaufgang auf, um einen riesigen Krach zu veranstalten. Die Soldaten machten Frühstück, reinigten ihre Waffen und Rüstungen oder betrieben Kampfübungen. Es gab keine Zeit, Ruhe zu finden. Keine Zeit, mich zu sammeln und die frische Luft einzuatmen, während die Welt um mich herum langsam erwachte. Stattdessen das scharfe Klirren von aufeinanderprallenden Schwertern, das eines Tages mein Schicksal besiegeln würde. Die Stille und Friedlichkeit des Morgens wich dem Lärm.

Lärm und Brot, Trockenfleisch und kalter Eintopf vom Vorabend, bevor man sich auf den ewig gleichen Weg machte.

Ich weiß nicht, wie lange sich das so hinzog, bis ich die erste Veränderung ausmachte. Der Schnee verschwand von den Gipfeln. Dann ging es ganz schnell: die Wege wurden breiter und besser befahrbar, die Dörfer häufiger. Ringsherum wurden die Hänge flacher und immer öfter wichen die Weiden großen Feldern. Zu dieser Jahreszeit waren sie kein schöner Anblick: braune, unebene Flächen, aus denen nur vereinzelt verdorrtes Gestrüpp emporragte. Noch ein paar Monate und dort würden Kartoffeln und Weizen sprießen.

Meistens fuhren wir jedoch durch dichte Wälder. Sie ähnelten dem Wäldchen, in das ich vor gefühlten Ewigkeiten entführt worden war. Hauptsächlich hohe Fichten und Buchen, das Bild wurde zunehmend von Laubbäumen dominiert. Der bemerkenswerteste Unterschied zu den Bergen war die Größe der Wälder. Wir fuhren oft stundenlang auf ihren schattigen Wegen und ich fühlte mich bald viel wohler. Es war beruhigend, von mächtigen Stämmen und frischem Laub umgeben zu sein. Hoch oben zwischen den Gipfeln wurde es erst spät Sommer, hier erstrahlte die Natur bereits in einem zarten Frühlingsgrün. Eine hoffnungsvolle Farbe. Und endlich nicht mehr so schrecklich vertraut. Ab und an sah man Rehe, Vögel oder Eichhörnchen. Ich klebte fast am Fenster, so willkommen war mir jede kleinste Abwechslung.

Bis ich die Schatten sah.

Sie folgten der Kutsche. In dem spärlichen Licht, das so kurz vor der Dämmerung durch das dichte Laubdach sickerte, waren sie nichts als Schemen. Ich glaube, es waren drei, vielleicht vier, man konnte sie kaum ausmachen. Sie waren so groß wie Menschen, bloß viel schneller. Sie huschten zwischen den Stämmen hindurch oder sprangen von Ast zu Ast. Ich fragte mich, ob ich den Boten warnen sollte, doch sie wirkten so unwirklich, dass ich befürchtete, sie würden verschwinden, sobald ich den Blick von ihnen abwandte.

Was wollten sie? Es bestand kein Zweifel, dass sie der Kutsche folgten.

Voller Grauen folgte mein Blick ihren merkwürdig lang gestreckten Körpern. Das mussten Monster sein! In großen Sprüngen hielten sie mit der Kutsche Schritt, ihre buschigen Schweife peitschten hinter ihnen her. Vielleicht riesige Eichhörnchen auf der Jagd nach Menschen? Das klang nicht sonderlich bedrohlich, bis man sich vorstellte, was ihre Nüsse knackenden Zähne mit menschlichen Schädeln anstellen konnten. Ich erschauderte.

Die Gefährlichkeit der Kreaturen zog mich in ihren Bann. Gefangen in dieser unbegreiflichen Faszination hing ich am Fenster und beobachtete jede ihrer Bewegungen. Bis das umliegende Terrain steiniger wurde und sich zu steil abfallenden Hängen erhob. Die Straße wand sich nach links und in eine Schlucht hinein, die das Gelände zerschnitt. Der Weg der Schatten endete plötzlich an einer steilen Klippe, deren Spitze sich über die Straße neigte. Mit einem großen Satz sprang eines der Wesen dicht an den Rand des Abhangs, sodass wir direkt unter ihm hindurchfahren mussten. Der perfekte Punkt für einen Angriff.

Schockiert starrte ich nach oben. Jetzt, wo es sich aus dem Schutz der Bäume hinaus ins Licht gewagt hatte, konnte man es besser erkennen. Es saß kauernd da, das lange dunkle Fell gesträubt. Das Gesicht erinnerte an einen Wolf, die graubraune Schnauze öffnete sich und zeigte ein glänzendes Raubtiergebiss. Dabei passten weder der flache Körperbau noch die huschenden Bewegungen ins Bild. Die Fremdartigkeit machte das Wesen um einiges beängstigender, als ein übergroßer Wolf es gewesen wäre.

Und es starrte zurück. Es sah mich direkt an, aus seinen dunklen, blitzenden Augen. Sie waren schmal, wirkten angriffslustig und nur auf mich gerichtet. Sein Blick bohrte sich durch meinen Körper und ich wusste, dass es wegen mir hier war. Es und die anderen. Nur wegen mir.

Wie aus weiter Ferne hörte ich einen dumpfen Schrei. Ich konnte spüren, wie er aus meiner Kehle drang. Mein Herz setzte für einen Schlag aus und als der nächste folgte, hatte sich der Schatten in Nichts aufgelöst. Ich fuhr zu den anderen herum und fand zwischen den Bäumen nur silbernen Nebel.

Die Kutsche kam mit einem Ruck zum Stehen. Der Bote sah mich verwirrt an. Einer der Wachmänner kam herbeigeeilt, riss die Tür auf und schaute sich schwer atmend und mit wildem Blick in der Kutsche um. Für einen Moment herrschte aufgebrachte Stille, das Geräusch von Alarmbereitschaft. Ich suchte die Umgebung vergeblich nach meinen Verfolgern ab, es war nichts mehr zu sehen. Der Wald war ruhig und friedlich. Langsam beruhigte ich mich. Was immer diese Wesen waren, für den Moment war ich in Sicherheit.

Die Stille wurde unangenehm.

»Geht es dir gut?«, fragte der Bote sichtlich irritiert.

Erst jetzt fiel mir die Peinlichkeit der Situation auf. Ich nickte schnell. »Ja! Bestens.« Ich zögerte. »Ich dachte nur, ich hätte einen Schatten gesehen …«

Der Soldat grunzte abfällig. Er hatte sich seine Meinung gebildet. Wortlos steckte er sein Schwert zurück an seinen Gürtel und ließ die Tür mit einem vernehmbaren Knall hinter sich zufallen. Ich konnte hören, wie er den anderen eine gehässige Bemerkung zurief. Und ich konnte hören, wie sie mit einem höhnischen Lachen antworteten.

Der Bote strich seine Schriftrolle glatt und vermied es, mir ins Gesicht zu sehen.

»Ich habe mir das nicht nur eingebildet!«, versicherte ich beinahe hysterisch. »Da waren riesige Schatten! Monster! Da draußen! Wolfswesen oder so!«

Der Bote sah auf und sein Blick wirkte fast mitleidig.

Er räusperte sich.

Er strich die Schriftrolle ein bisschen glatter.

»Das sind nur die Strapazen der Reise«, murmelte er endlich. »Das muss ungewohnt für dich sein. Ich glaube … Das Beste wäre es, wenn du dich ausruhst. Soll ich die Vorhänge zuziehen?«

Ich nickte ergeben. Vielleicht hatte er recht. Vielleicht brauchte ich nur mehr Schlaf. Ich hatte viele Albträume gehabt in letzter Zeit. Möglicherweise war ich nur eingeschlafen. Garantiert lag es daran, dass ich die Unannehmlichkeiten nicht gewohnt war. Die stickige Luft in der Kutsche, das ungenießbare Essen, der Schlafmangel, das ständige Geholpere … Da waren schon mal ein paar paranoide Wahnvorstellungen drin. Eine ganz normale Reaktion. Das hätte mir jeder Arzt bestätigt, um mich dann freundlich lächelnd in ein Irrenhaus zu geleiten.

Ich meine, schlechtes Essen konnte einiges bewirken – aber das? Nein. Ich war wach gewesen. Ich wusste, was ich gesehen hatte. Und ich hatte kein besonderes Interesse daran, es erneut zu Gesicht zu bekommen. Es war mir also so oder so lieber, wenn die Vorhänge in Zukunft geschlossen blieben.

Und wenn ich verrückt wurde?

Ich hätte fast laut lachen müssen. Zoraya, die große Heldin. Nur bewaffnet mit einem Schwert und ihren Wahnvorstellungen hat sie unser Königreich gerettet! Zoraya die Verrückte. Lobet Zoraya die Tassenlose! Preiset ihren Sprung in der Schüssel!

Wenn es nicht um mein Leben gegangen wäre, hätte ich die Situation nur allzu amüsant gefunden.

Die darauffolgenden Nächte verbrachte ich in der Kutsche. Das spöttische Grinsen im Gesicht der Wache, die mir mein Essen brachte, verriet mir, dass ich jedes bisschen Respekt verloren hatte, das die Männer je vor mir gehabt haben mochten. Andererseits war die Angst schlimmer als der Hohn. Spott war ich gewöhnt.

Nach einer Weile hatte der Bote keine Lust mehr, die ganze Zeit im Dunkeln zu fahren. Ich traute mich nicht, Widerworte einzulegen – er fand meinen Verfolgungswahn schon lächerlich genug. Unwohl fühlte ich mich trotzdem. Ich hielt Abstand vom Fenster und beobachtete die ganze Zeit über misstrauisch die Umgebung. Ich konnte die Schatten nicht entdecken, das Gefühl, verfolgt zu werden, hingegen blieb. Vielleicht waren sie nur vorsichtiger geworden.

Das würden sie sein müssen, denn es war jetzt bei Weitem nicht mehr so leicht, der Kutsche unbemerkt zu folgen. Wir hatten die Wälder verlassen und bewegten uns über sanfte, grüne Hügel hinweg.

Ich sah zum ersten Mal in meinem Leben Kühe. Die Tiere waren riesig. Ich schämte mich fast ein bisschen dafür, dass ich sie auf die Größe von Schafen geschätzt hatte. Es war erstaunlich, wie schnell man falsche Rückschlüsse zog, wenn man seine eigene kleine Welt nie verließ. Ich glaube, das Reisen hätte mir Spaß gemacht, wenn die Ereignisse damals nicht so nervenaufreibend gewesen wären.

Der Bote hatte sich freundlicherweise nicht mehr zu dem Vorfall im Wald geäußert. Genaugenommen sprachen wir gar nicht miteinander. Jetzt hob er überraschend den Kopf: »Wir werden heute Nachmittag in Cajakir eintreffen. Ein malerisches Städtchen am Raico. Der Strom ist dir bekannt, oder?«

Was dachte er von mir? Der Fluss war praktisch einen Steinwurf von unserem Haus entfernt. Gut, man musste sich dazu auf eine

Klippe stellen und weit werfen können, aber darum ging es nicht. Nur weil ich aus den Bergen kam, war ich nicht völlig ungebildet.

»Klar?«

Er überging meinen Tonfall mit der geübten Leichtigkeit eines Mannes, der regelmäßig Steuererhöhungen verkünden muss: »Wie schön. Cajakir ist außerordentlich hübsch. Weithin bekannt für das ausgezeichnete Rindfleisch, das sie dort servieren. Wir sollten bald an den riesigen Herden vorbeifahren. Ich dachte, wir werden dort einige Tage verweilen. Das wird dir die Möglichkeit geben, deine merklich strapazierten Nerven zu schonen. Wenn wir bald größere Städte erreichen, musst du dich von deiner besten Seite zeigen können!«

»Sie meinen, ich soll nicht rumschreien wie eine Bekloppte?«

Damit entlockte ich ihm ein Grinsen: »So ähnlich hatte ich mir das vorgestellt. Mach dir keine Sorgen, ich werde dich schon richtig inszeniert bekommen. Vorausgesetzt, dass du dich nicht aufführst wie eine völlig Irre.«

Ich lächelte gequält. Es war schwer zu glauben, dass er es nur gut meinte. Ich seufzte.

»Ich werde mich bemühen.«

Aus den Augenwinkeln warf ich einen kurzen Blick aus dem Fenster. Das Gefühl, dass wir nicht alleine unterwegs waren, hatte sich leider nicht verabschiedet.

Cajakir war in der Tat eine schöne Stadt. Sie lag inmitten ausgedehnter Weiden, auf denen Hunderte von Kühen friedlich grasten. Ich hatte nie so große Herden gesehen. Die schiere Menge allein war beeindruckend.

Die Häuser der Stadt waren aus glattem Stein – überall dasselbe helle Grau. Wir fuhren über die breiten, gepflasterten Straßen und geschwungenen Brücken. Die Stadt wurde durch den Raico in zwei Hälften geteilt. Der Fluss hatte hier im Vergleich zu den Bergen eine beachtliche Breite angenommen, floss jedoch viel langsamer. In großen, trägen Bögen wand er sich an den Straßen entlang.

Es war hübsch. Überall gab es Blumen und Alleen, in denen die Gehwege von kleinen Bäumchen beschattet wurden. Die Brücken und Balkone der Häuser hatten aufwendig verzierte Geländer aus Stein. Ein riesiger Kirchturm ragte zwischen den Dächern empor.

In den Bergen hielt man es nicht so mit der Kirche. Sie konnte ihren Einfluss kaum bis in die entlegenen Dörfer und Höfe ausdehnen. Man hielt die alten Riten und Gebräuche in Ehren und gedachte von Zeit zu Zeit den Göttern – seltsamerweise hauptsächlich in schlechteren Zeiten –, Messen oder große Feierlichkeiten gab es nicht. Man sprach keine Gebete zu dem Großen Gott, Herr der Sonne und des Feuers. Von den gelegentlich auftauchenden Wanderpriestern wusste ich, wie manche Menschen seinen Zorn fürchteten. Ihm zu Ehren wurden häufig Opfergaben verbrannt und in den Tälern gingen viele Menschen regelmäßig zur Kirche. Für mich klang das ehrlich gesagt nur nach einer Menge unnötigem Aufwand.

Das Beste an Cajakir war jedoch, dass sich das nagende Gefühl, verfolgt zu werden, endlich verabschiedet hatte. Unabhängig davon, worum es sich bei diesen Schatten handelte, hatten sie sich nicht in die Stadt hineingewagt. Und so konnte ich das Reisen zum ersten Mal genießen. Ich vermisste es nur, die Berggipfel über den Dächern zu sehen. Wenn man den Kopf hier hob, sah man nichts als das Blau des Himmels.

Unsere Gaststätte lag nahe der Hauptstraße – ein großes, helles Gebäude mit sauberen Räumen und einem eigenen Stall. Mein Zimmer lag im ersten Stock, es hatte eine Kommode und ein richtiges Bett! Es war Ewigkeiten her, dass meine Schlafstätte nur annähernd so bequem war. Der Gastwirt wollte mir nicht erlauben, Luna mit auf mein Zimmer zu nehmen, doch der Bote hatte mir versprochen, mit ihm zu reden. Also wartete ich ab.

Am Abend kam er endlich herauf, eine Schüssel dampfender Suppe in der Hand. Er hatte höflich angeklopft und als ich ihn hereinbat, schlüpfte Luna ungeduldig zwischen seinen Beinen hindurch und brachte ihn damit beinahe zu Fall. Mit aufgeregt peitschendem Schweif stürzte sie auf mich zu. Ich ließ mich auf die Knie fallen, breitete die Arme aus und ließ mir brav das Gesicht abschlabbern. Ich war froh, sie in den Armen halten zu können, und besonders darüber, sie so glücklich zu sehen.

Der Bote stellte die Schüssel auf meinen Nachttisch.

»Sie hat schrecklich geheult und gewinselt, ich musste kaum Überzeugungsarbeit leisten. Wobei man das nie muss, wenn man das königliche Wappen trägt.« Er grinste mich selbstzufrieden an. »Sie darf übrigens im Bett schlafen.«

»Wirklich? Danke!«

»Oho! War das etwa ein freundliches Wort aus deinem Munde? Ich fühle mich geehrt! An deiner Stelle würde ich die Suppe essen, solange sie heiß ist, sie ist deutlich besser als das … ‚Essen', das auf unserer Reise serviert wird. Ansonsten – ruh dich aus. Wir werden den Plan für die nächsten Tage morgen besprechen. Wenn du willst, kann ich dir dann die Stadt zeigen, es gibt hier ein paar nette Sehenswürdigkeiten.«

Ich muss sagen, ich war ehrlich erstaunt über die Freundlichkeit des Boten. Sonst hatte ich ihn nicht als so zuvorkommend erlebt. Wobei … Möglicherweise hatte ich den Fehler begangen, dem Boten die Schuld für die Nachricht zu geben. Uraltes Problem. Verdammt. Ich hielt mich gerne für schlauer als das.

»Das wäre schön«, bemühte ich mich um einen freundlicheren Ton. »Danke. Für alles. Die Suppe und so meine ich.«

Er konnte sich ein amüsiertes Grinsen nicht verkneifen: »Gute Nacht, Zoraya.«

Die Suppe war köstlich. Ich fühlte mich auf einen Schlag viel besser. Wenn selbst der Bote in Wahrheit nett war, standen die Dinge vielleicht gar nicht so schlimm, wie sie auf den ersten Blick schienen.

4. KAPITEL

Die Luft war kühl und rein. Kein Mensch war auf den breiten Straßen anzutreffen. Nicht verwunderlich, wenn man bedachte, dass man vor lauter Dunkelheit kaum die Hand vor Augen sah. Ich huschte mit nackten Füßen durch die Gassen, fühlte den kalten Stein unter den Fußsohlen und den Wind im Haar. Es war herrlich. Ich hatte den Morgen so lange nicht mehr für mich gehabt.

Ich jagte mit Luna durch die Straßen. Mit großen Sätzen sprang sie neben mir her, ihr langes Fell flatterte im Wind. Ich wollte raus aus der Stadt, wieder Gras unter meinen Füßen spüren. Ich würde mich auf die Kuppe eines Hügels setzen und den Sonnenaufgang über den Dächern beobachten. Bevor der Bote mich zum Frühstück wecken kommen würde, wäre ich längst zurück. Die Anspannung der letzten Tage fiel endlich von mir ab. Die Langeweile, das Heimweh, die Einsamkeit, die Untätigkeit, die Angst. Sie waren wie fortgeschwemmt. Ich war frei.

Ich stieß einen Jubelschrei aus und Luna fiel fröhlich bellend mit ein. Ich hörte jemanden verärgert die Fensterläden aufreißen, zu langsam, wir waren längst um die nächste Ecke gebogen. Albern kichernd rannte ich weiter. Ich fühlte mich wie ein kleines Kind. Erst am Stadtrand wurde ich langsamer: ich wollte es genießen. Langsam, fast feierlich trat ich zunächst vom Pflaster hinunter auf die staubige Landstraße und dann nach wenigen Schritten auf die Wiese. Das Gras war feucht und weich. Es umschmeichelte meine Haut und kitzelte meine Zehen. Ich grinste.

»Komm, Luna! Wer zuerst auf dem Hügel da oben ist!«, ich deutete auf den flachen Hang vor uns. Ich erwartete, Luna davonrennen zu sehen, stattdessen zögerte sie. Still stand sie am Wegrand und schnupperte.

»Komm schon! Was ist los mit dir? Wirst du auf deine alten Tage zu faul für so was?«

Ein leises Winseln.

Ich hätte mir Sorgen machen sollen, aber das hatte ich die letzten Tage viel zu oft getan. Langsam reichte es mir. »Dann bleib halt hier. Wenn du lieber auf der Seite des Boten stehst, du untreue Seele, du.«

Ich wandte mich von ihr ab und begann, den Hügel alleine zu besteigen. Gleich würde die Sonne aufgehen. Ich würde mir das nicht verderben lassen. Von niemandem.

Beleidigt stapfte ich durch das hohe Gras. Ich stieß auf einen Holzzaun, der es schaffte, gleichzeitig uralt und stabil zu wirken. Mit Leichtigkeit kletterte ich darüber, wobei sich meine Laune sofort besserte. Vielleicht würde ich ja eine Kuh aus der Nähe sehen. Ich war schon gespannt auf diese angeblich so sanftmütigen Riesen.

Da vorne, im Schatten eines vereinzelten Baumes, lagen ein paar der großen Tiere. Ich trat vorsichtig näher. Legten sich Kühe zum Schlafen so auf die Seite? Ich konnte nur Schemen ausmachen, die merkwürdig verdreht wirkten. So streckte kein Tier die Beine von sich. Und wo hatte es seinen Kopf?

Während ich mich näherte, ging hinter mir langsam die Sonne auf. Und als das erste Licht des Tages ganz allmählich die Umrisse der Kuh aus dem Schatten löste, wurde mir plötzlich so einiges bewusst. Ich wusste nicht, wo das Tier seinen Kopf hatte. Nur eines war mir klar: nicht da, wo er hingehörte.

Vor mir zeichnete sich ein Bild des Grauens ab. Die Kuh war tot. Nicht nur das, nein, sie war schrecklich zugerichtet. Nicht nur getötet – regelrecht zerfleischt. Organe quollen aus ihrem offenen Bauch und an der Flanke klafften tiefe Fleischwunden, wie von riesigen Krallen gerissen. Das Gras im Umkreis war gesprenkelt mit kleinen roten Tröpfchen. Ich konnte ganze Bröckchen ausmachen, die an den langen Halmen hingen. Ohne mir die Zeit für einen weiteren Gedanken zu erlauben, wurde mein Blickfeld schwarz und ich kippte nach hinten weg.

Als ich aufwachte, war mir schrecklich übel. Der Geruch von verwesendem Fleisch hing in der Luft. Von verdorbenen Eingeweiden, Blut und Galle. Überall summten fette Fliegen. Es war mehr als widerlich.

Ich blinzelte ein paar Mal benommen in die grelle Sonne. Mist. Von wegen, ich würde zurück sein, bevor mein Fehlen bemerkt worden wäre …

Erst jetzt fiel mir auf, dass sich – in einigem Sicherheitsabstand – eine Menschenmenge um mich herum versammelt hatte. Mein Kopf dröhnte. Wie in Zeitlupe richtete ich mich auf. Angestrengt versuchte ich, Gesichter oder Worte auszumachen.

Die meisten Leute standen in großzügiger Entfernung zu dem Schlachtfeld und gafften. Ein paar wenige versuchten, ein schreiendes Kind zu beruhigen, andere umringten mitfühlend einen aufgebrachten Bauern. Der Großteil rottete sich zu kleinen, tuschelnden Grüppchen zusammen. Sie warfen mir dabei misstrauische Seitenblicke zu oder deuteten in die Ferne. Nichts davon ergab einen Sinn. Missmutig schlug ich nach einer Fliege, die versuchte, in mein Ohr zu schwirren.

Plötzlich schob sich ein Soldat durch die Menge und durchlöcherte mich dabei mit wütenden Blicken. Es war einer der Männer aus meiner Eskorte. Er packte mich grob am Arm, riss mich hoch und zerrte mich hinter sich her.

»Der Bote wird alles andere als erfreut sein«, zischte er verärgert, sobald wir die Menge hinter uns gelassen hatten.

Die Straßen waren jetzt voller Menschen und kein einziger davon versäumte es, einen riesigen Bogen um uns zu machen. Manche rümpften angewidert die Nase. Ich konnte es ihnen nicht verübeln: Ich stank fürchterlich. Nach Kuhkadaver. Und nach Angst.

Denn seit sich meine Gedanken endlich aus dem dichten Nebel der Ohnmacht hinausgekämpft hatten, war mir die ganze Tragweite der Ereignisse klargeworden. Es mussten Monster gewesen sein. Nichts anderes konnte ein derart großes Tier so zurichten. Vielleicht waren es die Schatten aus dem Wald. Bei der Vorstellung, wie ihre scharfen Krallen die Gedärme aus meinem Bauch fetzten, drehte sich mir der Magen um. Ich spürte, wie Übelkeit in mir aufstieg, und versuchte, gegen die Wellen des Ekels anzukämpfen, die in mir hochschwappten. Bilder flackerten vor meinem inneren Auge auf – von Hirnmasse, Organen, die aus riesigen Bisswunden quollen, und leuchtenden Augen im Schatten. Und dazu dieser allgegenwärtige, abscheulich süßliche Gestank …

Ich blieb stehen, mein Körper krümmte sich und ich übergab mich, kotzte gegen eine Hauswand. Erbrochenes spritzte auf den

Bordstein des schmucken kleinen Häuschens, an dessen Wand ich mich abstützte. Der Soldat neben mir fluchte laut, während die Passanten einen noch weiteren Bogen um uns machten und noch angewiderter die Nasen rümpften. Ich weiß nicht, wie sie das schafften, ohne sich gegen die gegenüberliegenden Häuser zu pressen. Oder sich ihre Nasen zu verstauchen.

Es war der absolute Tiefpunkt meines Lebens.

»Was hast du dir dabei gedacht?«

Ich saß auf meinem Bett. Mir war übel. Meine Hände zitterten vor Angst und mein Kopf dröhnte vor Erschöpfung. Der Bote stand vor mir und schrie mich an.

»Dich mitten in der Nacht davonzuschleichen! Dir hätte sonst was zustoßen können! Falls es dir nicht zu Ohren gekommen ist: Das Land wird von Monstern heimgesucht. Von Monstern! Mein Gott, du bist der zurückgebliebenste Dorftrottel, der mir je begegnet ist!« Er seufzte tief. »Und dich soll ich der Bevölkerung als ihre Rettung verkaufen … Schau dich nur an. Du stinkst nach Aas. Liegst bewusstlos auf einer Kuhweide herum, umgeben von Menschen. Du übergibst dich mitten auf einer gottverdammten Straße! Am helllichten Tag! Wie soll ich einem einzigen Idioten weismachen, du wärst eine strahlende Heldin? Hmm? Wie hast du dir das vorgestellt?«

Lobet Zoraya die Bewusstlose. Preiset ihren Mageninhalt.

»Ich bin keine Heldin.«

Der Bote sah mich an und rieb sich verärgert die Stirn. »Stell dir vor, das weiß ich. Schau dich nur an. Du bist ein Nichts. Ein höllisch stinkendes Nichts.«

Meine Hände krallten sich in den Stoff meines Kleides, als ich versuchte, gegen den Schmerz anzukämpfen. So zitterten sie wenigstens nicht mehr, weil ich so viel Angst hatte. Der Bote hatte recht. Ich war zu nichts zu gebrauchen. Ich war wertlos. Mehr als jemals zuvor wollte ich zurück nach Hause, wollte mich in Schaffellen vergraben und die Welt nie wiedersehen müssen.

»Wo ist Luna?«, es klang fast wie ein Flehen.

»Ich habe das Vieh im Stall anbinden lassen. Soll es so viel Lärm machen, wie es will. Ich habe dir schon mehr Gefallen getan, als du dir in deinem ganzen Leben verdient hast! Du bist erbärmlich. Und du solltest dir endlich deine Haare waschen. Die sind ganz widerlich verklebt. Und sie stinken. Hörst du? Sie stinken zum Himmel – genau wie deine unglaubliche Dummheit!«

Meine Unterlippe bebte. Ich wollte nicht weinen. Nicht jetzt. Er hasste mich so schon. Ich musste ihm keinen weiteren Grund geben, auf mich herabzuschauen. Und er war ein Scheusal. Ich hatte mich gleich zwei Mal in ihm geirrt: Er war kein Schnösel, er war nicht nett – er war gemein. Ich wollte auf keinen Fall wie ein Schwächling dastehen. An einem Tag wie diesem sollte man nicht tiefer sinken können.

Es war zwecklos – die Angst schüttelte meinen Körper und Wut ließ mir die Tränen nur so übers Gesicht fließen.

Der Bote schnaubte: »Heulst du jetzt etwa, du große Heldin? Das kann nicht wahr sein! *Mach, dass du mir aus den Augen kommst!*«

Ich sprang auf und rannte aus dem Raum. Jemand deutete mir freundlicherweise den Weg zur Waschküche. Ich hatte nicht fragen brauchen. Die junge Magd mit dem angewiderten Gesichtsausdruck konnte Gedanken lesen. Haha.

Der Raum war klein, warm und die Luft triefte nur so vor Feuchtigkeit. Und zu meiner großen Erleichterung war er menschenleer. Es gab einen kleinen Gussofen, auf dem in einem großen Kessel Wasser kochte. Heißer Dampf stieg daraus in schweren Schwaden auf und blieb in der Luft hängen. Innerhalb kürzester Zeit war mein Körper mit winzigen Wasserperlen überzogen. Ich nahm einen Eimer aus der Ecke und füllte einige Ladungen von dem kochenden Wasser in einen der Waschkübel ab. Dann schöpfte ich aus einem riesigen Fass eiskaltes Wasser nach, bis ich eine angenehme Temperatur geschaffen hatte. Ich schlüpfte aus meinen inzwischen förmlich durchnässten Kleidern und stieg in das Bad. Vorsichtig begann ich, mir die Haare zu waschen.

Es funktionierte – nicht. Meine Haare waren heillos verklebt durch eine harzähnliche Flüssigkeit, die nur geronnenes Blut sein konnte. Das Wasser im Kübel nahm eine bräunliche Färbung an und der Gestank verstärkte sich ins Unerträgliche, als sich bröckchenweise Hirn aus meinem Haar löste. Ich hatte den Kopf der Kuh also doch noch gefunden.

Ich begann zu weinen. Das war der schrecklichste Tag meines Lebens. Ich hatte Kuhhirn im Haar und ich würde es nie mehr herausbekommen. Ich schnappte mein mit dunklen Flecken überzogenes Kleid und schmiss es in den Ofen. Es zischte laut, als das Wasser darin verdampfte. Was für meine Haare galt, würde ebenso für Schafwolle gelten.

Ich hülle mich in ein feuchtes Leintuch und schlich mich auf mein Zimmer. Der Bote hatte sich aus dem Staub gemacht. Ich zog mich um und machte mich möglichst unbemerkt auf den Weg zur Küche. Will sagen – kein bisschen unbemerkt. Der Geruch von Kadaver fällt auf. Besonders in einer Küche. Und vor allem in der penibel sauber gehaltenen Küche eines Gasthauses, in der es nur so von Mägden, Küchenjungen und Köchen wimmelte. Ich glaube, mich hatte in meinem ganzen Leben niemals jemand mit solcher Abscheu angesehen. Und das will schon was heißen: Die Leute sehen mich gerne so an, als wäre ich eine tote Ratte in ihrer Vorratskammer. Ich lieh mir ein Messer und stahl mich rasch davon.

Minuten später saß ich auf dem Fußboden meines Zimmers und stellte fest, dass weitere Details aus den Geschichten nichts als Lügen waren. Das »Sie durchtrennte ihr Haar mit einem einzigen sauberen Schnitt ihres Dolches«-Detail beispielsweise. In Wahrheit war es ein schreckliches Gesäbele. Ich rutschte die ganze Zeit ab und meine Haare waren so zäh, dass sich das Messer wahnsinnig stumpf anfühlte. Es war, als wollte man ein Stück Fleisch mit einem Ast durchsägen. Oder ein fingerdickes Seil mit der scharfen Kante eines Steins.

Gefühlte Ewigkeiten saß ich da, kämpfte mit jeder Strähne und verzweifelte. Ich liebte meine Haare und der Gedanke, sie nicht mehr zu haben, war unbegreiflich. Sie waren ein Teil von mir – ein Teil, den ich entschieden gegen jeden Spott verteidigt hatte. Ein Teil, den ich gepflegt hatte: gewaschen, gebürstet, geflochten, geschnitten. Und sie waren ein Teil meiner Vergangenheit. Es hatte Jahre gedauert, bis sie ihre Länge erreicht hatten, und es würde Jahre dauern, bis ich sie zurückhaben würde. Schlimmer war nur das Abschneiden selbst. Es war mühselig und frustrierend. Ich riss an meinen Haaren, fluchte und verlor jedes bisschen meiner Geduld. Ich schnitt mir wiederholt in den Finger, denn auf Fleisch funktionierte das ach so stumpfe Messer wie ein Skalpell.

Keine Ahnung, wie lange es gedauert hat. Sagen wir: Stunden später.

Stunden später stand ich in der Mitte meines Zimmers, um mich herum ein Ring aus feuerroten Haaren, jedes so lang wie mein Unterarm und ein Großteil davon stinkend und verklebt. Ich starrte in den kleinen Spiegel, der an der Wand hing. Ich sah schrecklich aus. Meine Haare reichten mir jetzt ungefähr bis zum Kinn. Und wenn ich ungefähr sage, meine ich: Manche meiner Haare reichten mir bis zum Kinn. Einige wenige Strähnen waren schulterlang. Andere würden mir vielleicht bis zum Ohrläppchen reichen, wenn sie nicht wirr abständen. Ich sah aus wie eine Vogelscheuche. Eine orange Vogelscheuche. Die Kinder von Dufferingen hätten nie gerechtfertigter über jemandes Aussehen lästern können.

Das fand auch der Bote, als er mir das Abendessen brachte.

»Ich habe gesagt waschen! Waschen! Nicht verunstalten!«, schrie er. Und er schrie weiter. Wie fürchterlich ich aussähe, wie viel schwerer ich es ihm jetzt gemacht hätte, mich zu vermarkten, da ich mich so nicht in der Öffentlichkeit sehen lassen könnte.

Ich schwieg. Mit dem Argument »Es hat sich nicht rauswaschen lassen« konnte ich mir keine Gnade erkaufen. Es würde mir höchstens ein paar weitere Komplimente für meine Unfähigkeit einbringen. Ungeachtet dessen, dass kurze Haare besser waren als stinkende Haare – mit dem meisten hatte er ja recht. Ich sah schrecklich aus. Also hörte ich mir den Rest der Standpauke an: wie meine langen roten Wellen so gut zu der Prophezeiung gepasst hätten, dass ich keine Ahnung vom Haare schneiden hätte, dass ich auf jeden Fall ein Kopftuch tragen würde, falls – und nur falls – er sich dazu durchringen könnte, mir zu erlauben, das Haus zu verlassen. Dass er das Messer sofort zurückbringen würde, bevor ich weitere Dummheiten damit anstellen konnte. Mir sei Schlimmeres zuzutrauen.

Danach knallte er die inzwischen eiskalte Suppe auf meinen Nachttisch und stürmte aus dem Zimmer. Er schmetterte die Tür hinter sich zu und ich konnte ein leises metallisches Klicken hören.

Ich wurde also eingeschlossen. Na, ganz toll. Jetzt war ich also auf den Status einer Gefangenen herabgesunken.

In dieser Nacht brach das Heimweh endlich durch die gläserne Kuppel, die mich davor geschützt hatte. Es fiel über mich her wie ein wildes Tier.

Die restlichen Tage unseres Aufenthalts in Cajakir verbrachte ich eingesperrt in meinem Zimmer. Ich sah Luna kein einziges Mal. Ich führte keine einzige Unterhaltung. Morgens, mittags und abends brachte der Bote mir wortlos mein Essen vorbei. Ich traute mich nicht, ihm in die Augen zu blicken. Ich vertrieb mir die Zeit damit, zu üben, wie man Kopftücher auf Hunderte von unterschiedlichen Arten binden konnte. Und mit Langweile, Scham, Angst, Selbstzweifeln und Heimweh.

Es war schon eine tolle Zeit.

Wenn ich nicht gerade darüber nachgrübelte, wo ich mich in Sachen Nützlichkeit zwischen Kakerlake, Regenwurm und Riesenratte zu platzieren hatte, saß ich am Fenster und hörte fremden Menschen zu, wie sie dasselbe Spiel spielten.

Ich bekam nur einzelne Gesprächsfetzen mit, wenn sie unter mir vorbeischlenderten. Die Stimmung kam trotzdem rüber:

»… habe gehört, sie soll die große Heldin sein.«

»Das Mädchen, das der Müller-Malia vor die Haustür gekotzt hat?«

»Ja, genau die! Weißt du, wie sie in der Prophezeiung beschrieben wird? Strahlend wie eine Flamme!«

Gelächter, das langsam verklingt, als sie sich entfernen.

»… war einer von denen.«

»Also, ich denke, das waren die Monster. Die haben es auf unser Vieh abgesehen. Es gibt nirgends so gutes Rindfleisch wie hier.«

»Man kann denen nicht trauen. Ich würde nicht ausschließen, dass die das waren. Die sind ein ganz …«

»… da liegen sehen. Mitten in dem Tier. Hatte rote Haare.« (verächtlich) *»Ein Feenbalg?!«*

»Hmh.«

»Gottverdammt! Diese Kinder bringen Unglück, das weiß …«

Manchmal, nur ganz selten, stattdessen ein Gespräche wie …

»Mami, ich habe Angst.«

Die Frau hält an, geht in die Hocke und streicht ihrem Sohn durchs Haar.

»Warum hast du Angst, mein Schatz?«

»Die Monster. Sie haben die Kühe getötet, oder?«

»Ja, das haben sie. Keine Sorge, die trauen sich nicht, wiederzukommen. Unsere Stadtwache hat sie vertrieben.«

»Und wenn sie doch wiederkommen?«

»Keine Sorge, mein Kleiner. Zoraya ist jetzt hier. Sie ist eine richtige Heldin, weißt du? Es gibt eine Prophezeiung.«

Sie steht auf, nimmt ihren Sohn an die Hand und zieht ihn sanft weiter.

»Wirklich wahr?«

»Wirklich wahr.«

»Eine richtige Prophezeiung? So mit Drachen und …«

Ich saß auf dem Fensterbrett und lächelte zum ersten Mal seit Tagen. Vielleicht musste ich mir nur mehr Mühe geben. Vielleicht konnte ich zu der werden, von der diese Mutter ihrem Sohn weismachen wollte, dass ich es war. Vielleicht konnte ich zu der werden, die er in mir sah.

Vielleicht war es nicht zu spät.

Es war ein Funken Hoffnung. Es war nicht mehr als ein Funken in der Dunkelheit. Noch ein Detail, das nicht wahr ist.

Eine wildfremde Person, die an dich glaubt, wird niemals ausreichen. Ein Funke ist schön, aber er ist winzig. Er wirft kein Licht in die dunklen Schatten. Er wärmt nicht. Er schwebt durch die Nacht, frei und lebendig und wunderschön, doch er schützt niemanden vor der Kälte. Er schützt niemanden vor der Dunkelheit.

Du kannst so viel hoffen, wie du willst, allein dadurch wird sich nichts ändern. Die Umstände werden nicht besser. All dein Kummer wird sich nicht in Luft auflösen. Als ob ein Fünkchen Hoffnung die

Welt bedeutete. Die Tage bleiben grau und stumpf. Dein Herz bleibt schwer und deine Seele stumm. Nichts ändert sich, nur weil jemand ein gutes Wort über dich verloren hat. Es nimmt nicht den stechenden Schmerz der Worte der anderen. Es nimmt dir nicht die Last von den Schultern. Wie sollte es?

Kein Lächeln hat es je geschafft, den grauen Mantel aus Regen und Kälte aus dem Leben eines anderen zu wischen. Vielleicht war es wie ein einzelner Sonnenstrahl, der durch die Wolken bricht. Der andere blickt auf in den Himmel und für einen Moment spürt er die Wärme, sieht das Licht. Dann ziehen die Wolken zu und der Regen prasselt genauso stark wie zuvor. Ein Strahl allein wärmt nicht, er trocknet nicht und er lässt die Welt schon gar nicht leuchten. Aber er kann Hoffnung geben.

Genug Hoffnung für einen weiteren Tag …

Und mit ein bisschen Glück wird am nächsten Morgen ein weiterer Strahl durchbrechen, nur für einen winzigen Augenblick. Und es wird reichen. Tag für Tag, Herzschlag für Herzschlag. Es wird sich nie anfühlen, als wäre es genug – weil es nie genug sein wird. Es wird gerade reichen, um weiterzukommen. Zum nächsten Tag, zum nächsten Herzschlag.

Und mit ein bisschen mehr Glück wird der Regen leichter, die Wolkendecke lichter und eines Tages … eines Tages wird das Unwetter vorbeigezogen sein. Bevor man sichs versieht, wird die Sonne scheinen und die Welt wird ein kleines bisschen besser sein. Nicht gut. Noch nicht.

Denn du bist durchnässt. Du zitterst vor Kälte. Du bist geblendet vom ungewohnt grellen Licht. Erst nach einer Weile wirst du lächeln. Die Sonne wird dich wärmen und eine sanfte Brise wird dein Gesicht streicheln. Und du wirst wissen, es könnte ein Sturm sein – nichts würde sich ändern. Denn kein Orkan wird dich jemals aus der Bahn werfen. Du hast schon Schlimmeres überstanden.

Eine wildfremde Person, die an dich glaubt, wird nie Großes verändern. Es zählt nicht, wer an dich glaubt. Wie viele an dich glauben. Wie sehr sie an dich glauben.

Die Welt spiegelt nur dich wider. Deine Ängste, deine Gefühle, deine Hoffnungen und Gedanken. Es ist deine Welt, die du durch deine Augen siehst. Andere können dir helfen, sie können die Dinge nicht allein ändern. Am Ende liegt es an dir, ob du den Kampf gewinnst.

Eine Begegnung, ein Wort, ein Lächeln, eine wildfremde Person kann es ins Rollen bringen. Denn Hoffnung ist wie ein Funken. Sie allein ändert nichts. Du musst den Funken einfangen, ihn füttern, ihn hegen und pflegen – dann kann er ein Feuer entfachen.

5. KAPITEL

Ich war fest entschlossen, meine Situation zu verbessern. Ich war die Heldin dieser Geschichte. Ich würde sein, was dieser kleine Junge glauben wollte. Zumindest würde ich so tun. Ich war bereits am Tiefpunkt angekommen. Jetzt blieb mir nichts, außer mich nach oben hochzuarbeiten. Heute war ein neuer Morgen, wir würden unsere Reise fortsetzen. Ich würde diese Blamage hinter mir lassen können. Der perfekte Zeitpunkt für einen neuen Anfang. Vielleicht war es dafür ja nicht zu spät.

Ich wusste jedenfalls schon, was ich zuerst tun musste. Der Bote würde mich nicht länger herumschubsen können. Das musste ich mir nicht gefallen lassen.

Ich stellte mich in die Mitte des Raumes, fester Stand, die Schultern zurück, das Kinn trotzig gereckt. Ich hatte mir kein Kopftuch umgebunden, obwohl ich darin inzwischen echt gut war. Heute würde ich mich nicht verstecken.

Der Bote war ein gewissenhafter Mensch; er kam stets zur selben Zeit. Das ermöglichte mir, nicht allzu lange wie der letzte Volltrottel stocksteif dazustehen und wütend die Tür anzustarren. Als ich den Schlüssel hörte, straffte ich meinen Körper ein letztes Mal und ich setzte den vernichtendsten Blick auf, den ich aufbringen konnte. Die Tür schwang auf, der Bote sah mich und blieb sichtlich überrascht stehen. Normalerweise fand er mich in Gedanken versunken in einer Ecke. Ich nutzte die Chance, nagelte mit meinem Blick sein verdutztes Gesicht an die Wand und fuhr ihn an: »Ich will meinen Hund zurück! *Sofort!*«

Er zuckte kurz zusammen, als ich meine Stimme hob. Dann grinste er: »Na also. Geht doch. Wir fahren in einer Stunde ab. Hier ist dein Frühstück, ich lasse unterdessen den Hund in den Wagen bringen. Und zieh dir ein Kopftuch an, da dulde ich keine Widerrede. Ich bin zwar mehr als froh, dass du endlich deinen Kampfgeist gefunden hast, solange du wie ein zerknitterter Besen aussiehst, kauft dir trotzdem niemand die Heldengeschichte ab.«

Er stellte eine Schüssel Haferbrei auf meinen Nachttisch, lächelte mir aufmunternd zu und verließ den Raum. Er schloss die Tür höflich und leise hinter sich, ohne sie abzuschließen.

Ich stand in der Mitte des Raumes, fester Stand, Schultern gehoben, den Mund fassungslos offenstehend und starrte die Tür an wie der letzte Volltrottel. Was zur Hölle?

Sah aus, als wäre der Bote nicht so leicht zu durchschauen, wie ich gedacht hatte. Ich zuckte mit den Schultern, gab meine bescheuerte Haltung auf und grinste. Das konnte interessant werden.

Zurück in der Kutsche war alles beim Alten. Es hatte eine Weile gedauert, bis Luna sich beruhigt hatte – sie musste davon ausgegangen sein, dass sie mich nie wiedersehen würde. Jetzt lag sie ruhig auf meinen Füßen und schlief.

Ich ließ die Vorhänge offen, ich wollte mir keine weitere Schwäche anmerken lassen. Und außerdem war die Umgebung viel zu schön dafür. Seit ich neuen Mut gefasst hatte, sah ich die Reise anders. Endlich hatte ich eine Chance, zu sehen, was am Fuß der Berge lag …

Ungeachtet meiner Bemühungen verfolgten mich die schrecklichen Bilder aus Cajakir weiter. Ich verdrängte sie so gut ich konnte, will heißen: ebenso gut, wie man Schatten mit bloßen Händen abwehren kann. Ich musste mich irgendwie ablenken.

Der Spruch meiner Großmutter. Der Moment hatte sich tief in mein Gedächtnis eingebrannt. Ihre Stimme, die so anders klang als sonst, die fremdartigen Worte – selbst der Geruch des Grases war klar und deutlich. Es konnten keine Wochen seitdem vergangen sein, die Erinnerung war zu stark, zu lebendig. Ich hatte nicht mehr daran gedacht, seit wir losgefahren waren. Ich hätte das Heimweh nicht ausgehalten, das damit einhergegangen wäre. Jetzt, nachdem es sein grausames Spiel mit mir gespielt hatte, mich auf den Boden geschmettert und in tausend Stücke hatte zerspringen lassen … war ich immun. Es konnte mir nichts mehr anhaben. Das Bild der Berge im Sonnenaufgang schmerzte nicht mehr. Es war zu weit weg. Ich würde es zu meinem Licht in der Dunkelheit machen.

Und so schloss ich die Augen und träumte mich zurück in meine Heimat. Auf die Bank neben meine Großmutter. Lauschte dem vertrauten Klicken ihrer langen Stricknadeln, bis ich ganz ruhig war. Dann sah sie mich an. Ihr Blick war traurig und doch so entschlossen, so wach und bestimmt.

»*Wenn Finsternis kriecht aus den Schatten*
in der hellen Hügel Licht,
begonnen mit den dunklen Ratten,
besteht der alte Herrscher nicht.
Das Rot der Morgensonne,
Aufgang oder Untergang –
restez fehouu ra deonne,
wie einst die Gold'ne Drossel sang.«

Es klang wie eine alte Prophezeiung. Das war merkwürdig, denn meine Großmutter hatte nie an diese Hirngespinste geglaubt. Sie war viel zu vernünftig dafür. Dieser Spruch war ihr dennoch wichtig gewesen. Ich würde ihn verstehen, wenn die Zeit gekommen war …

Der erste Teil war klar. Es ging um Monster. Um die Gefahr, die auf dem Vormarsch war. Die Ratten waren die ersten von den Biestern, die ich zu Gesicht bekommen hatte. Und sie waren nur die Vorhut. Was mit der Kuh geschehen war – das ging über Ratten hinaus. Ich schluckte. Nicht daran denken, konzentrier dich. Du liebst Rätsel. Und wann hatte man schon einmal eine Prophezeiung, die es zu entschlüsseln galt?

Besteht der alte Herrscher nicht. Es ging um den König, oder? Konnte es einen anderen Herrscher geben, der gemeint war? Und was sollte der zweite Vers bedeuten? Was war die Goldene Drossel?

Ich verbrachte Stunden damit, aus dem Fenster zu starren und mir den Kopf zu zerbrechen. Um uns herum zog die Landschaft vorbei. Die grünen Hügel wogten auf und ab wie die sanften Wellen eines riesigen Ozeans.

Ich kam kein Stück weiter.

Immerhin musste ich nicht mehr an Kuhhirn denken.

Ein Räuspern riss mich aus meinen Gedanken. Der Bote sah mich erwartungsvoll an.

»Nach den Ereignissen in Cajakir wäre es das Beste, bald mit dem Training zu beginnen«, wiederholte er.

Mehr erwartungsvolles Schauen.

»Training?«, fragte ich verwirrt.

»Ja. Deine Fechtausbildung. Eine Axt, Keule, selbst eine Lanze wäre zu schwer für dich. Zweihänder genauso. Ich könnte mir vorstellen, dass du selbst mit den normalen Einhändern Probleme bekommen würdest. Keine Sorge, der Degen ist in Stilfragen sowieso nicht zu schlagen. Einen professionellen Fechttrainer kann ich dir leider erst im Palast bieten, die aktuelle Lage verlangt aber nach sofortigen Maßnahmen. Als unsere Heldin solltest du wenigstens die Grundlagen der Selbstverteidigung beherrschen.«

»Ihr bringt mir das Fechten bei?«

Der Bote lächelte: »Nicht ich. Die Männer. Und nicht das Fechten, das ist zu grazil für sie. Ein paar grundlegende Zweikampftechniken des Schwertkampfes vielleicht? Wir werden auf jeden Fall heute Abend beginnen. Mal sehen, wie lernfähig du bist.«

Ich zog misstrauisch die Augenbrauen hoch.

Na, dann würden wir mal sehen, was ich so draufhatte …

Wir hatten früher haltgemacht als sonst, um mehr Zeit für mein erstes Training zu haben. Das wäre nicht unbedingt nötig gewesen, die Tage wurden bereits spürbar länger. Offensichtlich konnten es die Soldaten kaum erwarten. Kichernd wie kleine Mädchen saßen sie auf dem Boden und bildeten einen Kreis um mich und einen schmächtigen jungen Mann, der mein Lehrer für heute Abend sein sollte. Ich konnte sie hinter vorgehaltenen Händen flüstern hören.

»Das wird ein lustiger Abend.«

»Ja, endlich wird mal wieder ein richtiger Grünschnabel verhauen! Und dazu noch diese eingebildete Göre!«

»Eingebildet! Eingebildet trifft es genau! Verstehst du? Wegen den Einbildungen?«

Das Kichern schwenkte für einen Moment in ein Grölen um.

Ich straffte meine Schultern und atmete tief ein. Der Junge streckte mir einen Stock entgegen: »Deine Übungswaffe.«

Ich packte den Stab, schwang ihn ein paar Mal durch die Luft und versuchte, das dadurch hervorgerufene Gelächter zu ignorieren. Der Stock war so geformt worden, dass er die Eigenschaften eines Schwertes nachahmte. Es war gutes, schweres Holz, das jemand fachmännisch zurechtgeschnitzt und glatt geschliffen hatte. Es lag perfekt ausbalanciert in meiner Hand – eine ausgezeichnete Übungswaffe. Obwohl das Ganze wirkte, als wollten sie sich nur über mich amüsieren, dieses Training war kein Spaß. Es ging darum, mir das Kämpfen beizubringen.

»Haltung annehmen!«, bellte einer der älteren Soldaten aus dem Publikum.

Mein Gegner ging in Schrittstellung, duckte sich leicht und hob seine Waffe. Ich gab mein Bestes, seine Positur zu übernehmen, die schon bei ihm blöd aussah. Lange, dünne Arme und Beine sowie ein pickeliges Gesicht sind nicht gerade gut dazu geeignet, bedrohlich zu wirken. Und ein polierter Stock allein reicht leider nicht, um den nötigen Anschein von Gefährlichkeit zu erwecken. Ebenso wenig wie ein knappes Wams oder ein zu großer Helm. Wenigstens besaß er eine richtige Rüstung. Ich wusste nicht, was die korrekte Bezeichnung für das Ding war, das man mir zum Training angezogen hatte.

»Wir starten mit den ersten Verteidigungsübungen. Soldat! Du greifst abwechselnd von links und rechts an. Brusthöhe, halbe Kraft! Verstanden?«

»Verstanden!«, krächzte mein Gegner.

Oh nein, wie peinlich. Er war im Stimmbruch. Diese Eskorte musste sein erster richtiger Einsatz sein. Na toll. Da konnte man mal sehen, wie ernst die ganze »große Heldin«-Sache genommen wurde.

»Und unsere geschätzte Retterin auf der anderen Seite«, ich warf ihm einen bösartigen Seitenblick zu, »wird versuchen, die Schläge abzuwehren. Auf mein Kommando!«

Ich spannte meine Muskeln an und stieß schnaubend den Atem aus. Erwartungsvolle Stille. Die Menge hielt die Luft an, um jeden Moment in schallendes Gelächter ausbrechen zu können. Mein Blick blieb am Boten hängen, der mit übergeschlagenen Beinen auf einer Kiste saß. Er wirkte hoffnungslos arrogant, wie er so dasaß in seiner adretten blauen Uniform und all die herumlungernden Soldaten um eine halbe Körperlänge überragte.

»Achtung!«

Der Bote zwinkerte mir zu.

»Fertig!«

Ich war so verwirrt, dass ich fast meinen Einsatz verpasst hätte. Ich beeilte mich, mein Gegenüber zu fixieren.

»Los!«

Der erste Schlag kam von links. Er war langsam und zögerlich, der Junge hatte den Anstand, mich am Anfang erst mal zu schonen. Ich riss meinen Stock empor und parierte. Die Waffen prallten mit einem dumpfen Knall aufeinander.

Nächster Schlag. Rechts. Dieses Mal mit mehr Kraft. Ich schob meinen linken Fuß um eine Handbreit nach außen, um besser dagegenhalten zu können.

Links.

Rechts.

Links.

Rechts, links, rechts, links.

Die Schläge wurden schneller und kräftiger, die Anweisung dagegen war klar: Brusthöhe, Seiten abwechseln und besser mal halblang machen. Das konnte man kaum als gute Angriffsstrategie bezeichnen. Aber auch die Technik …

Der Junge war langsam. Und beim Schlag von links holte er zu weit aus. Sein Arm benötigte eine Ewigkeit, bis unsere Stöcke sich trafen.

Rechts … links, rechts … links, rechts …

Ich fasste einen Entschluss. Links.

Rechts …

Ich machte einen Satz nach vorne und stieß meinen Stab mit voller Kraft in die Magengegend meines Gegners. Ich konnte hören, wie mein Schlag an seinem dick gepolsterten Wams abprallte. Des Weiteren konnte ich hören, wie die Luft aus seinen Lungen gepresst wurde. Er stolperte rückwärts und rang um Gleichgewicht und Atem.

Ich richtete mich auf, machte einen Schritt zurück und lockerte meine Haltung. Um mich herum brandete Gelächter auf. Es war weitaus schallender, als ich vermutet hatte.

Ein spöttisches Grinsen entglitt mir. Mit einem selbstzufriedenen Kopfnicken warf ich eine meiner unregelmäßigen Strähnen zur Seite, die mir schon viel zu lange im Gesicht hing. Ich hatte mich nicht blamiert.

Die Soldaten sprangen auf, umringten den pickeligen Jungen und halfen ihm auf die Beine. Einer der Männer klopfte mir auf die Schulter.

Selbst der Hauptmann nickte mir anerkennend zu: »Du bist nicht so verweichlicht, wie wir dachten, Mädchen. Sauberer Schlag. Männer! Zurück an eure Plätze! Das Training wird gleich fortgesetzt.«

Ich sah mich nach dem Boten um, wie er da so auf seiner Kiste thronte, aber er lächelte nur wissend.

Zwei Stunden später saß ich übersät mit blauen Flecken und zufrieden mit meiner Leistung am Lagerfeuer. Der erste Treffer war zwar nur Anfängerglück gewesen, doch ich hatte mich insgesamt gut geschlagen. Das Trainingstempo hatte schnell angezogen, nachdem den Soldaten klargeworden war, dass sie mich unterschätzt hatten. Ich war stets jemand anderem gegenübergestanden und gemeinsam waren wir eine Übung nach der anderen durchgegangen. Rechts parieren, links parieren, hohe Schläge abwehren, tiefe Schläge abwehren, kontern. Einen gezielten Schlag ausführen. Erste vorsichtige Schritte. Zurückweichen. Ab und an sprang einer der erfahreneren Männer auf, stoppte den Kampf mit einem kurzen Handzeichen und gab mir einen Tipp. Einer schob meinen Arm sanft nach oben, ein anderer stellte sich neben mich und demonstrierte, wie man den Schlag richtig ausführte. Ich brauchte zehn Anläufe, bis er zufrieden war und an seinen Platz zurückkehrte. Ein dicklicher Soldat gab mir ständig Hinweise zu meiner Fußstellung.

Es war ein erstaunliches Gefühl. Zum ersten Mal seit Anbruch der Reise fühlte ich mich als Teil einer Gemeinschaft. Ich machte Unmengen an Fehlern und jedes Mal wurde mir versichert, dass ich auch Fortschritte machte. Ich sei ungewöhnlich schnell für einen Anfänger, meinte jemand. Ein anderer pflichtete bei, dass die Schläge im ersten Training normalerweise nicht derart aufeinanderprasselten. Gut, mir fehle es an Kraft, aber die könnte man sich erarbeiten. Schnelligkeit sei ein Talent. Ich kann jetzt noch spüren, wie meine Brust damals vor Stolz anschwoll.

Die Dinge waren besser geworden, seit wir Cajakir verlassen hatten. Der heutige Abend hatte meinen Ruf wiederhergestellt. Und ich musste mir eingestehen, dass ich meine Wachen zum ersten Mal als Menschen ansah. Als mögliche Freunde. Zumindest als Gesprächspartner. Sie hatten sich während des Trainings beinahe rührend um mich gekümmert und ich hatte bald festgestellt, dass ihr Lachen lange nicht so gemein war, wie es klang. Es war nichts, wegen dem man sich schlecht fühlen musste. In der Armee wurde man eben nicht mit Samthandschuhen angefasst.

Selbst das Essen war besser geworden. Wir hatten unsere Vorräte in Cajakir aufgefüllt und der undefinierbare Eintopf bestand jetzt aus Bohnen, Kartoffeln und frischem Gemüse.

Ich weiß genau, wie ich damals am Feuer saß und den Geschichten der Männer lauschte. Luna hatte ihren Kopf auf den Schoß eines breitschultrigen, bedrohlich dreinschauenden Kerls gelegt, der sie seit gut einer Stunde liebevoll hinter den Ohren kraulte. Ein älterer Herr, der in seinen letzten Jahren bei der Armee war, hatte den ganzen Abend lang geschwiegen. Jetzt rieb er sich nachdenklich den struppigen weißen Schnauzer und sah mich durchdringend an.

»Du kannst einem leidtun, Mädchen«, meinte er mit gedämpfter Stimme.

Ich teilte seine Meinung, dennoch war ich verwirrt. Gerade jetzt ging es mir relativ gut, ich hatte Zuversicht gewonnen, meinen Platz gefunden. Was meinte er?

Er nickte langsam. »Diese Monster sind eine schlimme Sache. Und du bist eine halbe Portion. Kanonenfutter.«

»Sie ist schnell mit dem Degen«, wandte der Bote ein. »Wenn sie erst einen richtigen Lehrer hat, wird sie glänzen.«

»Das meine ich nicht. Sie ist ein gutes Mädchen, das ist sie.«

Zustimmendes Gemurmel. Die ganze Situation war mir schrecklich unangenehm.

»Ich meine die Monster. Das sind schreckliche Biester. Wir hatten es schon mal mit welchen zu tun. Das ist Ewigkeiten her, damals, als ich jung war.«

Der Junge, den ich beim Training so blamiert hatte, hörte auf, mit einem Stock im Feuer herumzustochern und fragte: »Als du jung warst? Du meinst, als der Feuergott auf der Erde gewütet hat?«

Vereinzeltes Gelächter. Der Kleine bekam einen Stoß in die Rippen.

Er zuckte kurz zusammen, dann murmelte er eine kleinlaute Entschuldigung. Als Neuling nichts gegen die Dienstältesten sagen – gemerkt. Es war eine naheliegende Regel, und ich wollte es mir auf keinen Fall mit der Truppe verscherzen. Ich hatte das ungute Gefühl, dass das hässlich werden könnte.

Der Junge wagte sich erneut vor, vielleicht wollte er nicht zu schüchtern wirken nach dem Debakel heute. Ein ganz schönes Risiko, wie ich fand. Mit einem vorlauten Grinsen fügte er hinzu: »Das waren schon richtige Monster damals? Nicht nur deine Alte in ihrer roten Woche?«

Diesmal mehr Gelächter. Er hatte voll ins Schwarze getroffen. Diese Art von Humor kam also gut an. Trotzdem war das ein Mittel, das ich auf keinen Fall nutzen würde, um mich beliebt zu machen.

Ich kam mir bescheuert vor, wie ich so dasaß und analysierte, was die Männer sagten. Es hätte nur eine Rolle Pergament gefehlt, auf der ich jedes Wort niederschreiben konnte. Wenn ich denn je gelernt hätte, wie man Buchstaben auf Papier malte.

»Sie waren anders als die hier. Nicht bloß riesige Tiere. Richtige Abscheulichkeiten.«

Ich vergaß meine Rolle als Verhaltensforscherin. »Was meinst du?«

Er sah mich traurig an: »Tja, Mädchen. Ich fürchte, das wirst du eines Tages selbst herausfinden. Wir haben sie nur vertrieben damals, weißt du? Man konnte sie nicht schlagen. Die Biester sind schnell, stark und tödlich. Und gerissen. Hinterhältiges Pack. Wir haben den Abschaum zurückgetrieben in den Düsterwald, wo er hingehört.«

»Das Übel dieser Welt stammt aus dem Düsterwald«, warf ein anderer Soldat ein.

»Ausgerottet haben wir sie nicht. Hätten wir sollen – das waren richtige Abscheulichkeiten, sag ich euch, richtige Abscheulichkeiten. Mischwesen, was sag ich – Missgeburten! Eine Schande vor dem Feurigen! Allein ihr Anblick hat mir unvergessliche Albträume eingejagt. Dagegen sind ein paar zu groß geratene Ratten nichts!«

»Wie habt ihr sie geschlagen?«, fragte der pickelige Junge auf einmal ganz ehrfürchtig.

»Ha! Das war eine Geschichte damals! Es gab eine richtige Schlacht, ein Blutbad. Der König selbst hat an vorderster Front gekämpft; ich war bei den Speerträgern. Nie werde ich die Freude vergessen, mit ihrem vermoderten Blut den Rasen zu tränken …«

»Das ist in der Tat eine glorreiche Geschichte unseres Landes«, pflichtete der Bote bei. »Der König hat damals unzählige von ihnen erschlagen. Ein wahrer Held!«

Die Männer grunzten, und mehr pflichtbewusst als überzeugt verfielen sie in ein Mantra: »Hoch lebe der König! Möge sein Glanz dem des Feurigen gleichen! Lang lebe der König!«

Der Koloss, der mit Luna schmuste, seufzte. »Das ist ja schön und gut, alte Heldentaten, unser ehrwürdiger König als junger Spund siegreich auf dem Schlachtfeld, wir kennen die Geschichte … Aber die Monster? Ernsthaft? Wir schlagen uns schon genug mit denen rum. Fällt denn niemandem von euch was Lustiges ein?«

»Man sagt, es soll Frauen geben, die seien intelligenter als Männer.«

Verwirrtes Schweigen. Ich runzelte misstrauisch die Stirn. Worauf wollte der Soldat hinaus?

»Na ja … Davon wird die Küche nicht sauber.«

Die Menge grölte. Ich lachte erzwungen mit. Ich wollte dazugehören.

»Mir fällt eine witzige Geschichte ein«, meldete sich ein Soldat von durchschnittlichem Alter, mit durchschnittlicher Figur und dunkelbraunen Haaren zu Wort. Ich kann mich an nichts mehr erinnern, was an ihm bemerkenswert war. Diese Tatsache war wahrscheinlich das Bemerkenswerteste an ihm.

»Damals war ich ganz jung. Ein Kind. Vielleicht acht oder zehn Jahre alt. Wir lebten in der Nähe von Cajakir, in einem kleinen Kuhdorf. Da gab es diese Barbaren, keine Ahnung, dahergelaufene Gauner, die unserem Kaff ganz schön zu schaffen machten. Wir hatten damals ein Versteck im Wald, nahe vom Stadtrand. Meine Mutter hat mich und meine kleine Schwester da hingeschleppt, sobald sie die Pferde von den Mistkerlen am Horizont gesehen hat. Wir waren da mit ein paar anderen Familien, Freunde von meinen Eltern, glaube ich. Und so 'ne alte Frau, die ist dann auch gestorben, ist jetzt egal. Jedenfalls, eine von den Frauen hatte ein Baby, also hat meine Mutter 'ne

Kuh mit zum Versteck genommen, für Milch. Essen war ja knapp damals wegen der Barbaren. Dachte halt, es wäre 'ne gute Idee, Milch für das Baby dazuhaben. Also, meine Mutter bindet die Kuh in der Nähe vom Versteck an – nicht zu nah, sie ist ja nicht blöd oder so. Wir gehen rein, kauern uns da zusammen und die Barbaren greifen an.« Er biss eine Ecke von seinem Brot ab und sprach mit vollem Mund weiter: »Die waren schon eindrucksvoll. Echte Gauner, ungewaschen und mit zerlumpter Kleidung und Fellen und so. Wie sie da so angeritten kamen, mit wehenden Fahnen auf ihren Pferden und mit lautem Gebrüll. Die konnten jeden niederreiten, sag ich euch. Richtige Horden waren das. Haben unsere Häuser geplündert und die Felder in Flammen gesetzt. Ich hatte 'ne Riesenangst, wenn ich da unten in dem Versteck saß. Ein richtiger kleiner Scheißer.«

Die Männer lachten.

»Jedenfalls, als der Angriff vorbei war, kommen wir da raus. In der Ferne qualmt unser Dorf und wir haben Schiss, dass einer der Männer draufgegangen ist. Meine Mutter wollte zuerst nach der Kuh sehen, weil das Baby schon die ganze Zeit geschrien hatte. Wir gehen da also hin und da liegt die Kuh. Hat was abbekommen. Die hätten selbst einen Stier niederreiten können. Und sie will halt nicht mehr aufstehen. Halb tot, denken wir. Was beim Sturz passiert. Und einer meint: ›Die muss schrecklich leiden, so eine Schande, dass sie nicht gleich draufgegangen ist.‹ Ich steh so da, also, ich hab meine Armbrust dabei. So eine kleine für Kinder, nur ein Spielding. Und ich denke: ›Der geb ich den Gnadenstoß.‹ Dem riesigen Vieh. ›Wenn ich nur durchs Auge schieße, stirbt es schon.‹ Das hat mein Vater mir gesagt: ›Erst schießen, wenn du das Weiße in ihren Augen siehst.‹ Gut, 'ne Kuh hat nicht viel Weißes im Auge, aber sie liegt still da. Ich nehm also meine Armbrust, ziele und – Volltreffer.«

Er nimmt einen weiteren Bissen von seinem Brot und kaut genüsslich. Das war die Geschichte? Ein bisschen enttäuschend ist das schon.

Dann reißt er die Augen auf und grinst begeistert: »Da springt die Kuh auf und rennt davon! Nichts ist der passiert, nichts! Rennt davon, mit dem Pfeil im Auge. Die einäugige Liese, ja, so haben wir sie danach genannt. War meine Lieblingskuh. Jaja, die Liese …«

Ich konnte es nicht leugnen: Das Bild von der Kuh, wie sie mit dem Pfeil im Kopf aufgebracht das Weite suchte, war amüsant. Es erinnerte mich zwar ungut an andere Kühe, trotzdem musste ich schmunzeln. Ich mochte die einäugige Liese.

Der durch und durch durchschnittliche Soldat wandte sich an mich: »Ihr habt gar keine Kühe bei euch da oben, oder?«

Ich schüttelte den Kopf.

Ein anderer mischte sich ein: »Sag mal – was ist deine Geschichte?«

Damals wusste ich keine Antwort.

Ich war nur ein ganz normales Mädchen. Ich war sechzehn. Ich hatte nicht genug Zeit gehabt, Abenteuer zu erleben.

Jetzt bin ich siebzehn.

Und was ihr bis jetzt gehört habt, ist erst der Anfang meiner Geschichte …

6. KAPITEL

Endlich ging es mir gut. Etwa eine Woche lang.

Für kurze Zeit war ich zufrieden mit meinem Leben. Es war nicht so, wie ich es erwartet hatte – es war in keiner Weise so, wie ich es mir gewünscht hatte –, aber es war in Ordnung.

Ich machte gute Fortschritte im Kampftraining. Meine Muskeln waren Arbeit zwar gewohnt, dennoch fehlte mir die Ausdauer beim Kampf. Die Umstellung war hart und bereits die kleinste Bewegung brachte mich dazu, gequält aufzustöhnen. Außerdem hinterließ jeder Treffer sein schmerzendes Mal auf meiner Haut. Ich glaube, die haben mich damals grün und blau geprügelt. Und es machte Spaß. Ich kämpfte gern.

Vielleicht war ich hier gar nicht so falsch. Besonders die Abende gefielen mir. Sie erinnerten mich an zu Hause. Lagerfeuer, Geschichten, eine warme Mahlzeit und der endlose Sternenhimmel. Je länger die Tage wurden, umso schöner wurden die Nächte. Wenn die Luft lau und der Himmel klar war, wenn es nach Heu duftete und die Grillen zirpten …

Und die Geschichten waren neu. Und aufregend. Es waren Geschichten vom Krieg. Geschichten von Schlachten, von Monstern, von Heldentaten und manchmal sogar von der Liebe. Vieles war wahr, noch mehr geflunkert.

Ich hörte Sagen aus anderen Regionen des Landes. Ich kannte nur die Geschichten von den Wesen der Berge: die von dem Schneemenschen, den Elfen, den einsamen Wölfen.

Im Hügelland gab es viel mehr Feen und Kobolde. Es gab Märchen aus den sumpfigeren Teilen des Landes, mit Irrlichtern und gigantischen Kröten, von denen ich bis heute bete, dass sie nicht wahr sind. Ich kann mir Schöneres vorstellen als den schleimigen Tod in den Tiefen einer Unke.

Es gab Geschichten vom Meer.

Gott, war ich fasziniert vom Meer. Vom unendlichen Wasser. Vom Himmel aus Wellen. Ich bettelte förmlich nach Geschichten über Seemänner, über Piraten, über riesige Seeschlangen und wunderschöne Meerjungfrauen. Ich wünschte, ich hätte die Chance gehabt, das Meer zu sehen.

Es war nicht nur schön. Die Männer waren derb, die Reise war anstrengend und ich wurde trotz allem nicht richtig respektiert. Letztendlich war ich eben nichts anderes als ein kleines Hirtenmädchen, weit weg von daheim.

Ich verbrachte viel Zeit damit, über den Spruch nachzudenken. Ich war besessen davon, seine Bedeutung zu ergründen. Ich glaubte, das würde mich auf eine magische Art und Weise unverwundbar machen.

Die Landschaft hatte sich mittlerweile verändert. Sie war jetzt fast ganz flach, ein befremdliches Gefühl. So weit man schauen konnte, nur Grasland. Ich fühlte mich wie auf dem Präsentierteller. Ich vermisste die schützende Anwesenheit der Berghänge. Dennoch genoss ich den Sommer. Die Wiesen blühten und grünten. Und in der Luft lag das Sirren von unzähligen Insekten.

Es wurde lauter.

Ja.

Ich war felsenfest überzeugt: Gerade eben war es leiser gewesen. Waren das Punkte am Horizont?

Langsam wurde es unheimlich. Da waren Punkte – größer werdende Punkte.

Und das Sirren wurde stetig lauter.

So ein Geräusch konnten nur Flügel verursachen, die sich unaufhaltsam näherten.

»Bote?«, meine Stimme klang mehr als besorgt. Er sah nicht mal auf.

»Da sind Punkte am Himmel.«

»Hmh …«

»Da sind Punkte am Himmel«, versuchte ich es erneut. »Da fliegt was.«

»Das nennt man Vögel.«

Oh Gott. Langsam wurde mir das zu blöd.

Ich schrie ihn geradezu panisch an: »Jetzt hörst du mir mal zu! Da draußen sind Tiere! Und sie kommen näher! Wir sind in Gefahr! Kannst du das Surren denn nicht hören?«

Der Bote sah auf. Er legte den Kopf schief und lauschte.

»Ich höre nichts.«

»Das ist unmöglich! Es ist laut und deutlich!« Ich hörte genau hin. »Da! Es wird lauter. Du musst das doch …«

»Sie müssen.«

Was zur …? Damit brachte er mich jetzt völlig aus der Fassung.

Er seufzte: »Zoraya. Es lief so gut. Die Männer haben angefangen, dich zu mögen. Du musst das jetzt nicht zunichte machen. Wir haben über deine Wahnvorstellungen gesprochen.«

Ich stutzte: »Du – ich meine, Sie hören tatsächlich nichts?«

»Nichts außer dem Getrappel der Hufe und diesem unausstehlichen Quietschen. Diese Kutsche ist wahrlich eine Zumutung.«

Ich sah aus dem Fenster. Die Punkte waren noch da, größer als vorher und viel zu viele. Ich machte mir Sorgen. Es sah unheimlich aus. Konnte das eine Einbildung sein?

Die Schatten im Wald waren damals verschwunden, als hätten sie sich in Luft aufgelöst. Doch es waren keine Hirngespinste, die die Kuh in Cajakir zerfetzt hatten.

Verlor ich den Verstand? Oder nahm mich nur niemand ernst?

»Bote, ich glaube …«

Er hatte sich längst seinen Schriften zugewandt.

»Zoraya. Mach die Vorhänge zu, wenn dich das beruhigt. Ich verspreche dir, wir sind absolut sicher.«

Zögerlich zog ich die Vorhänge zusammen.

Für eine Weile schaukelten wir unbehelligt weiter. Genau wie sonst. Es war warm und düster in der Kabine. Nur gedämpft brach das Licht durch den schweren roten Stoff. Ich streichelte Luna, um mich zu beruhigen.

Das Surren wurde lauter. Es war jetzt ohrenbetäubend.

Ich hatte den Verstand verloren. Irgendwo zwischen den Bergen und der Straße.

Der Bote sah auf. Panik lag in seinem Blick.

Er starrte mich entsetzt an: »Da ist ein Surren!«

Draußen brach Geschrei los, das Pferd wieherte ängstlich. Die Kutsche stoppte.

Nur wenige Augenblicke später knallte ein schweres Geschoss von außen gegen die Decke und brachte die Kutsche zum Schwanken.

Wir wurden angegriffen.

»Schnell!«, der Bote war aufgesprungen und riss eine Tür auf. »Raus hier, bevor das Pferd durchdreht!«

Er hatte recht. Dies war eine geschlossene Kutsche mit harten Holzbänken und voll scharfer Kanten. Wenn das Pferd oder die Angreifer es schafften, sie umzukippen, waren wir hier drin in Gefahr. Es gab genug Hügel, dass die Kutsche einen Hang hinabschliddern, sich überschlagen und zerbersten konnte. Egal, was da draußen gegen die Kutsche knallte, es konnte nicht schlimmer sein als ein gebrochenes Genick.

Ich sprang durch die offene Tür auf den schlammigen Weg und erschrak zu Tode. Um uns herum befand sich ein Heuschreckenschwarm. Ein Schwarm *riesiger* Heuschrecken.

Sie waren anderthalb bis zwei Meter lang, so groß wie ein ausgewachsener Soldat. Überall hingen sie in der Luft, ihre Flügel schlugen so schnell, dass man sie kaum sehen konnte. Und sie erzeugten dabei ein ohrenbetäubendes Getöse.

Heuschrecken an und für sich sind so harmlos, dass man schnell vergisst, dass es Jäger sind. Ich glaube, ich habe auf meiner ganzen Reise nichts Gruseligeres gesehen als Facettenaugen so groß wie ein Kopf und Beißwerkzeug so lang wie mein Unterarm. Insekten in Großaufnahme sind Furcht einflößend. Sie wirken wie von einem anderen Stern. Ein ganzer Schwarm von Monstern, der auf uns losging.

Der Kampf war längst ausgebrochen. Der Schlachtlärm musste unglaublich laut sein, trotzdem klang er nur gedämpft durch das allgegenwärtige Rauschen der Flügel.

Der Bote war in der Kutsche geblieben und kramte zwischen den Kissen, auf der Suche nach etwas. Während das Pferd von drei Biestern gleichzeitig attackiert wurde! Ich konnte schon das Blut riechen. Was bitte konnte so wichtig sein? Vielleicht würde das Tier es am Ende schaffen, sich im Todeskampf loszureißen und den Hügel hinunterzustürzen.

»Was machst du da drin?«, schrie ich den Boten an. Egal ob ich ihn leiden konnte – er würde sterben, wenn er länger zögerte.

Endlich bewegte er sich, fiel fast aus der schwankenden Kutsche. Er prallte auf die Straße und aus seiner Hand kullerte ein schlanker silberner Degen. Der Bote lag mit schmerzverzerrtem Gesicht auf dem Boden, sein alberner Federhut ertrank ein paar Schritte weiter im Schlamm. Die Kutsche neigte sich zur Seite – glücklicherweise zur anderen, sonst hätte sie gedroht, den Mann unter sich zu zermalmen. Vor Schreck erstarrt stand ich da und sah zu, wie sich der Bote wand und verzweifelt nach seinem Degen tastete.

Dann sah ich sie. Eine braun-grüne Heuschrecke machte sich bereit, über ihr wehrloses Opfer herzufallen. Ich hechtete nach vorne, zu der Stelle, an der das Silber im Schlamm aufblitzte. Ich schnappte den filigranen Griff der Waffe und stieß zu.

Es gab ein hässliches Knirschen, als die Spitze die Unterseite des Insektenpanzers durchstieß. Ich konnte von Glück reden, dass es eine so schmale Klinge war – hervorragend dazu geeignet, den winzigsten Riss auszunutzen. Ansonsten hätte ich dem Biest nichts anhaben können. In dieser Größenordnung glich ihr Chitinpanzer einer schweren Rüstung.

Die Flügel erstarrten in der Luft und das Biest krachte auf den Boten hinab. Grünliches, zähflüssiges Insektenblut ergoss sich über seinen Körper, als das Monster mit einem letzten Zucken seiner Gliedmaßen verendete. Der Bote spuckte angewidert Schleim aus, während er den toten Körper von sich hievte. Mit einer schwungvollen, nahezu eleganten Bewegung sprang er auf, riss den Degen zwischen den Panzerplatten hervor und fuhr zu mir herum.

»Worauf wartest du?«, brüllte er mich an. »Lauf! Mach schon! LAUF!«

Ich starrte ihn nur perplex an. Seine Worte hallten in meinem Kopf wider. Ich hatte ihm gerade das Leben gerettet. Ich hatte eine Heuschrecke getötet. Eine von Hunderten. Ich würde sterben.

Luna biss mich in die Hand.

Endlich kam ich zu mir.

»Lauf!«, schrie der Bote erneut und spießte dabei zwei weitere Heuschrecken auf. Ich gehorchte, nahm die Beine in die Hand und lief.

Luna folgte mir und hatte mich schnell überholt. Wie ein schwarz-weißer Blitz preschte sie den Hang hinab in Richtung eines kleinen Wäldchens. Der Untergrund war nicht steil, dafür von den Regenfällen der letzten Tage aufgeweicht und mit hohem Gras überwuchert. Ich konnte kaum zwei Meter am Stück zurücklegen, ohne zu stürzen. Völlig mit der Situation überfordert blieb ich jedes Mal ein paar Sekunden verwirrt liegen. Mein vom Schock vernebeltes Gehirn versuchte mir weiszumachen, man hätte mir den Boden unter den Füßen weggerissen. Einen Moment lang sah ich nichts außer Schlamm und langen Halmen, die meinen Kopf überragten. Dann setzte der Fluchtinstinkt ein, ich rappelte mich auf und rannte planlos weiter. Erst als Luna am Waldrand stoppte, wagte ich es, mich umzusehen.

Die Soldaten wirkten beeindruckend. Was ich bis jetzt als zusammengewürfelten Haufen erlebt hatte, stellte sich als eingespieltes Team heraus. Die Monster starben wie die Fliegen.

Doch die Überzahl der Schrecken ließ sich nicht ignorieren. Für jede, die fiel, stürzten sich drei neue vom Himmel. Ein gigantischer Schwarm fand die Zeit, Jagd auf mich zu machen. Sie hatten sich vom Rest der Gruppe gelöst und schwenkten laut surrend und bedrohlich mit den Mandibeln klappernd Richtung Wald ab.

Hastig drehte ich mich um und stürzte vorwärts. Im Unterholz kam ich deutlich langsamer voran. Nach nur wenigen Metern hatten sie mich eingeholt.

Lunas Instinkt stellte sich als richtig heraus – zwischen den eng stehenden Bäumen konnten die riesigen Viecher ihre massigen Leiber nur schwer manövrieren. Dennoch stürzte eines auf mich zu. Luna hechtete über einen umgekippten Baum, ich sprang hinterher. Inständig hoffend, dass der modrige Stamm Deckung versprach.

Das Biest krachte mit einem dumpfen Schlag gegen das morsche Holz. In dem riesigen Körper der Heuschrecken konnte nicht sonderlich viel Platz für das Gehirn vorgesehen sein. Gott sei Dank, muss ich sagen.

Luna sprang auf und rannte weiter. Ich erhob mich aus dem verwitternden Laub und folgte ihr. Wie ein Schaf seinem Hirtenhund folgt – ohne zu zögern und ohne zu denken. Sie würde schon wissen, was zu tun war. Ich kannte mein Mädchen. Bei ihr war ich in guten Händen.

So jagten wir tiefer und tiefer in den Wald hinein und ließen unsere Verfolger bald zurück. Sich zwischen den Wurzeln, Farnen und Büschen hindurchzuschlängeln, war um einiges leichter, als es mit zwei, drei Metern Flügelspannweite durchs Geäst zu schaffen.

Atemlos hielt ich auf einer Lichtung inne. Dauerlauf war nicht so meine Sache. Völlig erschöpft ließ ich mich vornüberfallen, stützte meine Hände auf die Knie und keuchte mir die Lunge aus dem Hals. Ich war ausdauernd – ich konnte stundenlang wandern, ich konnte klettern –, aber laufen? Meine Seite schmerzte höllisch und mein Atem klang wie ein Sturm in welkem Laub.

Luna wimmerte, sie wollte weiter, doch das Surren war kaum mehr zu hören. So laut wie die Biester normalerweise waren, konnten sie unmöglich in der Nähe sein. Sie hatten den Wald längst verlassen.

»Schon gut, Süße«, keuchte ich. »Schon gut. Mach Platz!«

Gehorsam legte sie sich hin, allerdings betont langsam und mit vorwurfsvollem Blick.

»Es ist okay«, beteuerte ich.

Ich beugte mich hinab, um sie zu tätscheln, und bekam dabei fast einen Kreislaufkollaps. Na ganz toll. Am besten würde ich jetzt gleich in Ohnmacht fallen. Total heldenhaft. Ich gab wahrlich einen unmöglich zu bezwingenden Gegner ab. Ich wusste gar nicht, was mit mir los war. Gut, es war wärmer, als ich es gewohnt war. Hoch oben in den Bergen blieb es das ganze Jahr über recht frisch. Und um mein Leben zu rennen, stand nicht gerade auf meiner Tagesordnung. Trotzdem: kein Grund, ständig Sternchen zu sehen. Zumal die sich in heiklen Situationen viel zu schnell in das Licht am Ende des Tunnels verwandeln konnten.

Während ich da also schwer keuchend auf der Lichtung herumstand und übers Umkippen philosophierte, trafen meine Verfolger auf der Lichtung ein. Auf ihren riesigen dünnen Beinen krabbelten sie zwischen den Bäumen hindurch. Einer hing am Stamm einer besonders dicken Eiche. Es sah unheimlich aus. Langsam und fast lautlos näherten sie sich, staksten auf ihren langen Gliedmaßen vorwärts. Mir lief es eiskalt den Rücken herunter.

Luna sah mich lange an und ihr Blick war ein einziger Vorwurf: »Ich hab's ja gesagt.«

Und er fügte hinzu: »Was ist jetzt? Darf ich aufstehen? Ist das gestattet? Oder ist es wichtiger, dass ich brav Platz mache? Es ist schließlich alles gut, erinnerst du dich?«

Warum musste sich selbst mein Hund über mich lustig machen? Mir reichte es schon, dass die anderen so taten, als wäre ich ihnen heillos unterlegen.

Ich drehte den Kopf zu den Facettenaugen, die bedrohlich in meiner Nähe glitzerten. Sie wirkten so unwirklich. Als hätten die Biester keine Seele. Langsam krochen sie auf die Lichtung.

»Wolf«, flüsterte ich.

Die erste Heuschrecke setzte zum Sprung an. Es war viel schockierender als das Fliegen. Wie ein Geschoss katapultierte sie sich auf mich zu. Mir blieb keine Zeit, zu reagieren. Es ging viel zu schnell. Ich konnte nur zusehen, wie die seelenlos funkelnden Augen und die scharfen, gezackten Beißzangen auf mich zustürzten. Gleich würde das Monster mich unter seinem Gewicht begraben und mir den Kopf abbeißen. Ich stand da und starrte meinem Tod entgegen.

Ich hatte Insekten nie gemocht.

Was für ein dummer letzter Gedanke.

Ein Schemen rammte die Heuschrecke von der Seite und schleuderte sie bis an den Rand der Lichtung. Ich starrte in die Luft, in der gerade eben mein Tod gehangen hatte, wie eine völlig Bekloppte. Dann machte es Klick in meinem Kopf. Sehr langsam und noch sehr viel verwirrter drehte ich mich nach der Heuschrecke um. Zwischen den Bäumen verschwand ein Schatten.

Luna hatte schneller reagiert, sie stand bereits auf dem nach oben gedrehten Bauch des wehrlosen Insekts und biss ihm die Kehle durch. Es war eine Erleichterung, das Monster tot zu wissen. Eines von dreien.

Meine Chance, mich endlich mal wie jemand Nützliches zu verhalten. Ich entdeckte einen armdicken, stabil aussehenden Ast mit einer hübschen scharfen Kante auf dem Boden.

Ich sprang zeitgleich mit der zweiten Heuschrecke ab, sodass sie mich verfehlte. Ich landete recht unsanft auf meiner linken Schulter, als ich versuchte, mich Richtung Ast abzurollen. Die dritte Heuschrecke duckte sich zum Sprung. Ich griff nach dem rettenden Zweig, bekam die raue Rinde zu fassen, umklammerte ihn mit all meiner Kraft und riss meine Arme in die Höhe.

Mit einem Ruck wurde mir das Ende des Astes in die Magengrube gerammt. Warmes Insektenblut spritzte in mein Gesicht, wälzte sich in Zeitlupe meine Stirn hinunter und verklebte mir die Augen.

Auf mir lag eine aufgespießte Heuschrecke. Mein Bauch schmerzte schrecklich und ich schnaufte unter dem Gewicht des Monsters, während es meine Kleidung mit seinen flüssigen Organen tränkte. Ich ignorierte jeden Anflug von Übelkeit – dafür war jetzt keine Zeit. Es befand sich mindestens eine weitere Schrecke auf der Lichtung und wenn ich jetzt nicht handelte, würde ich mir um andere keine Sorgen mehr machen müssen. Außerdem war ich viel zu schlecht darin, die richtigen letzten Worte zu finden, um jetzt schon draufzugehen. Wenn ich schon starb, sollten meine letzten Gedanken so voll von Bedeutung sein, dass sie überschwappten.

Ächzend und nur mit beachtlichem Kraftaufwand wälzte ich das tote Insekt von mir herab, stemmte meinen Fuß gegen den Chitinpanzer und zog meine provisorische Waffe heraus. Fast fühlte ich mich wie einer der Helden aus den Sagen. Bis auf den kleinen Unterschied, dass ich weder eine goldene Rüstung trug noch ein edles Ross besaß. Stattdessen tropfte mir grünlicher Schleim vom Kinn und mein verzaubertes Schwert war ein knorriger Ast.

Trotzdem hatte ich mich schneller gesammelt als die letzte Heuschrecke. Nachdem sie mich verfehlt und eine Bruchlandung erlitten hatte, saß sie orientierungslos da und wackelte mit den Fühlern. Sie sah beinahe verloren aus und wirkte insgesamt recht harmlos. Wenn da nicht die gigantischen Kauwerkzeuge gewesen wären, die man ohne Probleme als besonders fieses Foltergerät hätte verkaufen können.

Der Ast war schwer – ich musste meinen gesamten Körper in die Bewegung werfen, um ihn schwingen zu können. Er traf das gewölbte Auge des Monsters und mit einem lauten Knacken splitterten kleine dunkle Linsen durch die Luft.

Danach war es ganz leicht. Eine einäugige Riesenheuschrecke verhielt sich genau wie ein vom Rudel getrennter Wolf. Die wirkten zwar gefährlich, im Grunde jedoch wollten sie nur davonlaufen. Meistens genügte es, ihnen einen Schrecken einzujagen. Andererseits war ich schon Exemplaren mit Tollwut begegnet, die mehr Überzeugungskraft benötigten. Luna und ich waren ein eingespieltes Team.

Wir umkreisten den Wolf – beziehungsweise die Schrecke – langsam, bis er den Fehler machte, nach einem von uns zu schnappen. Mit einem Satz war man rückwärts in Sicherheit gesprungen, während das Tier von der anderen Seite attackiert wurde. Ich war froh, dass ich nie so weit hatte gehen müssen, es zu töten, heute hingegen war mir das egal. Es war schließlich kein halb verhungertes, einsames Wesen, das sich verlaufen hatte. Es war ein blutrünstiges Monster, das vielleicht nicht einmal ein Gehirn besaß.

Luna leistete die Hauptarbeit und zu zweit schafften wir es recht schnell, das riesige Tier zur Strecke zu bringen.

Zufrieden stützte ich mich auf meinem Stock auf. Bis auf Luna und mich, gigantischen leblosen Insektenkörpern und Lachen klebrigen Blutes war die Lichtung leer. Ich hatte es geschafft. Ich war eine Heldin.

Rückblickend muss ich mir, glaube ich, beeindruckende Stimmungsschwankungen attestieren. Ich meine – es war halbwegs nachvollziehbar. Das Training hatte mir neuen Mut und neue Hoffnung eingeflößt und die ständigen Spötteleien hatten in mir den Willen geweckt, mich zu beweisen. Dass der Kampf mit den Heuschrecken mich zu derartigen Höhenflügen verleitet hat, ist dennoch nicht ganz entschuldbar. Es war ein Strohfeuer. Es brannte kurz, aber es brannte hell.

Als frischgebackene Heldin – nur um Haaresbreite überlebt, mit Glibber durchtränkt – fiel mir nichts Besseres ein, als die Welt zu retten. Oder zumindest einen kleinen Teil davon. Edelmütig stürmte ich Richtung Schlachtfeld und …

Kann ich diesen Teil aussparen? Bitte? Es gibt viel, viel spannendere Stellen und …

Oh, na schön. Wenn ihr darauf besteht. Glaubt mir, es ist es nicht wert.

Nun, äh, ich habe mich verlaufen. Sang- und klanglos im Wald verirrt. Von wegen guter Orientierungssinn und so. Heldenhaft stürmte ich los und irrte dann stundenlang zwischen den Bäumen herum. Als ich gegen Abend endlich mein Ziel erreichte, waren die Kämpfe längst vorüber. Die Männer empfingen mich trotzdem, als hätte ich ihnen gerade das Leben gerettet.

»Unmöglich!«

»Wir dachten, du wärst tot!«

»Wie hat sie das gemacht? Ganz allein? Sie hatte nicht mal 'ne Waffe!«

»Zoraya stellt euch in den Schatten!«

Sie umringten mich, riefen aufgeregt durcheinander und prügelten förmlich auf meine Schultern ein.

»Unsere Heldin, nicht wahr, Leute?«

Zustimmendes Gegröle. Ich grinste wie ein Honigkuchenpferd.

Ich wusste damals nicht, warum sie so überzogen reagierten, hielt es aber durchaus für angemessen. Ich war einfach toll – hatte ich nicht im Alleingang fünf oder sechs Heuschrecken erledigt?

Die Wahrheit war, dass beinahe die Hälfte des Schwarms mir in den Wald gefolgt war und sich dann verirrt hatte. Oder auf der Suche nach schlechter bewaffneten Zielen weitergezogen war. So waren die Männer jedenfalls glimpflich davongekommen. Es gab zwar einige Schwerverletzte, doch niemand hatte sein Leben lassen müssen. Der Bote hatte die Situation genutzt, um mir heldenhafte Absichten unterzujubeln. Selbstverständlich wollte ich die Monster von meiner Truppe weglocken, ganz allein. Was sonst.

Ich sonnte mich im unverdienten Ruhm.

»Dass du dich für uns geopfert hättest!« – Feige davongerannt bin ich.

»Dass du das überlebt hast! Unglaublich!« – Durch die Hilfe eines mysteriösen Schattens, wenn ich mich nicht irrte.

»Und das im Alleingang!« – Luna hatte den Großteil der Arbeit geleistet …

»Das waren drei Dutzend Brummer!« – Na ja. Eher so fünf Stück. Oder vier.

Zunächst versuchte ich zaghaft, die Sache aufzuklären, nach einer Weile ließ ich mich jedoch von den Schmeicheleien mitreißen. Sollten sie mich für eine Heldin halten. War mir lieber als die Verrückte. Und so ignorierte ich die Wahrheit jenseits der Behauptungen und erzählte stattdessen, wie ich Facettenaugen zertrümmert und Insekten aufgespießt hatte.

Was für ein naives, eingebildetes, unausstehliches Gör ich damals war …

Manche von euch versuchen vielleicht, mir zu sagen, dass ich zu hart mit mir bin. Dass ich mir ruhig mal ein bisschen Erfolg gönnen könnte. Was ist schon dabei, ein Kompliment anzunehmen? Ich hatte ja versucht, die Dinge richtigzustellen.

Nun ja, auf den ersten Blick habt ihr recht. Die Sache ist die: Ich wollte keine Heldin sein. Klar, gerade genoss ich die Sonnenseiten. So viel Hochachtung ist verlockend. Trotzdem wollte ich nach Hause. Und wenn ich damals schon völlig verstanden hätte, was dieser Weg für mich bedeuten würde, hätte ich auf der Stelle die Beine in die Hand genommen.

Rückblickend betrachtet hätte ich vielleicht eine Chance gehabt, aus der Sache rauszukommen. Wenn ich nur nicht unbedingt hätte den Helden spielen wollen. Ich meine, was hatte mir diese ganze Prophezeiungsgeschichte erst eingebracht? Genau. Meine große Klappe. Hätte ich nach der Entführung nur mal nicht so geprahlt.

Wie leicht es gewesen wäre, die Verrückte zu mimen und die vermeintlichen Wahnvorstellungen für meine Zwecke zu nutzen. Aber nein. Wie so viele Menschen weigerte ich mich, aus meinen Fehlern zu lernen. Ich bezeichne mich zwar ganz gern als nicht völlig verblödet, doch in solchen Momenten bezweifle selbst ich das.

Nun gut, das Schicksal hatte sich bereit erklärt, das Problem mit meiner Lernfähigkeit zu übernehmen. Und es würde keine Mühen scheuen, mir Bescheidenheit beizubringen.

7. KAPITEL

Am nächsten Morgen machten wir uns erneut auf den Weg, diesmal jedoch zu Fuß. Das Pferd war beim Angriff umgekommen und ich war mehr als froh, dass mir der Anblick erspart geblieben war. Es hätte mich nur an meine heiß geliebte Kuh erinnert.

Die Soldaten hatten es geschafft, eine der Heuschrecken lebendig zu fangen. Der Bote hielt es für eine gute Idee, eine öffentliche Hinrichtung zu veranstalten, um meinen Status als Heldin zu stärken.

»Das wird großartig ankommen in der Hauptstadt!«, schwärmte er. »Zoraya – die Bezwingerin des Untiers! Ein lebendiges Monster unter deiner Kontrolle zu haben, würde allein schon ausreichen, um mächtig Eindruck zu schinden. Wenn du es dann erst vor ihren Augen köpfst … Hach, ich bin begeistert von dem Symbolcharakter dieser Inszenierung!«

Meine Begeisterung hielt sich eher in Grenzen. Missmutig betrachtete ich das Biest. Man hatte ihm die Flügel abgehackt und es gefesselt. Jetzt wurde es auf einer Trage befördert wie ein Schwerverletzter.

Obwohl es bis zum nächsten Dorf nicht weit war, brauchten wir den ganzen Tag. Wir kamen nur langsam voran. Ein Fußmarsch war unglaublich anstrengend, wenn man so viele Verwundete mitschleppen musste. Und es war nicht so, als hätten die anderen keine Verletzungen zu beklagen. Wie ich mit ein paar Kratzern und einer kleinen Narbe an meiner linken Schulter davonzukommen, war die Ausnahme und reines Glück. Überall sah man provisorische Verbände und Krücken.

Wir machten ständig Pausen. Im Schneckentempo bewegten wir uns unter der gleißenden Sonne über die staubige Straße.

Ich hatte die ganze Zeit über Angst, dass sich das riesige Insekt losreißen würde, um mir den Garaus zu machen. Und ich dachte über den mysteriösen Schatten nach, der mich gerettet hatte. Ich hatte ihn kaum gesehen, beinahe erinnerte er mich an das Wesen im Wald vor Cajakir. Aber das konnte nicht sein. Was ich auf den Felsen gesehen hatte, war ein blutrünstiges Monster gewesen. Und jetzt sollte es mich gerettet haben?

Vielleicht war es gar keine Absicht gewesen. Vielleicht war es ein völlig anderes Tier, das gerne Jagd auf übergroße Grashüpfer machte. Die Heuschrecke hatte sich im Sprung befunden – das reichte, um den Jagdtrieb eines Raubtieres zu wecken. Vielleicht nichts als reiner Zufall …

Ich bezweifelte es. Der Zeitpunkt war zu gut, der Ausgang zu knapp. Und mein mysteriöser Retter war viel zu schnell verschwunden.

Die Strapazen des Fußmarsches lenkten mich rasch von meinen Gedanken ab. Was passiert ist, ist passiert, egal, aus welchem Grund. Es ist vorbei. Punkt. Jetzt, in diesem Moment, musste ich die gesamte Ausrüstung zweier ausgewachsener Männer tragen, damit diese sich um die Verwundeten kümmern konnten. Das war gerade wichtiger. Die Bedeutung zweier Rucksäcke, die zusammen fast so schwer waren wie ich, lastete deutlich spürbar auf meinen Schultern. Die Beweggründe gruseliger Schatten musste ich nicht zusätzlich mit durch die Gegend schleppen.

Im Dorf angekommen, erhielten wir eine neue Kutsche, einen Gefangenentransporter für die Heuschrecke und erst mal einen Tag Pause. Einige unserer Soldaten wurden zurückgelassen, um ihre Wunden versorgen zu lassen. Dafür schlossen sich neue Männer der Gruppe an. Sie hatten von Anfang an Respekt vor mir, eine tiefere Beziehung als das baute ich nie zu ihnen auf. Die meiste Zeit saß ich bequem in der Kutsche und sah der Landschaft beim Vorbeiziehen zu.

Mittlerweile wurde es in der kleinen Kabine schnell warm und stickig. Den Boten störte das nicht, er war es gewohnt, viel unterwegs zu sein. Ich vermisste den frischen Wind der Berge, die klare Luft und den weiten Himmel.

Zwei Tage, nachdem wir das Dorf verlassen hatten, erblickte ich zum ersten Mal wahres Grauen. Wir fuhren an Dörfern vorbei, in denen Monster gewütet hatten. Ich sah Türen mit tiefen Krallenspuren, Blutflecken auf den Straßen, zertrampelte Felder und Unmengen an Gräbern. Überall wölbten sich frische Erdhaufen auf und überall klebte Blut. Es sah fürchterlich aus. Ich konnte mir das Grauen nicht vorstellen, das die Bewohner durchlebt haben mussten. Wehrlos mit ansehen zu müssen, wie Monster ihre Familien töteten. Zerfledderten. Fraßen. Oder einen qualvollen Tod zu sterben in dem Wissen, dass sie ihre Lieben nicht hatten beschützen können. Mein Herz verkrampfte sich bei dem Gedanken, dass die Horden von Monstern bis in die Berge vordringen könnten. Bis zu meiner Familie.

Die Gefahr war allgegenwärtig. Unaufhörlich blies der Wind das ferne Gebimmel von Alarmglocken heran. Der Bote nutzte jeden Zwischenstopp in einer größeren Stadt, um unsere Eskorte zu verstärken. Er bekam ständig neue Dokumente und Briefe. Jedes Mal, wenn er einen davon las, wirkte er ein bisschen besorgter.

Eines Nachmittags fasste ich mir ein Herz: »Du … sag mal, was genau steht in all den Briefen?«

Der Bote sah auf – er wirkte ein bisschen pikiert, weil ich ihn nicht gesiezt hatte. Dann nahm sein Gesicht einen ernsten, fast mitleidigen Ausdruck an.

»Schlechte Nachrichten, hauptsächlich. Du erinnerst dich an Cajakir? Hier«, er zog einen Brief aus dem Stapel auf seinem Schoß. »Hier steht, es wurde überrannt. Unzählige Tote. Die Dunkelziffer ist hoch. Es steht nicht darin, was sie umgebracht hat, aber es muss ein Ungeheuer mit scharfen Zähnen gewesen sein.« Er seufzte. »Dabei war es so ein malerisches Städtchen. Es wäre absehbar gewesen, nachdem schon die Kühe angefallen wurden. Dass die Hoffnung zuletzt stirbt, ist schon so manchem Mann zum Verhängnis geworden … Wir können von Glück reden, dass wir rechtzeitig unsere Lager abgebrochen haben. Wenn ich den Berichten hier Glauben schenken kann, hätten wir selbst mit unserer ganzen Garde und unserer einzigartigen Monsterschlächterin«, er warf mir ein merkwürdiges Lächeln zu, »keine Chance gehabt. Ich fürchte, wir wären krepiert. Das wäre ein unpassendes Ende für eine so glorreiche Mission gewesen.«

Er zuckte mit den Schultern.

»Ähm …«, begann ich zögerlich. Ich traute mich kaum, die Worte zu denken, geschweige denn sie auszusprechen: »Gibt es Nachrichten aus den Bergen?«

Der Bote lächelte mitfühlend. »Nein, da brauchst du dir keine Sorgen zu machen. Aus deiner Heimat werden wir so schnell keine schlechten Neuigkeiten hören. Die Monster schlagen hauptsächlich in den Gefilden rund um den Düsterwald zu. Glück für deine Familie, schätze ich. Pech für die Menschen hier.«

Mir kam ein schrecklicher Gedanke: »Hast … hast du Familie hier? Ich wollte nicht taktlos sein, falls ich …«

»Nein, nein, schon gut. Ich habe kaum jemanden, um den ich mich sorgen würde. Außerdem habe ich eine recht hohe Stellung inne. Wer mir wichtig ist, könnte nicht behüteter sein. Bis auf …«

Er zögerte. Dann lachte er nervös: »Ich meine … ich selbst bin mir selbstverständlich auch wichtig. Ich hänge an meiner Haut, weißt du?«

Ich nickte beschwichtigend, um die Merkwürdigkeit der Situation zu überspielen. Klar, er wollte nicht sterben, aber so wie er das ausdrückte, klang das total schräg.

Der Bote rang die Hände, dann fasste er einen Entschluss. »Ich muss zugeben, ich bin dir dankbar, dass du mein Leben gerettet hast. Es ist meine Aufgabe, auf dich aufzupassen. Was du getan hast, ging nur von dir aus. Du hast ein gutes Herz. Ich danke dir. Ohne dich würde ich nicht mehr unter den Lebenden weilen.«

Jetzt war es an mir, nervös zu grinsen.

»Mein Name lautet Phillian. Ich weiß, dass es in der Welt viel zu selten gerecht zugeht, so ist das Leben eben – solltest du einmal Hilfe benötigen …«

Er sah mich an und in seinen blauen Augen lag eine so vollkommene Aufrichtigkeit und Ernsthaftigkeit, dass es mir völlig die Sprache verschlug. Er war eine undurchsichtige Gestalt, aber in diesem Moment war er vollkommen ehrlich.

»Es kann nie schaden, einen königlichen Boten auf seiner Seite zu haben. Mein Wort hat offizielle Gültigkeit. Meine Signatur besiegelt Schicksale. Ich will ja keine großen Töne spucken, doch ich kann einiges in Bewegung setzen. Und ich stehe in deiner Schuld, Zoraya. Das tue ich. Obwohl ich das stets vermeiden wollte. Du hast eine reine Seele und ich werde nicht jedes Übel abwenden können, das auf deinem Weg liegt. Falls ich helfen kann, werde ich an deiner Seite stehen.«

Seine Worte berührten mich auf eine sonderbare Art und Weise. Er war ein guter Mensch, das spürte ich. Er hatte eine Rolle, die er spielen musste. So wie ich. Aber er erkannte an, dass ich mehr getan hatte, als von mir erwartet wurde. Und er war aufrichtig bereit, mir das zurückzuzahlen. Selbst wenn das bedeuten würde, seine Rolle zu verletzen.

Mir blieb nur zu hoffen, dass ich seine Hilfe nie benötigen würde. Und mich für sein Versprechen zu bedanken.

Ich bin nie schlau aus dir geworden, Phillian. Du warst bei Weitem nicht die bösartigste Person, die mir auf meiner Reise begegnet ist. Und dazu vielleicht die Verlässlichste.

Die Hauptstadt raubte mir den Atem. Es war die größte und beeindruckendste Stadt, die ich je gesehen hatte. Ach was – es war der beeindruckendste Anblick, den ich je gesehen hatte. Schon allein die meterhohen Stadtmauern ganz aus weißem Stein waren ebenso überwältigend wie nicht zu überwältigen. Sie erstreckten sich endlos in beide Richtungen über die Ebene und wirkten glatt wie ein Spiegel. Die Straße endete an einem riesigen Tor aus schwerem Eichenholz, kunstvoll verziert mit glänzendem Eisen. Zwei Wachen in dunkelblauer Uniform standen davor, das Stadtwappen prangte auf ihrer Brust – ein bronzener Widder mit eindrucksvoll geschwungenen Hörnern. In ihren Händen hielten die beiden lange Hellebarden, mit denen sie uns den Weg versperrten.

Der Bote winkte nur lässig aus der Kutsche heraus und machte damit dezent auf den breiten königlichen Ring an seiner Hand aufmerksam. Sofort eilte einer der Wachen herbei, um sich zu vergewissern, dass der Ring am Finger des rechtmäßigen Besitzers steckte und nicht an dem seines Mörders. Er erkannte den Boten, nickte jemandem auf der Mauer zu und ganz langsam – mit einem leisen Knirschen – öffneten sich die Tore der Stadt. Ich sollte später erfahren, dass dies nur ein kleinerer Nebeneingang gewesen war.

Innen war es unglaublich schön. Die Häuser waren ganz aus weißem Stein, mit prunkvoll verzierten Fassaden und verspielten Balkonen. Überall blühten Blumen und die Sonne strahlte auf die königsblauen Dächer der Stadt. Die breiten Straßen waren gesäumt von schattenspendenden Bäumen und farbenfrohen Beeten. Zum ersten Mal in meinem Leben sah ich Zierbrunnen. Ich verliebte mich sofort in die kleinen Statuen und die in die Lüfte schnellenden Fontänen.

Es war eine wohlhabende Gegend, das sah man nicht nur an all der Dekoration, sondern genauso an den Bewohnern. Nichts als schicke, teure Gewänder, neben denen die Festtagskleidung bei mir zu Hause schlicht und abgetragen wirkte. Ich sah edle Fräulein, reiche Händler und rundliche Geschäftsleute, Ritter in glänzenden Rüstungen mit Federschmuck am Helm, zahlreiche Boten, Steuereintreiber und andere wichtige Beamte.

Die Alarmglocken, die hier aus purem Messing gefertigt waren, wären gar nicht nötig gewesen, so viele Wachen patrouillierten durch die Straßen. Mit ihren glänzenden Schwertern am Gürtel marschierten sie gewichtig auf und ab.

Überall auf den Plätzen, Fensterbänken, Brüstungen und Dächern saßen schneeweiße Tauben. Die Bewohner der Stadt fütterten sie mit Brot und Körnern, sodass über der Szenerie ein leises Gurren lag. Die Vögel flogen aufgeschreckt davon, wenn wir mit der Kutsche vorbeifuhren. Mit lautem Flattern stiegen ganze Schwärme vor meinem Fenster auf. Es war herrlich. Ich hatte mich lange nicht mehr so unbeschwert und geborgen gefühlt wie hinter diesen hohen Mauern, auf diesen herausgeputzten Straßen.

Wir würden im vornehmsten Gasthaus der ganzen Stadt nächtigen. Der *Goldene Widder* war mindestens doppelt so groß wie *Zum goldenen Löwen* in Dufferingen. Auf dem Schild über dem Eingang war ein prächtiger goldener Widder zu sehen, in Anlehnung an das Stadtwappen. Das Innere war mit schweren Teppichen ausgelegt und wurde von ausladenden Kronleuchtern erhellt. Die Tische und Bänke waren aus blank poliertem Stein und in der Mitte der Eingangshalle stand eine große Statue des Königs. Wenn der Bildhauer nicht gelogen hatte, war unser Herrscher von beeindruckender Gestalt.

»Hoch lebe der König. Möge sein Glanz dem des Feurigen gleichen«, murmelte der Bote leise, als wir das steinerne Abbild passierten.

Das Essen war vorzüglich. Feinste schneeweiße Wachtelbrust in einer dampfenden Soße aus rotem Wein und Pfirsichen. Dazu unzählige Salate, Cremesuppen und zum Nachtisch ein Traum aus Schokolade. Eine bessere Mahlzeit hatte ich in meinem ganzen Leben nicht gekostet. Wer sagt: »Zu Hause schmeckt es am besten«, war nie in einem guten Gasthaus.

Die Zimmer versetzten mich in ungläubiges Staunen. Meines war riesig. Hell und geräumig, mit einem breiten himmelblauen Bett in der Mitte. Die Kissen waren weich wie Federn und ich sank ein Stück ein, als ich mich erschöpft hineinfallen ließ. Es war nicht zu vergleichen mit einem Lager aus Fellen. Luna kugelte sich neben mir auf dem Kopfkissen zusammen und ich schloss glücklich meine Arme um ihren flauschigen Körper. Es war perfekt. Ich fühlte mich wie im Paradies.

Der Bote hatte einige Tage zur Erholung eingeplant, und die wirkten Wunder. Ich vergaß mein Heimweh und all die Unannehmlichkeiten der Reise. Ich fühlte mich wie neugeboren. Ich platzte fast vor Tatendrang und Energie. Mit Luna im Schlepptau erkundete ich die Straßen, ab und an gab mir der Bote eine Führung. Es war merkwürdig, von ihm als jemanden mit einem Namen zu denken, so vollständig ging er in seiner Rolle auf. Gewichtig stolzierte er voran, deutete mit großen Gesten auf Sehenswürdigkeiten und erzählte mit solch einer Sorgfalt und Ausführlichkeit ihre Geschichte, als hätte er sie selbst erbaut. Den Menschen auf der Straße begegnete er mit einer herablassenden Freundlichkeit und sie senkten im Gegenzug ergeben die Köpfe. Er vertrat das Wort des Königs – und das tat er mit jeder Faser seiner Existenz.

Die öffentliche Hinrichtung würde auf dem großen Platz vor dem Rathaus stattfinden. Ich sollte zunächst eine Rede halten und dann publikumswirksam meinen Worten Taten folgen lassen. Auf diesem Weg würde ich offiziell dem Volk vorgestellt werden, damit mein Status als Heldin gesetzlich anerkannt werden konnte. Nur wenn mich das Volk als seinen Vertreter akzeptierte, hatte ich das Recht, in den Palast einzuziehen und mit dem König zu sprechen.

Am Morgen des großen Tages badete ich zum ersten Mal in meinem Leben in einer richtigen Badewanne. In warmem, schaumigen Wasser. Ich hatte mehrere Zofen und einen Knappen, die mein Kopftuch richteten, mein Gesicht puderten, mir in eine weinrote Unterkleidung halfen und mich in eine goldverzierte Rüstung zwängten. Unter dem Helm sah man gar nicht, wie merkwürdig meine Frisur war, und die breiten Schulterklappen verbargen meine zierliche Figur. Ich wurde vor einen mannshohen Spiegel geführt und erschrak. Ich sah aus, als wäre ich einer Sage entstiegen. Ich glänzte wie die Sonne, ein aufwendiger Federschmuck zierte meinen Helm und die Rüstung gab mir eine beinahe verwegene Ausstrahlung. Der Knappe reichte mir ein langes Schwert mit goldenem Griff. Ich musste mir selbst tief in die Augen blicken, um das kleine Mädchen hinter der Heldin zu entdecken.

Im Nachhinein glaube ich fast, dass die Pause gar nicht zu meiner Stärkung gedacht war. Ich denke, in erster Linie ging es dem Boten darum, möglichst viele Leute zusammenzutrommeln. So sah es jedenfalls aus. Es waren unglaublich viele Menschen gekommen – selbst von außerhalb der Stadt. Eine riesige Menge wartete vor dem Rathaus auf mich. Eher eine ganze Menge riesiger Mengen. Es waren mehr Menschen, als ich mir jemals auf einem Haufen vorgestellt hatte.

Und sie alle waren gekommen, um mich zu sehen. Ich wäre am liebsten schreiend davongerannt.

Drei Schritte trennten mich von dem dunklen, fast schwarzen Vorhang, der ins Freie führte. Dahinter wartete ein kleiner Balkon auf mich – mit hübschen zierlichen Säulen und prunkvollen Statuen an den Seiten. Es war kein gewöhnlicher Balkon. Es war *der* Balkon. Hier sprach der König zum Volk, hier hatten sich unzählige adlige Pärchen an ihrer Hochzeit geküsst, hier hatte die heilige Lyria Brot und Gold an die Menschen verschenkt. Und hier stand jetzt der Bote und verkündete meinen Namen.

Zögerlich trat ich vor, ohne mich zu trauen, den Vorhang beiseitezuziehen. Mir wurde plötzlich schlecht und mein Herz flatterte wie ein gefangener Vogel. Eine der Zofen gab mir einen unsanften Stoß und ich stolperte fast auf die Bühne.

Die Menge raubte mir den Atem. Es war ein verdammt großer Platz und dennoch drängten sich die Menschen bis auf die Seitenstraßen und selbst auf den Balkonen der umliegenden Häuser. Und sie jubelten. Sie sangen Lieder, schwenkten Fahnen und riefen meinen Namen. Zoraya, Zoraya, Zoraya! Ein hässlicher Kloß bildete sich in meinem Hals, als ich widerstrebend an die Brüstung trat.

Der Bote nahm neben mir Haltung ein. Er war voll in seinem Element. Wie konnte man diese Situation nur derart genießen?

»Lächeln«, zischte er mir zu. Sofort schloss ich meinen Mund und verzog ihn zu einem gekünstelten Lächeln.

»Breiter! Sonst sehen die da hinten nichts.« Ich zog meine Mundwinkel so hoch ich konnte, bis meine Wangen schmerzten. Ich kam mir dabei total dämlich vor, das Publikum hingegen jubelte lauter.

Ich warf dem Boten einen unsicheren Seitenblick zu. Er erwiderte ihn mit einem mindestens ebenso dämlichen Grinsen im Gesicht. »Winken«, empfahl er zwischen zusammengepressten Zähnen hindurch.

Ich winkte. Es war kein königliches Winken, eher so ein »Huhu-hier-bin-ich«-Winken. Hauptsache den Leuten gefiel es. Der Bote sah eine Weile zufrieden zu, dann trat er mit einer gewichtigen Geste und ernstem Gesicht vor und hob beide Hände. Sofort verstummte die Menge.

Der Bote ging einen Schritt zur Seite. »Zeit für deine Rede.«

Jetzt endlich verging mir das dumme Grinsen.

Zaghaft begann ich zu sprechen: »Hallo?« Die Worte waren so heiser und leise, dass selbst ich sie fast nicht hören konnte.

»Lauter. Viel lauter.«

Ich schluckte den Kloß in meinem Hals hinunter.

»Du schaffst das schon.«

Ich raffte meinen Mut zusammen und begann von vorne: »Hallo?«

Meine Stimme klang über den Platz. Sie klang zittrig, und wenngleich die Menge den Atem anhielt, konnte ich mir nicht vorstellen, dass sie mich verstanden.

Also noch einmal, lauter: »Ich bin Zoraya.«

Gelächter.

»Ich … Ich komme aus dem Tanaxgebirge.«

Schweigen.

»Vor einer Weile … hat mich der Bote abgeholt und … hierher gebracht. Um eure Heldin zu sein.«

Vereinzelter Applaus. Ich sah hinüber zum Boten. Reichte das? Er erwiderte meinen Blick, legte den Kopf schief und zog spöttisch eine Augenbraue hoch. Schon gut. Natürlich nicht.

Ich ließ meinen Blick über die vielen Gesichter schweifen, die mit großen Augen zu mir aufsahen. Was wollten sie von *mir*?

Bilder von brennenden Häusern drängten sich in mein Gedächtnis. Bilder von ausgeweideten Kühen und von Blut auf zerstörten Feldern. Und ich wusste es.

»Auf dem Weg hierher habe ich euren Schrecken gesehen. Ich war in Cajakir, bevor es zerstört wurde. Ich habe eure Dörfer gesehen, ganz in der Nähe der Hauptstadt und trotzdem so schutzlos dem Grauen ausgeliefert. Ich habe eure Felder gesehen, eure Häuser, euer Blut. Ich habe euren Schrecken gesehen.«

Ich schluckte.

»Ich habe die Monster gesehen. Auf dem Weg hierher wurden wir angegriffen.«

Ein Raunen ging durch die Menge.

»Heuschrecken, so groß wie ein Pferd! Sie haben viele der Männer verletzt, die mich zu meinem Schutz begleiteten. Ich selbst bin nur knapp entkommen. Ich musste einige der Biester mit bloßen Händen erschlagen! Ich kenne euren Schrecken! Wie jeder von euch bange ich um meine Familie, um meine Heimat. Und ich weiß, was ihr braucht.«

Es ging wie von selbst. Die Menge hing an meinen Lippen und auch ich lauschte den Gedanken, die durch meinen Kopf rasten. Ich wusste es. Die Antwort brannte in mir, so klar und hell wie ein Feuer.

»Ihr braucht jemanden, der euch beschützt. Der die Sicherheit zurückbringt. Der seine Hand über eure Felder hält, über eure Kinder, über euer Leben. Und ihr braucht jemanden, der für euch kämpft. Der auszieht und diese Monster findet. Der für euch Rache übt. Der ihr Blut vergießt und jedes Einzelne davon tötet. Jedes Einzelne! Jemanden, der sie bezahlen lässt für all eure Schrecken. Ihr braucht jemanden, der eure Angst mindert wie sanfter Kerzenschein und die Schatten vertreibt wie ein unaufhaltsamer Waldbrand.«

Ich holte tief Luft: »Ihr braucht einen Helden!«

»Heb dein Schwert«, zischte der Bote.

Ich blickte die Menge fest an: »Und ihr braucht ihn jetzt!«

Mit einem lauten Schrei stieß ich mein Schwert in den Himmel.

Schwer atmend stand ich da und versuchte, die schwere Klinge über meinem Kopf zu halten. Der Applaus war ohrenbetäubend. Ich hatte es geschafft. Ich hatte die Antwort gefunden.

Sie brauchten Feuer in ihren Herzen.

Später führte mich der Bote nach unten, auf eine Tribüne am Rande des Platzes. Mit schweren Eisenketten hatte man das Monster festgemacht.

Der Bote hielt eine Rede, während zu mir nur die Gesichter der Leute durchdrangen. Von hier unten konnte ich sie besser sehen. Ich konnte ihre Augen sehen. Und ich konnte den Durst nach Blut darin erkennen. Ich hatte es gespürt, oben auf dem Balkon. Ich hatte das Verlangen nach Rache gespürt, nach Vergeltung. Aus der Nähe war es Furcht einflößend.

Niemand sollte so nach Blut lechzen.

Ich stand auf der Bühne, in meiner vergoldeten Rüstung, und blickte dem Insekt in die Augen, das ich gleich töten sollte. Es war ganz anders als im Kampf. Es war eine Hinrichtung – bloßes Schlachten. Ich hatte mich daheim stets davor gedrückt. Ich konnte das Blut sehen – nicht gerne, aber das war nicht das Problem. Das Problem war das angsterfüllte Blöken. Die blanke Furcht in seinen Augen. Und der Moment, in dem die Brust sich nicht mehr hob, weil das Herz darunter aufgehört hatte zu schlagen.

Ich blickte in die riesigen schwarz funkelnden Facettenaugen. Ich sah die Fühler nervös zittern, sah, wie es von einem Bein auf das andere trat.

War das ein Monster oder ein verängstigtes Tier?

»Dein Einsatz«, sanft legte der Bote mir eine Hand auf den Rücken und schob mich nach vorn. Die Menge jubelte. Ich konnte den Zorn in ihren Schreien hören, die Schadenfreude, die Mordlust. Vorsichtig machte ich einige Schritte auf sie zu. Die Stimmen wurden lauter, bedrohlicher. Alles in mir schrie nach Flucht. Es gibt wenige Dinge, die so unheimlich sind wie ein Mob.

Ich sah nach unten zur Heuschrecke, die plötzlich schrecklich klein wirkte vor dem Meer aus wütenden Menschen. Ich hob mein Schwert hoch über den Kopf. Die Menge hielt den Atem an. Ich ließ es hinabsausen. Es zerschnitt die Luft mit einem scharfen Geräusch.

Als die Klinge knirschend durch das Insekt glitt, zerbrach mein Herz.

Grünliches Blut spritzte auf meine glänzende Rüstung.

Die Menge schlug sich wie die Raben um den abgetrennten Kopf des Tieres.

Und in diesem Moment wusste ich es.

Die Menschen brauchten jemanden, der ihre Schlacht für sie führte. Jemanden, der heller brannte als das Feuer; der all das Unrecht rächte. Der kämpfte – ohne Angst und ohne Gnade. Sie brauchten einen Helden – entstiegen aus den düstersten der Sagen. Einen, der die zerstörten Felder mit Blut düngte.

Sie brauchten jemanden. Dringend.

Aber dieser Jemand war nicht ich. In all dem war nichts, das ich jemals würde sein können.

8. KAPITEL

Die Kutsche fuhr auf ein gigantisches Eisentor zu. Die meterlangen Gitterstäbe verwoben sich zu kunstvollen Schnörkeln und endeten in vergoldeten Spitzen. Es war eine völlig andere Kutsche, als ich es vom Rest der Reise gewohnt war: ein edler Vierspänner – viel zu groß für zwei Personen und gezogen von den schönsten weißen Pferden, die ich je gesehen hatte. Das Tor öffnete sich von selbst, durch einen versteckten Mechanismus, und wir zogen in den Palast ein.

Ich weiß, dass ich in den höchsten Tönen von der Hauptstadt geschwärmt habe, dies hier stellte sie allerdings mühelos in den Schatten. Wir fuhren durch eine riesige Parkanlage. Endlose Rasenflächen, Pavillons, bunte Blumenbeete, Springbrunnen, Buchslabyrinthe und Pfaue. Ich hatte mir nicht im Traum vorgestellt, dass derart farbenfrohe Wesen wie ein Pfau existieren konnten. Er schien von der Natur nur zur Verzierung von kurz geschorenem Rasen gemacht worden zu sein.

Die Pferde hatten ihre Gangart gewechselt, um sich an den Palast anzupassen. Mit würdevoll gesenktem Kopf und elegant hochgezogenen Beinen trippelten sie durch den Park und kamen dabei kaum von der Stelle. Während wir die lange Einfahrt entlangschlichen, hatte ich viel Zeit, mich umzusehen. Überall waren Wachen und Ritter unterwegs, in prunkvollen Rüstungen und mit zackigem Schritt. Dazwischen huschten Mägde und Dienstboten mit gesenkten Köpfen und schweren Körben. Über die weißen Kieswege stolzierten edle Herren mit gezwirbelten Bärten und feine Damen mit kleinen Sonnenschirmchen und Hündchen, die in eine Tasche gepasst hätten. Es war eine sonderbare Welt und sie war atemberaubend.

Ich muss sagen, ich liebte den Palast. Schon vom ersten Tag an. Ich liebte die Grenzenlosigkeit, die einem das Gefühl gab, so winzig, so unbedeutend und doch so frei zu sein. Ich liebte den Prunk und

Protz, der nur aus der Lust am Luxus heraus angebracht worden war. Ich liebte das Geräusch, das entstand, wenn Schritte von den prächtigen gewölbten Decken widerhallten.

Man führte mich in mein Zimmer. Das gesamte Haus meiner Familie hätte ohne Probleme hineingepasst. Luna war in den Gemächern nicht erlaubt, man hatte ihr eine geräumige Hundehütte mit langer Kette verschafft. Es war verständlich, dass keine Tiere im Inneren geduldet wurden. Der Palast ähnelte dem *Goldenen Widder* verblüffend – mit einem Unterschied: es war viel *mehr*.

Die Wände und Böden, ja selbst jeder Gegenstand war aus Marmor, Gold oder aufwendig verziert. Die Fenster waren so groß wie Türen. Vor ihnen hingen schwere Samtvorhänge und daneben kunstvolle Wandteppiche, die detailliert historische Szenen wiedergaben. In den Ecken standen handbemalte Vasen oder auf Hochglanz polierte Statuen.

Mein Zimmer stand dem Rest des Palastes in nichts nach. Der Boden war bedeckt von einem weichen dunkelroten Teppich – gerade so, dass man in den Ecken den glatten Marmor darunter sehen konnte. Ein wuchtiges Himmelbett nahm den gesamten Raum für sich ein. Es war nur für mich gedacht, ungeachtet dessen, dass es meiner ganzen Familie Platz geboten hätte. Hinter dichten Vorhängen aus goldener Seide und luftigen Lagen aus nebelgleichem weißem Stoff stapelten sich Kissen über Kissen. Als ich mich hineinsetzte, versank ich sofort in einer anderen Welt. Es fühlte sich an, als würde ich schweben.

Ich nahm mir nicht die Zeit, den Rest des Raumes zu würdigen. Ich warf keinen Blick in den riesigen Kleiderschrank aus dunklem Holz; ich verstaute meine spärlichen Habseligkeiten nicht in der fein gezimmerten Kommode. Ich interessierte mich nicht für das Tischchen mit den dünnen, seltsam verbogenen Beinen, dessen einziger Zweck es war, eine Obstschale zu tragen, so üppig gefüllt, dass sie mich an die Fülle von Samaras erinnerte. Ich probierte keine einzige der exotischen Früchte, vor denen sie nur so überquoll. Ich hatte noch nicht einmal gesehen, dass hinter der zweiten Tür im Raum mein eigenes Badezimmer wartete. Mit goldenen Wasserhähnen. Selbst die wunderschöne Aussicht auf die Gartenanlage, die mir meine riesigen Fenster boten, würdigte ich keines Blickes.

Stattdessen ließ ich mich nach hinten fallen und war sofort eingeschlafen. Wie auf einer schneeweißen Wolke schwebte ich sanft in das Reich der Träume.

Nach ein paar Stunden weckte mich der Bote mit der Nachricht, dass der König selbst mich empfangen würde. Davor blieb mir viel Zeit und jede Menge Hilfe, um mich zurechtzumachen. So sah ich nur annähernd schrecklich aus, als ich samt Eskorte in den Thronsaal einmarschierte.

Es war eindeutig der prächtigste Ort des ganzen Palastes. Ein Saal von solchen Ausmaßen, dass er häufig als Ballsaal diente. Und man merkte, dass man sich mit jedem Detail ein bisschen mehr Mühe gegeben hatte. Es gab *mehr* Gold und *mehr* Marmor, mir ist unbegreiflich, wie man das hinbekommen hatte. Die Vorhänge waren sorgfältig bestickt und der riesige Wandteppich am Kopfende des Raumes war mit Perlen verziert. Er zeigte den Stammbaum des Königsgeschlechts. Darunter standen drei Throne, einer beeindruckender als der andere. Während wir langsam und feierlich auf sie zuschritten, wurde mir ganz mulmig zumute.

In der Mitte, auf dem größten, saß der König. Ein alter Mann in einem kostbaren Nerzmantel, mit einer prunkvollen Krone und einem mächtigen Zepter. Ich hatte nie einen Menschen gesehen, der so viel Ehrfurcht und Autorität verströmte.

Zu seiner Rechten saß sein Sohn, der Prinz. Er war nicht viel älter als ich und bereits als ich ihn das erste Mal sah, wusste ich, dass ich ihn nicht leiden konnte. Er lungerte betont lässig auf seinem Thron herum und warf mir einen herablassenden Blick zu. Er hatte rein gar nichts von der Ausstrahlung seines Vaters geerbt. Genauso wenig von seiner Mutter. Denn als mein Blick an ihr hängen blieb, konnte ich ihn unmöglich losreißen. Sie war die schönste Frau der Welt.

Sie war selbst schon älter, wirkte jedoch um einiges jünger als der König. Silberne Strähnen zogen sich durch ihr dunkelbraunes Haar, während ihr Gesicht nichts von seiner Schönheit eingebüßt hatte. Neben ihr wirkte ich trotz der Mühen meiner Zofen schlicht und ergreifend hässlich. Abgrundtief hässlich, um ehrlich zu sein. Mit geradem Rücken und stolzem Blick thronte sie vor mir, ihr Mund wurde von einem gütigen Lächeln umspielt. Sie trug das schönste Kleid, das ich je gesehen hatte. Es war ganz aus hellblauem Tüll, Lage um Lage bauschte es sich zu einem weiten Rock auf. Ein dunkelblaues Korsett und opulenter Perlenschmuck verzierten ihren Oberkörper. Die oberste Stoffschicht des Kleides war über und über mit kleinen Schmucksteinen bestickt, was sie mit jeder kleinsten Bewegung glänzen und glitzern ließ. Sie sah aus wie eine Elfenkönigin aus den alten Sagen.

Unsere kleine Prozedur kam zum Stillstand. Ich machte den tiefsten Knicks, den ich bewerkstelligen konnte, dann nickte ich zunächst dem König, dann seiner Gemahlin ehrfürchtig zu. Den Prinzen ignorierte ich geflissentlich.

Der König erhob sich und sofort wurde es im ganzen Raum mucksmäuschenstill. Man hätte eine Feder zu Boden fallen hören können. Mit langsamer, erhabener Stimme hielt er eine Rede. Ich war zu nervös, um mir den genauen Wortlaut zu merken, dennoch hinterließ sie einen mächtigen Eindruck.

Er sprach von den Angriffen der Monster, von all dem Leid, dass unser Land wie ein dunkler Schatten überzog. Er ließ all das Grauen wiederaufleben, das ich auf meiner Reise gesehen hatte. Berichtete von Blut und Schlachten, Angst und Verzweiflung, bis mein Magen sich schmerzhaft verkrampft hatte. Und dann ließ er Licht in die Dunkelheit einbrechen. Zoraya. Eine Heldin, strahlend wie eine Flamme und tödlich wie ein Pfeil. Mit bloßen Worten malte er Bilder in die Luft. Widerliche Monster, die von einem glühenden Schwert erschlagen wurden, geführt von der Hand einer Ritterin mit wallendem roten Haar. In seinen Erzählungen war ich wie das Feuer selbst: schön und gefährlich, strahlend hell und absolut tödlich. Jeder meiner Schritte brachte Zerstörung, doch hinter mir erhob sich neue Hoffnung aus der Asche.

Während ich ihm lauschte, nahm mich die Vorstellung dieser Heldin gefangen. Ich wollte all das sein, wovon er berichtete. Ich wollte ausziehen und kämpfen, Großes vollbringen und die Macht des Feurigen in die Welt hinaustragen. Ich wollte brennen, lichterloh brennen, bis ich zu einer Wolke Ruß zerfallen war. Ich war bereit, für mein Vaterland und meinen König zu sterben.

Über all die schönen Worte vergaß ich, dass ich mich für jemanden opfern wollte, den ich hasste. Für das, was er meiner Familie angetan hatte. Dafür, dass er mich aus meiner Heimat gerissen hatte. Und dafür, dass er sich trotz all seiner Macht hinter einem kleinen Mädchen versteckte, sobald die Lage aussichtslos wurde. Ich dachte nicht einmal mehr daran, dass ich nie in meinen Leben kämpfen oder töten wollte.

Der König war ein begnadeter Redner.

Als die letzten Worte verklungen waren, winkte er einen Diener herbei. Dieser eilte heran – ein rotes Samtkissen vor sich tragend, auf dem ein goldenes Zeremonialschwert lag.

Der König sah mir jetzt direkt in die Augen. Ich hielt den Atem an.

»Knie nieder«, sagte er ruhig, ohne Widerworte zuzulassen. Wie von selbst befolgte mein Körper seinen Befehl. Mit gesenktem Kopf und klopfendem Herzen wartete ich auf die Zeremonie. Mein Blick hatte sich in den grauen Schwaden des weißen Marmors verfangen. Mit lauter Stimme verkündete der König die magischen Worte, während sich die Spitze der Klinge auf meine Schultern und zuletzt auf meinen Kopf herabsenkte.

Als ich aufstand, war ich eine Ritterin.

An diesem Abend konnte ich nicht schlafen. Ich spürte, wie sich mit der großen Ehre eine größere Last auf meine Schultern gesenkt hatte. Eine Verantwortung, die ich unmöglich tragen konnte. Ich war keine Heldin. Je mehr Hoffnung die Menschen in mich steckten, umso klarer wurde mir das. Ich konnte sie bloß enttäuschen.

Nach einer Weile hatte ich genug davon, mich ruhelos von einer Seite auf die andere zu wälzen. Ich stand auf, streifte mir meinen alten, verschlissenen Mantel über und öffnete ein Fenster. Kühle, frische Nachtluft empfing mich. Leise kletterte ich aufs Fensterbrett und ließ mich hinunter ins weiche Gras fallen. Mein Zimmer lag im Erdgeschoss – es würde ein Leichtes sein, unbemerkt wieder hineinzukommen.

Unter dem sternenklaren Himmel wandelte ich durch den Park, das feuchte Gras unter meinen nackten Füßen. Der Duft von Blumen hing in der Luft und die Geräusche der Nacht empfingen mich wie eine alte Bekannte. Und trotzdem … Ich wusste nicht, ob es an der fremden Umgebung oder an den Ereignissen des Tages lag, aber ich fühlte mich unwohl. Als würde ich beobachtet werden. Zu Hause war die Welt klein und heimelig. Hier hingegen war jeder Raum so riesig, dass man sich zwangsläufig allein fühlen musste. Der Prunk des Palastes beeindruckte mich und schüchterte mich ebenso sehr ein.

Ich begann zu laufen. Ich flog fast über die Grünflächen. Ich rannte weg so schnell ich konnte, in der Hoffnung, dass meine Sorgen mir nicht folgen würden. Dorthin, wo ich mich geborgen fühlte. Zu Hause wäre das mein Bett gewesen, doch so herrlich das Himmelbett hier war – es war mir völlig fremd. Stattdessen rannte ich zu Lunas kleiner Hütte, weit hinten im Garten.

Sie war beleidigt, weil ich sie allein gelassen hatte, das spürte ich. Trotzdem überwog die Freude, mich wiederzusehen, schnell. Ich ließ sie mein Gesicht abschlabbern und wuschelte durch ihr langes Fell. Dann kroch ich zu ihr in die Hütte. Sie war erstaunlich geräumig, es gab genug Platz für uns beide – dennoch war sie nicht so verdammt riesig. Die zerschlissenen Decken auf dem Boden und der Geruch nach Tier, der darin hing, erinnerten mich an zu Hause. Hier in der Hütte war es eng, schlicht und gemütlich. Es war wie eine warme Höhle im Vergleich zu der kalten, herablassenden Ausstrahlung des Palastes.

Ich bettete meinen Kopf auf Lunas weiches Fell und streichelte ihre großen Pfoten. Jetzt erst fühlte ich mich daheim. Zu dem gleichmäßigen Heben und Senken ihrer Brust und dem Pochen des kleinen treuen Herzens schlief ich endlich ein.

Es würde nicht die letzte Nacht sein, die ich in einer harten, stinkenden Hundehütte verbrachte, statt in meinem Traum von einem Himmelbett. Nichts ist weicher als Heimat.

Am nächsten Morgen schlich ich mich mit den ersten Sonnenstrahlen zurück – gerade rechtzeitig, denn nur Minuten später brachte mir der Bote das Frühstück. Besser gesagt, er ließ es bringen – er begleitete die Dienstmädchen, die ein halbes Büfett auftrugen. Ich konnte kaum erwarten, zu erfahren, was mit mir geschehen würde. Falls der König vorhatte, mich in die Höhle des Löwen zu schicken, würde ich gerne vorher Bescheid wissen.

»Also … was sind denn jetzt so meine Aufgaben als Ritterin?«, fragte ich fast ein bisschen ängstlich.

Der Bote lächelte sanft. »Das wird sich zeigen. Der König hat einen Kriegsrat einberufen, der über deine Aufgaben entscheiden wird. Die Lage hat sich momentan entspannt, weshalb wir Zeit haben, eine wohlüberlegte Entscheidung zu treffen. Aber das ist nicht der Grund meines Besuches. Ich bin gekommen, um dich zu deiner ersten *richtigen* Fechtstunde zu geleiten.«

Ach, stimmte ja, er hatte unterwegs erwähnt, dass mich im Palast ein richtiger Fechtlehrer erwartete.

Ich starrte auf die dampfenden Schüsseln, die kristallene Karaffe und die Berge von Brötchen und frischen Obsts.

»Darf ich erst in Ruhe frühstücken?«

»Gewiss, mit leerem Magen kämpft es sich nicht gut.«

Ich durfte *nicht* in Ruhe frühstücken. Das Essen schmeckte vorzüglich und je mehr ich davon in mich hineinschaufelte, umso ungeduldiger wurde der Bote. Er hatte sich mir gegenüber an den Tisch gesetzt und trommelte penetrant mit den Fingern auf die Marmorplatte.

»Mit einem zu vollen Magen kämpft es sich übrigens am schlechtesten«, meinte er, offensichtlich pikiert von meinem – einer Dame unwürdigen – Appetit.

Das Essen war köstlich, also war mir seine Meinung egal.

Die Fechthalle war groß und geräumig, dafür frei von jedem Protz. Man merkte, dass dieser Bereich nicht für Gäste oder die Königsfamilie gedacht war. Kein Marmor, kein Gold, nicht einmal Vorhänge. Dafür war sie bestens ausgestattet mit silbernen Floretten, Übungspuppen und Treppenattrappen, die sich die Wände hinaufschwangen.

Der Bote ließ mich allein mit dem Auftrag, auf meinen Lehrer zu warten und ja nichts anzufassen. Ich würde von dem Besten lernen, den der Palast je gesehen hatte, versicherte er mir.

Nach einer Weile kam er zurück. Dieses Mal durch eine andere Tür, und er hatte einen blauen Mantel über seine linke Schulter geworfen.

»Ahh, Zoraya, meine Schülerin!«, verkündete er feierlich, »Schön, dich zu sehen. Nimm dir einen Degen und lass dich in die Geheimnisse des Fechtens einweihen!«

Mein Gott. Phillian, so leid es mir tut, manchmal warst du schon daneben. Der Auftritt war nicht mal cool. Er war einfach nur peinlich. Dein Kampfstil hingegen – der hatte es in sich.

Es war völlig anders, als mit den Wachen vor dem Schlafengehen mit Stöcken aufeinander einzuprügeln. Das Fechten, wie es der Bote mich lehrte, war viel filigraner. Viel schneller. Viel eleganter. Er wich jedem meiner Angriffe mit tänzerischer Leichtigkeit aus, entwaffnete mich, sobald ich einen Schritt zu viel wagte, und versetzte mir mit dem Übungsflorett den einen oder anderen Denkzettel.

Nach meinem Höhenflug unterwegs war das ein guter Dämpfer. Schnell wurde mir klar: Ich wusste nichts über das Kämpfen.

Heute weiß ich ein bisschen mehr. Und das verdanke ich allein Phillian.

Ich war schon einen ganzen Monat im Palast und der Kriegsrat war kein Stück weitergekommen. Der Bote hätte niemals ein schlechtes Wort über die Königsfamilie oder ihre Berater fallen lassen, nur aus den Details, die er verschwieg, konnte ich heraushören, dass sich die Männer heftig stritten. Einer sturer als der andere und keiner fähig genug, um meinen möglichen Einfluss richtig zu beurteilen. Manchmal fragte ich mich, warum man mich zu keiner einzigen dieser Sitzungen gebeten hatte. Ich kannte mich schließlich am besten. Nun gut. Ich war zwar ihre Heldin, ihre Ritterin, ihre Kriegerin, im Kriegsrat hatte ich dennoch nichts verloren. Das war Männersache. Nichts für ein dummes kleines Mädchen.

Mir persönlich war die erzwungene Untätigkeit ganz recht. Ich wusste, dass ich der ganzen Sache nicht gewachsen war. Mich erwartete nichts als der Tod da draußen. Andererseits verkrampfte sich mein Herz jedes Mal, wenn ich mich daran erinnerte, wie dringend das Volk ihre Heldin brauchte. Ich wollte mir gar nicht vorstellen, was außerhalb der Palastmauern vor sich ging. Dass die Monsterangriffe seit Monaten nur noch vereinzelt vorkamen, beruhigte mich nicht. Jeder Tod war einer zu viel.

Zum Glück gab es in dieser Scheinwelt aus Reichtum und Fassaden genug Dinge, um mich abzulenken. Meine Lieblingsplätze waren gar nicht die lauten, prächtigen Orte. Es waren vielmehr die versteckten Perlen des Geländes, die außer mir niemand zu schätzen wusste:

1. Lunas Hütte. Dort verbrachte ich gerade in den ersten Wochen die meiste Zeit. Ich hätte Luna gerne mit auf meine Erkundungstouren genommen, doch ihre Leine war gerade lang genug, um miteinander zu toben und ihr so ein bisschen Bewegung und Abwechslung zu verschaffen. Ich kam täglich, um zu spielen, zu schmusen und häufig, um zu übernachten. Heimweh wird schlimmer durch Untätigkeit.

2. Ein wunderschöner, uralter Pavillon. Schon halb zerfallen, im hintersten Winkel der Gartenanlage. Man konnte dort wunderbar seine Ruhe finden, auf den umgekippten weißen Marmorsäulen sitzen und Brombeeren essen. Die wuchsen hier wild, keiner der Gärtner sah sich für dieses abgelegene Eckchen verantwortlich. Das schätzten die Eichhörnchen, die sich vor dem ständigen Trubel in die wenigen verwilderten Ecken des Parks zurückgezogen hatten. Obwohl sie zahm und zutraulich waren, hatte ich sie erst am fünften oder sechsten Tag entdeckt. Kleine Tierchen hatten oft die nervige Eigenschaft, mich wie die Pest zu meiden. Dabei liebte ich die Fellknäule und hätte ihnen niemals ein Haar gekrümmt. Ich beobachtete sie gerne, wie sie durch den Garten tollten. Es benötigte viel Zeit, Geduld und Futter, um die Eichhörnchen an mich zu gewöhnen. Nach einer Weile kamen sie zu mir, um nach Brombeeren oder Nüssen vom Frühstücksbüfett zu betteln.

3. Ein alter, unbenutzter Wachturm. Er stand direkt neben dem Haupteingang und war früher dazu gedacht gewesen, den gesamten Eingangsbereich und das Tor zu überwachen. Seit die Außenmauern so weit erhöht worden waren, dass sie das Türmchen fast überragten, stand er leer. Oben in dem kleinen Zimmerchen – direkt unter dem zerfallenen Dach – verbrachte ich viele freie Nachmittage. Gesellschaft leisteten mir die Tauben, die diesen Ort zu ihrem Stützpunkt gemacht hatten. Ein Pärchen nistete auf einem Balken in der Ecke. Wochenlang beobachteten sie mich misstrauisch und plusterten sich bedrohlich auf, wenn ich mich ihnen näherte. Bis ich eines Tages ein Teil der Umgebung für sie geworden war und sie ein- und ausflogen, wie sie es gewohnt waren. Die Stunden hier waren untermalt von leisem Gurren und aufgeregtem Geflatter.

Ich hatte es mir zum Sport gemacht, vorbeikommende Spaziergänger mit kleinen Steinchen zu bewerfen. Wenn ich auf dem Fensterbrett saß, war es fast unmöglich, mich vom Weg aus zu sehen. Die verdatterten Gesichtsausdrücke waren herrlich. Viele der edlen Damen kreischten zu meinem Vergnügen entsetzt auf, weil sie dachten, eine der Tauben hätte sich auf ihren Hut erleichtert. Da ich viel zu viel Zeit mit diesem Spiel verbrachte, wies ich bald eine beachtliche Treffsicherheit auf.

Das einzige Problem an diesem Platz war, dass ich höllisch aufpassen musste, nicht entdeckt zu werden. Längst nicht alle Wachen respektierten meinen Status als Heldin – oder wussten überhaupt davon. Und sie sahen es ganz und gar nicht gern, wenn Fremde sich so nahe der Waffenkammer herumschlichen.

Eines Tages sah einer der Soldaten aus der Ferne, wie ich den Turm verließ. Er brüllte laut und stürmte auf mich zu. Da ich keine gute Erklärung dafür hatte, was ich in dem Turm gewollt hatte (»Ich beschmeiße eben gerne reiche Leute mit Steinen. Verständlich, oder? Ein völlig unverfängliches Hobby. Meine Opfer hätten ja kaum den Einfluss, meine gesamte Familie für den Rest ihres Lebens einzukerkern. Diese hochnäsigen Herrschaften sollen mal nicht so dünnhäutig sein. Ist es nicht eine Ehre, von der großen Heldin Zoraya verarscht zu werden?«), beschloss ich, die Beine in die Hand zu nehmen. Mein Verfolger trug eine schwere Rüstung und ich nur ein bequemes Leinenkleid. Ich war schneller und musste nur in meinem Zimmer verschwinden, ohne dass er es mitbekam. In einem der besten Gästezimmer des Hauses würde er mich auf keinen Fall suchen kommen.

Dummerweise musste ich beim Davonrennen das ein oder andere Mal falsch abgebogen sein. Denn ich landete nicht auf dem Flur, auf dem mein Zimmer lag, sondern in einem abschüssigen Gang, der in den Keller führen musste. Ich war auf jeden Fall völlig falsch. Die Wände hier bestanden aus großen, grauen Steinbrocken, die langsam von Moos überwuchert wurden. Und *natürlich* endete der Gang in einer Sackgasse. Schwer keuchend blieb ich stehen. Mist! Mein Verhalten hatte mich nicht gerade unverdächtiger gemacht. Mich jetzt da rauszureden, war annähernd unmöglich …

Im spärlichen Licht erkannte ich erst spät, dass der Gang entgegen meiner Erwartungen gar keine Sackgasse war. Nicht zwingend jedenfalls. Statt kaltem Stein befand sich vor mir eine uralte Tür aus schwerem Eichenholz. Ich hatte sie zunächst nicht erkannt, da das Holz durch die jahrelange Feuchtigkeit rissig und grau geworden war und genauso vom Moos bedeckt wurde wie die umliegenden Wände. Es gab keine Klinke, die sie von einer Wand unterschieden hätte, nicht einmal einen Knauf. Ich stemmte mich mit dem ganzen Körper dagegen. Keine Chance. Langsam bekam ich Panik, meine Hände tasteten fieberhaft das modrige Holz ab. Aber da war nichts – nichts als ein Türklopfer. Ein großer, schwerer Eisenring im Maul eines kunstvoll gefertigten Fuchses. Ich konnte schon die Schritte der Wache hinter mir durch den schmalen Gang hallen hören. Mehr aus Angst als aus gesundem Menschenverstand packte ich zu und klopfte laut an. Drei Mal. »Dwumm, dwumm, dwumm«, dröhnte der dumpfe Laut in die Stille hinein.

Nichts geschah.

Ergeben drehte ich mich um, um meinem Schicksal ins Gesicht zu blicken. Ich saß in der Falle. Vielleicht hatte ich ja Glück und die Wache kannte mich bereits? Als zukünftige Retterin des Landes wurde einem hoffentlich verziehen, wenn man aus verbotenen Türmen Kieselsteine auf edlen Kopfschmuck warf. Oder es machte die Sache nur peinlicher. Ich schluckte. Mir blieb nichts übrig, als zu warten, bis der Soldat um die Ecke kam.

Hinter mir ertönte ein lang gezogenes Quietschen.

Ich fuhr herum. Mein Flehen war erhört worden. Ich huschte durch den schmalen Spalt und schlug die Tür hinter mir zu, bevor es zu spät war. Mit einem lauten Knall fiel sie ins Schloss.

Es war niemand da, der sie für mich geöffnet haben könnte.

9. KAPITEL

Verwirrt sah ich mich um. Ich befand mich in einem engen, niedrigen Gang, der nur hier und da von Fackeln beleuchtet wurde. Im gesamten Palast hatte ich bisher keinen so heruntergekommenen Ort gesehen. Es war kühl, feucht und erinnerte an eine tropfende Grotte. Dieser Gang musste alt sein. Uralt. Misstrauisch spähte ich in die Dunkelheit. Ich konnte nicht umkehren und davonlaufen – das Problem war nicht einmal, dass auf der anderen Seite eine verärgerte Wache auf mich wartete. Das Problem war, dass es auch auf dieser Seite keine Klinke gab. Ich hatte mich selbst eingesperrt.

Ein eiskalter Schauer lief meinen Rücken hinunter. Dieser Ort wirkte falsch. Er passte so gar nicht zum Rest des Palastes. Und ich war durch eine Tür geschritten, die nur durch Geister oder Zauberkraft zu bewegen war. Erst als ich mich an den versteckten Mechanismus des Haupttors erinnerte, beruhigte ich mich. Die beengte Dunkelheit hier unten machte mich nervös. Ich wollte nichts als fort von hier.

Zögerlich machte ich mich auf den Weg; folgte dem Gang in die Eingeweide des Kellers. Es war ein langer Weg, um Kurven und Ecken, mal sanft bergauf, mal bergab und ohne eine einzige Abzweigung. Ich begann mich zu fragen, ob der Gang überhaupt *irgendwohin* führte – oder ob er vor einer zweiten verschlossenen Tür enden würde. Ich machte mir Sorgen, dass ich mir mein eigenes Grab geschaufelt hatte und bald in den längst vergessenen Winkeln des Palastes verhungern würde. Nur die unheimlich flackernden Fackeln beruhigten mich. Mindestens eine Person musste sich an den Eingang erinnern, um sie anzuzünden.

Eine Tür, die der ersten erstaunlich glich, setzte dem Gang ein abruptes Ende. Für einen Moment fühlte ich meine schlimmsten Ängste Wirklichkeit werden, dann entdeckte ich den dunkelbraunen Knubbel. Ein Knauf! Ich war nie glücklicher gewesen, einen alten, angelaufenen Türknauf zu sehen.

Vorsichtig drehte ich ihn bis zum Anschlag und schob die schwere Tür auf. Was mich dahinter erwartete, war unglaublich. Vergesst, was ich über die Hauptstadt oder den Palast gesagt hatte. Die beiden kamen mit ihrem mit Verzierungen überladenen Protz keinesfalls an das hier heran. Das hier war das Beeindruckendste, das ich je gesehen hatte. Und ich schwöre, dass ich es dieses Mal ernst meine.

Es war eine Bibliothek.

Ich hatte nie so viele Bücher gesehen. Der Saal war hoch, unglaublich hoch. Ich könnte schwören, dass der Wachturm hineingepasst hätte. Terrassenförmig baute sich der Raum vor mir auf wie eine riesige Treppe. Stufe um Stufe stieg der Saal in die Höhe und auf jeder davon standen dicht an dicht Regale gedrängt. Dazwischen führten Gänge wie Rampen in die Ferne. Ich konnte das Ende des Raumes kaum erkennen.

Andächtig starrte ich die meterhohen Regale an. Es war wie eine Wand aus Büchern. Ich versuchte vergeblich, die Bände in der obersten Reihe auszumachen, so weit waren sie entfernt. Die Luft war trocken und roch nach altem Papier. Durch runde Fenster in der Decke fiel Licht in Kegeln nach unten und in den Sonnenstrahlen tanzte Staub.

Ganz langsam und vorsichtig, um ja keinen der Dutzenden von Bücherstapeln auf dem Boden umzuwerfen, trat ich an eines der Regale heran. Behutsam berührte ich ein Buch. Es fühlte sich an wie ganz normales altes Leder, und doch ging eine unbestreitbare Faszination von ihm aus. Bücher waren von einer unbeschreiblichen Magie umgeben. Sie enthielten Wissen oder Geschichten, Schicksale oder Schulden. Jedes einzelne davon war ein Vermögen wert. In diesem Raum waren mehr Geheimnisse niedergeschrieben, als alle Menschen dieses Landes zusammen hüteten. Einmal mehr im Leben wünschte ich mir, lesen zu können. So verzweifelt wie nie zuvor.

Die wenigsten Leute konnten lesen. Wichtige Beamte wie der Bote konnten es von Beruf wegen. Reiche Leute vielleicht, wenn sie viel Wert auf Bildung legten. Und es gab in jedem größeren Dorf einen Schreiber, hochgeachtete Männer, die Briefe verfassten und Schriftstücke vorlasen. Sie schrieben die Steuern nieder sowie Geburten, Todesfälle und sonstige wichtige Ereignisse. Es war ein gut bezahlter, angesehener Beruf, für den ich gerne in die Lehre gegangen wäre.

Aber selbstredend unterrichteten sie keine Mädchen oder Leute aus den unteren Schichten. Meine Eltern hatten stets gemeint, ich müsste nicht schreiben können, um Schafe zu hüten und Kinder großzuziehen. Ich sollte mir diese Flausen besser aus dem Kopf schlagen. Also akzeptierte ich mein Schicksal. Ich liebte die grünen Auen und den weiten Himmel, dennoch hörte ich nie ganz auf, vom Schreiben zu träumen. Ich vergaß es bloß.

Wie ich jetzt so hier stand und all die Bücher anstarrte, kam es auf einen Schlag zurück. Manche davon waren lang wie mein Arm, andere bloße Notizsammlungen, nicht einmal richtig gebunden. Die meisten waren aus braunem Leder gefertigt, einige waren in kostbaren Rot- und Blautönen gehalten, mit Eisen beschlagen oder mit Goldborten verziert.

Ich folgte dem Mittelgang, der vor mir nach oben führte. Ich ließ dabei meine Fingerspitzen sachte über die Buchrücken gleiten. Auf und ab, auf und ab. Wie ein See mit leichtem Wellengang. Mit jedem Schritt bewegte ich mich fast unmerklich weiter nach oben. Nur wenn ich die Höhe des nächsten Absatzes erreichte und neben mir plötzlich ein neues Regal begann, wurde mir der Anstieg bewusst.

Sanft sprangen meine Finger von Buch zu Buch. Ich war so fasziniert von diesem Universum, das sich um mich herum aufgetan hatte, dass ich fast in sie hineinlief.

Sie – das war eine kleine, zierliche Frau, die mitten in der Bibliothek an einem großen, alten Schreibtisch saß. Ich hätte sie fast übersehen, so winzig wirkte sie hinter diesem wuchtigen Ungetüm aus dunklem Holz, das über und über mit Büchern und Schriftrollen beladen war. Sie saß seelenruhig da und schrieb. Mit einer bauschigen grauen Feder und einem kleinen Tintenfässchen. Ich konnte hören, wie der Federkiel über das Papier kratzte.

Ich stand eine Weile verwirrt herum und versuchte, aus ihr schlau zu werden. Sie war von undefinierbarem Alter – ich schätzte sie auf Anfang vierzig – und sie trug eine taubenblaue Robe, deren Kapuze ihr tief ins Gesicht fiel. Ich traute mich nicht, sie anzusprechen. Vielleicht hatte sie mich nicht bemerkt? Sie schrieb ungerührt weiter, langsam und bedächtig. Dann streifte sie die Feder ein letztes Mal am Tintenfass ab, legte sie zur Seite und sah auf.

Sie sah mir direkt in die Augen. Ihr Blick durchbohrte mich fast. Ich wurde auf der Stelle rot und begann fieberhaft, nach Worten zu suchen. Mein Kopf fühlte sich an wie ein Klumpen, während sie völlig gelassen dasaß und mich aus ihren eisigen blauen Augen musterte.

»Herzlich willkommen, Zoraya. Ich habe dich bereits erwartet.«

Ich konnte spüren, wie die Schwerkraft die Oberhand über meinen Kiefer gewann. Er fiel nach unten, während sich meine Augen entsetzt weiteten. Das war zu viel. Ich war hier – im hintersten Winkel des Kellers – in einen Raum eingedrungen. Einen Raum, dessen Inhalt wertvoller war als der des Thronsaals. Und was fand ich? Eine mysteriöse alte Frau, die meinen Namen kannte.

Jetzt umspielte ein verschmitztes Lächeln für einen Sekundenbruchteil ihre Mundwinkel. Meine Verwirrung amüsierte sie. Verlegen klappte ich den Mund zu. Ich hasste diese schrecklich peinliche Angewohnheit!

Die Bibliothekarin stand auf, umrundete ihren Schreibtisch und trat vor mich. Plötzlich wirkte sie gar nicht mehr so klein. Es war anders als die gewöhnliche »Als Schreiber bin ich ein gebildeterer Mensch als du«-Ausstrahlung. Es war mehr. Man konnte ihre Intelligenz förmlich riechen.

Langsam umrundete sie mich und musterte mich dabei von Kopf bis Fuß. Mir war die ganze Sache zutiefst unangenehm.

»Du sollst also diese Heldin sein.« Ihr Tonfall war beinahe gelangweilt. »Mhm. Ich hatte jemand Beeindruckenderes erwartet.«

Na toll. Die alte Leier: »Du bist ein kleines schwaches Mädchen, das absolut nichts kann – außer vielleicht, dich vor Wahnvorstellungen zu erschrecken. Na los, rette mein Leben!«

Als sie wieder vor mir angekommen war, funkelte ich sie wütend an: »Vielleicht sollten Sie Ihren Geheimgang nicht mit so niedrigen Decken ausstatten, wenn Sie sich Besucher von beeindruckenderer Statur wünschen!«

Ihr Lächeln entblößte spitze Eckzähne, die um einiges länger waren als meine. Allerdings konnte ich mir niemanden vorstellen, der *sie* dafür hänseln würde. Bei einer mysteriösen Herrscherin über Tausende von Büchern waren sie weit davon entfernt, lächerlich zu wirken.

Sie legte den Kopf leicht zur Seite: »Vielleicht irre ich mich. Es kommt nie etwas Gutes dabei heraus, wenn man voreilig beginnt, Menschen zu unterschätzen …« Sie sah mich eine Weile interessiert an, dann ging sie zurück zu ihrem Schreibtisch und begann erneut, zu schreiben. Sollte das ein Kompliment sein?

Ich muss gestehen, ich war verwirrter als zuvor. Am liebsten hätte ich mich weiter umgesehen, aber ich traute mich nicht mehr, ohne Erlaubnis herumzustromern. Vor mir saß eine Frau, mit der ich mir unter keinen Umständen Ärger einhandeln wollte. Sie hingegen hatte mich bereits vergessen. Ich räusperte mich zaghaft, was keinerlei Reaktion nach sich zog. Sie schrieb unbeirrt Zeile um Zeile. Nervös trat ich von einem Fuß auf den anderen.

So zog es sich eine Ewigkeit hin. Ich wagte nicht, sie anzusprechen – zu groß war die Stille in einem so riesigen Saal. Zu wichtig und fast magisch wirkte der Prozess des Schreibens auf mich. Vor mir wurden Ideen auf Papier gebannt. Trotzdem wurde ich langsam ungeduldig.

Ich stand eine ganze Weile verlegen auf der Stelle herum, bevor sie plötzlich mit der rechten Hand auf einen schmalen Gang zwischen zwei Regalen deutete: »Der Ausgang befindet sich übrigens dort hinten.«

Sie sah nicht einmal auf. Ohne Widerworte leistete ich ihrer Geste Folge. Dies war eindeutig das Gegenteil einer Erlaubnis, sich umzusehen.

Der Ausgang war eine schlichte, unscheinbare Tür, wie es Hunderte von ihnen im Palast gab. Dahinter verbarg sich das Zimmer eines Dienstmädchens, eine weitere Waschküche oder eine vollgestopfte Besenkammer. Als ich hindurchtrat, landete ich im uneinzigartigsten Nebengang des ganzen Palastes. In beiden Richtungen hatte der Gang nichts anderes zu bieten als absolut identische Türen und ab und an die obligatorischen Marmorbüsten. Ich ging nach links, weil der Gang dort rasch in einen zweiten mündete, der Fenster besaß.

Zu meiner Überraschung befand ich mich im ersten Stock. Obwohl ich die Terrassen gesehen hatte, fühlte es sich wie Magie an. Ich hatte die Bibliothek im Keller betreten und sie auf der Höhe einer Baumkrone verlassen. Ein Fenster stand offen, sanft wehten die

Vorhänge im Wind. Direkt davor wuchs eine alte Eiche, die ich von meinen Streifzügen durch den Park kannte. Einer ihrer dicken Äste reichte fast bis zum Fensterbrett. Um die Ecke konnte ich die schweren Schritte einer Wache hören. Es war völlig unmöglich, dass es sich dabei um meinen Verfolger handelte, der es geschafft hatte, meine Position vorherzusagen, trotzdem erschrak ich. Ohne zu zögern, kletterte ich auf das Fensterbrett und sprang auf den Baum.

Die Eiche war wie gemacht zum Klettern. Ihre mächtigen Äste standen dicht und einer davon neigte sich fast bis auf den Boden hinab. Es war ein Kinderspiel, hinunterzukommen. Es würde ein Kinderspiel sein, hinaufzukommen. Vielleicht war das meine Chance. Ich war schon enttäuscht gewesen, dass der Ausgang der Bibliothek so nichtssagend war. Fast, als wollte man ihn verstecken – es wäre unmöglich gewesen, genau diese eine Tür wiederzufinden. Geschweige denn die unheimliche Tür im Keller … die ging ja sowieso nicht auf.

Über die Eiche hingegen – über die Eiche war es ein Leichtes, in die Bibliothek zu gelangen. Ich grinste. So leicht würde ich es mir nicht entgehen lassen, an den Ort meiner Träume zurückzukehren. Zufrieden mit mir selbst eilte ich zu Luna, um ihr von meiner Entdeckung zu erzählen.

Obwohl bereits einige Tage vergangen waren, war ich nicht in die Bibliothek zurückgekehrt. Langsam fragte ich mich, ob das Ganze nur ein Traum gewesen war. Zu riesig war der Saal gewesen, zu viele Bücher hatte er enthalten. Zu versteckt waren die Eingänge gewesen und zu geheimnisvoll die Bibliothekarin. Es war der Ort einer Geschichte – nicht der Realität. Außerdem hatte ich den Boten vorsichtig gefragt, weshalb der Kriegsrat sich nicht mithilfe der Bibliothek einen ähnlichen Fall in der Geschichte als Leitfaden heraussuchte. Der Bote hatte mich nur verdutzt angesehen: »Warum wir die Bibliothek nicht verwenden? Mein Mädchen, der königliche Palast besitzt keine Bibliothek!«

Ich hätte nachsehen können. Aber ich hatte zu viel Angst, dass ich mit meinen Befürchtungen recht hatte und sie verschwunden sein würde.

Ich verbrachte mehr Zeit in meinem Zimmer, da ich die Wachen einmal zu oft auf mich aufmerksam gemacht hatte. Sie sahen mir jedes Mal misstrauisch hinterher, wenn ich ihnen auf den Gängen begegnete.

Und außerdem hatte ich den Kleiderschrank entdeckt.

Selbstverständlich hatte ich den riesigen Kasten aus Holz mitten in meinem Zimmer davor nicht übersehen. Ich hatte eben gedacht, es wäre ein Kleiderschrank wie bei mir zu Hause. Zum Bersten voll mit kratzigen Decken und warmen Mänteln für den Winter. Stattdessen war der Schrank hier gefüllt mit Kleidern. Wunderschönen Kleidern. Aus Samt, Seide und Tüll. Sie reichten nicht ganz an die der reichen Damen oder gar an die der Königin heran. Dafür hätte meine eigene Festtagskleidung im Vergleich schäbig gewirkt.

Die Kleider waren bodenlang, lagen am Oberkörper eng an und öffneten sich dann zu einem weiten, mehrlagigen Rock. Sie glänzten nur so um die Wette. Ich war es gewohnt, dass meine Kleider mir zu groß waren oder nur bis über die Knie reichten. Neben denen hier im Schrank sahen sie mehr aus wie eine Art … Sack. Ich wünschte, ich hätte eines für meine kleine Schwester klauen können. Mit all den Schleifen und Rosen entsprachen einige davon genau ihrem Geschmack. Sie hätte darin ausgesehen wie eine richtige Prinzessin.

Ich verliebte mich auf Anhieb in meine neue Garderobe. Meine Zofe hatte es zudem geschafft, dass meine Frisur nicht mehr total grausam aussah. Ich bestand zwar felsenfest darauf, dass ich kein Personal brauchte, in diesem Fall jedoch war ich dankbar für ihre Hilfe. Sie hatte meine Haare, die bereits einige Zentimeter gewachsen waren, in eine hübsche Form geschnitten. Und sie hatte mir einen mit schwarzem Samt überzogenen Haarreif geschenkt, dessen kleine Zierröschen recht überzeugend davon ablenkten, dass meine Haare viel zu kurz für eine Frau waren. Einmal hatte ich versucht, hohe Schuhe zu tragen, aber das hatte sich als schmerzhafte und peinliche Erfahrung entpuppt, die ich hier bewusst aussparen werde.

Bald lief ich jeden Tag in den schicken Kleidern herum. Ich sah so viel besser aus. Zwar bedeutete es, dass ich nicht mehr rennen, klettern oder Luna besuchen konnte, dafür fühlte ich mich nicht mehr so fremd. Die hohen Herrschaften am Hof behandelten mich plötzlich anders. Die Herren grüßten und zogen den Hut, die Damen lächelten mir freundlich zu oder wechselten ein paar Worte mit mir. Keiner der Wachen fiel es auf, wenn ich durch die Gänge streifte.

Von Zeit zu Zeit machte ich eine Ausnahme. Wenn ich Luna vermisste oder meinen alten Lieblingsplätzen einen Besuch abstatten wollte. Ich fühlte mich dann unerträglich schäbig, wenn ich meinem Spiegelbild gegenübertrat – wobei das sofort vergessen war, sobald ich bei einem meiner kleinen pelzigen oder gefiederten Freunde saß.

Eines Tages trug ich ein besonders üppiges goldenes Kleid, als wie aus dem Nichts die Bibliothekarin auftauchte, mir einen Stapel Bücher in die Hand drückte und mir einen knappen Befehl gab.

Einige Sekunden lang starrte ich verwirrt auf die blauen und grünen Buchrücken, die mir plötzlich mein Sichtfeld verbauten. Dann machte mein Herz einen Hüpfer und ein breites Grinsen schlich sich auf mein Gesicht. Die Bibliothek! Es gab sie wirklich! Erleichterung und Vorfreude breiteten sich prickelnd in mir aus.

Es verstrichen einige weitere Sekunden, bis mein Gehirn endlich die Worte der Bibliothekarin entschlüsselte: »Würdest du das bitte für mich tragen? Ich muss zusätzlich die Gesamtausgabe des Wohlsteiner Nachschlagewerks mitnehmen.« Es war eine Frage, auf die man keine Antwort geben sollte. Oder konnte. Was sollte ich schon sagen? Klar konnte ich die Bücher tragen – ich hielt sie schon in der Hand. Und ob ich es wollte, war völlig egal, denn nach meinem Moment der Verwirrung war sie schon einige Meter weiter und hätte mein »Nein danke!« nicht mehr gehört.

Also beeilte ich mich, ihren Vorsprung aufzuholen. Es gab nur ein Problem: mein Kleid. Vorhin hatte ich es elegant gerafft, jetzt stellte sich heraus, wie unpraktisch bodenlange Röcke waren. Ich trat ständig auf den Saum und musste höllisch aufpassen, um nicht zu stolpern. Immerhin war es auf diese Art gleichgültig, dass ich hinter dem Bücherstapel kaum etwas sehen konnte – ich starrte sowieso nur auf meine eigenen Füße. So war es mir offensichtlich nicht möglich, auf den Weg zu achten und ich erschrak fast, als ich plötzlich in der Bibliothek stand. Sie war also wirklich da.

Ich war genauso beeindruckt wie beim ersten Mal. Die Bibliothekarin bedeutete mir, den Stapel auf dem Schreibtisch abzustellen und suchte währenddessen in den umstehenden Regalen nach einem weiteren Buch. Sie zog einen besonders dicken roten Wälzer heraus, schlug ihn auf und begann, darin zu lesen. Ihr Blick hüpfte von Zeile zu Zeile, als sie eilig einige Seiten überflog. Ich seufzte innerlich und machte mich auf eine lange Wartezeit ohne jegliche weitere Aufmerksamkeit gefasst, gefolgt von einer mehr oder weniger freundlichen Aufforderung, mich zu verziehen.

Stattdessen schlug sie plötzlich das Buch zu, so ruckartig, dass ein lauter Knall und eine kleine Staubwolke entstanden. Dann sah sie mich prüfend an. »Du bist also die Heldin, hm? Hast dich inzwischen vom hässlichen Entlein in einen explodierten Paradiesvogel verwandelt, wie? Na ja, die haben nicht gerade eine sinnvolle Verwendung für dich, wenn du genug Zeit hast, einer alten Frau beim Büchertragen zu helfen. Also kannst du Prinzessin spielen, so viel du willst, schätze ich.«

Ich schaute beschämt an mir hinab. Vielleicht war dieses Kleid ein bisschen zu dick aufgetragen … Und ja, ich hatte in meiner Zeit im Palast nichts zu tun gehabt. Aber was wollte sie damit sagen? Und viel wichtiger: Was erwartete sie als Antwort?

Ich zuckte demonstrativ mit den Schultern und machte ein ahnungsloses Gesicht. Das war genug, denn sie fuhr fort: »Sie haben einen Kriegsrat einberufen, nehme ich an?« Sie schnaubte. »Als ob sich eine Menschenseele daran erinnern könnte, wann wir das letzte Mal Krieg hatten. Es gibt jetzt seit genau fünfunddreißig Jahren keinen Grund mehr, einen Rat mit diesem geschwollenen Titel zu belegen. Mindestens. Dazu müsste man das Geplänkel damals einen Krieg nennen … Und wenn schon. Du kannst mir glauben«, sie warf mir einen vielsagenden Blick zu, »es gibt nichts Ineffektiveres als einen Kriegsrat. Es werden noch einmal so viele Jahre vergangen sein, bis dieser Inbegriff der Unfähigkeit eine Lösung gefunden hat.«

Sie lief hinter ihren Schreibtisch, legte das rote Buch ab und begann, hektisch in einer Schublade herumzukramen. Dabei fuhr sie mit ihrem Vortrag fort und hielt ständig kurz inne, um mir einen weiteren bedeutungsvollen Blick zuzuwerfen oder wild in der Luft zu gestikulieren.

»Nur weil die Gefahr momentan nicht mehr akut ist, heißt das lange nicht, dass man die Beurteilung einem Haufen eingebildeter

Trottel überlassen sollte! So ein Rat setzt sich aus Herrschaften zusammen, denen nie in ihrem Leben jemand widersprochen hat und die kein Stück von ihrem Standpunkt abrücken werden. Besonders nicht unter der Leitung des Königs!« Eine hochgezogene Augenbraue. »Er wirkt zwar beeindruckend – das muss ich zugeben –, doch das ist nur Fassade.«

Sie wedelte mit einer uralten, verblichenen Pergamentrolle in der Luft herum, als wollte sie ein Trugbild zerstören.

»Ein manipulierbarer, aufgeblasener Feigling ist das! Kann kein Machtwort sprechen, das ihm nicht in den Mund gelegt wurde. Und sein Sohn – sein Sohn!« Der geringschätzigste Blick, den ich je gesehen hatte. »Ein Schwachkopf, der sich für den nächsten Gesandten des Feurigen hält. Seltsam, dass so viele Leute zur selben Überzeugung gelangt sind. Als ob niemand ihm jemals zugehört hätte, wenn er den Schwachsinn formuliert, den er Meinung nennt … Was hat so ein verwöhnter Bengel, ein Hofnarr geradezu, im Kriegsrat verloren?«

Sie war mir durch und durch sympathisch. Ihre mysteriöse Ausstrahlung, ihre bestimmte Art und ihr energisches Auftreten hatten mich in ihren Bann gezogen.

»Und ihre sogenannten ›Fachleute‹ sind piekfeine Samtträger, die von nichts eine Ahnung haben, was uns weiterbringen würde. Sie haben einen Schachmeister einberufen. Schach! Als ob es da eine einzige Parallele mit dem echten Leben gäbe. Bauern lassen sich nicht opfern, damit das hübsche Pferdchen überlebt. Man stelle sich nur einmal vor, es gäbe wahrhaftigen Handlungsbedarf! Wir wären verloren!«

Sie legte eine nachdenkliche Pause ein.

»Weißt du, welche Möglichkeit sie niemals in Betracht gezogen haben? Mich zu fragen. Und dabei hätte ich innerhalb weniger Tage mithilfe meiner Schätze hier«, sie machte eine ausschweifende Handbewegung, die sämtliche Bücher der Bibliothek bezeichnen sollte, »die perfekte Lösung gefunden. Leider fragt mich keiner.«

»Kein Wunder, sie können dich ja gar nicht fragen!«, unterbrach ich sie und fing mir dafür einen verdutzten Blick ein.

»Warum sollten sie mich nicht fragen können?«

»Niemand weiß hiervon«, ich deutete auf die Bücher, die sich um mich herum schier in die Unendlichkeit erhoben. »Ich habe den königlichen Boten danach gefragt. Nicht einmal er wusste, dass es eine Bibliothek gibt!«

Sie lachte. »Oh, da hast du dich auf den Arm nehmen lassen. Jeder, der sich in der Hierarchie ein nettes Plätzchen eingerichtet hat, weiß Bescheid. Sie lassen das Volk gerne im Dunkeln tappen. Wissen ist Macht und das macht Bildung gefährlich. Ich fürchte, diese Lüge ist nur ein weiterer Beweis dafür, wie wenig sie dir vertrauen. Du kannst einem fast leidtun«, sie bedachte mich mit einem langen, mitleidigen Blick.

Dann sprach sie weiter: »Nun ja, gewissermaßen bin ich nicht besser dran als du. Ich muss hoffen, dass ich in ihren Augen eines Tages den Rang eines Schachmeisters erlangen kann und dank all meiner fachlichen Kompetenz ein Mitspracherecht zugesprochen bekomme. Bis dahin bleibt mir nichts anderes, als mich aus reinem Interesse zu informieren und meine Erkenntnisse für mich zu behalten.«

Sie hörte auf zu reden und kramte weiter in ihrer Schublade. Ich hoffte inständig, dass es nur eine Spannungspause war und nicht ihr Zeichen, dass ich jetzt verschwinden sollte. Ich hätte zu gerne gewusst, was sie für das Richtige hielt. Zweifellos vertraute ich ihrem Urteil mehr als dem des Kriegsrats. Und ich hatte absolut keine Ahnung, was auf mich zukommen würde. Zu meiner Enttäuschung blieb sie still.

»Was haben Sie denn herausgefunden?«, fragte ich vorsichtig.

Sie sah mich amüsiert an: »Die Lösung – was sonst? Aber das spielt keine Rolle. Sie haben es bis jetzt nicht für nötig gehalten, mich zurate zu ziehen, und sie werden es auch nicht mehr tun. Nicht die tattrige Dame mit den staubigen alten Büchern. Dabei wäre es das Beste für alle Beteiligten … Oh, und falls du es nicht selbst bemerkt hast, ich bin nicht die Einzige, die nicht nach ihren Vorstellungen gefragt wird.«

Ihr Blick war jetzt so scharf wie ihre Stimme: »Für das Königshaus bist du nichts als ein Mittel zum Zweck. Und komme ja nie auf den Gedanken, sie würden dich über den Zweck selbst entscheiden lassen. Du bist das Pferd, die interessanteste Figur – hochgelobt, sofort zur Stelle und kaum vorhersagbar. Sie hoffen inständig, dass du nicht schlau genug bist, es zu merken, wenn du für den König geopfert wirst. Es bist niemals du, die die Züge plant. Im Grunde wirst du immer ein Bauernmädchen bleiben.«

Sie hielt einen Moment inne, sortierte ein paar Blätter und legte sie in einem ordentlichen Stapel neben sich auf den Schreibtisch.

»Jetzt geh, ich habe eine Ahnenliste fertigzustellen.« Sie klopfte energisch auf das dicke rote Buch auf ihrem Tisch.

Ich nahm all meinen Mut zusammen: »Kann ich nicht ein bisschen bleiben? Und mich umsehen? Ihre Bibliothek ist überaus beeindruckend.«

Sie sah mich lange an, als wollte sie herausfinden, ob ich es ernst meinte oder mir einen Spaß mit ihr erlaubte. Dann lachte sie: »Hierbleiben? Und meine Bücher ruinieren? Mädchen, du kannst nicht einmal lesen.«

Autsch. Ihre Worte zerschlugen mein Herz in tausend kleine Stücke. Ich bewunderte ihre direkte Art, aber das hatte wehgetan. Ich schluckte trotzig meine Tränen hinunter.

»Danke. Ich komme jetzt ohne deine Hilfe zurecht.« Ihre Worte waren ein unmissverständlicher Fingerzeig Richtung Ausgang. Niedergeschlagen schlich ich mich aus der Bibliothek.

Die Art und Weise, wie sie mit mir umging, gefiel mir nicht. Warum wollte sie, dass ich mitkomme? Nur um mich derart schroff hinauszuwerfen? Und klar, sie hatte Ahnung, wovon sie redete, doch das bedeutete nicht, dass alle anderen völlig unfähig waren. Sie betete ihre Meinung auf eine so vorwurfsvolle Weise herunter und zu Wort kommen ließ sie mich schon gar nicht. Ich durfte nur nach ihrer Pfeife tanzen. Bücher tragen, ihren Vortrag anhören, gehen. Es war an der Zeit, ihr zu zeigen, dass ich nicht ihre Dienerin war. Ich war keine bloße Schachfigur. Ich würde ihr zeigen, was in mir steckte. Und egal, wie viel diese mysteriöse Bibliothekarin wusste, sie benötigte dringend einen Dämpfer!

Sie hatte ja recht. Mich hatte nie jemand nach meiner Meinung gefragt. Was ich tun wollte. Nicht einmal, was ich tun *konnte*. Aber ich würde ihnen schon beibringen, damit anzufangen. Ich würde sie dazu bekommen, mich zu respektieren. Und mit der Bibliothekarin würde ich anfangen.

Damals wusste ich nicht, warum ich mir ausgerechnet sie als Erste herausgepickt hatte, rückblickend ist der Fall eindeutig. Sie sprühte nur so vor Energie und hätte nie ein Blatt vor den Mund genommen oder ergeben den Kopf gesenkt. Sie schreckte vor niemandem zurück. Ich hatte nie eine Frau getroffen – nicht einmal einen Mann –, die so arrogant auftrat und trotzdem zu untertreiben schien. Als Meisterin dieser unglaublichen Bibliothek musste ihr Wissen unbeschreiblich sein.

Ich wollte sie ganz klar beeindrucken.

10. KAPITEL

Im Palast war Besuch angekündigt worden und jemand war auf die glorreiche Idee gekommen, mich in meinem Zimmer einzusperren. *Irgendjemand*. Ha! Danke, Phillian.

Da es sich um äußerst wichtige Gäste handelte – eine andere Königsfamilie, sagte man –, war der Bote besonders um mein Image als Heldin besorgt. Und er war davon überzeugt, dass man mich dafür am besten nicht persönlich traf. Dabei hatte ich mich so auf den Besuch gefreut.

Rückblickend erkenne ich mich kaum wieder, so deutlich stand ich damals unter dem Einfluss des Palastes. Statt mich an den Plätzen aufzuhalten, die ich liebte, oder meine beste Freundin zu besuchen, stolzierte ich hochnäsig durch die Gänge und beschwerte mich über die Hitze. So ist der Mensch eben gestrickt – er will unbedingt dazugehören. Deshalb hatte ich mich an diesem Tag zurechtgemacht. Deshalb trug ich ein kitschiges Kleid, hatte mir viel zu viel Mühe mit meinen Haaren gegeben und sorgfältig Parfüm aufgetragen. Danach war ich voller Vorfreude zur Tür geeilt, um belanglose Schwätzchen mit arroganten adeligen Töchtern zu halten. Als ich bemerkte, dass ich eingeschlossen war, stürzte ich mich auf mein Bett und begann zu heulen. Ja, ich weiß. Das spricht sichtlich dafür, dass der Bote recht hatte mit seiner Einschätzung.

Aber in diesem Moment verstand ich, wie richtig die Bibliothekarin lag. Niemand interessierte sich für mich. Nicht für meine Meinung, nicht für meine Gefühle, nicht für mich als Person. Wenn sie mich nicht eingeladen hätten, würde das nur heißen, dass es sie nicht kümmerte, ob ich dabei war oder nicht. Mich einzusperren dagegen? Das ließ nur einen Schluss zu: Sie schämten sich für mich. Es war so unfair. Ich hatte keine Freunde, war meilenweit von meiner Familie entfernt und wurde behandelt wie eine Spielfigur. Eine Puppe ohne Gefühle, die man in die Ecke stellen und einstauben lassen konnte. Ich hatte das hier nicht gewollt. Ich hatte nichts dafür getan, hierherzukommen. Das war nur ein blödes Missverständnis. Ich war keine Heldin.

Also musste ich mich auch nicht so verhalten. Vollkommen egal, dass Heldinnen hinter dem Thron des Königs stehen sollten, um wachsam den Saal im Auge zu behalten. Dass sie mit an der Tafel sitzen sollten, wenn den königlichen Gästen das Festmahl serviert wurde.

Wenn sie mir schon nicht zutrauten, mich wie eine Heldin zu benehmen, dann musste ich mich auch nicht erhaben dem Schicksal einer Gefangenen fügen. Erhabenheit war für Heldinnen gedacht. Ich würde das tun, was man von einem vorlauten Hirtenmädchen wie mir erwartete – mich rausschleichen und die Gäste von einem Versteck aus beobachten. Es wurde Zeit, dem Wachturm erneut einen Besuch abzustatten.

Ich wusch das Parfüm ab, zog mir meine alte Kleidung an und verstrubbelte meine aufwendige Frisur. So. Jetzt sah ich wieder aus wie ich.

Schon viel besser gelaunt kletterte ich aus dem Fenster. Gut, dass dieser Ausgang nicht von außen verriegelt werden konnte, während ich schlief.

Ich würde heute besonders vorsichtig sein müssen, denn aufgrund des Besuches hatte man die Wachen verdoppelt und zu erhöhter Aufmerksamkeit ermahnt. Mir blieb also nur der sicherste Weg: die Rosenhecke, die erstaunlich nahe an den Eingang des Wachturms heranreichte. Von dort aus war es nur ein kurzer Sprint.

Während ich so durch die Hecke kroch, erfreute ich mich an ihrer Dornenlosigkeit. Als ich im Palast angekommen war, hatte mich das zunächst überaus verwirrt – bis ich aus purer Neugier einen der Gärtner gefragt hatte, was für eine merkwürdige Pflanzenkrankheit denn Dornen ausfallen ließ. Erst einmal wurde ich ordentlich ausgelacht. Dann durfte ich mir einen stundenlangen Vortrag über das Züchten anhören. Als ob das nötig gewesen wäre. Wie jeder Mensch mit Nutztieren wusste ich, wie das funktioniert. Mir war eben nicht klar gewesen, dass es auch bei Pflanzen möglich war. Man konnte schließlich nicht einfach ein dornenarmes Rosenheckenweibchen und ein dornenarmes Rosenheckenmännchen zusammen in einen Stall sperren und geduldig auf das Ergebnis warten …

Über solcherlei Dinge dachte ich nach, als ich unter den dichten Ästen am nächsten Punkt zum Turm lag. Den Bauch flach auf den Boden gepresst und die Hände bereit, mich ruckartig hochzudrücken. Ich würde nur ein Zeitfenster von einigen Sekunden haben, ich musste einen guten Start hinlegen. Leider ließen sich die Wachen Zeit mit dem nicht Hinschauen. Vielleicht war ich zu ungeduldig geworden, denn als die Luft endlich rein war, stürzte ich voreilig aus der Hecke und rannte los. Meine Füße flogen über den Boden, ich war schnell wie der Wind, ich hatte den Eingang fast erreicht, ich …

Ich stieß mit vollem Karacho mit einer Wache zusammen, die den Turm gerade verließ. Der unsanfte Aufprall gegen seinen metallenen Brustpanzer presste mir schlagartig die Luft aus dem Körper. Ich taumelte zurück und wäre hingefallen, wenn er mich nicht am Kragen gepackt und in die Luft gerissen hätte. Ich keuchte, als der Stoff in meinen Hals schnitt, und klammerte mich verzweifelt an seine Handgelenke, um wenigstens ein bisschen Luft zu bekommen.

»WAS WILLST DU HIER, DU LAUSEBENGEL? KANNST DU NICHT AUFPASSEN? GOTTVERDAMMT!« Mit seiner unerfreulicherweise spürbar feuchten Aussprache und seiner bellenden Sprachmelodie erinnerte er mich an einen wütenden Pinscher. »JUNGEN WIE DIR GEHÖRT DER HINTERN VERSOHLT!«

Nicht nur, dass er nicht aufhören wollte, mich anzubrüllen und dabei mein Gesicht mit Sabber zu überziehen – er hielt mich zudem für einen Jungen. Klar, ich trug Leinenhosen und eine verstrubbelte Kurzhaarfrisur, aber dieser Kerl war ein Schrank! Neben ihm musste ich aussehen wie eine Porzellanpuppe! Wobei das mein geringstes Problem sein sollte. Ich war meinem Unheil wortwörtlich in die Arme gelaufen. Das würde Ärger geben. Und ich hatte nicht die geringste Ahnung, wie ich da rauskommen sollte.

Jemand anderes war da schon ein Stück weiter. »Siegfried! Hier steckst du also!«, hallte es in empörten Tonfall über den Platz. »Was hast du jetzt schon wieder angestellt?«

Das verwirrte die Wache. Zwar nicht ganz so sehr wie mich, aber genug, um mich langsam auf den Boden sinken zu lassen. Krächzend fasste ich an meinen endlich entlasteten Hals.

»Entschuldigen Sie, hat der Junge Ihnen Probleme bereitet?«, fragte die Stimme besorgt. Der Schrank war nach wie vor verdutzt, allerdings schon zurück in seiner Rolle. »Nein, Herrin!« Er salutierte. »Schon in Ordnung, Herrin!«

Wie ein Köter. Spielt sich auf und macht einen zur Schnecke, solange man kleiner war, kuschte hingegen sofort, wenn jemand Ranghöheres auf den Plan trat. Da hatte selbst Luna mehr Würde. Und die war im wahrsten Sinne des Wortes ein Hund.

Ich drehte mich um. Vor mir stand die Bibliothekarin und gab mir eine Ohrfeige: »Musst du dich so herumtreiben, Siegfried? Ich hatte dich nur geschickt, ein Buch zu holen! Entschuldige dich sofort bei dem freundlichen Herrn!«

Ich griff dankbar nach dem rettenden Strohhalm: »Es tut mir so leid, Herrin! Ich wollte mich beeilen und muss dabei die Wache angerempelt haben …«

Ich gab mir Mühe, schuldbewusst und unterwürfig zu klingen, doch das genügte dem »freundlichen Herrn« nicht.

»ANGEREMPELT? UMGERANNT HAST DU MICH, DU KLEINER MISTKERL!«, brüllte er mir ins Gesicht. »NA WARTE, DICH WERD ICH …«

Die Bibliothekarin unterbrach ihn entschieden: »Umgerannt, soso … Ich werde mich darum kümmern. Komm mit, du undankbarer Bursche!«

Sie packte mich am Arm und zerrte mich – zum Unmut der Wache – davon. Kaum waren wir außer Sichtweite, ließ sie mich los und beschleunigte ihren Gang. Ich konnte kaum mit ihr Schritt halten, dabei war sie nicht viel größer als ich.

»Siegfried?«, fragte ich atemlos, während ich hinter ihr herhastete.

»Wenn du einen hübscheren Kosenamen willst, solltest du dich weniger in Schwierigkeiten manövrieren, du undankbarer Bursche«, antwortete sie gereizt.

Sie hatte recht. »Tut mir leid«, fügte ich hinzu. »Das war nett von Ihnen, danke. Warum haben Sie das für mich getan?«

Sie schnaubte nur: »Offensichtlich bist du ja zu unfähig, um alleine zurechtzukommen. Du bist die Heldin. Du solltest nicht von namenlosen Soldaten vermöbelt werden. Wenn du es nicht selbst kannst, muss ich eben darauf achten, dass man dich deines Ranges entsprechend behandelt.« Mit diesen Worten beschleunigte sie ihren Schritt erneut und bog um die nächste Ecke.

Nachdenklich blieb ich zurück. *Du bist die Heldin*. Pah. So, wie sie mich behandelte, scherte sie sich keinen Deut darum, wer ich war. Hier ging es definitiv nicht darum, dass man meinen Status respektieren sollte. Ich glaubte langsam, dass die Frau ganz eigene Pläne mit mir hatte. Warum sonst tat sie ständig so geheimnisvoll? Es wurde Zeit, herauszufinden, was es mit ihr auf sich hatte …

Nur wie? Eine Schreiberin – eine der intelligentesten Frauen des Landes – konnte man nicht unauffällig ausfragen. Die Bibliothek! Sie würde nie damit rechnen, dass ich den Weg dorthin fand. Und ein Ort, bei dem man sich so viel Mühe gab, ihn unauffindbar zu machen, musste unzählige Geheimnisse beinhalten. Vielleicht, wenn ich mich einmal allein dort umsah?

Wie vorhergesagt war es um einiges leichter, auf die große Eiche zu klettern, als den Weg durch den Palast zurückzuverfolgen. Mal abgesehen davon, dass im Garten kaum Wachen stationiert waren – ich hätte den Gang kaum wiedererkannt. Möglich, dass ich schon ein paar Mal am Eingang der Bibliothek vorbeigelaufen war, ohne es zu bemerken.

Ich saß auf einem der dicken Äste und wartete auf die Fanfaren, die das Eintreffen der Gäste ankündigen würden. Mein Interesse an ihnen war vollständig verflogen, andererseits wusste ich, dass die Schreiberin des Palastes beim Empfang anwesend sein musste. Danach würde es ewig dauern, bis sie sich würde loseisen können – ich hatte also mehr als genug Zeit.

Das blecherne Dröhnen der Fanfaren. Es ging los. Ich wartete einen zusätzlichen Moment, um mich zu versichern, dass die Bibliothek leer war, dann stieg ich durch das geöffnete Fenster ein. Wollten sie das ewig offen stehen lassen? Jemand benötigte eine Menge frischer Luft. Oder es fühlte sich bloß niemand fürs Zumachen zuständig. Es kam mir jedenfalls sehr gelegen.

In der Bibliothek angekommen, hielt ich geradewegs auf den Schreibtisch zu. Keine Ahnung, was ich ohne Lesekenntnisse zu finden erwartete, daran dachte ich nicht. Adrenalin schoss durch meine Blutbahnen. Es fühlte sich an wie ein Einbruch oder gar eine Geheimmission. Ein brauchbarer Hinweis würde sich schon finden lassen. Ich brauchte nichts anderes als eine Grundlage, auf der ich sie verhören konnte. Ich wollte ihr ja kein Verbrechen anhängen, sondern nur Werkzeug finden, um ihre Fassade zu durchbrechen. Bedächtig setzte ich mich auf den schmalen Stuhl hinter dem schweren Schreibtisch. Für einen Moment starrte ich nur hochachtungsvoll auf das Allerheiligste der Bibliothekarin, dann begann ich, mich umzusehen.

Es gab einen Haufen Bücher, Briefe und Schriftrollen auf dem Tisch, allerdings machte nichts davon einen ungewöhnlichen Eindruck. Ohne den Inhalt verstehen zu müssen, erkannte ich nichts als Stammbäume, offizielle Urkunden mit Siegel und Korrespondenz in Schönschrift. Die Bücher waren Hunderte Jahre alt, die Bilder darin ließen auf relativ harmlose Geschichten schließen. Krönungen und so. Vielleicht war das eine blöde Idee gewesen.

Mehr aus einer Art Trotz heraus durchwühlte ich die Schubladen, doch hier bot sich ein ähnliches Bild. Bis ich die kleinste entdeckte. Sie war schmal und direkt unter der Tischplatte angebracht. In der Position wäre es beinahe unmöglich, sie aufzubrechen. Und sie war abgeschlossen. Falls die Bibliothekarin etwas zu verbergen hatte, war es da drin. Leider hatte ich keine Chance, den Schlüssel zu finden. Eine kluge Frau wie sie würde ihn unaufhörlich bei sich tragen …

Nein. Sie war nicht klug. Sie war listig. Eine *kluge* Frau würde den Schlüssel überallhin mitnehmen, bei ihr war das unwahrscheinlich. Sie hütete ihre Geheimnisse. Jeder Mensch rechnete damit, dass der Schlüssel bei ihr war. Der vermeintlich sicherste Ort wäre somit eher der unsicherste, wenn jemand zum Äußersten bereit war. Sie war zu schlau für so was. Listige Menschen dachten eine Ebene höher …

Ich musste zunächst von dem Offensichtlichen ausgehen und dann weiterdenken. Wo würde ich den Schlüssel verstecken? Vielleicht in einem der Bücher? Man konnte eines aushöhlen und zurück ins Regal stellen. Es gab hier Tausende davon – unmöglich, das richtige zu finden, ohne die gesamte Bibliothek auf den Kopf zu stellen.

Nein. Zu offensichtlich. Mal abgesehen davon, dass sie einem Buch niemals derartige Gräueltaten antun würde – es wäre so viel zu schwer, den Schlüssel unbemerkt verschwinden zu lassen. Wenn man überrascht wurde, konnte man nicht mal eben zum anderen Ende der Bibliothek sprinten und dann schwer atmend behaupten, man hätte nichts zu verbergen. Ich musste höher. Ich stand vor einem richtigen Rätsel.

Aus unerfindlichen Gründen war ich glücklich über die Situation. Ich hatte mich nie so herausgefordert gefühlt wie jetzt. Dies war ein Test. Nicht meiner körperlichen Fähigkeiten oder meiner seelischen Belastbarkeit, sondern auf einem Gebiet, für das ich ausnahmsweise ein Talent hatte. Was würde ein listiger Mensch tun? Was würde *sie* tun? Wo würde ich den Schlüssel verstecken, wenn ich sichergehen wollte, dass niemand jemals von allein daraufkam?

Ohne weiter nachzudenken, schraubte ich den Deckel von dem kleinen Tintenfass ab, tauchte meine Fingerspitzen in die dunkle Flüssigkeit und umfasste den Schlüssel, der auf seinem Boden lag. Volltreffer. Ich wischte meine Finger und den Schlüssel an meinem Hemdärmel ab, damit ich keine verräterischen Flecken auf dem Schreibtisch hinterlassen würde, und schloss die Schublade auf. Vor Spannung fast sterbend zog ich sie langsam auf. Darin lag ein kleines, schmales Büchlein mit einem wunderschönen dunkelblauen Umschlag. Andächtig nahm ich es heraus und schlug es behutsam auf. Die Seiten raschelten leise, als sie mir ihr gut gehütetes Geheimnis zuflüsterten.

Was in dem Buch stand, waren keine Wörter. Ich konnte zwar nicht lesen, dennoch wusste ich, wie Buchstaben aussahen. Und das waren keine Buchstaben. Zumindest keine, die in den verbündeten Königreichen benutzt wurden. Buchstaben waren zackig, rund oder gerade, in gleichmäßigen Reihen, wie an einer Perlenkette aufgefädelt. Hier gab es nur Striche. Gerade oder geschwungen, unterschiedlich lang und dicht und über die gesamte Seite verteilt. Was immer dieses Schriftstück darstellte, es war nicht im Auftrag des Königs entstanden.

Ich überlegte kurz, das Buch mitzunehmen, beschloss dann aber, dass sein Fehlen sofort bemerkt werden würde. Es wäre besser, wenn ich ein kleineres Beweisstück in der Schublade entdecken würde. Nach kurzem Kramen fand ich ein Stück Papier, das mehr aussah wie ein Notiz- oder Schmierzettel. Von einem größeren Blatt abgerissen und achtlos zerknickt, dafür ebenfalls mit den merkwürdigen

Zeichen übersät. Ich nahm es, steckte es sorgfältig in meine Tasche und machte mich dann daran, jeden Gegenstand genau an seinen Platz zurückzulegen. Als ich fertig war, war ich zuversichtlich, dass nicht einmal ihr der Unterschied zwischen dem Chaos jetzt und dem Chaos zuvor auffallen würde. Ich schloss die Schublade ab, zweimal, wie ich sie vorgefunden hatte, und ließ den Schlüssel zurück in sein Versteck gleiten.

Dann beeilte ich mich, in mein Zimmer zurückzukehren, ohne mit einem riesigen Fleck schwarzer Tinte auf dem Oberteil ertappt zu werden.

Dort angekommen, versteckte ich die verschmutzte Kleidung unter dem Bett und richtete mich abermals hübsch her, komplett mit Parfüm und allem Drum und Dran. Ich gab mir dieses Mal jedoch deutlich weniger Mühe als am Morgen. Dann setzte ich mich auf die frischen Laken und wartete auf den Boten.

Als ich das metallische Klicken des Schlüssels hörte, bemühte ich mich, schnell ein möglichst beleidigtes Gesicht aufzusetzen. Theoretisch hätte ich den ganzen Tag in meinem Zimmer verbringen müssen. Und außerdem hoffte ich, durch den Boten mehr über die Bibliothekarin herauszufinden. Er tratschte nie, schon gar nicht über Leute in hohen Ämtern. Andererseits würde er mir vielleicht hilfreiche Informationen verraten, wenn er sich schuldig fühlte. Und ich musste so viel wie möglich wissen, wenn ich die Bibliothekarin überrumpeln wollte.

»Was sollte das?«, fuhr ich den Boten an, sobald er durch die Tür trat. Ich versuchte mich dabei am Fauchen einer streunenden Katze zu orientieren.

»Es tut mir leid«, meinte der Bote zwar schuldbewusst, dafür kein bisschen überrascht. Er hatte damit gerechnet, dass ich mich aufregen würde, also brachte es ihn kaum aus der Fassung. Ich musste ihn aus der Reserve locken.

»Hat das Essen geschmeckt?«, fauchte ich. »Ich hatte nicht mal Brot und Wasser hier in meiner Luxuszelle!«

Ich hoffte inständig, dass niemand versucht hatte, mir in meiner Abwesenheit Essen zu bringen.

»Oh«, machte der Bote. »Ich werde dir ein besonders üppiges Abendessen bringen lassen.«

Na toll. »Oh.« Das war nicht genug. Ich musste einen draufsetzen: »Ich bin eure große Heldin, oder? Wie kommt es dann, dass ich eingesperrt werde wie ein kleines Kind, statt beim Empfang dabei zu sein? Liegt es an meinem Verfolgungswahn? Daran, dass ich harmlose Vögelchen für riesige Killerinsekten halte? *HMMM?* Ich weiß, was ich für euch bin. Nichts als eine Marionette mit unsichtbaren Fäden! Ihr könnt nicht einmal so tun, als würdet ihr einen Gedanken an mich verschwenden.«

Jetzt hatte ich ihn. Er schluckte schwer und vermied den Blickkontakt. Ich schnaubte betont laut auf und machte ein noch beleidigteres Gesicht, während ich seiner wortreichen Entschuldigung lauschte.

»Schon gut«, unterbrach ich ihn. Ich hatte ihn da, wo ich ihn wollte. Jetzt kam es darauf an, das Gespräch in die richtige Richtung zu lenken: »Erzähl mir wenigstens, was ich verpasst habe.«

Wie ich es erwartet hatte, nahm er die Chance auf Wiedergutmachung dankbar an und erzählte mir die langweiligsten Details des Besuches. Ich nickte und gab ab und an einen Laut des Erstaunens von mir, als würde mich seine Geschichte brennend interessieren.

»Wer war denn beim Empfang dabei? Ich nehme an, dass nur wahnsinnig wichtige und kluge Leute Zutritt hatten, wenn ich zu unbedeutend dafür war.«

»Nun«, er hüstelte verlegen. »Sämtliche Mitglieder des Kriegsrats waren anwesend. Die Königsfamilie selbstredend auch. Ansonsten … einige wichtige Diplomaten, der Kommandant der Leibwache und die Schreiberin.«

Ich tat erstaunt: »Eine SchreiberIN? Eine Frau?« Als Hinterwäldler hatte ich ja keine Ahnung, dass nicht nur Männer zu solch hoher Kunst fähig waren.

Der Bote strahlte über das ganze Gesicht: »Ja, in der Tat, eine Frau. Der König ist in dieser Sache außerordentlich fortschrittlich. Seine verehrte Gemahlin hat ebenfalls eine entscheidende Rolle dabei gespielt, dass wir hier am Hof die erste Schreiberin in einer derart hohen Position wissen können. Selbstverständlich gibt es in einigen anderen Städten gleichermaßen weibliche Schreiber, im Unterschied zum König …« Endlose Lobeshymnen auf seine Majestät, die nicht zu ertragen waren, wenn man auf wichtige Informationen wartete. Es war eine Tortur! »… sie ist außerordentlich begabt. Ich habe ihr Potential sofort erkannt. Eine wahnsinnige intelligente Frau, diese Kendra Tachedi. Sie ist die Beste, wenn du mich fragst, und …«

Ich hörte nur auf einem halbem Ohr zu. Zu meinem Leidwesen wollte er jetzt sowieso nur in weitere Lobeshymnen verfallen. Kendra Tachedi. Mal sehen, wie sie aus der Wäsche schauen würde, wenn ich sie mit ihrem Namen ansprach. Kendra. Hübscher Klang. Ich fand, er passte gut zu ihr. Meine Großmutter hätte die Bedeutung gewusst. Sie kannte sich mit Namen aus. Möglicherweise bedeutete Kendra »Bücher« oder »Schreiben«. Ich musste grinsen. Oder vielleicht auch nicht. Wer nennt sein Kind schon »Bücher«?

Als der Bote endlich zu einem Ende gekommen war, bedankte ich mich, allerdings nicht sonderlich höflich. Ich tat so, als wäre ich nach wie vor eingeschnappt. In dieser Nacht lag ich lange wach und spielte die Konfrontation am nächsten Tag etliche Male durch. Wohl wissend, dass es ohnehin anders kommen würde. Wie recht ich damit hatte.

Das Wichtigste war, Kendra zu überraschen und sie dann unter Druck zu setzen. Denn wenn es eine Sache gab, mit der listige Menschen nicht rechneten, dann damit, dass Dinge passierten, mit denen sie nicht gerechnet hatten. Dass jemand listiger war. Das würde sie ganz schön aus der Fassung bringen.

Am nächsten Morgen stand ich vor einem unerwarteten Problem. Was zog man zu so einem Anlass an? In der Kleidung, die ich von zu Hause mitgebracht hatte, wirkte ich schlicht und ergreifend schäbig. Auf jeden Fall nicht würdevoll genug. Die Ballkleider waren schlimmer. Das war nicht ich. Ich wirkte darin wie eine verweichlichte Hofdame ohne Stilgefühl. Oder wie Kendra es formuliert hatte: wie ein explodierter Paradiesvogel. Was ich brauchte, war ein Kleid, das Kraft ausstrahlte und in dem ich mich wohlfühlte. Verzweifelt stellte ich meinen Kleiderschrank auf den Kopf und fand nichts als Glitzer. Bis ich ganz hinten zwischen all den Rüschen endlich fündig wurde.

Es war aus einem anderen Stoff, leicht und fließend, mit einem matten Glanz. Das ganze Kleid war in einem warmen Waldgrün gehalten. Nur am Saum, den weiten Ärmeln und unter der Schnürung des Korsetts blitzte ein leuchtendes Frühlingsgrün hervor. Es war viel schlichter als die anderen Kleider. Es hatte keinen bodenlangen, bauschigen Rock, sondern ging nur bis zu den Knöcheln und war gerade weit genug, um bequem darin rennen zu können. Ich würde in diesem Kleid sogar klettern können!

Es passte wie angegossen. Es saß eng, ohne mich einzuschnüren. Ich blickte in den Spiegel. Ich sah aus wie ich, nur majestätischer. Eindrucksvoller. Es unterstrich meinen Charakter und brachte eine Ausstrahlung hervor, die ich so von mir gar nicht kannte. Ich grinste. Es war perfekt.

Barfuß machte ich mich auf den Weg zur Bibliothek. In meinem neuen Lieblingskleid konnte ich ohne Probleme auf Bäume klettern. Vor der Tür blieb ich stehen. Meine Hand umklammerte den zusammengeknüllten Zettel. Ich wollte durch die Tür gehen, konnte es jedoch nicht. Es war, als würde mich eine unsichtbare Kraft von ihr wegdrücken. Umso stärker, je näher ich ihr kam. Ein ums andere Mal hielt ich darauf zu, nur um sofort umzukehren. Mein Herz klopfte mir bis zum Hals. Mann, war ich nervös! Ich blieb stehen, nahm den Zettel hoch, strich ihn behutsam glatt und starrte auf die mysteriösen Zeichen. Es würde schon gut gehen.

Nach einigen weiteren kläglichen Versuchen, einem langen Innehalten, um die letzten Reste meines Mutes zusammenzukratzen, und viel gutem Zureden schaffte ich es endlich. Ich stürmte durch die Tür auf den Schreibtisch zu und brachte gerade noch ein gebieterisches »Guten Morgen!« heraus, bevor mir das Herz in die Hose rutschte.

Kendra drehte den Kopf und sah mich verwirrt an. »Du?«, fragte sie perplex. Dann fügte sie bestimmter hinzu: »Ich habe dich nicht eingeladen.«

Es gab kein Zurück mehr. »Zu schade.« Ein guter Anfang, wie ich fand. Ich hob das Kinn höher und versuchte mich zwanghaft daran zu erinnern, dass ich etwas gegen sie in der Hand hatte (verzeiht das Wortspiel). Ich atmete tief ein. »Das tut mir entsetzlich leid, *Kendra*. Ich wollte dich nicht stören. Ich dachte nur, du könntest mir vielleicht sagen, was das für merkwürdige Zeichen sind.«

Gut. Ich konnte die Stiche sehen, die sie verspürte, als ich ihren Vornamen benutzte und ihr jeglichen Respekt verweigerte. Das war sie nicht gewohnt. Wenn ich ein bisschen mehr Druck ausübte, würde ich ihre stoische Gelassenheit ins Wanken bringen können. Ich grinste überlegen.

Plötzlich weiteten sich ihre Augen. Normalerweise war ihr Gesicht undurchdringlich, jetzt stand da wie in großen, dicken Lettern geschrieben: »Sie wird doch nicht …?«

Ich drang zu ihr durch! Wie um meinen Verdacht zu bestätigen, griff sie nach der Schublade, um zu prüfen, ob sie abgeschlossen war. Sie entspannte sich fast unmerklich.

»Ach, du sprichst von Buchstaben?«, fragte sie herablassend. »Nicht jeder kann lesen, weißt du? Jeder davon hat eine eigene Bedeutung, die die Schreiber selbstverständlich kennen.«

Lächerlich. Für wie blöd hielt sie mich?

»Ich meine das *hier!*« Mit ein paar großen Schritten trat ich an den Schreibtisch und knallte den Zettel auf die Tischplatte. Die Farbe fuhr aus ihrem Gesicht. Sie sackte hilflos auf ihrem Stuhl zusammen. Ein bisschen tat sie mir leid. Doch um herauszufinden, wer sie war, durfte ich ihr keine Zeit lassen, sich zu fangen. Eine starke Frau wie sie hatte ihre Fassade in Nullkommanichts wieder aufgebaut.

»Ahhh, dazu sagst du jetzt nichts«, bohrte ich also weiter. »Wo bleibt meine Antwort?«

Stille. Sie saß regungslos da und starrte entsetzt auf die Zeichen vor ihr.

»Vielleicht sollte ich stattdessen den König um Hilfe bitten?«

Ihr Kopf fuhr hoch und ein erstickter Schrei hallte durch den Raum. Ich fühlte mich furchtbar.

»Nein … nein … bitte …«, stammelte sie, in ihren Augen flackerte blanke Angst.

Ich schluckte all meine Gewissensbisse hinunter und bemühte mich, meine Stimme möglichst kalt und berechnend klingen zu lassen. Es war nicht leicht, ich musste so tun, als wäre ich jemand anderes, jemand Fieseres. »Was soll mich denn bitte davon abhalten?«, fragte ich mit gehässigem Unterton. Es war nicht sonderlich gut gespielt, bei dem Häufchen Elend vor mir war das auch nicht weiter nötig.

»Ich … du … der König …« Sie schluckte. Dann straffte sie ihre Schultern. »Du wirst nichts verraten, weil du eine Antwort erhalten möchtest. Ich werde dir die ganze Geschichte erzählen. Über das hier«, sie deutete auf den Zettel, »und über vieles mehr. Ich *weiß* Dinge. Ich kenne sämtliche Geheimnisse des Schlosses. Und ich werde dich in jedes einzelne davon einweihen, wenn du mir versprichst, dieses hier zu hüten.«

Ich stutzte einen Moment. Das war mehr, als ich erwartet hatte. Dann nickte ich. »Versprochen.«

Und ich meinte es so. Egal, was es war, ich würde es für mich behalten. Ich hatte die Angst in ihren Augen gesehen. Die Hölle. Ich wäre sowieso nie imstande gewesen, das auf sie loszulassen. Sie verschwieg mir etwas und dem wollte ich auf den Grund gehen, mehr nicht. Ich wollte wissen, wer sie war, was sie vorhatte. Und ich wollte nicht mehr von oben herab behandelt werden.

Sie sagte kein Wort. Stattdessen hob sie beide Hände an ihren Kopf und strich die Kapuze zurück. Was zum Vorschein kam, brachte mich völlig aus der Fassung.

Das war nicht möglich!

Und doch. Auf ihrem Kopf, zwischen den graubraunen Haaren, waren sie unbestreitbar zu sehen. Katzenohren.

Ich schrie. Kendra redete auf mich ein, aber ich verstand kein Wort. Ich hörte nur mein Herz hämmern und meine eigenen Schreie, die zwischen den Regalreihen verhallten.

Sie war kein Mensch.

Kendra machte einen Schritt auf mich zu, die Arme besänftigend erhoben. Sie ragte über mir auf, die Finger wie Klauen nach mir ausgestreckt. Panik durchströmte mich und schwemmte all meine Gedanken davon. Ich wich zurück.

»Fass mich nicht an!«, kreischte ich. Ich stolperte über einen Stapel Bücher. Ich ignorierte den Schmerz des Aufpralls, das war nicht wichtig. Sie kam näher. Ich robbte rückwärts zurück, mein Blick glich dem eines verschreckten Kaninchens. »*Fass mich nicht an!*« Ich stieß mit dem Rücken gegen eines der Bücherregale. Ich saß in der Falle.

»FASS MICH NICHT AN!«, schrie ich um mein Leben. »Fass mich nicht an, du MONSTER!«

Ich konnte meinen Atem hören, flatternd, viel zu schnell.
Heiße rote Funken prasselten auf meiner Haut.
»Fass mich nicht an …«
Das Bild wurde schwarz.

Ich schlug die Augen auf und erblickte das warme Gold des Himmels. Ich lag in meinem Bett. Die Vorhänge waren zugezogen, das Licht drang nur gedämpft hindurch. Das Seidenlaken klebte an meinen nassgeschwitzten Beinen.

Gott sei Dank. Es war nur ein Albtraum gewesen. Ich hatte mir gestern ein oder zwei Szenarien zu viel ausgedacht. *Katzenohren.* Wer glaubt denn so einen Schwachsinn? Ich würde das wunderschöne grüne Kleid anziehen und – ach nein, schade. Das perfekte Kleid stammte natürlich aus dem Traum. Ich hätte es ahnen müssen. Nun gut, es gab genug schöne Gewänder in meinem Schrank.

Jetzt, da ich das schlimmstmögliche Szenario erlebt hatte, musste ich mich vor nichts mehr fürchten. Ich würde aufstehen und herausfinden, was für eine Geheimspr-ache das war. Oder mit welchem fremden Staat die Bibliothekarin heimlich Korrespondenz hielt. Gewiss nicht, dass sie tierische Körperteile besaß. Was hätte ich mir als Nächstes ausgedacht? Einen Biberschwanz vielleicht?

Kichernd schlug ich den Vorhang meines Bettes zurück und blickte in die hellblauen Augen der Bibliothekarin, die auf einem Stuhl neben meinem Bett saß. Ihre Pupillen waren ein bisschen zu schmal für einen Menschen.

»Ich bin kein Monster. Ich bin eine Halbmenschin.«

11. KAPITEL

Das Zimmer begann sich zu drehen. In Kendras Augen lag ein trauriger Glanz und ihre Katzenohren hingen schlaff nach unten. Ihre KATZENohren! Sie existierten tatsächlich!

Sie hielt ganz still, bis der Raum es ihr gleichtat und die kleinen Sternchen verschwanden. Die sonst so stolze Bibliothekarin wirkte wie ein Häufchen Elend, das sich nicht einmal traute zu zucken.

»Es tut mir leid«, flüsterte ich. Es war furchtbar gewesen, sie als Monster zu bezeichnen. Das gehörte sich nicht. Ihre Ohren richteten sich überrascht auf und sie starrte mich erstaunt an.

»Es tut mir leid«, wiederholte ich mit fester Stimme. »Ich hätte Sie nicht als Monster beschimpfen sollen. Ich war nur … ähh … sehr geschockt.«

Sie nickte. »Verständlich.« Ihre Stimme klang niedergeschlagen. Dann setzte sie ein falsches Lächeln auf, wie nur schrecklicher Schmerz es hervorbringen konnte. Im fröhlichen Plauderton fuhr sie fort: »Keine Sorge. Die meisten Menschen hätten sich für ein Wort wie ›Missgeburt‹ entschieden, um mich zu beschreiben. Dagegen finde ich ›Monster‹ fast charmant.«

Sie tat mir so leid. Ich wusste, wie es war, anders zu sein – ich war oft genug wegen meines Aussehens beschimpft worden. Oder weil ich angeblich stank. Dabei wusch ich mich viel öfter als die anderen Kinder. Nichts als Kleinigkeiten dagegen – das hier hatte ganz andere Ausmaße. Sie konnte ihr Geheimnis niemandem anvertrauen, ohne ihren Status als fühlendes Wesen zu verlieren. Sie musste in ständiger Lebensgefahr sein – ich hatte die Todesangst in ihren Augen gesehen. Und das nur wegen einem Paar Katzenohren. Eigentlich waren die ganz niedlich. Wenn man davon absah, wie gruselig es war.

So blieb ihr nur ein zurückgezogenes Leben in einer dunklen Bibliothek. Allein mit dem Schmerz und der Angst und dem Gefühl, falsch zu sein. Es musste einsam sein für sie.

»Vielleicht kann ich Sie ja mal besuchen?« Ich musste mich zu jedem Wort überwinden, aber ich wollte sie nicht mit ihrer Angst und Einsamkeit allein lassen. Nicht nach dem, was ich ihr gerade angetan hatte. »In der Bibliothek? Es wäre schön, eine Freundin im Schloss zu haben. Und ich verspreche, ganz, ganz vorsichtig mit Ihren Büchern umzugehen!«

Ich lächelte sie freundlich an. Ihr Mund klappte auf und sie sah mich entsetzt an. Dann schloss sie ihn sofort wieder und ihre Augen verwandelten sich in misstrauische Schlitze: »Du willst mich besuchen? Dich mit mir anfreunden? Mit *mir*?«

Es überraschte mich selbst, dass ich das wirklich wollte. Meine beste Freundin war ein Hund. In gewisser Weise war ein Halbmensch da ein beachtlicher Fortschritt. Außerdem hatte ich sie als beeindruckende Frau erlebt, von der ich unbedingt respektiert werden wollte. Ich hielt mich für einen besseren Menschen, als dass Äußerlichkeiten – so sonderbar sie sein mögen – meine Meinung über eine Person ändern würden.

Ich nickte entschieden und griff vorsichtig nach ihrer Hand, um sie beruhigend zu drücken. Sie fühlte sich ganz weich an, und als ich genauer hinsah, entdeckte ich einen dünnen Flaum. Er war fast nicht zu sehen, dafür viel dichter als die Haare eines Menschen. Es war wie ein winziges Fell.

Sie zog die Hand zurück, offensichtlich war ihr das unangenehm, aber sie strahlte über das ganze Gesicht. Ich glaubte, dass ich Freudentränen in ihren Augen glitzern sehen konnte.

»Mir ist aufgefallen, dass du dich für meine Bücher interessierst«, meinte sie mit hörbarem Zwinkern in der Stimme. »Wie fändest du es, wenn wir beide jetzt in die Bibliothek gehen und ich dir alles beibringe, was ich über das Lesen weiß?«

Jetzt war es an mir, ungläubig dreinzuschauen. »Ich …«, stammelte ich.

Sie grinste. »Das freut mich.« Mit einer schwungvollen Handbewegung zog sie sich ihre Kapuze über die Ohren. »Das muss unter uns bleiben, hörst du?«

Sie zwinkerte mir zu: »Wer will schon eine lesende Schachfigur?«

In den darauffolgenden Wochen und Monaten war ich ständig in der Bibliothek. Kendra brachte mir zunächst das Lesen bei und dann das Schreiben.

Ersteres lernte ich schnell, beim Schreiben hatte ich so meine Schwierigkeiten. Ich vertropfte überall Tinte, meine Buchstaben waren stets krakelig und schief. Kendra legte eine unerschöpfliche Geduld an den Tag. »Ist schon in Ordnung«, pflegte sie zu sagen, wenn sie zum hundertsten Mal versuchte, einen Tintenfleck aus einem teuren Buch zu entfernen. »Dir fehlt es an der nötigen Feinmotorik. Das ist normal, wenn man erst in deinem Alter mit der Kalligrafie beginnt. Das wird sich schon bessern. Jetzt, den Satz hier, von vorne.«

Es zog sich hin, bis ich am Ende auch das Schreiben beherrschte.

Kendra hatte sich in einer schwachen Minute dazu erweichen lassen, mir die zwei wichtigsten Wörter aus der merkwürdigen Sprache beizubringen, die ich bei ihr in der Schublade entdeckt hatte.

»Das ist die Schrift der Halbmenschen«, erklärte sie mir. »Ich halte mit ihrer Hilfe heimlich den Kontakt zu meiner Familie aufrecht. Ein seltener Anblick, wenn man es genau nimmt. Die Halbmenschen mögen das geschriebene Wort nicht besonders.«

»Wieso das?«

»Wir empfinden eine viel engere Verbundenheit mit unseren tierischen Wurzeln als ihr Menschen. Ein Halbmensch weiß, dass es im Grunde nicht auf Worte ankommt, sondern auf nonverbale Kommunikation.«

»Nonverbale was?«

Sie lachte: »Entschuldige. Auf die Körpersprache. Die Mimik, den Gesichtsausdruck. Den Tonfall. Solche Dinge.«

Ich nickte. Wenn Kendra in einem ungestörten Moment ihre Kapuze abnahm, konnte ich mir lebhaft vorstellen, was sie meinte. Ihr Gesicht war eine stoische Maske, wenn sie es wollte, wenn wir hingegen allein waren, konnte man jede Regung daran ablesen. Ihre Ohren bewegten sich ununterbrochen, ihre Wangen zuckten, als wollte sie die Schnurrhaare bewegen, die sie nicht hatte. Selbst ihre Pupillen veränderten sich je nach Stimmung.

»Dieses Zeichen«, sie malte drei lange senkrechte Striche auf ein Blatt Papier, »bedeutet Tod, Kampf oder Gefahr. Meistens wird es als Warnung benutzt, um ehrlich zu sein. Ach, und das hier«, sie malte ein zweites daneben, ein X mit einem waagrechten Strich darunter, »das ist sozusagen das Gegenteil davon. Es bedeutet Heimat. Oder wörtlich übersetzt eher Schutz, Lager und manchmal Wasserquelle.«

Ich staunte über die vielen möglichen Bedeutungen der beiden Zeichen.

Kendra erklärte es so: »Wie gesagt, das geschriebene Wort ist eher eine Notlösung. Normalerweise findet man diese Zeichen nicht auf Papier, sondern in den Boden oder in Baumstämme geritzt. Dann kann man anhand der Tiefe und Position der Zeichen auf ihre Bedeutung schließen. Nonverbale Kommunikation, weißt du?«

»Kann ich mehr darüber lernen?«

Sie schnaubte belustigt und schüttelte den Kopf: »Deine Neugier in allen Ehren, aber du wirst das niemals brauchen. Außer, du willst meine persönliche Post lesen! Ich habe dir die zwei wichtigsten Wörter beigebracht, du solltest dich dankbar zeigen.«

Ich fand das zwar schade, hatte ihr Wort jedoch stets respektiert. Zum Dank dafür achtete sie mich wie kein anderer. Sie behandelte mich wie eine Gleichgestellte, eine Freundin. Für sie war ich ein Mensch, keine Heldin. Vielleicht, weil sie auch für mich ein Mensch war. Und kein Monster.

Eines Tages hatte ich den Boten vorsichtig gefragt, warum der Kriegsrat denn nach all den Wochen noch keine Lösung hatte. Schließlich hatte er mir nicht einmal einen Tag gelassen, um mich von meiner Familie zu verabschieden. Ich konnte nicht verstehen, dass die weisesten Männer des Königreichs selbst nach Monaten voller heftiger Diskussionen zu keinem Schluss gekommen waren. Der Bote war rot geworden und hatte ein bisschen rumgedruckst, bevor ich ihm endlich eine Antwort aus der Nase ziehen konnte.

»Der Kriegsrat trifft sich schon seit einer ganzen Weile nicht mehr wöchentlich.«

»Was? Was sagst du da?«, fuhr ich ihn an. Mein Tonfall erinnerte mich beinahe an den meiner Mutter, so viel Vorwurf schwang in jedem Wort mit. »Menschen *sterben* da draußen. Du hast es selbst gesehen! Wie können sie da untätig herumsitzen und sich nicht einmal wöchentlich treffen? Was sage ich da? Sie sollten Tag und Nacht diskutieren!«

Der Bote hob beschwichtigend die Hände, um meinen Wutanfall zu stoppen. »Die Monster haben sich fast gänzlich zurückgezogen. Es ist sonderbar. Man hat einen Expertenrat einberufen, um das Phänomen zu untersuchen. Vielleicht gab es ungewöhnliche Vorfälle im Düsterwald, die die Angriffe verursacht haben. Es könnte eventuell mit der Paarungszeit der Monster zusammenhängen. Erkenntnisse über das Verhalten dieser Bestien könnten uns ungemein weiterbringen.«

»Soso, ein Expertenrat.« Ich verzog verächtlich das Gesicht. »Ist der ebenso effektiv und arbeitsfreudig wie der Kriegsrat?«

Der Bote zuckte nur ergeben mit den Schultern. »In etwa, schätze ich.«

Ich schnaubte. Letztendlich konnte ich daran nichts ändern. Ich würde offensichtlich eine ganze Weile im Palast bleiben müssen.

In der Zeit, die ich mit Kendra in der Bibliothek verbrachte, lernte ich unglaublich viel. Ich verschlang so viele Bücher, wie ich nur konnte, obwohl ich das meiste davon nicht verstand. Ich saß völlig versunken auf dem Boden der Bibliothek, inmitten von Dutzenden Büchern, die mir interessant vorkamen. Manchmal setzte ich mich auf eine der langen Leitern, die wir benutzten, um an die oberen Regalabschnitte zu gelangen, und ließ die Beine baumeln. Ich lernte durch das Lesen mehr als durch das Leben. Von Geschichte über Biologie, Geographie und Astronomie bis hin zu Hofetikette und langweiligen historischen Ereignissen, die in verstaubten Tagebüchern standen. Häufig nahm ich Bücher aus der Bibliothek mit, versteckte sie in Lunas Hütte oder unter meinem Kopfkissen und las sie heimlich. Wie versprochen, blieben meine Lesekenntnisse nämlich ein Geheimnis.

Kendra brachte mir zusätzlich vieles bei. Sie erzählte mir alles über den Palast. Über seine Architektur, seine Geschichte, seine Bewohner. Es war witzig, wie viel Klatsch sie hütete. Wenn die langweiligste Person im hintersten Winkel des Hofes über Belanglosigkeiten tratschte, wusste sie es sofort. Aber nur ganz selten gab sie ein Stück davon weiter. Und dann tat sie jedes Mal so, als wollte sie einen in das größte Mysterium der Geschichte einweihen. Ich weiß nicht, warum sie so viel Wert auf das Geschwätz dahergelaufener Frauen legte.

Als ich glaubte, endlich das letzte Detail über das Schloss zu wissen, fing sie an, mir die Geheimgänge zu zeigen. Den ersten, den ich zu sehen bekam, kannte ich bereits. Ich hatte durch ihn damals das erste Mal die Bibliothek betreten. Kendra zeigte mir den Hebel, mit dem man die Tür aus der Ferne öffnen konnte. Ich fragte nicht, woher sie gewusst hatte, dass ich ihre Hilfe benötigt hatte. Es gab nichts, das Kendra nicht wusste.

Die anderen Geheimgänge waren meistens nur Abkürzungen oder Versorgungstunnel, die früher einmal nach draußen geführt hatten und vor langer Zeit zugeschüttet worden waren. Die Ausnahme bildete der Geheimgang direkt unter der Bibliothek.

Eines Tages sah Kendra mich besonders erwartungsvoll an, als ich mit einem Stapel Bücher unter dem Arm die Bibliothek betrat.

»Ich möchte dir einen meiner Schätze zeigen«, raunte sie in einem geheimniskrämerischen Tonfall. Dann stand sie auf, schob ihren Stuhl beiseite und öffnete schwungvoll die Falltür, die sich darunter befand. Sofort stellte ich den Stapel Bücher achtlos beiseite und eilte zu ihr. »Was ist das?«

Sie lächelte: »Mein bestgehütetes Geheimnis … besser gesagt mein zweitbestgehütetes.« Sie deutete mit einem Nicken auf die Leiter, welche die Falltür verborgen hatte. »Komm. Ich empfehle dir, einen Blick zu wagen. Es ist der bei Weitem spannendste – und praktischste – Geheimgang, den ich zu bieten habe.«

Neugierig und ganz schön aufgeregt stieg ich die wacklige Leiter hinab. Sie endete in einem niedrigen, düsteren Gang, durch den ich mich nur krabbelnd vorwärtsbewegen würde können.

»Da rein?«, rief ich skeptisch nach oben.

»Wenn du dir einen überaus lohnenden Anblick nicht entgehen lassen willst, solltest du das besser tun!«

Ich zuckte mit den Schultern, ließ mich auf die Knie fallen und robbte den Gang entlang. Er endete direkt hinter der Rückseite eines Gemäldes.

Dieses Gemälde – genauer gesagt dieses Porträt des Erbauers des Palastes – hing in einem der wichtigsten Versammlungsräume des Schlosses. Er war nicht besonders groß, trotzdem fanden dort die bedeutsamsten Gespräche statt – beispielsweise die des Kriegsrats. Wenn die Lichtverhältnisse richtig waren, konnte man ungesehen durch eine Ecke des Bildes spähen, in der kaum Farbe aufgetragen worden war. Als hätte jemand das Gemälde präpariert, um Spionage zu ermöglichen. In jedem Fall konnte man jedoch einwandfrei hören. Kendra vertraute mir an, dass sie diesen Gang regelmäßig nutzte, um auf dem Laufenden zu bleiben und sich Notizen zu machen.

Ich flehte sie an, einmal nur einer der Kriegsratsitzungen beiwohnen zu dürfen. Es interessierte mich brennend, was sie für mein Schicksal geplant hatten. Kendra lehnte entschieden ab.

»Was ist, wenn du mal ein Geräusch machst? Sie werden den Geheimgang finden, bemerken, dass er hierherführt und eins und eins zusammenzählen. Rate mal, wer dann als Erste wegen Hochverrats hängt? Ja, genau – ich. Und was dich betrifft, wird der Tod auch nicht lange auf sich warten lassen. Also schlag dir das besser aus dem Kopf, wenn du besagten behalten willst.«

Ich zog eine beleidigte Schnute: »Du machst das ständig. Was ist, wenn du mal ein Geräusch machst? Das ist mindestens genauso riskant!«

Sie grinste bloß frech. »Vergiss nicht – ich bin halb Katze.«

Eines Tages erfuhr Kendra von den alten Sagen. Sie war total begeistert davon und bestand darauf, sie niederzuschreiben.

»Das gehört sich so«, meinte sie. »Früher, als diese Bibliothek erbaut wurde, hat man Wissen den Stellenwert zugesprochen, den es verdient. Die Königsfamilie hatte damals die Bücher des Landes beschlagnahmt und erst zurückgegeben, nachdem eine genaue Abschrift in einem dieser Regale stand. Heute kümmert sich der Adel keinen Deut mehr um all die Möglichkeiten. Im Gegenteil, er setzt alles daran, dass die Bibliothek in Vergessenheit gerät! Kannst du dir das vorstellen?«

Sie starrte mich mit entgeistertem Gesichtsausdruck an, dann entspannte sie sich und begann zu grinsen.

»Ich meine, aufgrund gewisser Umstände«, sie zuckte mit den Ohren, »ist mir das persönlich ganz recht, ansonsten ist es eine

Schande. Ich gebe mein Bestes, die alte Tradition zu bewahren. Denn Wissen ist Macht, meine Liebe. Sieh dich nur um. Dies ist der am besten versteckte Ort des ganzen Palastes – und damit der sicherste. Egal, welche Armee versuchen würde, diese Gemäuer einzunehmen, die Bibliothek würde sie als Letztes finden. Man könnte sich hierher zurückziehen und in den Büchern nach Hilfe suchen. Es gibt so viele Worte hier, eines davon wird dir den Ausweg zeigen können.«

Sie blickte eine Weile verträumt in die Luft, umgeben von ihren Schätzen. Dann fing sie sich und klopfte mit der Spitze ihrer Feder ein paar Mal auf die leere Seite des Buches, das vor ihr auf dem Schreibtisch lag.

»Na los, fang an!«, befahl sie, tauchte den Kiel tief in die dunkle Tinte und wartete darauf, dass ich zu erzählen begann.

Wir verbrachten viele Stunden auf diese Weise. Ich erzählte ihr die Geschichten, die mir in den Sinn kamen. Die von dem Wolfsjungen, die von Annerl und der Gämse, die von den Schneemenschen und die von den Eisblauen Schatten. Ich erzählte langsam und bedacht, wissend, dass jedes meiner Worte in einem dieser Regale ruhen würde. Kendra hörte aufmerksam zu, schrieb sorgfältig mit und stellte unfassbar viele Zwischenfragen. Es war ein schönes Gefühl, dass sich jemand anderes für die Geschichten und Sagen meiner Heimat und Kindheit interessierte. Manchmal hatte ich das Gefühl, sie kannte die Geschichten bereits. Dann erklärte sie mir, es gäbe da eine ähnliche Sage im Süden oder dass sie in einem Tagebuch schon mal ein Gedicht über die Schneemenschen gelesen hätte.

Ich war stolz darauf, meinem Zuhause einen Platz hier in der königlichen Bibliothek zu verschaffen. Und darauf, Kendra dabei zu helfen, die alte Tradition aufrechtzuerhalten.

Gemeinsam hüteten wir uraltes Wissen.

Ich hatte niemandem erzählt, dass ich Geburtstag hatte. Es war ein merkwürdiges Gefühl. Ich war jetzt siebzehn und mein Leben hatte sich seit meinem letzten Geburtstag spürbar verändert. Es war komplett auf den Kopf gestellt worden. Und ich war älter geworden. Die Ereignisse meiner Reise, die vielen neuen Dinge, die ich gesehen und gelernt hatte – sie hatten mich reifer werden lassen.

Trotzdem war mir nicht nach Feiern zumute. Ich vermisste meine Familie so entsetzlich wie seit Langem nicht mehr. Ein Fest hätte nur deutlicher gemacht, dass sie fehlten. Ohne sie wäre es für mich keine Feier geworden. Um Glückwünsche und Geschenke kam ich trotzdem nicht herum …

Das Erste, was ich morgens sah, war, dass jemand mein halbes Zimmer mit Blumen und Frühstück gefüllt hatte. Es war viel zu viel. Ich hätte Wochen davon essen können. Und in der Luft hing ein Duft, den man nicht mehr als dezent bezeichnen konnte. Inmitten all des Protzes lag ein kleines, unscheinbares Päckchen mit einer Notiz daran. »Beste Glückwünsche, Zoraya, dein Phillian«, stand darauf in elegant geschwungener Schrift. Es war nur eine knappe Botschaft, um den Konventionen zu genügen. Mit ausschweifenden Briefen hätte ich nichts anfangen können, offiziell konnte ich schließlich gar nicht lesen.

In dem Päckchen befand sich eine filigrane silberne Kette mit einem herrlichen perlenbesetzten Anhänger. Er stellte eine Sonne dar – ein beliebtes Symbol des Feurigen. Ich war zwar nicht religiös, trotzdem verliebte ich mich in das Schmuckstück. Der Bote hatte sich viel Mühe damit gegeben, es auszusuchen, und es war das Wertvollste, was ich je besessen hatte.

Das schönste Geschenk jedoch wartete in der Bibliothek auf mich. Kendra hatte es dort für mich zurückgelassen. Es war ein Buch, mit einem wunderschönen waldgrünen Umschlag und bis zum Rand gefüllt mit den Geschichten der Berge. Kendra musste viele Stunden an der Abschrift gesessen haben. Und sie hatte sie überarbeitet. Sie hatte meine flapsigen Sätze umformuliert und in wahre Kunstwerke verwandelt. Die ganzen Zwischenfragen, die sie gestellt hatte, waren wohlüberlegt gewesen. Denn als ich die Geschichten las, waren sie so vielschichtig, so fesselnd und wunderschön, wie ich sie nie zuvor gehört hatte.

Was Kendra mit Worten anstellte, grenzte an Magie.

Es war die schönste Zeit meines Lebens. Die Tage plätscherten sanft dahin, die Stunden zogen sich in die Länge. Die Minuten zerflossen zähflüssig wie Honig. Es war niemals aufregend oder ereignisreich, dabei niemals langweilig. Wenn ich nicht lesend, erzählend oder plaudernd in der Bibliothek saß, unternahm ich ausgedehnte Spaziergänge durch die Gartenanlage. Es war Sommer, es wurde Herbst, dann Winter. Die fallenden Temperaturen verboten es mir, bis spätabends im weichen Gras zu liegen und den Vögeln zu lauschen. Stattdessen zeigte Kendra mir den Kamin, eine offene Feuerstelle, ganz hinten in der Bibliothek, wo es keine Bücher gab. Ich lag oft auf einem der warmen Felle und beobachtete die Funken.

Die Zeit mit Kendra glich nichts, was ich kannte. Es war fast ein bisschen merkwürdig: eine Zeit voller Geschichten und Abenteuer, voller Entdeckungen, Verlust und Glück. Aber nichts davon war mein. Ich erlebte so vieles, ohne mich eine Handbreit von der Stelle zu bewegen. Nur durch den schwarzen Glanz der Buchstaben, nur durch das sanfte Rascheln der Seiten.

Eines jedoch geschah in der Realität. Ich fand eine Freundin.

Kendra erzählte nie viel über sich. Sie sprach einiges und lehrte mehr. Doch sie achtete genauestens darauf, was sie durch ihre Worte oder nur ihr Schweigen verriet. Sie brauchte mir auch gar nicht zu sagen, dass sie mich gern hatte. Sie weihte mich in so vieles ein, das sie niemals jemandem hätte anvertrauen sollen. Sie suchte mir Bücher aus, die ich lieben würde. Sie führte mich in ihre Welt ein, öffnete mir die Türen in Mauern, die sonst niemand überwinden durfte. Und das Wichtigste – sie war da für mich.

Obwohl sie nicht viel von sich erzählte, damals wusste ich genau, wer sie war.

So versickerten die Stunden bis zu jenem unheilvollen Tag, der das Unglück ins Rollen brachte. Er unterschied sich kein bisschen von den anderen – vielleicht war er ein bisschen kälter, vielleicht bildete ich mir das nur ein. Wie jeden Morgen lief ich zu Kendra in die Bibliothek, nur um sie nachdenklich über ihrem Schreibtisch brütend vorzufinden.

Als ich eintrat, sprang sie so hastig von ihrem Stuhl auf, als hätte ich ihr gerade den Schreck ihres Lebens verpasst.

»Zoraya!«, rief sie mit schriller Stimme. Ein Kloß bildete sich in meinem Hals. Kendras Haar stand wirr ab und ihre Ohren zuckten nervös. Irgendetwas stimmte nicht.

Besorgt eilte ich zu ihr. »Was ist los?«

Kendra fuhr sich fahrig übers Gesicht, bevor sie mit belegter Stimme antwortete: »Der Kriegsrat hat eine Entscheidung getroffen.«

Urplötzlich begann ich zu frösteln. Eine Entscheidung? Das bedeutete, ich würde den Palast verlassen müssen, um … Um was zu tun?

»Kendra?«, fragte ich zögerlich. Ich traute mich kaum, weiterzusprechen.

»Sie wollen eine spezielle Kavallerieeinheit gründen. Eine schlagkräftige Einsatzgruppe. Klein, dafür schnell. Sie sollen die umliegenden Gebiete säubern, um der Bevölkerung ihre Hoffnung zurückzugeben. Ein Selbstmordkommando.«

»Ich dachte, es würden kaum mehr Monster angreifen!«

Kendra schüttelte traurig den Kopf. »In letzter Zeit haben sich die Attacken überraschend gehäuft. Ich befürchte, uns steht eine zweite Welle bevor. Die Reiter dieser Einsatzgruppe wären die Ersten vor Ort – oft die Einzigen. Sie würden mit wehenden Fahnen in den sicheren Tod preschen. Unter deiner Führung.«

Ich erinnerte mich an die Bilder der Schlacht. Das Pferd scheute, als es von zwei der Heuschrecken angefallen wurde. Selbst der erfahrenste Ritter wäre in den Tod gestürzt. Panik überkam mich.

»Ich kann nicht mal reiten!«

Während ich sie förmlich anschrie, zuckte Kendra mit keiner Miene. »Das habe ich mir auch schon ausrechnen können. Der Kriegsrat geht davon aus, dass du als Heldin umfassende Millitärerfahrung mitbringst. Versteh mich nicht falsch, ich weiß, wie klug du bist, aber dich zum Kommandant zu machen, wäre Wahnsinn. Jeder deiner Fehler wäre tödlich. Und zwar für die gesamte Truppe.«

»Ich weigere mich!« Entschlossen verschränkte ich die Arme vor der Brust. »Das können sie nicht machen. Ich weigere mich.«

»Sie haben sich bereits entschieden.« Kendras Worte waren wie Schläge, obwohl sie sich bemühte, sie sanft zu sprechen. »Sie haben bereits einen Namen gewählt. ‚Feuersturm'. Als ob du ein Bote des Feurigen persönlich wärst. Du wirst für ihren Größenwahn in die Schlacht ziehen müssen.«

»Ich kann das nicht!« In meiner Stimme lag jetzt all die Verzweiflung und Resignation, die sich in den letzten Monaten in mir angehäuft hatten. »Ich bin keine Heldin. Ich habe Angst. Ich will nicht nach da draußen – kämpfen und töten und sterben!« Ich blickte Kendra flehentlich an. »Bitte! Du musst das verstehen! Ich kann das nicht.«

Kendra sah traurig aus, doch sie lächelte mir aufmunternd zu.

»Deshalb habe ich eine bessere Lösung gefunden«, erwiderte sie dann. »Einen Weg ohne viel Blutvergießen. Es wird funktionieren, vertrau mir. Ich muss nur den Rat davon überzeugen …«

»Selbst wenn du eine Lösung gefunden hättest, was soll uns das bringen?«, fuhr ich sie an. »Du hast selbst behauptet, der Rat würde niemals auf dich hören. Die werden mich in meinen Tod schicken!«

Jetzt grinste sie.

»Du hast recht – die Lernfähigkeit des Rates ist ein Problem. Deshalb habe ich das hier«, sie reichte mir eine kleine, zusammengefaltete Notiz. Ich konnte unmöglich entziffern, was darauf geschrieben stand.

Es war unsere Sprache – hier und da konnte ich einige Buchstaben erkennen –, allerdings war die Schrift furchtbar unleserlich. Die Wörter waren nichts als lange, verworrene Kringel. Man konnte die einzelnen Buchstaben kaum voneinander trennen. Viele davon sahen zudem ganz anders aus, als ich sie kennengelernt hatte. Stellenweise konnte es nicht mehr sein als zittrige Bögen mit Tintenflecken dazwischen.

»Was ist das?«, fragte ich irritiert.

»Das«, antwortete Kendra triumphierend, »ist die Handschrift des Prinzen. Ist mir gut gelungen, nicht wahr?«

»*Du* hast das geschrieben?«

»Ja, in der Handschrift des Prinzen. Ich dachte mir: Wessen Vorschlag würde der König in Betracht ziehen? Und viel wichtiger: Welcher der Kandidaten ist blöd genug, sich manipulieren zu lassen?«

Langsam verstand ich. »Und da hast du an seinen imposanten Sohn gedacht, klar. Was hast du hiermit vor?«

Kendra stand auf, stellte sich neben mich und legte mir verschwörerisch einen Arm um die Schulter: »Das ist ja gerade das Gerissene an meinem Plan. Der Prinz wird den Zettel in seinen eigenen Unterlagen finden, früh am Morgen. So gedankenlos und selbstgefällig, wie er ist, wird er es für seinen Einfall halten. Er könnte ihn sich ja am Abend notiert haben, bevor sein Gedächtnis im Alkoholdelirium ertrunken ist. Er wird jedem, der es hören will, unter die Nase reiben, dass er den gesamten Kriegsrat in den Schatten stellt. Und der König wird seinen Vorschlag gedankenlos bewilligen. Es gibt nichts, was seine Brust stärker vor Stolz schwellen lässt, als wenn sich sein Sohn ausnahmsweise nicht unangebracht verhält. Du wirst sehen, im Handumdrehen ist die Sache geregelt!«

Ich stutzte: »Und wie bitte kommt der Zettel zu seinen persönlichen Habseligkeiten?«

Kendra ließ mich los: »Das wird deine Sorge sein.«

Sie klopfte mir aufmunternd auf die Schulter, dann setzte sie sich zurück an ihren Schreibtisch. »Es würde sich empfehlen, ihn schon heute Abend in sein Schlafgemach zu bringen und auf dem Nachttisch zu deponieren. Falls du dir keinen Zutritt verschaffen kannst, leg ihn in sein Arbeitszimmer. Obacht – seine Hoheit ist unbeschreiblich schlampig. Vielleicht musst du die Notiz auf dem Boden platzieren, damit er sie aufheben muss oder dergleichen. Wir dürfen nicht Gefahr laufen, dass er sie übersieht.«

Ich wusste ganz und gar nicht, was ich von der Sache halten sollte.

Ich zog eine Augenbraue hoch. »Ich dringe also kurzerhand in die königlichen Gemächer ein, hinterlasse einen unlesbaren Zettel und – Puff! All meine Probleme lösen sich in Luft auf?«

Kendra war nicht zum Scherzen aufgelegt: »Wenn du nicht an der Spitze des Feuersturms sterben willst, ist das die beste Lösung. Du könntest dich selbstverständlich hier verstecken und abwarten, bis mehr Zivilisten gestorben sind … Aber ich kenne dich, Zoraya. Du bist niemand, der so viel Unrecht zulässt.«

Ich dachte an Cajakir, an all die Menschen da draußen. Daran, wie furchtbar der Gedanke schmerzte, ich könnte am Ende meine eigene Familie verlieren.

»Also gut«, seufzte ich. »Verstecken kommt nicht infrage. Was sieht dein Plan stattdessen vor?«

Kendra lächelte: »Ich wusste, dass ich mich auf dich verlassen kann. Leider ist es unvermeidlich, dass du den Palast verlässt. Die drohende Rückkehr der Monster zwingt den Kriegsrat dazu, endlich zu handeln. Ich habe eine Position gefunden, die weniger gefährlich ist als inmitten eines Feuersturms. Und in der du mehr bewirken kannst als zu sterben.«

»Was ist das für eine Position?«

Kendra winkte ab. »Es würde zu lange dauern, das genau zu erklären. Deine Wirkung wird auf komplexen Macht- und Beziehungsgefügen beruhen. Sagen wir, dein Beitrag ist eher … diplomatischer Natur. Wenn wir den Kriegsrat umstimmen wollen, müssen wir uns beeilen. Ich denke, heute Nacht wäre ein geeigneter Zeitpunkt. Du solltest dich bis dahin schon mal umsehen, damit du im Dunkeln den Weg findest. Es ist sowieso besser, wenn du nicht mehr hierher zurückkommst.«

»*Was?!*«

Ich war aufrichtig empört.

Sie strich mir beruhigend über den Arm. »Zoraya. Ich habe jede Minute genossen, die du hier warst. Aber es darf niemand misstrauisch werden. Bei dir weiß jeder, dass du nicht schreiben kannst, ich hingegen werde mich den ganzen Tag unter Leute begeben müssen. Es wäre zu gefährlich, wenn man uns heute zusammen sehen würde. Spiel mit deinem Hund oder so, dann schöpft niemand Verdacht. Außerdem habe ich selbst einige Schritte im Kopf, die ich unternehmen werde, um unser Vorhaben zu stützen. Gespräche mit einflussreichen Persönlichkeiten und dergleichen.«

Ich nickte. Wie jedes Argument, was Kendra anbrachte, klang es vernünftig und wohlüberlegt. Und doch wirkte ihr Verhalten heute merkwürdig. Auch ihre Stimme klang seltsam, als sie weitersprach: »Damit wären wir am Ende. Geh jetzt, Zoraya.«

Ich zögerte.

»Die Tür ist da drüben«, sie wedelte mit ihrer Feder in Richtung Ausgang, als wollte sie eine Fliege vertreiben. »Und komm nicht zurück.«

Ich wusste, dass es für sie ohne mich um einiges langweiliger werden würde. Und ich war fest davon überzeugt, dass sie mich vermissen würde. Ich würde sie jedenfalls vermissen. Sie war meine erste richtige Freundin. Kurz überlegte ich, ob ich sie zum Abschied umarmen sollte, allerdings wusste ich nicht, wie sie darauf reagieren würde. Sie mochte Berührungen nicht sonderlich.

Also schluckte ich all die Trauer hinunter und sagte nur: »Ich hoffe, wir sehen uns bald wieder.«

Dann wandte ich mich zum Gehen. Es fühlte sich anders an als sonst, weil es das letzte Mal war. An der Türschwelle drehte ich mich um. Kendra hatte sich schon über ihre Arbeit gebeugt. Sie saß da und schrieb, langsam und sorgfältig. Wie sie es so oft getan hatte. Ich konnte mir gut vorstellen, wie sie ihre Augen konzentriert zusammenkniff, während ihr Blick dem Fluss der Wörter folgte.

»Und, Kendra«, rief ich zu ihr hinunter, »du warst – nein – du *bist* eine tolle Freundin!«

Sie sah auf und ich konnte sehen, wie Traurigkeit ihr Gesicht umspülte. Selbst ihre Kapuze senkte sich ab, als ihre Ohren nach hinten klappten. Meine Worte bewegten sie mehr, als ich vermutet hätte.

Sie lächelte. Doch in ihrem Gesicht war noch etwas anderes zu sehen. Damals dachte ich, sie wäre nur zu gerührt, um zu antworten. Heute weiß ich es besser.

Sanft schloss ich die Tür hinter mir. Kaum war sie ins Schloss gefallen, begannen mir die Tränen übers Gesicht zu fließen. Ich würde diesen geheimnisvollen Ort voller Worte und Geschichten vermissen. Und am allermeisten würde mir seine Herrin fehlen.

So eine Freundin würde ich nur einmal finden.

12. KAPITEL

Es war ein wunderschöner, sonniger Tag und die dünne Schneedecke glitzerte unter dem strahlend blauen Himmel. Ich konnte ihn nicht genießen. Ich vermisste die Bibliothek jetzt schon. Und als sich am späten Nachmittag endlich die Traurigkeit über den plötzlichen Abschied legte, kam die Aufregung.

Ich hatte versucht, den Weg zum Schlafzimmer des Prinzen genaustens auszukundschaften. Es lag im linken Flügel des Gebäudes, im zweiten Stock. Bei meinem heutigen »Spaziergang« hatte ich zu meiner Enttäuschung keinen Weg entdeckt, von außen einzusteigen. Die Fenster standen zwar offen, aber es gab keinen Baum oder Ähnliches. An der Fassade hochzuklettern, war zwar nicht völlig unmöglich – allerdings würde man jahrelange Erfahrung mit dem Erklimmen glatter, senkrechter Felswände benötigen.

Der Weg durch die Gänge war gefährlicher und es ärgerte mich, dass mir nichts anderes übrigblieb. In diesem Teil des Gebäudes wimmelte es nur so von Wachen, die besonders misstrauisch gegenüber Fremden waren. Glücklicherweise hatte ich einen Plan – wortwörtlich. Kendra hatte mir vor Wochen einmal einen Grundriss des Gebäudes geschenkt. Ich verbrachte den ganzen Tag damit, die perfekte Route zu finden und mögliche Verstecke sorgfältig im Plan zu verzeichnen. Ich war gewappnet.

Und unfassbar nervös. Ich wusste, wie viel von dieser Mission abhing. Sollte ich scheitern, könnte ich mein Todesurteil gleich selbst unterschreiben. Ich würde an der Spitze des Feuersturms reiten müssen – ungeachtet dessen, dass sie mich dazu am Pferd festgurten müssten.

Auf der anderen Seite konnte ich Kendras Plan ausführen. Was genau danach auf mich zukommen würde, konnte ich jedoch nicht sagen.

Ich tippte auf Gespräche mit Leuten, die sich für wichtiger hielten, als sie waren. An einem Ort, den ich nie zuvor gesehen hatte. Nichts, was mich besonders glücklich machte, aber ich vertraute Kendra. Eine bessere Lösung als die, die sie gefunden hatte, würde es für mich nicht geben. Denn der größte Unterschied zum Kriegsrat war, dass sie dabei nur an mich gedacht hatte. Ich war ihre Freundin, niemand hier kannte mich so wie sie. Kendra dachte von mir als Mensch, nicht als Heldin. Und das war so viel mehr, als ich von all den anderen erwarten konnte, die über mein Schicksal entscheiden wollten.

Ich nahm das Abendessen im Speisesaal ein. Ich hatte vor lauter Aufregung keinen Appetit, mir ging es nur darum, unauffällig zu bleiben. Während ich einen Bissen nach dem anderen hinunterzwang, fing ich ein Gespräch mit den Hofdamen an meinem Tisch an. Ich achtete darauf, mehrmals zu erwähnen, wie schrecklich müde mich diese Wetterumschwünge stets machten und was für furchtbare Kopfschmerzen ich von all dem gleißenden Licht hätte.

Das Wetter war perfekt gewesen, die edlen Damen hingegen waren schrecklich verweichlicht. Sie nickten mir mitleidig zu und versicherten mir, dass es ihnen ganz genauso erginge. Eine tätschelte verständnisvoll meinen Arm und riet mir, gleich nach dem Essen schlafen zu gehen. Ich war hocherfreut und ein bisschen verwirrt, dass mein Plan so gut aufging. Die Hofdamen waren blöder, als ich gedacht hatte. Selbstzufrieden dankte ich ihr für ihren Rat und verkündete, dass ich mich sofort nach dem Mahl zu Bett begeben würde.

»Das wird das Beste sein, Schätzchen«, stimmte sie zu. »Und achte darauf, die Vorhänge zuzuziehen! Grelles Licht kann die Folgen von Migräne drastisch verschärfen. Wir leiden schon genug unter diesen chronischen Schmerzen, da sind diese Wetterverhältnisse ein Trauerspiel. Ich überlege schon lange, mir einen farblich passenden Sonnenschirm für den Winter zuzulegen.«

Ich war baff. Ich konnte plötzlich nicht mehr sagen, ob diese herausgeputzte Hofdame nun strohblöd oder erstaunlich klug war. Offensichtlich hatte sie medizinisches Wissen, was das Letzte war, was ich ihr zugetraut hätte. Vielleicht konnte sie sogar lesen …

In jedem Fall verdankte ich ihr eine perfekte Ausrede, früher zu verschwinden. Es war fast schon ein Alibi.

Zurück in meinem Zimmer schloss ich die schweren Samtvorhänge und versuchte, ein paar Stunden Schlaf zu erhaschen, bevor ich mich auf meine geheime Mission begeben musste.

Es funktionierte kein bisschen. Stattdessen ging ich die Route endlose Male in meinem Kopf durch, nur um meilenweit abzuschweifen und bei meiner Familie zu landen. Und bei der Frage, warum Schafskäse nach Schaf, Kuhkäse jedoch nicht nach Kuh schmeckte.

Endlich war es so weit. Draußen war es inzwischen stockdunkel geworden und eine fast unheimliche Stille lag über dem Palast. Ich schlich mich aus dem Zimmer und schloss leise die Tür hinter mir. Nicht, ohne davor aus den Hunderten von Kissen ein Abbild meines schlafenden Ichs zu bauen. Es war völlig sinnlos – man konnte es hinter dem zugezogenen Himmel meines Bettes nicht einmal sehen –, dennoch fühlten sich die Dinge so richtig an. Ich hatte das Fenster angelehnt, sodass ich zur Not von außen hineinkam. Ich hatte zwar absolut keine Ahnung, was schiefgehen musste, damit ich draußen im Garten landete, aber Vorsicht ist die Mutter der Porzellankiste.

Außerhalb meines Zimmers war es düster, trotz des Licht des Mondes, das durch die großen Fenster fiel. Eines davon musste offen stehen, denn eiskalte Nachtluft zog durch die Gänge. Der Marmor leuchtete fahl im silbernen Licht der Sterne und gab den sonst so protzigen Hallen ein gespenstisches Flair.

Auf Zehenspitzen schlich ich den im Voraus geplanten Weg entlang, vorsichtig um Ecken spähend und erschrocken innehaltend, wenn von weit hinten ein Geräusch erklang. Ja. Bei jedem einzelnen Schrei des Käuzchens im Park.

Ich huschte von Versteck zu Versteck und machte jedes Mal eine kleine Pause, um zu lauschen. Ich wollte die Schritte der Wache rechtzeitig hören können.

Gerade zwängte ich mich in die Spalte neben einer Rüstung, die in einer Nische in der Wand stand. Dabei stieß ich versehentlich gegen ihr Bein und ein lautes Scheppern hallte in die Dunkelheit hinein. Schwer atmend und mit klopfendem Herzen presste ich mich gegen die Wand. Nichts geschah. Ich hatte noch einmal Glück gehabt. Mein nächstes Versteck befand sich unter einem Tischchen mit einigen teuren, handbemalten Vasen. Ich sollte mir besser keine weiteren Ungeschicklichkeiten erlauben.

Ich schob mich aus der Spalte, schlich wachsam den Gang entlang, ließ mich dann auf die Knie fallen und krabbelte unter den Tisch. Nichts berührt. Perfekt. Ich kauerte für eine Weile auf dem Boden, lauschte, ob sich keine Schritte näherten, und ging dann weiter.

Die Gänge waren erstaunlich leer. Es hatten deutlich weniger Wachen Nachtschicht, als ich erwartet hatte. Logischerweise. Die Mauern waren uneinnehmbar, wir befanden uns nicht im Krieg und einen Monsterangriff würde man schon rechtzeitig bemerken. Kein Grund, eine Unzahl an Männern auf Patrouille und die Suche nach ungezogenen Hirtenmädchen zu schicken. Oder Kendra hatte einen günstigen Tag für meine Mission gewählt. Das war ihr zuzutrauen.

Schnell legte ich meinen anfänglichen Verfolgungswahn ab und bewegte mich deutlich zuversichtlicher durch die Gänge. Ich ließ einige Verstecke aus, bewegte mich zügiger vorwärts und achtete nicht mehr panisch auf jedes kleine Geräusch. Und prompt saß ich in der Falle.

Ich befand mich gerade auf der Hälfte eines langen, geraden Ganges, als ich die marschierenden Schritte einer Wache hörte. Jeden Moment musste sie um die Ecke biegen. Und das nächste Versteck befand sich erst ganz am Ende dieses Abschnitts! Es war aussichtslos. Wenn die Wache mich entdeckte und den Zettel fand, würde ich mich kaum herausreden können. Ich müsste mich mit dem Tod auf dem Schlachtfeld abfinden, falls sie mich nicht für Hochverrat hängen würden. Und Kendra gleich mit. Oder meine Familie!

Panik flammte in mir auf wie weißes Feuer. Ich riss meinen Kopf herum wie ein gehetztes Tier auf der Suche nach einem Ausweg.

Einer der bodenlangen Vorhänge flatterte im Windzug eines geöffneten Fensters. Ohne eine weitere Sekunde zu verschwenden, sprang ich mit einem Satz hinüber und schlüpfte hinter den schweren Stoff. Ich traute mich nicht, mich zu bewegen – nicht einmal zu atmen. Ich verharrte komplett bewegungslos, während die Schritte mein Versteck passierten. Der Sauerstoffmangel brachte meine Lunge zum Brennen und meine Sicht verschwamm, dennoch zuckte ich mit keinem Muskel. Es stand zu viel auf dem Spiel.

Erst als man den Klang der beschlagenen Stiefel nicht einmal mehr hören konnte, erlaubte ich mir, zusammenzusacken. Ich fiel auf die Knie und kippte nach vorn, schwer atmend lag ich auf dem kalten Steinboden. Und war von Herzen dankbar, dass der Hofdiener, der für die Inneneinrichtung des Palastes zuständig war, eine Vorliebe für unnötig lange Vorhänge hatte. Ich hätte ihn küssen können.

Nach diesem Vorfall fiel jede Vorsicht von mir ab. Ich hatte das Vertrauen in mein System aus Verstecken verloren. Stattdessen pumpte das Adrenalin durch meine Adern und trieb mich vorwärts. Mit jeder Abzweigung wurde ich schneller. Ich weiß, dass es mehr Sinn gemacht hätte, vorsichtiger zu werden. Aber ich war in Panik. Jede Sehne meines Körpers wollte fliehen. Und ich hatte die Flucht nach vorn gewählt.

Ich rannte jetzt fast von Versteck zu Versteck. Meine nackten Füße verursachten ein unerträglich lautes Geräusch, wenn sie auf den Boden klatschten. Vor lauter Nervosität war ich ins Schwitzen gekommen und das Patschen meiner Füße wurde mein ständiger Begleiter. Ich machte mir keine Sorgen mehr. Ich würde jeden Moment da sein, es lief gut, ich war schnell. Bald würde ich in mein Bett fallen können. Ich musste nur den Zettel auf den Nachttisch legen. Ein Kinderspiel.

Das Schlafzimmer des Prinzen verbarg sich hinter einer großen goldenen Tür. Ganz behutsam und sacht, um ihn ja nicht zu wecken, drückte ich die Klinke hinunter. Ich war gespannt, was mich in einem königlichen Gemach erwartete. Doch das Schicksal gönnte mir nicht mehr als ein leises, unglaublich ernüchterndes Klicken. Abgeschlossen. Verdammt!

Dann eben das Arbeitszimmer. Es befand sich gleich links vom Schlafzimmer und war hoffentlich nicht verschlossen. Ich warf einen letzten hastigen Blick über die Schulter, dann öffnete ich die deutlich schlichtere Holztür. Glück gehabt – sie ging auf. Ich schloss sie hinter mir und machte mich daran, Licht zu entfachen.

Im Schein der Öllampen zeichnete sich ein grausames Bild vor mir ab. Ich hatte einen ähnlichen Anblick wie in der Bibliothek erwartet: einen großen Schreibtisch mit Unterlagen, einen Haufen

Bücher, Karten an den Wänden und vielleicht einen antiken Globus. Stattdessen erwartete mich das pure Chaos. Überall lagen Papier, Wäsche, Essensreste und leere Flaschen herum. In den Regalen standen höchstens fünf Bücher, einige weitere lagen furchtbar zugerichtet auf dem Fußboden. Statt Landkarten hingen verschiedene Gemälde an der Wand, die allesamt den Prinzen zeigten. Den Prinzen im Profil, den Prinzen auf dem Thron, den Prinzen mit Pfeil und Bogen in den Händen und einem toten Fuchs zu Füßen und den Prinzen als kleinen Jungen auf dem Schoß seiner Mutter. Das letzte Gemälde war das einzige, das meine Aufmerksamkeit weckte. Sie sah darauf ganz anders aus, so jung. Die Königin war damals ungefähr so alt gewesen wie meine Mutter es jetzt war. Und sie sah ihr erstaunlich ähnlich. Dasselbe gütige Lächeln, dieselben haselnussbraunen Augen. In meiner Brust gab es einen hässlichen Stich. Ich vermisste meine Mama.

Ich schüttelte den Kopf, als wollte ich die trüben Gedanken vertreiben. Ich hatte eine Mission.

Eine aussichtslose Mission. Ich konnte in dem Chaos unmöglich eine Stelle ausmachen, an der ich den Zettel so platzieren konnte, dass der Prinz ihn ohne Zweifel sehen würde. Egal, wo ich ihn hinlegen würde, mein Schicksal würde sang- und klanglos in der Unordnung versinken. Ich konnte den Zettel nicht hierlassen und mich auf mein Glück verlassen. Mein Leben hing davon ab, dass der Prinz ihn lesen würde. Ich würde sterben, weil er nicht aufräumen konnte! Das war nicht fair! Ich fühlte mich, als hätte mein Leben gerade in einer Sackgasse geendet. Was sollte ich jetzt bloß tun?

Der Stress musste mein Hirn aufgeweicht haben, denn im nächsten Moment stand ich auf der handbreiten Zierbrüstung, die an der Palastwand entlanglief, und starb beinahe vor Angst. In einem Augenblick der geistigen Umnachtung musste ich es für eine gute Idee gehalten haben, aus dem Fenster zu klettern, auf dem winzigen Vorsprung hinüber zum Schlafzimmerfenster zu balancieren und die Notiz dann dort zu platzieren. Nachts. Im Winter. Auf einem Ziervorsprung, von dem mir niemand hätte sagen können, ob er mein Gewicht aushalten würde. Großartiger Plan! Dass ich mir dabei unweigerlich den Hals brechen würde, hatte ich nicht bedacht.

Genau genommen hatte ich vermutlich gar nichts gedacht, denn es war mir unbegreiflich, wie man bei wachem Verstand aus dem Fenster klettern und sich dann freien Willens zweieinhalb Meter davon entfernen konnte. Auf – ich kann es gar nicht oft genug sagen – einer handbreiten Zierbrüstung! Und das Ganze in gut und gerne zehn Meter Höhe! Da ich schon mal hier war, konnte ich dieses Himmelfahrtskommando auch gleich zu Ende bringen. *Da ich schon mal hier war …* Das klang, als wollte ich auf dem Heimweg vom Bäcker schnell einem alten Bekannten einen Besuch abstatten. Für diese Situation jedoch war meine eigene Wortwahl kaum angemessen.

Gut, dass es zu dunkel war, um den Boden tief unter mir zu erkennen. Fest entschlossen bohrte ich meinen Blick in den Mond. Er war fast voll. Ich atmete ein, zwei Mal tief durch. Dann begann ich mich vorsichtig an der Wand entlangzuschieben. Die gleichmäßige Bewegung half mir, den lebensgefährlichen Charakter der Situation zu verdrängen. Den Blick tief im Mond verankert, rückte ich Zentimeter um Zentimeter vorwärts. Dabei versetzte ich mich beinahe in eine Art Trance. Ich hatte mich derart selbst hypnotisiert, dass ich erst merkte, dass ich es geschafft hatte, als ich mit dem Kopf gegen den Fensterrahmen krachte.

Meine Hand löste sich wie von selbst von der Wand und legte sich an meinen schmerzenden Hinterkopf, mein Gewicht verlagerte sich nach vorne und ich begann zu kippen. Beim Versuch, mich abzufangen, trat ich ins Leere. Das war's. Ich würde sterben. Hier und jetzt.

Eine seltsame Gleichgültigkeit überkam mich. Ich registrierte das hektische Umherschlagen meiner Arme auf der Suche nach dem letzten Strohhalm, an dem ich mich festhalten konnte. Dabei war es mir völlig egal. Das war nur mein Körper, der sich an das Leben klammerte. Ich selbst kippte emotionslos weiter nach vorne. Kippte und kippte und kippte. Ich konnte den Kiesweg im Mondlicht schimmern sehen. Eine seltsame Müdigkeit überkam mich. Das war es dann also. Mein Ende. Das Ende einer Heldin. Ich hoffte inständig, ein einziger Mensch würde sich an mich erinnern. Ich kippte, weiter und weiter – und hielt inne.

Eine meiner Hände war fündig geworden und hatte sich im samtigen Vorhang festgekrallt. Ich starrte in den Abgrund, der sich plötzlich nicht mehr näherte. Und dann kam die Panik.

Ich weiß nicht, warum sie sich Zeit gelassen hatte, bis ich schon fast in Sicherheit war. Vielleicht war es dieser letzte Funken Hoffnung, der sie geweckt hatte. Davor war ich praktisch tot und konnte mir Gleichgültigkeit leisten. Es hatte keinen Grund mehr gegeben, Angst zu haben. Vor nichts. Jetzt bestand die Chance, zu überleben. Ich brauchte die Kraft und die Schnelligkeit der Panik. Denn meine Hand rutschte bereits ab.

Es war einer der schlimmsten Momente meines Lebens. Die absolute Todesangst, die sich erst dann langsam legte, als ich mich auf dem kühlen Boden des Schlafzimmers zusammenrollte. Meine Arme schmerzten von dem unglaublichen Kraftakt, mich abzufangen, hochzuziehen und durchs Fenster zu hieven. Mein Atem ging schnell und flach, mein Herz drohte zu zerspringen. Ich genoss die Schmerzen. Sie versicherten mir, dass ich am Leben war.

Es ist mir unbegreiflich, wie ich das überstanden hatte. Man könnte es Schicksal nennen oder Talent, aber ich bin fest davon überzeugt, dass es Glück war. Das verdammte Glück, dass jemand diese viel zu langen Vorhänge gekauft hatte.

Ich sah mich um. Das Schlafgemach war viel ordentlicher als das Arbeitszimmer. Es wurde regelmäßig sauber gemacht. Und ich hatte da so ein Gefühl, dass der Prinz nicht verantwortlich dafür war.

Dieser lag in seinem Bett und schnarchte, aus einer herumliegenden angebrochenen Flasche tropfte Wein auf den Fußboden. Sorgfältig legte ich die Notiz auf den Nachttisch. Ein zufriedenes Grinsen breitete sich auf meinem Gesicht aus. Kendra hatte recht damit gehabt, mir die Sache zu überlassen.

Für den Rückweg benutzte ich die Tür. Ich ließ sie dadurch zwar anders zurück, als ich sie vorgefunden hatte. Andererseits würde ich mein Leben nicht zweimal auf dieselbe bescheuerte Art riskieren. So wie ich den Typen einschätzte, würde er sowieso keinen Verdacht schöpfen, wenn er einmal vergaß, sie abzuschließen. Und wer erinnert sich schon daran, ob er den Schlüssel im Schloss umgedreht hat?

Auf dem Weg zu meinem Zimmer begegnete ich keiner weiteren Wache. Es wäre mir völlig gleich gewesen. Das hätte es zwar nicht sein sollen, denn es hätte den Plan auffliegen lassen und damit mein gesamtes Werk zunichtemachen können. Aber ich verschwendete keinen einzigen Gedanken mehr an Gefahren. Die Erleichterung ließ mich wie eine Feder durch die Gänge schweben. Überglücklich und völlig sorglos. Ein Teil meines Gehirns hatte nicht realisiert, dass ich noch am Leben war.

Ich fiel in mein Bett und schlief wie ein Stein. Oder vielleicht wie ein Grab.

13. KAPITEL

Ein lautes Hämmern an der Tür riss mich aus dem Schlaf. Es kam mir vor, als wäre gar keine Zeit vergangen, seit ich in die weichen Laken gesunken war. Missmutig richtete ich mich auf und gab ein lang gezogenes »Jaahaaa« von mir. Das Hämmern verstummte. Stattdessen brüllte der Bote durch die Tür: »Der Kriegsrat hat seine Entscheidung getroffen! Sie erwarten dich in einer Stunde im Thronsaal! Und bitte zieh dich angemessen an!«

Er klang genervt. Er musste schon eine ganze Weile versucht haben, mich zu wecken. Was mussten die ihre blöde Sitzung so frühmorgens abhalten?

»Das Grüne?«, rief ich nach draußen, während ich mir meine schmerzenden Schläfen rieb. Die letzte Nacht forderte ihren Tribut. Ich hatte viel zu wenig geschlafen.

»Sagte ich gerade nicht, du sollst dich angemessen kleiden?«, gab der Bote patzig zurück. »Jetzt beeil dich, ich erwarte dich bereits in einer Stunde vor dem Thronsaal, hast du gehört?«

Ich stöhnte: »Ich bin nicht taub!«

Schritte entfernten sich auf dem Gang. Ich benötigte all meine Kraft, um mich aus den Decken zu schälen und aufzusetzen. Mein Körper war schwer wie Blei. Ich zog den Vorhang meines Bettes zur Seite und blinzelte in die grelle Sonne. Es war schon Nachmittag.

Folgsam schleppte ich mich ins Bad und ließ mir Wasser ein. Während ich auf dem Wannenrand saß, fragte ich mich, was heute geschehen würde. War unser Plan aufgegangen? Der Prinz musste den Zettel entdeckt haben, dafür hatte ich gestern mein Leben riskiert. Aber war er darauf reingefallen? Hatte er den Kriegsrat umstimmen können? Oder war jedes Risiko umsonst gewesen? Wenn ich Pech hatte, würde ich heute erfahren, dass ich sterben musste.

Das Wasser war eiskalt. Ich hatte vor lauter Sorge vergessen, es vorzuheizen und fror erbärmlich. Lange saß ich in der Mitte der Wanne, die Arme um meine angezogenen Beine geschlungen, und grübelte über mein Schicksal nach.

Erst als der Bote erneut verärgert an die Tür hämmerte und darauf bestand, dass ich mich beeilte, besann ich mich eines Besseren. Wenn ich mich nicht fertig machte, würde der Bote mich umbringen, bevor die Monster eine Chance dazu hatten. Ich rubbelte meinen ganzen Körper mit einem Schwamm ab, bis das Gefühl in meine vor Kälte tauben Glieder zurückkehrte und meine Haut ganz rot war. Dann wusch ich meine Haare und stieg aus der Wanne.

Bedächtig suchte ich mir ein besonders scheußliches Parfüm aus. Das Bild einer Rose prangte auf dem Flacon und danach sollte es riechen, dabei stank es mehr nach einem Haufen vergammelter Blumen. Ich wählte ein zu dem Geruch passendes, völlig überladenes, rot-goldenes Kleid und besah mich zufrieden im Spiegel. Weiter als das konnte sich mein Aussehen nicht von meiner Persönlichkeit entfernen. Es hatte absolut nichts mehr mit mir zu tun – genau das, was sie haben wollten. Nur meine Haare trug ich offen, sie reichten mir inzwischen schon bis zu den Schultern.

Auf meinem Weg zum Thronsaal machte ich einen kurzen Abstecher in die Küche, um mir einige Scheiben Brot zu stibitzen, die ich im Gehen essen konnte. Ich hatte keine Zeit, um die zwei ausufernden Mahlzeiten nachzuholen, die ich verpasst hatte. Ich hoffte, wenigstens meinen knurrenden Magen beruhigen zu können. Ein lautes Grummeln mitten in der Zeremonie würde die ganze Stimmung kaputtmachen. Nervös knabberte ich an der Kruste des Brotes, während wir uns vor dem Thronsaal die Beine in den Bauch standen. Man ließ uns warten. Der Bote plapperte unentwegt auf mich ein, mittlerweile war mir schlecht vor Aufregung. Ein blecherner Fanfarenstoß kündigte an, dass die Stunde der Wahrheit geschlagen hatte.

Die Türen öffneten sich und ich ging, geleitet vom Boten, in die große Halle. Ich war froh, dass wir nur langsam und feierlich voranschritten, denn in diesem Kleid konnte ich kaum einen Schritt tun, ohne über eine Stofffalte zu stolpern. Sich frei bewegen zu können, war genauso unangemessen für eine Heldin wie Bildung.

Der gesamte Kriegsrat umringte die Throne der königlichen Familie. Ich konnte Kendra ganz rechts hinten erkennen und lächelte ihr erleichtert zu. Ihr vertrautes Gesicht beruhigte mich. Es tat gut zu wissen, dass ich nicht allein war. Als sie statt einer Antwort nur starr durch mich hindurchblickte, erinnerte ich mich an unsere Abmachung. Ich kannte sie ja gar nicht.

Einige Meter vor dem Rat bedeutet der Bote mir, stehen zu bleiben und wir verneigten uns tief. Selbstredend machte ich einen Knicks, ich war schließlich ein Mädchen, kein Soldat. Eine HeldIN.

Der König stand auf und der Saal verstummte. In seinem dunklen Nerzmantel und mit seinem prunkvollen Zepter sah er wahrlich imposant aus. Es war kaum vorstellbar, dass sich hinter dem weißbärtigen Gesicht unter der mit Rubinen besetzten Krone ein Feigling verbergen sollte. Dies war eine Autoritätsperson durch und durch. Unmöglich, dass er wankelmütig oder manipulierbar war. Hatten wir einen Fehler begangen? Konnte sich jemand wie er von seinem Urteil abbringen lassen? Er war ein gütiger, weiser König, vor dessen Zorn man zittern musste. Vor dessen Zorn ich zittern musste. Meine Finger krallten sich in den Stoff meines Kleides. Der König könnte mit einem Wink das Leben meiner Familie auslöschen. Er hatte so viel mehr Macht als ich.

Das unterstrich seine Stimme, als er anfing zu sprechen. »Lauscht eurem König, denn er ist im Recht«, verkündete sie. Allein sein Tonfall zwang mich beinahe in die Knie.

»Willkommen!« Er machte eine weite Geste mit seinem Zepter, die den ganzen Raum einfing. »Wir haben eine Entscheidung getroffen, verehrte Herrschaften. Wir haben einen Weg gefunden, der Dunkelheit ihre Macht zu entreißen!«

Die Menschen in dem großen Saal brachen in Jubel aus. Sprach er vom Feuersturm? Ich konnte mich nicht davon abhalten, Kendra einen panischen Blick zuzuwerfen, der ebenfalls ignoriert wurde.

Der König hob die Hand und wartete, bis sein Gefolge verstummt war, bevor er fortfuhr: »Ich danke euch. Doch euer Beifall gebührt meinem Nachkommen und Thronerben.« Er nickte seinem selbstverliebt dreinschauenden Goldschatz kurz zu. »Er wird nach mir das Reich zu Glorie führen. Ich sage euch, ab heute wird kein Kind mehr vor den Monstern bangen müssen! Bis jetzt waren wir ihren schieren Massen unterlegen. Unsere Soldaten kämpften wie die Flammen des Feurigen, viele starben auf dem Schlachtfeld. Ein direkter Angriff war aussichtslos. Aber wir wären nicht die Krone der Schöpfung, wenn wir keine anderen Waffen als stumpfe Gewalt zur Verfügung hätten!«

Es hatte funktioniert! Es war keine Rede von einer Kavallerieeinheit oder dergleichen. Im Gegenteil! Wenn er nicht einmal einen Angriff in Betracht zog, konnte ich kaum auf dem Schlachtfeld sterben. Das war genial. Kendra war eine Meisterin ihres Fachs.

»Stattdessen werden unsere Soldaten euch ein Schild sein. Ich werde in jedes Dorf – in jedes einzelne Dorf, sei es noch so klein – bewaffnete Männer zu eurem Schutz abstellen. Selbst Krieger der Königsgarde werden den Palast verlassen. Mein Herz blutet, weil es um das Leid in meinem Reich weiß. Meine Leibwache wird die eure sein!«

Also … das schien darauf hinauszulaufen, dass ich in ein Dorf musste. Kendra hatte von diplomatischen Aufgaben gesprochen. Vielleicht schickte man mich in die Hauptstadt oder in eine der Grenzstädte. Ich wollte den Palast nicht verlassen, um mich erneut an einem fremden Ort vorzufinden. Andererseits wäre ich dort in Sicherheit. Ich würde überleben.

»Unsere Heldin jedoch, die strahlende Zoraya«, jetzt sah der König mich direkt an, »wird unsere Hoffnung in dieser finsteren Nacht. Sie wird unser Auge, unser Verstand und unsere schärfste Waffe sein. Schon Morgen, sobald die Nacht hereinbricht, wird sie aufbrechen, um uns zurück ins Licht zu führen. Sie wird die Ursache der Angriffe finden. Und einen Weg, sie endgültig abzuwehren. Unsere Heldin wird sich allein in den Düsterwald wagen, um die Wurzel des Übels auszureißen. Die strahlende Flamme wird diesen verfluchten Wald niederbrennen! Für unser Volk!«

Die Zuschauer jubelten: »Hoch lebe der König! Möge sein Glanz dem des Feurigen gleichen! Lang lebe der König!«

Ich hatte keine Worte für das, was da gerade passierte. Wir hatten es geschafft: Der Kriegsrat war von seinem Plan abgerückt. Doch was der König jetzt verkündete, war viel schlimmer. Den Düsterwald zu betreten, bedeutete zu sterben.

Ungläubig starrte ich Kendra an. Hatten sie unseren Plan am Ende durchschaut? War das die Strafe dafür, dass wir sie verraten wollten? Das konnte nicht wahr sein. Nicht der Düsterwald. Das konnten sie nicht von mir verlangen!

Dieses Mal erwiderte Kendra meinen Blick. Sie sah traurig aus, dafür lag wieder dieser Schimmer in ihren Augen. Derselbe wie bei unserer Verabschiedung. Ich hatte ihn für Rührung gehalten, jetzt sah ich es ganz deutlich. Es war Schuld.

Warum fühlte sie sich schuldig? Hatte sie das am Ende geplant? Nein. Sie würde mir das niemals antun! Sie war meine Freundin!

Dachte sie, ich könnte das schaffen? Ganz egal, wie viel Vertrauen sie in mich setzte, niemand konnte den Düsterwald überleben! Das war unmöglich. Kendra konnte mir das nicht angetan haben. Doch die Schuld stand ihr unverkennbar ins Gesicht geschrieben.

Ich wollte schreien, auf sie zurennen, sie schütteln und sie fragen, was das sollte. Sie wusste, dass ich das nicht tun konnte. Sie wusste, dass ich sterben würde! Das konnte unmöglich ihr Plan gewesen sein. Ich hatte ihr vertraut, ich hatte mein Leben dafür riskiert! Sie würde dieses furchtbare Missverständnis erklären können. Ich musste nur zu ihr.

Kendra senkte den Blick, dann drehte sie sich wortlos um und ging. Niemand bemerkte ihren Abgang. Ich stürzte ihr hinterher, doch der Bote packte mich und hielt mich zurück. Völlig verzweifelt kämpfte ich mit meinen Tränen, während ich im Arm des Boten hing. »Reiß dich zusammen«, zischte er, klang dabei jedoch kein bisschen sauer. Trotz all meiner Mühe war mein Blick verschwommen, als Kendra, ohne sich ein weiteres Mal umzusehen, durch eine schlichte Tür aus meinem Leben verschwand.

Sie riss den Boden unter meinen Füßen mit sich. Die Welt, wie ich sie kannte, zerbrach vor mir in Scherben. Wie war das möglich? Hatte Kendra einen Fluchtplan für mich ausgearbeitet? Aber ich konnte nicht fliehen. Fahnenflucht, Hochverrat – sie würden meine Familie töten. Flucht war keine Option für mich. Kendra wusste das. Warum dann? Sie hatte kein bisschen überrascht gewirkt, als der König mein Schicksal besiegelt hatte. Als wäre es von Anfang an ihr Plan gewesen, mich in den Düsterwald zu schicken. Das konnte nicht sein. Im Düsterwald wartete nichts auf mich – nichts außer der Tod. Es fühlte sich nicht an, als hätte sie mich ins offene Messer laufen lassen. Es fühlte sich an, als hätte sie es mir eigenhändig in den Rücken gerammt.

Der Bote zerrte mich zu einem Haufen Soldaten, die mir anerkennend auf die Schulter klopften. Ein kleiner, rundlicher alter Herr mit dickem weißen Schnauzer und fröhlich hüpfendem Bierbrauch murmelte anerkennend: »Allein in den Düsterwald. Also, ich hätte mich das nicht getraut. Schon gar nicht in deinem Alter, wenn man so viele lange Lebensjahre vor sich hat … Respekt, Mädchen. Das nenne ich Opferbereitschaft!«

Ein jüngerer Soldat meinte aufgeregt: »Vielleicht werde ich nach Masteo geschickt. Die sollen ein gutes Wässerchen dort haben. Und wunderschöne Weinprinzessinnen!«

Sofort brandete eine Diskussion über die besten und schlechtesten Stützpunkte im Land auf. Als positiv wurden schöne Gegenden, nette Leute, heiße Frauen, gutes Essen und geringer Monsterbefall genannt. Als negative Punkte gab es Dinge wie: zu weit ab vom Schuss, verdammt gefährlich, schlechtes Wetter und nicht zu vergessen: »Also Fisch kann ich beim besten Willen nicht ausstehen …«

Ich stand fassungslos da und starrte in die Luft. Schlechtes Ende: Ich starb, brutalst von Monstern zerfleischt, und Kendra war mit schuld daran. Gutes Ende: Ich starb weniger brutal von Monstern zerfleischt, und Kendra war wieder mit schuld daran.

Wenn meine Zukunft nicht so düster gewesen wäre, hätte ich mich köstlich über den Soldaten amüsiert, der mich damals am Turm angeschnauzt hatte. Er erinnerte mich selbst jetzt an einen Pinscher und starrte mich die ganze Zeit über schon sichtlich verwirrt an.

Aber ich würde meine Familie nie wiedersehen. Selbst Kendra konnte keinen Weg kennen, den Düsterwald zu überleben. Ich hatte meine Zukunft verloren. Mein Leben. Und meine beste Freundin. Und ich würde nie verstehen, weshalb.

Langsam begann der Raum sich zu drehen. Ich war fast erleichtert. Ich war bereit, mich fallen zu lassen, im dunklen, schwarzen Nichts zu versinken – dort, wo absolut nichts mehr von Bedeutung war. Nicht mal, dass sich der einzige Mensch, der mir in den letzten Monaten etwas bedeutet hatte, meinen Tod wünschte. Nichts. In dem dunklen Reich unter unserer Welt gab es nur die wunderbar tröstende Schwärze.

Während ich davondriftete, spürte ich, wie der Bote mich auffing. Ich hörte undeutlich, wie er sagte: »Wir müssen leider gehen und unsere Vorbereitungen für diese unerwartete Situation treffen. Sie entschuldigen.«

Dann trug er mich mehr hinaus, als dass er mich zerrte.

Trotz meiner Benommenheit bekam ich die nächsten Minuten mit. Wie ich durch die Gänge geschleift und in mein Bett gehievt wurde. Wie mir jemand einen kalten Lappen auf die Stirn legte. Wie der Bote vor dem Gehen tief seufzte: »Die kleine Lady und ihre Kreislaufprobleme.«

Und wie er dann in der Tür stehen blieb, viel zu lange, nur um dann deutlich sanfter hinzuzufügen: »Aber sie ist verdammt tapfer.«

Ich sah zu, wie der goldene Himmel zu einem Meer aus Licht verschwamm. Dann erst nahm mich das Vergessen endlich in seine schützenden Arme.

Als ich aufwachte, galt mein erster Gedanke der Flucht. Die Tür war abgeschlossen und jemand hatte darüber hinaus die Fenster zugenagelt, während ich bewusstlos dagelegen hatte. Panisch hämmerte ich an die Tür, ohne Reaktion. Weinend sank ich zu Boden, gefangen in meinem eigenen Zimmer, und starrte ins Nichts. Die Sonne hatte ihren Stand in der Zwischenzeit um ein paar Stunden verändert. Ein normaler Zeitraum für einen meiner Ohnmachtsanfälle, da ich danach jedes Mal in tiefen Schlaf fiel. Kendra hatte mir versichert, dass die eigentliche Ohnmacht nur ein bis zwei Minuten anhalten sollte, dass es dagegen durchaus möglich war, dass mich die Erschöpfung spontan in tiefen Schlaf versetzte.

Genug Zeit, um mir eine Rüstung auf meine Kommode zu legen. Stundenlang betrachtete ich das glänzende Metall voller Angst und Abscheu. Eine Rüstung symbolisierte all die Dinge, die mein Leben zerstört hatten. Krieg, Heldentum und Tod. Dann wurde mir klar, dass sie außerdem meine einzige Chance sein würde, Letzterem zu entrinnen. Also probierte ich sie widerwillig an.

Die Rüstung bestand aus einem kupferfarbenen Brustpanzer und passendem Helm, einem waldgrünen Wams, einer verstärkten braunen Hose, hohen Lederstiefeln und Lederhandschuhen. Sie war schön und man merkte, dass sich jemand große Mühe gegeben hatte, damit sie mir gefiel. Dummerweise waren Rüstungen so gar nicht mein Fall. Ich meine, ich liebte die Farben, die für diese hier ausgewählt worden waren, trotzdem erinnerte sie mich an das Kämpfen. Und damit an das Sterben.

Außerdem war sie viel zu steif. Der feste Stoff und das unnachgiebige Metall zwangen mich dazu, in einer merkwürdigen ungelenken Position zu verharren, in der mich schon die kleinste Sturmböe umgeworfen hätte. Ich versuchte, auf und ab zu springen, Kniebeugen und Purzelbäume zu machen. Nach einer Weile wurde die eigens für mich angefertigte und vorher nie getragene Hose geschmeidiger und es klappte überraschenderweise ganz gut mit meinen Turnübungen. Bis auf die Purzelbäume. Hat jemand von euch mal versucht, sich zusammenzurollen, während der Oberkörper in einer steifen Blechdose steckt? Kleiner Tipp: Lasst es. Es ist so aussichtslos, wie es klingt.

Ich würde mich also im Kampf nicht abrollen können. Der Gedanke beruhigte mich nicht gerade. Dafür schützte der Panzer meine lebenswichtigen Organe.

Was bedeutete, ich würde mit dem Leben davonkommen und nur ein paar Gliedmaßen verlieren. Das waren ja großartige Neuigkeiten.

Abgesehen von solchen Befürchtungen begann ich, die Rüstung langsam fast schon zu mögen: Sie passte perfekt. Die Schuhe gaben guten Halt und stabilisierten die Knöchel, während die Handschuhe rau genug waren, um einen festen Griff zu gewährleisten. Der Helm hatte kein Visier – schränkte die Sicht also kaum ein. Und wenngleich sie mir schrecklich schwer vorkam, für eine Rüstung musste sie ein wahres Fliegengewicht sein. Ich würde darin kurze Strecken rennen können, wenn es notwendig sein sollte.

Dass sie mich vor Monstern beschützen konnte, bezweifelte ich.

Vom vielen Rumgehüpfe wurde ich bald müde und hungrig. Ich fragte mich, warum der Bote mich nicht schon längst zum Mittagessen abgeholt hatte, und sah mich ratlos im Zimmer um. Da erst entdeckte ich den kleinen braunen Papierbeutel, der ebenfalls auf der

Kommode gelegen hatte. Darin befanden sich einige Scheiben Brot sowie Wurst und Käse. Die Gefahr für Fluchtversuche meinerseits wurde also so hoch eingeschätzt, dass ich nicht einmal mehr zum Essen meine Zelle verlassen durfte. Oder der Bote befürchtete, dass ich vor lauter Nervosität mit dem Gesicht voran in meine Suppenschale kippte. Ehret Zoraya mit dem Sprung in der Schüssel! Fürchtet ihren Schwindelanfall! Ich konnte nicht verstehen, warum sie ausgerechnet mich in die Höhle des Löwen schicken wollten.

Was hatte Kendra geplant?

Ich verbrachte den Rest des Tages damit, ratlos auf meinem Bett zu liegen, nachdenklich aus einem der Fenster zu schauen und zwischenzeitlich in einen unruhigen Schlaf zu verfallen.

Aufgebracht erwachte ich aus düsteren Träumen, die ein flaues Gefühl in meinem Magen zurückließen. Ich seufzte und drehte mich auf den Rücken. Ich würde den Palast vermissen. Den ganzen Protz, den Prunk, den Luxus. Und den Komfort, der damit verbunden war. Dinge wie weiche Betten, fließendes Wasser, reichliche Mahlzeiten und nicht zu vergessen – körperliche Unversehrtheit.

Ich würde sogar die schrulligen Hofdamen vermissen. Und die Wachen, die ich so oft ausgetrickst hatte. Und den Boten, die Eichhörnchen, die Tauben, die Bibliothek und ganz besonders Kendra … Nein, Moment. Sie war schuld an dem Schlamassel. Egal, was sie sich dabei gedacht hatte, sie hätte es mit mir absprechen müssen! Ich würde diese miese Verräterin nicht vermissen, redete ich mir ein.

Meine Zeit im Palast hatte mich verändert. Zunächst war sie nur von Staunen und Ehrfurcht geprägt gewesen – der goldüberzogene Marmorbau hatte mich beeindruckt und mir unglaubliche neue Perspektiven aufgezeigt. Am Anfang hatte ich mich klein und fremd gefühlt in dieser unbekannten, prachtvollen Welt. Mit der Zeit war ich hineingewachsen.

Der Beginn meiner Reise war schrecklich gewesen. Ich war das schlichte Leben der Auen gewohnt, wo man von einem Tag auf den nächsten lebte und sich an den kleinen Dingen erfreute. Was einem Halt gab, war die Gemeinschaft der Familie, die in den Bergen so überlebensnotwendig war. Aus diesem Zusammenhalt herausgerissen zu werden, um allein fremden Gefahren gegenüberzutreten, war kaum auszuhalten gewesen.

Wir hatten jetzt fast zehn Monate hier im Palast verbracht. Ich hatte genug Zeit gehabt, meine eigenen Nischen in diesem fremden Leben zu entdecken. Zunächst meine Lieblingsplätze, dann die Bibliothek und das Kleid, die mir beide ein ganz neues Bild meiner Persönlichkeit vermittelt hatten. Und zu guter Letzt hatte ich in Kendra eine Freundin gefunden. Sie hatte mir so viel beigebracht. Obwohl sie mich verraten hatte, konnte ich nicht leugnen, dass die Tage mit ihr wunderschön gewesen waren.

Ich musste trocken lachen. Was dachte ich da? Sie konnte mich nicht verraten haben. Und ich würde sie sehr wohl vermissen. Sie war meine beste Freundin, der einzige Mensch abgesehen von meiner Familie, den ich mochte. Ich würde jede Sekunde, die ich in der Bibliothek verbracht hatte, so, so heftig vermissen.

Ich hätte es niemals gedacht, aber die Zeit im Palast hatte ein kleines Wunder vollbracht. Sie hatte es geschafft, die Angst und die Einsamkeit zu mindern, die mich seit meinem Abschied verfolgten. Als ich die Berge verlassen hatte, war eine Leere in mir zurückgeblieben, die unmöglich zu füllen war. Während meiner Monate hier hatten sich eine Menge kleiner und größerer Dinge in mein Herz geschlichen. Kein Ersatz für das, was ich zurückgelassen hatte – dafür Dinge, an denen ich mich festklammern konnte, wenn meine Gefühle mich fortzuspülen drohten.

Und als der Bote endlich kam, um mich aus dem Palast zu führen, kehrte die Trauer des Abschieds zurück.

Die Kutsche, in der wir schrecklich langsam durch die Gartenanlage krochen, ähnelte zum Überfluss der, mit der ich die Berge verlassen hatte. Als wir darin das riesige Tor zum ersten Mal seit so vielen Wochen passierten, spürte ich, wie Tränen über mein Gesicht rannen.

Vor den Mauern hatte sich eine Menschenmenge versammelt, die mir begeistert zujubelte, als unsere Kutsche sich eine Schneise hindurchbahnte. Ich beachtete die Leute gar nicht. Für sie war ich nur die Heldin. Diejenige, die auszog, um für ihre Dörfer zu kämpfen und siegreich zurückzukehren. Oder bei dem Versuch sterben würde.

Sie kannten mich nicht. Sie scherten sich nicht darum, wer ich war. Für sie war ich kein Mensch. Und sie waren mir ebenso egal geworden, wie ich es ihnen von Anfang an gewesen war.

Stattdessen blieb mein Blick fest auf den riesigen Prunkbau gerichtet, bis er langsam am Horizont verschwand. So lange ich nur konnte, behielt ich die weißen Mauern des Ortes im Auge, der mir über die letzten Monate hinweg zwar keine Heimat, dafür ein Zuhause geworden war.

14. KAPITEL

Geh nicht in den Düsterwald, mein Kind,
Denn gleich welkem Laub im Wind
das Dunkle dir die Seele nimmt …

Die Kutsche holperte über den schlammigen Pfad davon und ließ mich allein zurück. Der Wald erhob sich vor mir wie eine schwarze Wand. Wir waren die Nacht über durchgefahren und jetzt verschwand das Dunkel langsam vom Himmel, um einem bleichen Blau Platz zu machen. Kein Rosa, kein Gelb, keine Goldtöne. Nur dieses fahle, leblose Blau. Ich fröstelte. Normalerweise liebte ich den Morgen, dieser ließ mich schaudern.

Der Bote hatte einige zuversichtliche Floskeln über Heldenmut und die Rettung des Landes heruntergeleiert, als er mich auf dem schlammigen Waldweg absetzte. Er hatte eine Beileidsbekundung und ein paar knappe Worte des Abschieds hinzugefügt, bevor er als Letzter in die Kutsche gestiegen war. Ich selbst hatte gerade mal ein tapferes Nicken zustande bekommen.

Luna schmiegte sich an meine Beine. Lächelnd streichelte ich das glatte Fell auf ihrer Stirn und kraulte die flauschigen Härchen hinter ihren Ohren. Ich war so froh, dass sie bei mir war. Seit Samaras war sie das einzig Beständige in meinem Leben.

»Auf dich kann man sich verlassen, nicht wahr? Jaaa, du bist ein gutes Mädchen. Wer braucht schon diese blöden Menschen?«

Sie hechelte glücklich, als wollte sie mir recht geben. Menschen wurden völlig überbewertet. Ich musste grinsen. Ich hatte unsere Gespräche vermisst.

Ich atmete einmal tief durch und riss meinen Blick von meiner schwarzweißen Hündin los, um ihn auf den Wald vor mir zu richten. Ich umklammerte den Knauf des Schwertes, das an meinem Gürtel steckte. Sollte eine Riesenspinne auftauchen, war ich vorbereitet. Ich würde das Schwert ziehen und den Kopf des Monsters abschlagen. Nur keine Gnade. Wenn ich schnell war, hatte ich vielleicht eine Chance. Vorausgesetzt, Spinnen besaßen einen klar erkennbaren Hals. Bis jetzt war ich nie sonderlich scharf darauf gewesen, eine aus der Nähe zu begutachten. Mein Wissen über Spinnen beschränkte sich auf: zu viele Beine und klebrige Netze. Nervig für jene, die größer waren als die Spinne und die eine Kiste vom Dachboden benötigten. Für jemand Kleineren – verdammt gruselige Todesfallen. Ich schluckte. »Na, dann … wollen wir mal. Bereit, Süße?«

Zögernd bahnte ich mir meinen Weg ins Dickicht. Zwischen den hohen Stämmen und dichten Ranken wurde es sofort dunkler und um einige Grad kälter. Wie ein Sonnenaufgang, der in die falsche Richtung verläuft. Die Anwesenheit von Monstern sollte die Zeit nicht sonderlich beeindrucken, oder? In diesem verfluchten Wald war alles möglich. Ein modriger Geruch hing in der feuchten Luft. Meine Füße sanken fortwährend ein Stück ein, als würde ich auf ein Federbett treten. Der Boden unter dem verrotteten Laub gab jedem meiner Schritte nach. Ein unheimliches Gefühl. Ich war mit festem Fels unter den Füßen aufgewachsen.

Während meine Augen sich an die neuen Lichtverhältnisse gewöhnten, veränderte sich die Welt um mich herum. Aus der von Schatten verhangenen Masse der Bäume lösten sich einzelne Exemplare, wie Gespenster. Ich starrte die fahlen, grauen Stämme vor mir an. An einigen Stellen waren sie beinahe weiß und ihre knorrigen Äste reckten sich hoch in den dunklen Himmel. Schleimiges Moos überwucherte jeden Teil der Rinde, der nicht von Pilzen zerfressen wurde. Die flachen, weißgelblichen Ausbuchtungen waren groß wie Suppenteller.

Diese Bäume sahen tot aus. Gebleichte Baumgerippe, die ihre Arme vergeblich nach der Sonne streckten. Die letzten Überbleibsel einer ertrunkenen Welt. Kaum zu glauben, dass sie im Sommer Blätter tragen sollten.

Das Unterholz war erstaunlich dicht. Überall lagen verfaulte Stämme, die zerbröselten, sobald man sie berührte. Dornenhecken und Efeu verliehen dem Wald einen Hauch freudlosen Grüns. Es lag zwar kein Schnee, dennoch war es furchtbar kalt. Selbst unter der schweren Rüstung kam ich nicht ins Schwitzen. Ich war froh, dass ich ein wärmendes Wams trug und das eiskalte Metall nicht direkt auf meiner Haut spürte.

Vormittags wurde es endlich wärmer. Ich hatte nur ein paar Hundert Meter zwischen mich und den Waldrand gebracht, dabei war ich jetzt schon einige Stunden unterwegs. Je tiefer ich mich in den Düsterwald wagte, umso feuchter wurde das Terrain. Riesige schwarze Tümpel, fast schon Seen, tauchten plötzlich vor mir auf und zwangen mich zu Kursänderungen. Ich hielt argwöhnisch Abstand zu den steilen, gefrorenen Ufern und den unbewegten Wasseroberflächen, aus denen ertränkte Bäume ragten.

Die aufsteigende Sonne ließ Nebel aus dem Boden kriechen, sodass sich die Sichtverhältnisse im Vergleich zum frühen Morgen eher verschlechterten. Die fahlen Stämme verschwommen zu einer weißen Wand. Ich hielt meine Arme weit vor mich gestreckt und tastete mich langsam vorwärts. Ständig rutschte ich auf dem nassen Laub aus oder brach versehentlich durch die hauchdünne Eisschicht gefrorener Pfützen. Weiße Schwaden hingen in der Luft und überzogen mein Gesicht mit eiskalten Tröpfchen. Luna konnte es nicht ausstehen, wie die Feuchtigkeit ihr Fell durchdrang. Sie schüttelte sich ständig, mit dem Ergebnis, dass ihr Fell in alle Richtungen abstand. Fast erinnerte sie mich an einen der Staubwedel, die meine Zimmermädchen verwendet hatten. Nur um einiges nasser.

Ab und an blieb mir nichts anderes übrig, als durch flachere Tümpel und Flussarme zu waten. Langsam schob ich mich zwischen den vereinzelten Eisschollen hindurch auf die andere Seite, darauf bedacht, nie einen Fuß vom Boden zu nehmen. Meine Stiefel waren glücklicherweise wasserdicht, dafür hatte ich durchgehend Angst, im morastigen Grund zu versinken. Kleine Blasen aus Fäulnisgas stiegen bei jedem Schritt auf und füllten die Luft mit ihrem modrigen Gestank. Ich trug Luna stets in meinen Armen ans andere Ufer. Es wäre unzumutbar gewesen, sie in diese eiskalte Sumpfbrühe zu schicken, die ihr bis zum Hals gereicht hätte. So konnte ich außer Hundefell nicht viel sehen. Ich betete fast schon, dass ich nicht gegen einen versunkenen Ast stoßen, stolpern und im trüben Wasser verschwinden würde.

Gegen Mittag machte ich halt, um zu essen. In meinem Beutel befand sich staubiger Zwieback, Trockenobst und einige zähe Streifen Dörrfleisch. Es war Dreck im Vergleich zu dem Essen im Palast und es dauerte ewig, bis man einen ordentlichen Bissen abgenagt und heruntergewürgt hatte. Außerdem enthielt es keinen Tropfen Flüssigkeit. Mit Absicht, es war dadurch länger haltbar – aber was sollte ich denn trinken? Man hatte mir einen prall gefüllten Wasserschlauch mitgegeben. Was für eine großzügige Geste! Ich hatte einen ganzen Vormittag gebraucht, um ihn zu leeren.

Wenn ich mehr benötigte, stand ich also vor der Wahl, ihn mit faulendem Moorwasser aufzufüllen oder den Nebel vom Moos an den Stämmen zu lecken. Ich beschloss, mit beiden dieser ansprechenden Optionen zu warten, bis ich am Verdursten war. Die hohe Luftfeuchtigkeit verhinderte zum Glück, dass meine Kehle völlig austrocknete.

Am späten Nachmittag stieß ich auf einen Wildwechsel. Es war herrlich! Das hohe, scharfkantige Gras und die Dornenhecken waren zur Seite gedrückt, der Boden festgetreten und trocken. Der Pfad war wunderbar breit, ich konnte bequem neben Luna durch den Wald wandern. Jetzt, da wir nicht mehr mit dem Unterholz kämpfen mussten, kamen wir viel schneller voran. Das feuchte Schmatzen unserer Fußtritte war einer angenehmen Stille gewichen. Nur das leise Raunen des Schilfes am Wegesrand begleitete uns. Die fedrigen Spitzen flatterten wie Fahnen über meinem Kopf. Als wir das Schilf hinter uns ließen, wurde die Stille unheimlich. Kein Vogel war zu hören, kein Klopfen oder Rascheln im Dickicht. Wenn ich stehen blieb, vernahm ich nichts außer meinem eigenen Atem und dem Wind, der durch die Baumkronen pfiff. Warum war es hier so still? Wo waren die Tiere?

Monster, durchfuhr es mich mit eisigem Schaudern. Monster, Monster, Monster! Hier gab es keine Tiere, nur Monster. Und Beute musste auch zu finden sein. Ach ja, genau hier, auf diesem Waldweg! Ein saftiges Hündchen und eine extragroße Portion Dosenfutter! Ich musste einen Heidenlärm gemacht haben, als ich mich wie ein Molloch durchs Unterholz geschoben hatte. Und mich lauthals mit Luna unterhalten hatte! Die Bewohner dieses verfluchten Waldes waren längst auf mich aufmerksam geworden. Ich musste hier weg. Sofort! So weit wie möglich weg von der Stelle, an der ich auf den Wildwechsel gestoßen war. Der Stelle, an der ich mit einem hörbaren Knacken aus dem Unterholz gebrochen war und laut jubelnd verkündet hatte, dass man mich bitte fressen sollte.

Ich bedeutete Luna mit einem Kopfnicken, dass sie mir folgen sollte, und beschleunigte meine Schritte. Aus Angst, weitere Geräusche zu verursachen, vermied ich es, zu rennen. So kam ich auf dem breiten Pfad fast lautlos voran. Auf dem *breiten* Weg. Weshalb gab es hier einen Wildwechsel, wenn ich keine Tiere hören konnte? Ein Blick nach unten bestätigte meine Vermutung. Ich hielt inne. Man konnte die einzelnen Spuren in dem Gewirr der Abdrücke kaum erkennen, doch es war offensichtlich. Sie waren viel zu tief, um von einem normalen Tier stammen zu können. Warum hatte ich das nicht früher überprüft? Mein Gehirn war genauso versumpft wie meine Umgebung.

Ein markerschütterndes Heulen durchdrang den Wald. Es kam aus der Richtung, in die ich mich bis eben so hastig geschlichen hatte. Ich konnte die Ursache dieses Heulens förmlich vor mir sehen – riesige Ratten und überdimensionierte Heuschrecken waren ein Witz dagegen. So ein tiefes Brüllen – und so eine gigantische Schneise durch den Wald – brachte nur ein Monster zustande, das einem Drei-Meter-Wolf erschreckend nahekam. Ohne einen weiteren Gedanken an Lärm zu verschwenden, drehte ich mich um und rannte los.

Mein Brustpanzer zog mich schon nach wenigen Metern nach unten, nur der Gedanke an meinen Verfolger trieb mich weiter. Krallen so lang wie mein Arm und Zähne wie Schlachtmesser. So schnell ich konnte, hastete ich den Weg entlang. Vor meinem inneren Auge wurde ich in Dauerschleife zerfleischt. Blut spritzte auf die fahlen Stämme, während meine Todesschreie die Stille durchbrachen. Ich rannte um mein Leben.

Mein Atem ging schnell und wurde mit jedem Meter flacher. Sollte ich stehenbleiben, um zu kämpfen? In den letzten Monaten hatte ich einiges gelernt. Aber was halfen mir Fechttricks gegen ein Maul so groß wie ein Schrank? Also rannte ich weiter, immer weiter, während mein Herz gegen meinen Brustkorb schlug, als wollte es ausbrechen.

Ich wagte nicht, mich umzusehen, denn ich bildete mir ein, schon den heißen Atem in Nacken zu verspüren. Mein eigener Atem kam jetzt so rasch und stoßweise, dass ich ihn kaum mehr bemerkte. Nur das Ziehen in meiner Brust, das mich zu zerreißen drohte. Meine Umgebung verschwamm vor Erschöpfung. Noch wenige Meter und ich würde umkippen.

Verzweifelt stürzte ich mich in das Unterholz. Die dichten Hecken fingen meinen Schwung ab wie ein Netz. Mit jedem Schritt kämpfte ich gegen den Widerstand des Waldes, als wollte er mich dem Tod ausliefern. Es fühlte sich an, als würde man sich durch meterhohen Sand kämpfen – und dann war da nichts mehr.

Ich kippte nach vorn. Ein schrilles Klirren ertönte, als das Metall durch die Eisschicht schlug. Dunkelheit umfing mich und fauliges Wasser drang in meine Atemwege. Ich drohte zu ersticken. Panisch schreckte ich auf, schlug um mich, als könnte ich das Wasser dadurch vertreiben. Meine Augen ließen sich nicht öffnen, zu schmerzlich brannte die schlammige Brühe in ihnen. Blind kämpfte ich mich vorwärts, während meine Rüstung mich in die Tiefe zog. Weiter und weiter, bis ich dem Sog nicht mehr standhalten konnte. Dunkle Wellen schwappten über meinem Kopf zusammen. Meine Lungen füllten sich mit Fäulnis. Ich würde bei lebendigem Leib im Tod versinken.

Meine Fingerspitzen stießen auf Schlamm. Der Boden wurde durch die Bewegung aufgewirbelt und der rettende Halt löste sich unter meinen Händen in nichts auf. Verzweifelt drängte ich weiter, suchte in der Dunkelheit nach dem Ufer. Mit letzter Kraft schaffte ich es, die Böschung zu erreichen. Meine Finger krallten sich in den Schlick und ich zog mich an Land.

Kraftlos blieb ich liegen. Hustenanfälle schüttelten meinen Körper und brackiges Wasser quoll aus meinem Mund. Blinzelnd öffnete ich die Augen, doch die Welt verschwamm zu weißem Nebel. Helle Lichtpunkte wirbelten im Kreis. Ich würde hier liegen, bis der Wolf mich fressen kam, war mein letzter Gedanke, bevor die Erschöpfung mich in die Dunkelheit zog.

Geh nicht in den Düsterwald, mein Lieb,
denn was man einst ins Dunkel trieb,
das wird zu deinem Lebensdieb.

Ein markerschütterndes Heulen riss mich zurück in die Wirklichkeit. Mein erster Gedanke war: kalt. Mein zweiter: verdammt kalt. Zu meiner Schande galt erst mein dritter Gedanke Luna, die vor Schmerzen geschrien hatte.

Ich schreckte hoch und sah mich panisch nach ihr um. Ein paar Meter entfernt entdeckte ich sie, winselnd und aufgeregt, aber in Sicherheit. Sie lag auf dem Boden und vergrub ihren Kopf zwischen ihren Pfoten. Besorgt wollte ich zu ihr robben, allein meine vor Erschöpfung ungemein schweren Glieder hielten mich davon ab.

Ich glaube, ich hatte mich nie so erschreckt wie in dem Moment, als ich den Kopf drehte. Ein Drache saß auf meinem Bein. Ein riesiges schwarzes Biest, mit warziger Haut, gigantischem Schweif und einem zackigen Kamm über dem Rücken. Und er lag nicht auf meinem Bein, mein Bein lag in ihm! Mit einem schmatzenden Geräusch schob er seinen Kopf ein Stück weiter und mein Knie verschwand im Rachen des Ungeheuers.

Ich schrie auf und schlug mir sogleich die Hand vor den Mund. Es gab nur eine Erklärung dafür, wie ich dem großen bösen Wolf entkommen konnte: Er hatte mich nicht wittern können, weil mein gesamter Körper nach verfaultem Schlamm stank. Wenn ich jetzt anfing rumzuschreien, konnte ich nur hoffen, dass ich schon zu unappetitlich zum fressen war. Und da gerade ein Monster dabei war, mich zu verputzen, standen die Chancen schlecht.

Ich versuchte vergeblich mein Bein loszureißen, denn winzige Zähne bohrten sich hinein wie eine Säge. Ich trat mit meinem freien Fuß nach seiner Schnauze und das Ungetüm gab ein verärgertes Quietschen von sich, biss dafür fester zu.

Mit einem Satz war Luna an meiner Seite, knurrte furchterregend und sprang das Monster an. Sie versenkte ihre Zähne tief in der schleimig glänzenden Flanke des Tieres. Für einen Moment wand sich mein Angreifer unter Schmerzen, dann ließ Luna jaulend von ihm ab.

Ein Molch! Als Kinder hatten meine Brüder und ich oft versucht, im Teich mit bloßen Händen Molche zu fangen. Wenn sie einem zwischen den Fingern hindurchglitten, hatten sie jedes Mal ein schleimiges Sekret zurückgelassen, das schrecklich brannte, wenn es in die Augen oder den Mund gelangte.

Ich versuchte mich daran zu erinnern, was ich über Molche wusste. Bis auf ihr Gift hatten sie kaum Wege, sich zu verteidigen. Keine scharfen Krallen und kaum Zähne, wobei diese bei einem Biest dieser Größe bedrohlich genug waren. Sie verschlangen ihre Beute meist am Stück und fraßen am liebsten fette Regenwürmer und Nacktschnecken. Wie schmeichelhaft.

Für einen Moment ärgerte ich mich, dass die Natur mich nicht mit beeindruckenden Waffen zur Selbstverteidigung ausgestattet hatte. Dann erinnerte ich mich daran, dass der königliche Schmied das für sie übernommen hatte. Umständlich zerrte ich mein Schwert aus seiner Scheide, was im Liegen gar nicht so leicht zu bewerkstelligen war. Dann richtete ich mich auf und hieb auf den Molch ein. Die glänzende Klinge durchdrang die weiche Haut des Monsters wie Butter. Sofort lockerte sich der Griff um mein Bein. Ich versuchte es herauszuziehen, während ich mit voller Kraft nach dem Kopf des Drachens trat. Mit einem widerlichen Schmatzen kam ich frei.

Der Riesenmolch wich zurück, knackte bedrohlich und richtete sich auf. Sein Körper ragte in die Höhe, beinahe erreichte er die Größe eines ausgewachsenen Mannes. Sein Bauch leuchtete in einem grellen Orange. Verängstigt krabbelte ich rückwärts, mein Schwert fest umklammert. Ich stieß mit dem Rücken gegen einen modernden Baumstamm und verfolgte das Schauspiel mit verängstigter Faszination. Zitternd ragte das Monster über mir auf, drohend peitschte es mit dem Schweif. Jeder Schlag des anderthalb Meter langen, kräftigen Ruders ließ Wellen aus Schlamm und Sumpfwasser an das Ufer branden.

Dann senkte sich das Monster ab und verschwand lautlos im dunklen Wasser. Nach ein paar Sekunden war die Oberfläche genauso still und unbewegt wie zuvor. Mit dem Unterschied, dass ich jetzt wusste, welche Bestien in der Tiefe lauerten.

Als ich mich vorsichtig aufrichten wollte, wurde ich sofort zurück auf den Boden gedrückt. Luna war auf meinen Oberkörper gesprungen und überzog mein gesamtes Gesicht mit einer dicken Schicht aus Sabber, während sie herzerweichend winselte.

»Schon gut, meine Kleine, ich lebe. Siehst du? Mir geht es gut.« Ich zog sie an mich so fest ich nur konnte. Ihr kleiner, warmer Körper in meinen Armen gab mir ein Gefühl der Sicherheit. Ich war ganz alleine einem Monster begegnet – und ich lebte. Ich vergrub meinen Kopf tief in ihrem langen, flauschigen Fell. Alles würde gut werden.

Als wir beide uns nach einem ausgiebigen Vesper auf den Weg machten, fühlte ich mich schon zuversichtlicher. Obwohl meine Kehle so ausgetrocknet gewesen war, dass ich eimerweise Moorwasser getrunken hatte. Nicht einmal das hatte meine Laune getrübt. Nach den ersten paar Schlucken gewöhnte man sich an den fauligen Geschmack.

Sicherheitshalber entfernten wir uns weiter von dem schrecklichen Schrei, doch ich empfand keine Todesangst mehr. Der Wald war nicht ganz so gefährlich, wie die Leute es sich erzählten. Beispielsweise fiel man nicht auf der Stelle tot um, sobald man ihn betrat. Er war furchtbar und ich völlig ahnungslos, wie ich hier eine weitreichende Veränderung bewirken konnte. Aber ich hatte meinen ersten Tag beinahe überlebt. Ich würde diesen Rekord nicht am selben Abend verlieren, das schwor ich mir.

Nur die Kälte machte mir zu schaffen. Seit ich völlig durchnässt bewusstlos geworden war, war mein Körper mit einer dünnen Schicht aus Eiskristallen bedeckt. Der Kampf gegen den Riesenmolch hatte mich einigermaßen aufgewärmt, gegen den eisigen Winter kam man mit Bewegung jedoch nicht an. Unter dem dicken Leder meiner Rüstung erstarrten meine Gliedmaßen langsam vor Kälte.

Luna litt genauso, ständig rieb sie ihre Schnauze über den Boden oder fuhr sich mit einer Pfote übers Gesicht. Ihre normalerweise dunkelgraue Nase hatte einen leuchtenden Rotton angenommen. Ich hatte ihr den Mund mit Gewalt und viel Moorwasser ausgespült, mehr konnte ich nicht für sie tun. Außerdem juckte mein Gesicht, seit sie mich so begeistert abgeschlabbert hatte. Geteiltes Leid ist halbes Leid.

Es dauerte nicht lange, bis wir auf eine erste Lichtung stießen. Es war fast hübsch hier – heller, trockener und man konnte ein freies Stück Himmel ausmachen. Ich beschloss, die Nacht hier zu verbringen. Gemeinsam mit Luna vergrub ich mich tief in einem Haufen aus modrigem Laub, in der Hoffnung, dass es uns vor der Witterung beschützen würde. Sei es Wind und Kälte oder die Witterung durch hungrige Monster.

Ich war heilfroh, als ich am nächsten Morgen nicht mit Erfrierungen erwachte. Zum Frühstück teilte ich ein paar Dörräpfel mit Luna und trank gierig aus einer der Pfützen. Das Wasser war nicht verschmutzt und ich hoffte, dass es sich um nur wenige Tage altes Regenwasser handelte. Es schmeckte jedenfalls besser als die Sumpfbracke. Fließendes Wasser war mir bis jetzt nicht begegnet. Hier gab es nur vor sich hin gammelnde Tümpel. Ich war fast froh, dass es so kalt war – im Sommer musste man hier förmlich von Stechmücken gefressen werden. Der Gedanke an einen Saugrüssel dick wie mein Unterarm war der Stoff, aus dem Albträume gemacht wurden. Fast schon konnte ich das hohe, penetrante Sirren an meinem Ohr hören.

Von der Lichtung ging ein schmalerer Pfad ab, zu eng für Drei-Meter-Wölfe und deshalb ein erfreulicher Anblick. Ich war schon fest entschlossen, in diese Richtung weiterzugehen, als ich die Zeichen in der Erde entdeckte. Direkt an der Mündung des Pfades waren drei tiefe, schräge Kerben in den Boden geritzt worden. Sie waren lang und parallel. Es sah aus, als hätte sie jemand mit Absicht hinterlassen. In der Einsamkeit des Waldes kehrten Kendras Worte zu mir zurück: das war das Gefahrenzeichen der Halbmenschen! Ich glaubte nicht, dass jemand im Düsterwald lebte, aber ich würde kein unnötiges Risiko eingehen. Wer wusste schon, was mit dem Verursacher dieser Schriftzeichen geschehen war.

Zurückkehren wollte ich nicht, also beschloss ich, mich eben erneut durch das Unterholz zu kämpfen. Besser, als an etwas zu sterben, vor dem man extra gewarnt worden war. Ich wollte mir nicht von drei lächerlichen Kerben im Boden »Ich habs dir gesagt« vorwerfen lassen. Ich wählte die Richtung, die am weitesten von den beiden anderen entfernt war. In diesem Teil des Waldes hingen lange Flechten von den kahlen Ästen wie zerfetzte Schleier. Sie winkten mir im eisigen Wind traurig hinterher. Wenn es hier im Wald Halbmenschen gab, musste Kendra das gewusst haben. Vielleicht gehörte das zu ihrem Plan? Sie hatte Kontakt zu ihrer Familie. Falls – und nur falls – die Halbmenschen an diesem schrecklichen Ort lebten, wollte sie vielleicht ein Treffen organisieren. Vorausgesetzt, ich würde überleben, bis ihr Plan aufgehen konnte. Und selbst dann: wozu? Sollten sie mir bei meiner Flucht helfen? Vielleicht hatten sie Informationen über die Monster. Wenn sie hier spazieren gingen, musste ihnen ja mal eines über den Weg gelaufen sein. Andererseits, wenn es sich nur um ein harmloses Familientreffen handelte, warum hatte mir Kendra nichts davon gesagt? Egal, wie angestrengt ich darüber nachgrübelte, ich wurde das ungute Gefühl nicht los, dass mehr dahintersteckte …

Nach gut einer Stunde stieß ich auf eine weitere Lichtung. Sie war viel kleiner als die erste und der unheimlichste Ort des ganzen Waldes. Die Bäume, die sie umringten, waren aschfahl, mit langen, knorrigen Ästen und wahren Kleidern aus raschelnden Flechten. Kein Sonnenstrahl drang durch den Nebel auf den modrigen Boden hinab, nur gelegentlich wirbelte ein eisiger Windstoß durch die weißen Schwaden. Luna wimmerte – sie wollte weg von hier, ihr gefiel die Stelle offensichtlich ganz und gar nicht. Vielleicht lag es an dem leichten Fäulnisgeruch, der diesen Platz umgab und der für ihre feine Nase unerträglich sein musste.

Entgegen aller Vernunft zog mich dieser Ort magisch an. Luna blieb beleidigt fiepend am Rande der Lichtung zurück, während ich mich bedächtigen Schrittes ihrer Mitte näherte. Es war, als betrete man einen Friedhof. Allein. Bei Nacht. Als würde man sich unter eine vermodernde Trauerweide stellen, die Augen schließen und versuchen, die Atmosphäre in sich aufzusaugen. Lächerlich, es waren keine Knochen oder Gerippe zu sehen. Nichts, was die unheimliche Ausstrahlung dieses Ortes gerechtfertigt hätte. Also lief ich zögerlich weiter.

Ich wäre fast gegen den großen, moosbedeckten Felsbrocken gestoßen, der zwischen den welken Grashalmen verborgen lag. Ich hatte im hohen Gras nach Hinweisen gesucht, die meine Vorahnungen bestätigen konnten; jetzt beugte ich mich erwartungsvoll über den Stein. Er war vielleicht einen Meter lang und recht flach. Ich kniete nieder und fuhr mit meinen Fingerspitzen über die raue Oberfläche und das feuchte Moos. Ein Teil davon löste sich unter meiner Berührung und gab sein Geheimnis preis: Tiefe Kerben zogen sich durch den Stein. Sie sahen aus, als hätte sie jemand mühevoll hineingeritzt. Neugierig brachte ich weitere der Pflanzen zum Abbröckeln. Da waren wieder diese Zeichen. Sie sahen ganz genauso aus wie jene, die in Kendras geheimem Buch gestanden hatten. Die Wörter der Halbmenschen.

Und da, schon wieder! Das Gefahrenzeichen. Und nicht gleichzeitig das für Tod?

Ein eiskalter Schauer lief mir über den Rücken, ich konnte mich der Faszination jedoch nicht erwehren. Auf dem unteren Drittel des Steins wuchs mehr Moos, unter dem sich weitere Zeichen befinden konnten. Aufgeregt riss ich ein ganzes Stück ab. Was darunter zum Vorschein kam, waren Wörter. *Richtige* Wörter: *»der Gefähr…«*

Mit ganz neuem Eifer machte ich mich daran, den Felsen weiter freizulegen. Ungläubig starrte ich auf die Worte, die sich vor meinen Augen auftaten: *»der Gefährte der Goldenen Drossel.«*

Restez fehouu ra deonne. Wie einst die Gold'ne Drossel sang …

Die Goldene Drossel war ein Mensch. Eine Person. Jemand, über dessen Gefährten man Sätze in einen Felsen ritzen konnte. Nein, kein Mensch: Ein Großteil des Steins war mit den Zeichen der Halbmenschen überzogen. Also war sie eine Halbmenschin. Vielleicht zur Hälfte Drossel?

Woher kannte meine Großmutter dann diesen Spruch? Was hatte sie mit den Halbmenschen zu schaffen? Waren »restez fehouu ra deonne« Worte in der Sprache der Halbmenschen? Ich hatte vor Kendra niemals von der Existenz ihres Volkes gehört.

Fast kam es mir passend vor, dass ausgerechnet meine Großmutter von diesem gut gehüteten Geheimnis wissen sollte. Sie wusste einfach alles. *Denn im Geheimnis liegt die Macht …*

Moment! Das erste Wort war klein geschrieben. Der Anfang der Inschrift fehlte. Sorgsam entfernte ich den Rest des Mooses. Unter meinen Fingern offenbarte sich die Inschrift *»Hier ruht der Gefährte der Goldenen Drossel.«*

Ich stopfte mir meine Hand in den Mund, um einen spitzen Schrei zu ersticken. Eigentlich hatte ich es längst geahnt. Dies war ein Friedhof. Vor mir lag ein umgestürzter Grabstein. Ich kniete auf einem Grab.

Betroffen wich ich einige Schritte zurück, bis ich glaubte, nicht mehr über dem Leichnam zu stehen. Dann seufzte ich auf. Die Goldene Drossel war also auf jeden Fall eine Halbmenschin. Dieses Grab war viel zu groß, als dass es für einen Vogel gedacht sein könnte. Und sie musste ein wichtiger Halbmensch gewesen sein. Warum sonst sollte auf der uralten Inschrift dieses Grabes ihr Name erwähnt werden und nicht der des Verstorbenen? Vielleicht war sie eine Königin gewesen.

Das hätte erklärt, weshalb sie in Großmutters mysteriösem Spruch vorkam …

Ich stolperte zum Rand der Lichtung, ließ mich an einem Baum hinabgleiten und lehnte mich gegen seinen fahlen Stamm. Luna trottete zögerlich auf mich zu, dabei versuchte sie hartnäckig, die Lichtung zu meiden. Sie legte ihren Kopf auf meinen Schoß und wartete darauf, dass ich endlich genug nachgedacht hatte.

Es dauerte gar nicht so lange, wie sie befürchtet haben musste. Ich kam schnell zu dem Schluss, dass es keinen Sinn machte, mir den Kopf zu zerbrechen. Ich hatte zwar mehr über den Spruch erfahren, jedoch bei Weitem nicht genug, um ihn zu enträtseln. Mir fehlten haufenweise Informationen, bevor ich zumindest ein kleines Stück des Ganzen entschlüsseln konnte.

Also gab ich Luna einen aufmunternden Klaps. »Schon gut, Süße, wir gehen ja schon weiter.«

Sie sprang fröhlich auf und stürmte förmlich voraus. Sie konnte diesen Ort nicht ausstehen. Ich trottete ihr gedankenverloren hinterher.

Trotz meines Entschlusses konnte ich nicht aufhören zu grübeln. Die Tatsache, dass mir die Aussichtslosigkeit des Unterfangens durchaus bewusst war, konnte mich nicht vom Denken abhalten. Ich würde zu keinem Ergebnis kommen – versuchen würde ich es trotzdem.

Und so lief ich vollkommen in Gedanken versunken durch den Wald, achtete nur mit halbem Auge auf den Weg vor mir, damit ich nicht in plötzlichen Wasserlöchern versank oder über modrigen Stämme stolperte. Ich kümmerte mich nicht einmal darum, ob ich Luna folgte. Sie war ein kluger Hund, sie würde mich schon wiederfinden.

Das erste Geräusch, das ich bewusst wahrnahm, war ein schreckliches Jaulen.

Mein Mund formte die Worte, bevor mein Verstand sie fassen konnte: »Luna! Nein!«

Auf einen Schlag wurde ich aus meiner Trance gerissen. Das war Luna, die da so herzzerreißend um Hilfe rief. Sie musste große Schmerzen haben! Und ich hatte sie allein gelassen!

»Luna! Luna, wo bist du?«, schrie ich in den Wald hinein.

Blindlings stürzte ich los, auf sie zu. Ein zweites Jaulen, lauter als das erste. Sie hatte Schmerzen. Jemand verletzte sie. Nie im Leben war ich so bereit gewesen, gegen Monster zu kämpfen.

»Luna!«, schrie ich so laut ich konnte. »Luna, ich komme! Halte durch!«

Ich kämpfte mich durchs Unterholz, schlug Ast um Ast zur Seite. Mit gezogenem Schwert bahnte ich mir einen Weg durch die Dornenhecken. Es war meine Schuld. Ich hätte besser auf sie aufpassen sollen. Sie zurückpfeifen, als sie sich zu weit entfernt hatte! Wir waren hier in einem Wald voller Monster! Sie war völlig schutzlos, ich hingegen hatte mein Schwert und meine Rüstung. Ihr Schutz war meine Verantwortung.

In meiner Panik sprang ich in einen der Tümpel; das trübe Wasser ging mir bis zur Hüfte, aber es war mir völlig gleichgültig. Weiter, weiter. Feuchtigkeit durchdrang meine Hose, tauchte meinen Körper in eisige Kälte. Bei jedem Schritt zog der schlammige Boden an meinen Stiefeln, als wollte er sie verschlingen. Der Wald ließ mich nur schrecklich langsam vorankommen. Ich fluchte. Die Zeit lief mir davon!

Wenn sie starb, war es meine Schuld. Ohne mich wäre sie niemals hier gelandet. Ich konnte sie nicht verlieren!

Mühsam zog ich mich aus der stinkenden Brühe und rannte weiter.

»Oh bitte, bitte, halt durch«, flüsterte ich, während ich mir meinen Weg durch den Wald bahnte, krank vor Sorge.

Ich brach förmlich aus dem Gehölz heraus, als ich auf einen weiteren Wildwechsel stieß. Da war Luna – auf den ersten Blick unverletzt, aber fest im Griff eines Menschen. Eines Menschen mit Schuppen am ganzen Körper, katzenähnlichen Pupillen in den orangefarbenen Augen und einem fiesen Grinsen quer über seinem schlangenartigen Gesicht. Mit der freien Hand drückte er Luna ein geschwungenes Messer an die Kehle.

»Hallo, meine Hübsche.«

15. KAPITEL

Mit beiden Händen richtete ich mein Schwert auf den bizarren Schlangenmenschen. Die Schwertspitze zitterte fast unmerklich – ich hatte wahnsinnige Angst um Luna. Ich atmete tief durch. Wenn ich bedrohlich wirken wollte, musste ich mich beruhigen. Behutsam schob ich meinen rechten Fuß einen halben Schritt nach vorn, um eine Ausfallstellung einzunehmen.

»Lass sie sofort los!«, zischte ich.

Mein Gegenüber schnaubte nur amüsiert. Seine goldenen Schuppen glänzten, als er den Kopf schief legte. Ein Muster aus schwarzen Dreiecken zog sich über seine breite Stirn und die flache Nase. Sein geschuppter, lippenloser Mund verzog sich zu einem Lächeln und gab den Blick auf lange, nadelartige Fangzähne frei. Dann drückte er Luna ein bisschen fester an sich, sodass sie ein leises Quietschen von sich gab. Sein überlegenes Grinsen wurde gehässiger. »Ich nehme an, du wirst mir freiwillig folgen?«

Es gefiel mir ganz und gar nicht, wie sich diese Situation entwickelte. Jetzt wusste ich, wie sich die Dorfbewohner damals gefühlt haben mussten, als ich meine unliebsame Begegnung mit meinem Geiselnehmer gehabt hatte: vollkommen hilflos und starr vor Angst. »Gar nichts werde ich …«, setzte ich zu einem Widerspruch an.

Er unterbrach mich schroff. »Keine Widerworte. Wir wollen schließlich beide nicht, dass dem niedlichen Hündchen ein Unglück passiert, oder?« Mit einem zufriedenen Gesichtsausdruck ließ er das Messer über ihre Kehle gleiten. »Keine Sorge, Kleines, dein Frauchen wird keine Probleme machen, nicht wahr?«

Meine Angst schwang in Zorn um. Wir lieferten uns ein Blickduell, das mit echten Waffen zu einem blutigen Gemetzel ausgeartet wäre. Seine orangefarbenen Augen blitzten gefährlich, meine bohrten sich mit dem Zorn einer Furie in die seinen. Er ließ die Klinge tiefer in Lunas Fell verschwinden. Ich biss die Zähne zusammen und nickte langsam. Vor Wut brodelnd gestand ich mir ein, dass ich keine Wahl hatte.

»Gut. Und tu mir den Gefallen und leg dein Spielzeug auf den Boden.«

Es war zum aus der Haut fahren! Diese verfluchte Blindschleiche! Wir wussten beide, dass ich ein echtes Schwert hatte. Mindestens dreimal so lang wie sein Messerchen! In einem fairen Kampf hätte er nicht den Hauch einer Chance gehabt. Andererseits, so wie die Karten verteilt waren, konnte er sich jede Unverschämtheit herausnehmen. Ich würde nicht zulassen, dass er Luna vor meinen Augen tötete.

Ich schluckte meinen Stolz hinunter und legte das Schwert auf den Boden. Betont langsam, damit er keinen plötzlichen Angriff befürchten würde. Und ein bisschen, um ihn zu ärgern.

Er trat einen Schritt nach vorn und ging in die Hocke. Er umklammerte Luna jetzt nur mit einem Arm, während er seine Finger nach meinem Schwert ausstreckte. Sollte ich die Chance nutzen und angreifen? Oder würde ich sie verletzen? Ich zögerte nur eine Sekunde, aber schon das war zu viel. Blitzschnell hatte er meine Waffe geschnappt, an seinen Gürtel gesteckt und sich aufgerichtet.

»Dann wäre das jetzt geklärt. Wir gehen da lang.« Er nickte in eine der Richtungen, in die sich der schmale Pfad schlängelte. »Du gehst voraus. Folge dem Weg. *Na los!*«

Es war nicht sein scharfer Befehl, der mich vorantrieb, sondern das schwache Wimmern Lunas, das ihm folgte. Diese Schlange würde ihr nicht wehtun. Nicht, wenn ich es verhindern konnte. Vielleicht fiel mir unterwegs ja ein Plan ein.

Ich setzte mich also in Bewegung – zügig, um ihn nicht zu reizen. Mit jedem Schritt zermarterte ich mir den Kopf, doch ich fand keinen Ausweg. Die einzige Chance, Luna zu retten, war, seinen Befehlen zu folgen. Wobei ich nicht wissen wollte, was er mit mir vorhatte …

Wir waren ungefähr eine halbe Stunde unterwegs und die ganze Zeit über hatte ich Angst, dass mir jeden Moment ein Messer im Rücken stecken würde. Vielleicht waren es nur Vorurteile, aber aus irgendeinem Grund traute ich keinen Leuten, die halb Schlange waren und Geiseln nahmen, um mich zu entführen.

Was mich überraschte, war, wohin er mich trieb. Der Weg führte eine ganze Weile sanft bergauf und wurde dabei zunehmend trockener. Die Gegend sah plötzlich freundlicher aus, am Wegrand wuchsen jetzt sogar Eichen. Sie wirkten viel vertrauter und weniger unheimlich als die knorrigen Gerippe im Rest des Waldes. Dann stießen wir unvermittelt an einen Zaun. Ein zwei Meter hoher Wall aus Holz mit tiefen Krallenspuren darin. Hoch oben in den Baumwipfeln spannten sich Hängebrücken und kleine Plattformen. Von dort aus spähten pelzige Gesichter nach unten, nur um blitzschnell zu verschwinden, wenn ich den Kopf in ihre Richtung drehte. War das eine Festung der Halbmenschen? Gab es das?

Der Weg folgte dem Zaun eine Weile, bis wir ein Tor passierten und er sich zu einem großen, weiten Platz öffnete.

Wir hatten eine Art Hochplateau erreicht. Sonne fiel auf die geräumige Lichtung, auf der sich einige Halbmenschen versammelt hatten. Der Begriff war mehr als passend für diese Wesen zwischen Mensch und Tier. Ich sah ganz unterschiedliche Varianten: Fell, Schuppen, Federn. Sie gingen auf zwei Beinen, waren so groß wie ausgewachsene Menschen und trugen Kleider. Es *mussten* Halbmenschen sein. Dabei waren sie so viel tierischer als Kendra. Keine von diesen Gestalten wäre unbemerkt in den Palast gekommen …

Die sonderbare Menge teilte sich respektvoll, um mir und meinem Entführer Platz zu machen. Ich trat in einen Ring aus Halbmenschen, der sich vor einem großen, steinernen Gebäude mit Giebeldach gebildet hatte. Wo ich auch hinsah, überall Menschen mit langen Schweifen, Gesichter, die in Schnauzen endeten, und Haut, die mit Federn überzogen war. Sämtliche Augen waren auf mich gerichtet. Kleine schwarze Punkte, schlitzartige Pupillen, strahlende Gelb- und Grüntöne. Die ungewohnten Farben und Formen ließen mich fast unmerklich zittern. Es war unheimlich.

Endlich wandten die Halbmenschen sich ab und konzentrierten sich stattdessen auf die hölzernen Flügeltüren, die in das Innere des Hauses führten. Mit einem leisen Knarzen öffneten sie sich und ein großer, breitschultriger Mann trat heraus. Sein stolz erhobener Kopf glich dem eines Hirsches: ein breiter Schädel, eine graue Schnauze und pelzige Ohren. Eine Art Mähne reichte von seinem Hals bis auf die Mitte seiner Brust und auf seinem Kopf thronte ein mächtiges Geweih.

Er setzte jeden seiner Schritte mit Bedacht, als würde er durch einen Thronsaal schreiten. Statt eines Nerzmantels trug er nichts als einen Lendenschurz, sein kräftiger Oberkörper war nur mit dunkelbraunem Fell bedeckt.

Er erhob seine Stimme. Sie war laut und tief, fast dröhnend, wie das Röhren eines Hirsches im Sommer. Ich verstand nicht, was er sagte. Es klang wie eine Mischung aus Sprache, Gesang und den unterschiedlichsten Tierlauten. Nervös sah ich mich um und blickte in aufmerksam lauschende Gesichter. Als er seine Rede beendet hatte, antwortete die Menge mit einem Durcheinander aus schrillen Schreien, tiefem Brüllen, lautem Heulen, Fauchen und Fiepen. Es klang aufgeregt, nicht erzürnt. Trotzdem lief mir ein eiskalter Schauer über den Rücken: Mir hatte es nie gefallen, nicht zu wissen, was vor sich ging.

Der Hirschmensch blickte mich direkt an. So mächtig und Furcht einflößend seine Erscheinung war, seine dunklen Augen wirkten sanft und ehrlich.

»Herzlich willkommen, Rasuba.« Er sprach jetzt leiser und seine Stimme klang fast warm. Er hieß mich willkommen? Ich war überrascht, dass er meine Sprache beherrschte, erinnerte mich dann aber an Kendra. Vielleicht war das hier ihr Volk?

Er hatte mich jedoch ›Rasuba‹ genannt. Ich blickte hinauf zu dem riesigen Halbmenschen vor mir und stammelte eine verwirrte Erwiderung. »Da … Es tut mir leid, da muss ein Missverständnis vorliegen. Ich bin nicht – mein Name ist Zoraya.«

Er lachte ein überraschend glucksendes Lachen: »Ob in meiner Sprache oder in deiner, tut nichts zur Sache, Rasuba.«

Wenn ich ihn richtig verstand, hatte Rasuba eine ähnliche Bedeutung wie Zoraya. Oder es hieß Fremde. Dies war jedenfalls keine Verwechslung. Hatte Kendra ihnen von meiner Ankunft berichtet? Nein, sie hätte nicht wissen können, dass ich den Düsterwald überleben würde …

»Ähh … ja, warum nicht«, ließ ich beschwichtigend verlauten und hätte mir am liebsten die Hand gegen die Stirn gehauen. Das war das Beste, das der sagenumwobenen Heldin des Landes einfiel? Mein

Leben könnte von diesem Gespräch abhängen! Der Hirsch zeigte sich mit meiner bekloppten Antwort zufrieden.

Zögerlich sah ich mich um. Die Wesen um mich herum wollten mir nichts Böses, sie wirkten nur aufgewühlt. Ohren waren aufgerichtet, Schwanzspitzen zuckten und Federn plusterten sich zu dicken Mänteln auf. Sie betrachteten mich neugierig und tuschelten leise miteinander. Wenn sie mir nichts tun wollten, warum hatten sie mich dann mit Gewalt herbringen lassen?

»Ich … ähm …«, ich lächelte nervös. »Könnte ich bitte meinen Hund wiederhaben?«

Zorn verdunkelte das Gesicht des Hirsches. Erschrocken zuckte ich zusammen. Das hätte ich mir besser nicht herausnehmen sollen. Wie konnte ich so dumm sein? Kendra erlöste mich davon, auf dem Schlachtfeld zu enden, und ich starb, weil ich mich als völlige Niete in Diplomatie herausstellte.

Sein Blick richtete sich auf meinen Border Collie in den Armen des Schuppenmanns.

»Ilan!«, donnerte seine mächtige Stimme über den Platz. »Was habe ich dir aufgetragen?«

»Oooohh, ja, verzeiht, mein Gebieter.« Die Worte des Schlangenmenschen waren bedrohlich leise wie ein Zischeln. »Ich entschuldige mich, oh allwissender Herrscher des Waldes, wie konnte ich nur vergessen?«

Er ließ Luna unsanft auf den Boden fallen. Mit einem Satz befand sie sich in meinen Armen. Ich presste sie fest an mich, verbarg meine Tränen der Erleichterung in ihrem weichen Fell.

»Entschuldige«, seufzte der Hirschmensch. »Es war nie unsere Absicht, deinen Hund zu verletzen. Ich hoffe, dieser unleidliche Vorfall ist schnell vergessen.«

Er klang zwar genervt, dennoch aufrichtig. Ich nickte und tätschelte Lunas Kopf. »Ist schon in Ordnung, denke ich.«

Er lächelte. »Das freut mich. Du kannst mich Mesa-Cral nennen. Das ist eine Art Titel. In eurer Sprache bedeutet das … ›König des Waldes‹. Doch, das kommt hin. Ich bin der Anführer hier. Ilan hat einen falschen Eindruck erweckt«, ein wütender Seitenblick, »du brauchst keine Angst zu haben. Wir wollen dir nichts Böses. Meine

Späher haben dich allein im Wald entdeckt und ich habe dich hierherbringen lassen. Bei uns bist du geschützt vor den Monstern. Du kannst dich gerne im Dorf umsehen, wenn du möchtest. Allerdings solltest du es unter keinen Umständen verlassen, solange wir dich nicht begleiten. Es ist zu gefährlich da draußen. Falls du Fragen hast oder Hilfe benötigst, kannst du dich an mich wenden, verstanden?«

Ich nickte, obwohl ich kein Wort verstanden hatte. Von was für einem Dorf sprach er? Außerdem waren seine Worte so freundlich und zuvorkommend, dass sie mich stutzig machten. Ich war herzlich willkommen, andererseits durfte ich diesen Ort zu meiner eigenen Sicherheit nicht verlassen. Ein böses Stimmchen in meinem Hinterkopf fragte, ob ich als Gast oder Gefangene hier war.

»Gut, das wäre alles.« Er hob den Kopf und sprach erneut in der sonderbaren Sprache der Halbmenschen zu der Menge. Es waren nur ein paar Sätze, nahm ich an, danach leerte sich der Platz augenblicklich. Die Zuhörer eilten von dannen und von einem Moment auf den anderen war es so still, als wäre nichts Außergewöhnliches geschehen.

Die sich auflösende Menge gab den Blick auf die hölzernen Hütten frei, die überall am Rand der Lichtung verteilt waren. Sie waren viel kleiner als das Gebäude des Mesa-Cral, vielleicht so groß wie mein altes Schlafzimmer zu Hause. Dafür stapelten sie sich bis zu drei Stockwerke hoch in bizarren Türmchen in die Baumkronen hinauf. Das Dorf zog sich tief in den umliegenden Wald hinein. Die Hütten schmiegten sich an die Stämme oder hingen zwischen den Ästen der Bäume wie übergroße Vogelnester. Überall ragten Leitern aus dem Waldboden und die höheren Gebäude waren durch wackelige Hängebrücken miteinander verbunden.

»Geh nur«, meinte der Mesa-Cral freundlich, dann drehte er mir den Rücken zu und schritt zurück in sein Haus, bevor ich ihn fragen konnte, was ich hier sollte.

Nun befanden sich nur noch Ilan und ich auf dem Platz. Langsam drehte ich mich zu ihm um. Er schlenderte näher, bis er unangenehm dicht vor mir stand. Seine gespaltene Zunge schoss zwischen seinen schmalen Lippen hervor, als er angewidert zischte. Unwillkürlich zog ich den Kopf zurück. Er beugte sich zu mir und flüsterte in mein Ohr – leise, bedrohlich und jede Silbe einzeln betonend: »Hör zu, Kleine, mir ist egal, was der ›*Mesa-Cral*‹ zu sagen hat. Ich bin für die Verteidigung dieses Ortes zuständig. Wenn du dich ansatzweise verdächtig verhältst, kann ich für nichts garantieren … Verstanden?«

Er schob sein Gesicht direkt vor meines, sodass sich nur wenige Zentimeter Luft zwischen uns befanden. Ich konnte seinen Atem spüren. Er starrte mich lange aus diesen unheimlichen Augen an und ohne meinen Zorn fühlte ich mich wie ein erstarrtes Kaninchen. Wie Beute. Seine Pupillen waren zu argwöhnischen Schlitzen verengt, sein Grinsen war bösartig. Am liebsten wäre ich zurückgewichen, nur die Angst, ihn zu provozieren, ließ mich bewegungslos verharren. Stattdessen nickte ich kaum merklich und hoffte inständig, dass ihm das reichen würde. Er lehnte sich zurück und ließ mich dabei nicht aus den Augen.

»Niemand reizt Ilan die Schlange.«

Damit drehte er sich schwungvoll um und verschwand im Wald. Ich blieb vor Schock erstarrt auf der Mitte der Lichtung stehen. Luna knurrte ihm leise hinterher.

Angewidert schüttelte ich das ungute Gefühl ab, das die Schlange hinterlassen hatte. Mit ihr war nicht gut Kirschen essen. Und das war nicht das Einzige, was man nicht mit Ilan machen sollte: Ich würde ihn am besten gänzlich meiden. Wer konnte schon wissen, was gruselige Schlangen verdächtig fanden?

Es dauerte eine Weile, bis ich mich von den befremdlichen Drohungen erholt hatte, dann kam ich endlich der Einladung des Mesa-Crals nach und sah mich interessiert um. Falls ich hier gefangen sein sollte, wäre es das Beste, mir zunächst einen Überblick zu verschaffen.

Meine Skepsis schlug schnell in Faszination um, während ich durch das Halbmenschendorf wandelte. Die Hütten waren schlicht, nur aus unverziertem Holz gezimmert, mit ledernen Vorhängen anstatt Türen. Aus Löchern in den Decken drang Rauch hervor und schlängelte sich in schmalen Säulen in den Himmel. Überall auf den Wegen und Brücken waren Halbmenschen unterwegs.

Es dauerte eine ganze Weile, bis ich mich an ihren seltsamen Anblick gewöhnt hatte. Ihr menschlicher Körper verschmolz förmlich mit ihrem tierischen, so nahtlos, dass die Bezeichnung Halbmensch falsch klang. Diese Wesen waren keine halben Menschen oder halbe Tiere. Sie waren etwas völlig Neues.

Und jeder davon ging geschäftig einer Aufgabe nach. Ich sah eine Kaninchenfrau, die eine ganze Horde unterschiedlichster Kinder um sich geschart hatte. Ein kleiner Fuchs tollte mit einem schwarz-weißen Dachsjungen und ein bunt gefiedertes Mädchen plapperte unentwegt auf die Frau ein, während diese ein winziges Otterbaby tröstete. Ihre langen Tasthaare zuckten nervös, als sie mich entdeckte, und sie presste das Junge enger an sich. Dann lächelte sie mir freundlich zu und wies die Kleinen an, ihrem lieben Gast Hallo zu sagen.

Verlegen winkte ich den Kindern zu und hastete weiter. Die Kaninchenfrau war mit ihrer zuvorkommenden Art keine Ausnahme. Denn sobald man über den verwirrenden ersten Eindruck hinweggekommen war, fiel einem an den Halbmenschen als Erstes ihre Freundlichkeit auf. Sie nickten mir zu, lächelten mich an oder grüßten höflich. In der Hauptstadt und dem Palast waren sich die meisten Leute zu fein, um zu wissen, wer ich war. Und dabei war ich angeblich ihre Heldin! Für die Bewohner dieses Dorfes war ich nicht mehr als eine Fremde, und doch behandelten sie mich wie einen alten Freund. Vielleicht war ich hier tatsächlich Gast, eine Hilfesuchende und keine Geisel. Andererseits hatte ich das ungute Gefühl, als Bedrohung wahrgenommen zu werden. Die Häsin war nicht die Einzige, die mir beinahe unmerklich aus dem Weg ging. Viele meiner Begegnungen zuckten nervös, bevor sie mich freundlich grüßten.

Selbstverständlich war das Kinderhüten nicht die einzige Beschäftigung der Halbmenschen. Ich sah eine kräftige Bieberfrau und einen schwarzen Specht gemeinsam an der Ausbesserung einer Hütte arbeiten. Ein älterer Waschbär mit langem grauem Backenbart saß auf dem Boden vor einer Hütte und schnitzte Teller und Schalen. Mit seinen filigranen Händen tastete er die Form behutsam ab, bevor er zu einem weiteren Schnitt ansetzte. Neben ihm stand ein riesiger Keiler, mit Hauern und breiten Schultern, die von dunklen Borsten bedeckt wurden. Er hielt eine mächtige Axt und spaltete Holz in dünne Scheiben, die er behutsam zu Füßen des Handwerkers ablegte. Generell arbeiteten die Halbmenschen stets zusammen. Ein Igel und zwei Blaumeisen kamen mir entgegen, in ihren Händen hielten sie leere

Körbe, die aus Schilfgras geflochten waren. Zwei Wolfsmenschen hatten einen Ast geschultert, an dem der leblose Körper einer Bestie befestigt war. Eine riesige Ratte, wie ich sie vor so langer Zeit in den Bergen gefunden hatte. Ich fragte mich, ob die Wölfe das Monster bei der Verteidigung oder der Jagd getötet hatten.

Besonders beeindruckte mich jedoch ein Eulenmensch, obwohl er nichts tat, als auf einer Bank zu sitzen und träge in die Sonne zu blinzeln, wie es nachtaktive Tiere am Nachmittag zu tun pflegten. Mit dem schneeweißen Gefieder und den beinahe untertassengroßen gelben Augen bot er einen unbeschreiblichen Anblick.

Eine Frau mit langem, buschigem Schweif, spitzen Ohren und freundlich blitzenden Augen saß auf einer Bank vor einer Hütte und zeigte ihrer Tochter verschiedene Bündel mit Kräutern. Als ich stehen blieb, um sie zu beobachten, lächelte sie mich freundlich an. »Setz dich zu uns«, bat sie mich mit warmer Stimme. »Du musst ganz ausgehungert sein. Kann ich dir etwas zu essen anbieten?«

»Wenn es keine Umstände macht …«, murmelte ich, nahm ihr Angebot jedoch dankbar an und setzte mich zu dem kleinen Mädchen auf die Bank. Die Frau eilte in die Hütte und ließ mich mit ihrer Tochter zurück.

»Das hier ist eine getrocknete Brennnessel«, erklärte das kleine Eichhörnchen eifrig und hielt mir ein poröses Blatt unter die Nase. »Sie brennt furchtbar, wenn man sie nicht richtig pflückt, aber im Sommer kann man Salat daraus machen und im Winter Tee!«

Mit glänzenden Augen sah sie mich an und ihre Begeisterung zauberte ein Lächeln auf mein Gesicht. Ihre Mutter unterbrach unser Gespräch, bevor ich mir die anderen Kräuter ansehen konnte, indem sie mir einen Krug Wasser reichte.

Gierig trank ich die kühle, klare Flüssigkeit. Es schmeckte viel besser als die schlammige Brühe, die ich die letzten Tage über hatte trinken müssen. Die Eichhörnchenfrau stellte zudem eine Schale mit Nüssen und Fladenbrot neben mir ab, doch ich beachtete sie gar nicht. Ich war zu beschäftigt, den ganzen Krug in einem Zug hinunterzustürzen. Das kleine Mädchen kicherte über meinen riesigen Durst. Ich nahm es ihr nicht übel, denn sie war jünger als meine

Schwester. Stattdessen setzte ich das leeren Tongefäß ab und fragte: »Könnte ich bitte etwas mehr Wasser haben?«

Jetzt lachte auch die Mutter: »Kommt sofort!«

Sie nahm mir das Gefäß ab und verschwand damit in ihrer Hütte. Ich knabberte ein paar von den Nüssen, bis sie zurückkam. Ich dankte ihr, trank einen letzten großen Schluck, nahm dann das Essen aus der Schüssel und schüttete den Rest der Flüssigkeit hinein. Ich stellte Luna das Wasser auf den Boden und sah zu, wie sie mindestens ebenso gierig trank wie ich.

Das Fladenbrot war grob, dafür noch warm und füllte den Magen wunderbar. Als ich aufgegessen hatte, fühlte ich mich schon viel besser. Eine wohlige Müdigkeit umschlang meinen aufgebrachten Geist, sodass er zu meinem ausgezehrten Körper passte.

»Deine Hütte ist ganz in der Nähe«, meinte die Eichhörnchenfrau, die meine Erschöpfung bemerkt hatte. »Resi kann dir den Weg zeigen.«

Meine Hütte? Weshalb sollte ich eine Hütte haben? Vielleicht gab es spezielle Unterkünfte für Gäste. Allerdings konnte ich mir kaum vorstellen, dass der Düsterwald als einer der beliebtesten Zwischenstopps für Durchreisende bekannt war. Also musste Kendra doch dahinterstecken …

Ich hatte jedoch wichtigere Fragen. Luna war ganz ausgehungert, das Dörrfleisch bekam ihr nicht. Die Frau schüttelte nur traurig den Kopf. »Zur Zeit habe ich kein Fleisch im Haus, im Winter ist das knapp. Ich werde einen der Jäger bitten, deinem Hund ein Stück zur Hütte zu bringen. Resi, sei so gut …«

Das kleine Mädchen sprang auf und lief ohne weitere Worte voraus. Meine Behausung lag nicht weit entfernt unter einer besonders ausladenden Eiche. Resi blieb vor dem Eingang stehen, bis ich mich bei ihr bedankte, und rannte dann den Weg zurück nach Hause. Mit ihrer quirligen Art erinnerte sie mich an ein echtes Eichhörnchen.

Ich schob den ledernen Vorhang zur Seite und betrat zum ersten Mal eine der Hütten der Halbmenschen. Sie war klein, dafür bestens ausgestattet. Zu meiner Rechten befand sich eine Feuerstelle mit Eisengestell und einem großen Kessel. Jemand hatte ein Feuer für mich entfacht, das den Raum mit seinem warmen Schein beleuchtete. Ich trat näher und wärmte meine eisigen Fingerspitzen. Links vom Feuer stapelte sich Holz, rechts davon Säcke, die voll Getreide sein mussten. An der Wand gegenüber des Eingangs stand eine große Holztruhe, darüber war ein Regal befestigt, in dem sich Teller, Tassen, Krüge und Schüsseln drängten. Von der Decke hingen bündelweise getrocknete Kräuter. Ich fragte mich, wie die Halbmenschen an all diese Gegenstände gelangt waren. Manche davon konnten sie nicht selbst hergestellt oder in diesem verfluchten Wald gefunden haben. Ich nahm mir vor, den Mesa-Cral danach zu fragen. Ich benötigte sowieso schier unendlich viele Antworten. Jetzt gerade war ich zu müde, um mir weiter den Kopf zu zerbrechen. Ich wartete, bis ein Wolf mit einem Stück Fleisch im Arm an meinen Eingang trat und Luna sich daran gütlich getan hatte, dann dachte ich nur noch ans Schlafen.

In der Ecke des Raumes waren Stroh und Laub zu einem gemütlichen Bett aufgetürmt worden, bedeckt von einem Leintuch und einer grauen Wolldecke. Daneben stand ein großes Fass. Neugierig trat ich näher, um einen Blick unter den hölzernen Deckel zu werfen. Ich entdeckte mein eigenes Gesicht, das sich in einer glatten Wasseroberfläche spiegelte. Dankbar legte ich die schwere, unbequeme Rüstung ab und wusch mich. Spülte den Schweiß und den Schlamm fort, den meine Reise durch den Düsterwald auf meiner Haut hinterlassen hatte. Dann öffnete ich die große Truhe. Sie war gefüllt mit dicken, langen Wollmänteln und schlichten Kleidern, wie sie die Frauen im Dorf trugen. Ich zog ein zartgrün gefärbtes Kleid über. Der Stoff kratzte ein bisschen, ansonsten war es angenehm. Dieser Ort erinnerte mich wahnsinnig an zu Hause.

Ich legte mich zusammen mit Luna in das nach Heu duftende Bett, deckte uns beide mit der Decke und einem der Mäntel zu und nahm sie fest in den Arm. Der Strohhaufen kam mir genau so weich und gemütlich vor wie mein Himmelbett im Palast. Luna drückte ihre feuchte Schnauze an meinen Hals, und bevor ich michs versah, war ich eingeschlafen.

Am nächsten Morgen wurde ich vom Gesang der Vögel geweckt. Für einen Moment dachte ich, ich wäre in den Bergen …

Ich würde aufstehen, mich anziehen und Wasser holen gehen. Ich würde hinaus in die frische Luft des Morgens treten, das taunasse

Gras unter meinen Füßen spüren und hinauf zu den dunklen Gipfeln blicken. Ich würde Luna rufen und sie würde aufspringen, um hinter mir herzutrotten, so wie immer. Langsam würden die ersten Strahlen der Sonne die Welt um mich herum enthüllen.

Wenn ich mit den schweren Eimern zurückkam, würde meine Großmutter bereits auf der Bank sitzen und mit ihren Stricknadeln einen Schal ausbessern. Auch meine Mutter wäre schon wach und würde den Frühstückstisch decken – nicht ohne sich zu beschweren, dass ich mit jedem Tag langsamer wurde.

Meine kleine Schwester säße verträumt am Tisch und würde beinahe ihre langen Haare in die frische Milch tunken, die mein Vater aus dem Stall gebracht hatte. Mein jüngerer Bruder würde verschlafen an einem Stück Brot nagen. Es würde eine ganze Weile dauern, bis das älteste meiner drei kleinen Geschwister zu uns stoßen würde – mein ältester Bruder war ein ausgemachter Langschläfer. Wortlos und grummelig würde er die Treppe heruntergeschlurft kommen.

Ich vermisste meine Familie schrecklich.

Während ich geschlafen hatte, war jemand in meiner Hütte gewesen. Er hatte ein Stück eines Baumstamms aufrecht in die Mitte des Raumes gestellt wie einen runden Tisch. Darauf befand sich mein Frühstück: eine große Schüssel Haferbrei, daneben ein Holzlöffel und ein Knochen mitsamt Fleischfetzen. Sie dachten jetzt also an Luna. Es war diese kleine Geste, die meine letzten Zweifel an ihren Absichten beseitigte. Ich hatte den Düsterwald selbst erlebt. Die Halbmenschen taten recht daran, niemanden allein dort zurückzulassen.

Das Essen war nichts Besonderes, schon gar nicht im Vergleich zum Frühstücksbüfett des Palastes, dafür erinnerte es mich an die schlichten Mahlzeiten unter freiem Himmel zwischen den Schafen. Luna lag in einer Ecke und nagte zufrieden an ihrem Knochen, als ich mich nach dem Frühstück aufmachte, um das Dorf weiter zu erkunden.

Es dämmerte gerade, aber es waren schon einige Leute auf den Beinen. Eulenmenschen, Katzenmenschen und all die anderen Wesen, die die Nacht dem Tag vorzogen, füllten die Wege. Ich erschreckte mich jedes Mal, wenn einer von ihnen lautlos wie ein Schatten vor mir auftauchte, um mir einen guten Morgen zu wünschen.

Je länger ich hier war, umso mehr Gedanken machte ich mir wegen Kendra. Die Katzenmenschen hier besaßen nicht nur Ohren und einen kaum sichtbaren Flaum – sie hatten richtiges Fell. Und eine Schnauze mitsamt zuckenden Schnurrhaaren. Und einen langen Katzenschwanz. Kendra hatte behauptet, eine Halbmenschin zu sein. Und es konnte keine Lüge sein, denn ich war mir ziemlich sicher, dass es keine Menschen mit Katzenohren gab. Warum dann die Unterschiede?

Ich wanderte grübelnd durch das Dorf, nur um zu bemerken, dass ich mich in der Dunkelheit kaum zurechtfand. Statt weiter blind über die Wege zu irren, beschloss ich, auf den Morgen zu warten. Ich setzte mich auf einen Baumstumpf und versank tiefer in meinen rasenden Gedanken. Erst als eine kleine Hand mich zögerlich antippte, bemerkte ich, dass ich den Sonnenaufgang längst verpasst hatte. Resi sah mich aus großen dunklen Augen an und fragte: »Hast du dich verlaufen? Ich kann dir den Weg zeigen. Falls du das möchtest.«

»Nein danke. Ich meine … ja. Bitte. Kannst du mich zu dem großen Platz führen, an dem ich gestern empfangen wurde?«

»Du willst zum Troneff?«, fragte Resi zögerlich. Für einen Moment verstand ich kein Wort. Mein Kopf schmerzte vor lauter Gedanken. Mir war zu allem Überfluss nämlich die Goldene Drossel wieder eingefallen. Ich saß regungslos da und sah entgeistert in das pelzige Gesicht des Mädchens.

»Troneff«, wiederholte sie langsam. »Treffpunkt. Du willst zum Troneff, oder?«

Ich nickte langsamer: »Jaaa. Zum Troneff. Ich will zum Troneff.«

Resi strahlte. Sie freute sich offensichtlich über diesen gelungenen Akt der Völkerverständigung. Eifrig wuselte sie davon. Und ich kam kaum hinterher.

Wir brauchten nicht lange, um unser Ziel zu erreichen. »Das ist der Troneff«, sagte Resi und hüpfte vor lauter Aufregung ein paar Mal auf und ab. »Was willst du hier? Im Moment passiert hier gar nichts.«

»Gar nichts« war untertrieben – es befanden sich durchaus einige Halbmenschen auf dem Platz. Sie standen in kleinen Grüppchen zusammen und diskutierten, ein paar Kinder saßen im Staub und spielten mit Holzfiguren, streng beäugt von einer Rehfrau. Im Vergleich zum Vortag war allerdings kaum etwas los.

»Ich möchte den Mesa-Cral sprechen.«

»Den Mesa-Cral?«, entfuhr es Resi. »Man spricht nicht allein mit ihm! Außer eben, er kommt auf dich zu.«

Ich stutzte. »Er hat gesagt, wenn ich Fragen habe, soll ich mich an ihn wenden. Und ich habe eine Menge Fragen …«

Resi dachte einen Moment nach, dann nickte sie. »Na gut. Wenn der Mesa-Cral das gesagt hat. Aber normal ist das nicht.«

Merkwürdig, dass er mir so eine große Ehre zuteilkommen ließ. Die Halbmenschen hatten tatsächlich ganz andere Vorstellungen von Gastfreundschaft – so willkommen hatte ich mich bisher an keinem fremden Ort gefühlt. Ich erschrak. Ich hätte mich für sein Angebot bedanken müssen! So eine große Ehre – ich hatte schrecklich unhöflich gewirkt! Wie peinlich. Es war nicht leicht, diesen Ort zu verstehen: die fremde Sprache, die fremdartigen Sitten und Gebräuche – es war kaum zu glauben, dass ich nur ein paar Tagesmärsche vom Palast entfernt war. Ich war nur froh, dass sie meine Sprache beherrschten …

Ich trat alleine in das Haus. Resi hatte zwar versprochen, auf mich zu warten, bestand aber darauf, draußen zu bleiben. Plötzlich war mir die ganze Sache schrecklich unangenehm. Ich fühlte mich ebenso dekadent und undankbar wie der Prinz.

Von innen wirkte das Haupthaus weitaus beeindruckender als von außen. Ich betrat einen einzigen langen Raum mit Holzboden und einem hölzernen Thron. Er war leer, wodurch man die reichen Verzierungen erkennen konnte, die in seine Oberfläche geschnitzt worden waren. Sie stellten Blätter, Ranken und die verschiedensten Tiere des Waldes dar. Die großen Fenster des Gebäudes waren mit Efeu überwuchert, sodass der Raum von gedämpftem grünlichem Licht erfüllt wurde. Auf dem Boden lagen Tierfelle und an den Wänden hingen mächtige Geweihe. Es herrschte eine völlig andere Atmosphäre als im königlichen Thronsaal, dennoch versetzte mich der Raum augenblicklich in Respekt.

»Du kommst also auf mein Angebot zurück.«

Ich zuckte zusammen. Langsam löste sich der Mesa-Cral aus dem Schatten im hinteren Teil des Raumes. Er hielt den Kopf erhoben und trug sein Geweih wie eine Krone. Der Herrscher des Waldes. Unwillkürlich machte ich einen leichten Knicks.

Der Hirsch lachte. »Du brauchst dich nicht zu verneigen, Rasuba. Du bist mein Gast.«

Er nahm auf seinem Thron Platz und sah mich erwartungsvoll an. »Also, was führt dich zu mir? Was möchtest du wissen?«

Wer ist die Goldene Drossel? Der Gedanke schoss in meinen Kopf und fast aus meinem Mund hinaus, aber ich biss mir rechtzeitig auf die Zunge. Ich wollte nicht gleich mit der Tür ins Haus fallen. Ich konnte erst mal nur höflich anklopfen.

»Wieso lebt ihr hier? Ich meine so versteckt in diesem schrecklichen Wald? Ich habe die Kratzspuren im Zaun gesehen, es kann nicht leicht für euch sein. Und warum habe ich nie zuvor von euch gehört?«

Der Mesa-Cral nickte bedächtig.

»Ich habe mir gedacht, dass du das fragen würdest. Man unterrichtet die Menschenkinder nicht darüber … Du musst wissen, dass wir nicht immer in diesem Wald gelebt haben. Vor langer Zeit, es ist jetzt mehr als ein halbes Jahrhundert her, lebten wir zusammen mit den Menschen. Es herrschte Frieden – mehr oder weniger, von ein paar kleinen Ungereimtheiten abgesehen. Es gab einen Vertrag zwischen unseren Völkern. Niemand tat einem anderen etwas zuleide, jeder ging seiner Wege und der Handel florierte.« Er machte eine nachdenkliche Pause. »Heute erinnert sich niemand mehr an diese Zeit. Die meisten, die sie erlebt haben, sind längst tot. Die Menschen haben sie unter einem Mantel des Schweigens begraben, bis sie in Vergessenheit geraten war.«

Ich war verwirrt. »Warum hat man das Verschwinden eures Volkes nicht überliefert? Von Generation zu Generation weitergegeben? Das muss eine große Sache gewesen sein!«

Der Mesa-Cral lächelte ein freudloses Lächeln. »Oh ja, es war eine gigantische Sache.«

Ich erinnere mich genau daran, wie wenig Sinn seine Worte damals ergeben hatten.

»Warum spricht dann niemand darüber?«

»Weil es keine ruhmreiche Geschichte war.«

RAHNUI

Der Himmel brannte. Waffen klirrten, Fensterscheiben zerbarsten, Schreie gellten durch die Straßen. Das Feuer fraß. Es fraß Wände, Möbel, Dächer, Leichen. Es fraß und fraß, getrieben durch die Gier. Rauch stieg in den Himmel, drohte die Viertel am Stadtrand unter sich zu ersticken. Ihre Viertel. Es waren nur ihre Straßen, die brannten.

Panik schäumte auf, quoll aus den einstürzenden Häusern und prallte gegen Hass. Im Rücken die prasselnden Flammen, vor einem blitzendes Metall. Sengende Hitze und beißender Qualm erfüllten die Luft, tanzten einen Reigen mit den Lobeshymnen des Feurigen. Bedrohlich hallten die Stimmen durch die Nacht, anklagend und siegessicher, im Takt des Hasses in den Herzen der Menschen. Es gab keinen Ausweg, nirgends. Es gab nur den Tod. Das Feuer fraß und fraß, und selbst all das Blut, das vergossen wurde, konnte es nicht löschen.

Doch das war in der Stadt.

Auf dem schmalen Pfad, der aus ihr hinausführte – ein ganzes Stück von den Stadttoren entfernt –, war es dunkel bis auf den matten Schein des Feuers in der Ferne. Es wäre eine klare Nacht gewesen, wenn nicht all der Rauch die Luft durchzogen hätte. Eine riesige schwarze Wolke erhob sich vom Stadtrand und verdeckte die Sterne. Auf der Straße war es finster und kalt. Nur der beißende Gestank nach Ruß und verbranntem Fleisch erinnerte an die Gräuel, welche die junge Frau hinter sich gelassen hatte.

Sie stolperte den staubigen Weg entlang. Der Saum ihres Nachthemds war verkohlt, ihre Haare hingen in verschwitzten Strähnen in ihr Gesicht. Tränen hatten breite Spuren in den Ruß auf ihrer Haut gemalt, und sie flossen unaufhörlich weiter. Die Frau klagte leise, die Kraft zum Schreien war ihr schon vor den Stadtmauern ausgegangen. Als sie um ihren Mann geschrien hatte. Und um ihre Kinder.

Sie lief gebückt, kam nur langsam voran. Ein stürzender Balken hatte eine tiefe Wunde in ihr Bein gebrannt. Das Feuer hatte die Blutung gestillt, der Schmerz hingegen war unerträglich. Verzweifelt klammerte sich die junge Frau an das Bündel, das sie in ihren Armen hielt. Es war das Letzte, das ihr blieb. Das Einzige, das sie nicht an die Flammen verloren hatte.

Plötzlich war *er* da. Sie wusste nicht, von wo er aufgetaucht war. Sie hatte ihn gar nicht bemerkt. Er stand von einem Moment auf den anderen vor ihr, eine Fackel beleuchtete seine königliche Uniform. Ihr Schweif zuckte nervös, als sie das Feuer sah.

»Was haben wir denn da? Da hat es jemand geschafft, sich davonzustehlen!«

Er zog sein Schwert. Silbernes Glitzern in schwarzer Nacht. Sie legte ihre Ohren an und knurrte leise.

»Oho! Da will sich jemand mit mir anlegen!«

Ein widerliches Grinsen stand schief in seinem Gesicht. Mit einer einzigen fließenden Bewegung trat er näher und brachte sein Schwert zwischen sie, die Klinge an ihre Kehle gelegt.

Die Füchsin presste das Bündel fester an ihre Brust.

Der Soldat sah kurz auf die Tücher in ihren Armen hinab, dann blickte er in die glanzlosen Augen seines Gegenübers. Sie wirkten wie tot.

»Du hast also einen echten Schatz mitgehen lassen. Ich befürchte, dabei handelt es sich um Staatseigentum. Und du weißt ja, wie wir dreckige Diebe wie deinesgleichen bestrafen.«

Sie wäre ihm am liebsten an die Kehle gesprungen. Hätte seinen Hals mit ihren eigenen scharfen Zähnen durchtrennt, sich den Geschmack seines Blutes auf ihrer Zunge zergehen lassen. Wie ein wildes Tier.

Aber sie waren keine Tiere. Und sie glaubte fest daran, dass der Tag kommen würde, an dem selbst die Menschen das verstanden. Besser gesagt: Sie hatte daran geglaubt. Vor dieser Nacht …

Jetzt war ihr Leben sinnlos. Trotzdem verharrte sie. Zitternd zwar, dennoch bemüht, keine Bewegung zu verursachen. Sie spürte den Hass in sich – und die Angst –, ganz tief unten, die Gefühle drangen nicht zu ihr durch. Nur ihr Körper hatte die Flucht aus den Flammen überlebt.

Der Mann trat näher, stieß dabei die Klinge des Schwertes in ihre Haut, nur ein winziges Stück. Ein stechender Schmerz durchfuhr die junge Frau, doch sie blieb still wie eine Statue.

»Dann wollen wir mal sehen, was du Missgeburt gestohlen hast.«

Mit seiner freien Hand griff er nach dem Bündel und riss grob die schützenden Leinen herunter. In ihren Armen lag ein Welpe. Er war nur wenige Monate alt, sein rotes Fell glänzte im Licht der Fackel. Aus großen, dunklen, angsterfüllten Augen starrte er den Fremden an. Ein leises Wimmern schüttelte seinen kleinen Körper, er rief nach seiner Mutter. Sie traute sich nicht, ihn zu trösten.

Das schadenfrohe Grinsen verschwand aus dem Gesicht des Mannes. Die Wut hatte lange Jahre gebrodelt, bevor sie in dieser Nacht übergekocht war und den Himmel in Brand gesetzt hatte. Doch in diesem Moment, als er in die schimmernden Augen des Welpen blickte, spürte er es. Was diese Nacht bedeutete. Was sie hier taten.

Er schluckte. Es fiel ihm schwer, den Blick abzuwenden – das unschuldige Gesicht des Welpen nahm ihn gefangen. Mit einem Zähneknirschen hob er den Kopf und blickte in die Augen der Frau vor ihm. Eine Mutter, keine Diebin. Sie sah ihn lange an. Man konnte spüren, dass sie ihren Stolz nicht verloren hatte. Nur ihren Glauben an all das Gute in der Welt.

»Es ist das Wertvollste, das mir geblieben ist.«

Ihre Stimme war leise, fast sanft. Sie hätte ihm einen Sturm aus Beschimpfungen und Drohungen an den Kopf werfen können. Sie behielt all diese Worte für sich, obwohl er jedes davon verdient hätte. Die Stille lastete auf ihm wie eine stumme Anklage.

»Seht nur«, schrien ihre Augen, »seht nur, was ihr tut! Wer von uns beiden ist jetzt das Tier? Wer von uns beiden kennt keine Menschlichkeit?«

Für einen langen Moment legte sich Stille über die beiden. Es gab nichts mehr, das gesagt werden musste. Es gab nichts, das gesagt werden konnte.

Langsam nahm der Mensch die Klinge vom Hals der Füchsin.

»Geh«, befahl er, sein Tonfall barsch. Und dabei spürte er, dass auch in ihm ein Teil gestorben war in dieser Nacht. Er würde nie mehr derjenige sein, für den er sich gehalten hatte.

Sie nickte ihm zu.

Dann humpelte sie weiter, ihr Junges fest an sich gedrückt. Sie weinte nicht mehr. Die Tränen würden die vielen Leben nicht zurückbringen. Sie würde stark sein müssen. Für ihr Junges. Und für ihr Volk, das auf den Scheiterhaufen verbrannte.

Der Soldat sah ihr lange nach.

Er ging nicht in die Stadt, um sich wie die anderen an den zurückgelassenen Schätzen zu bereichern. Kein Gold der Welt war es wert, so viel Blut an den Händen kleben zu haben. Dennoch wusste er, dass es zwecklos war. Es war zu spät. Er war ein Teil dieser Nacht gewesen. Einer der Funken, die den Himmel in Brand gesteckt hatten.

Und für so ein Verbrechen gab es keine Vergebung. Nicht einmal im arglosen Blick eines Welpen.

Die Straße wird kleiner, die Fackel des Soldaten zu einem einzelnen, leuchtenden Punkt in der Ferne. Über das gesamte Land hinweg sind sie zu sehen, riesige Feuer, die ganze Viertel fressen. Wie ein Flickenteppich aus flackernden Punkten. Ruß und Qualm und Rauch verdunkeln den Himmel um jeden davon.

Es gab keine Sterne in der Nacht, als der Himmel brannte. Nur Funken, die zum Himmel stiegen, entfacht von all den Leben, die in Flammen aufgingen. Von dem Lodern, das die Häuser der Opfer verschlang, und von den Feuern, die ihre Leichen fraßen.

Weitab von den Dörfern und Städten, weitab von den großen Flammenherden, sammelten sich kleine, zittrige Lichter. Die Fackeln der Vertriebenen. Winzige Flecken nur, die kaum gegen die allumfassende Dunkelheit ankommen konnten. Sie wurden zu Lichtzügen, schoben sich durch die Nacht wie Flüsse aus Feuer. Sie kamen nur schleppend voran, es war ein beschwerlicher Weg. Aus jedem Winkel des Landes flossen sie zusammen, bis die Dunkelheit des Düsterwaldes die letzte Fackel verschluckt hatte.

Und als die Sonne aufging, gab es keine Halbmenschen mehr.

16. KAPITEL

Der Hirsch saß auf seinem Thron und starrte lange vor sich hin, als würde er in längst vergessenen Erinnerungen schwelgen.

Dann endlich weihte er mich ein. »Es tut mir leid, der Schmerz meines Stammes sitzt tief verwurzelt. Wir hatten damals einen Friedensvertrag mit den Menschen, den sie ohne Vorwarnung gebrochen haben. Der König hat seine Armeen um sich geschart und unsere Viertel und Häuser plündern lassen. Mitten in der Nacht. Sie haben uns getötet, Männer, Frauen, Alte, Kinder, Schlafende. Wehrlose. Und keiner unserer menschlichen Nachbarn hat einen Finger gerührt, um uns zu helfen. Im Gegenteil. Sie waren diejenigen, die das Feuer brachten.« Sein Blick verdunkelte sich, ehe er weitersprach. »Im Namen ihres grausamen Gottes haben sie unsere Welt in Flammen gesetzt. Sie haben Fackeln durch unsere Fenster geworfen und gewartet, bis das Feuer uns in die Arme der Soldaten trieb. Und dann haben sie sich an unseren Besitztümern bereichert. Diese Nacht ist bei uns als *Rahnui* bekannt. Flammennacht. Manch einer nennt sie *Flammenhimmel.* Du solltest diese Worte niemals erwähnen, wenn du mit einem Halbmenschen sprichst. Wir werden nicht gerne an diese denkwürdige Zeit erinnert – schon gar nicht von einem Menschen. Nur dein eigenes Volk vermeidet ihr Gedenken mehr als wir. Wir haben in dieser Nacht alles verloren. Unsere Häuser, unsere Familien, unser Vertrauen. Die wenigen von uns, die überlebten, flohen mit nichts als ihren Kleidern am Leib. Wir versteckten uns im Düsterwald, dem einzigen Ort, den die Menschen nicht in Besitz genommen hatten. Die ›Monster‹ hier sind nichts im Vergleich zu denen, die wir in jener Nacht gesehen haben.«

Ich hatte mich nie so für meine Herkunft geschämt.

»Am nächsten Tag taten die Menschen so, als ob sie die letzte Nacht nicht damit verbracht hätten, unsere Leichen auf gewaltigen

Scheiterhaufen zu verbrennen. Sie erhoben sich aus ihren Betten, als wäre es ein Tag wie jeder andere. Keiner erinnerte sich an uns. Sie entschieden, dass es uns nie gegeben hatte. Nur eine Sache änderte sich: Die Legenden über den Düsterwald fanden ihren Ursprung.«

Ich stutzte. »Die Düsterwald-Sagen handeln doch von all den Monstern? Hat es sie nicht schon lange vorher gegeben?«

Er lächelte: »Interessanterweise hieß der Wald früher nur ›der Wald‹. Viele der Geschichten über die Monster drehen sich in Wahrheit um uns. Ich meine, siehst du nicht, was für eine Abscheulichkeit ich bin?«

Er breitete die Arme aus und sah mich belustigt an. Ich schüttelte sprachlos den Kopf.

Denn was man einst ins Dunkel trieb …

»Ein bisschen hatten die Menschen schon recht. Sie hatten unsere Rache zu fürchten. Das hat bei uns eine wichtige Tradition, weißt du. Wer stirbt, ohne um sein Leben zu kämpfen, wird nicht in den Fehclan aufgenommen. Dies galt für sämtliche Opfer der Rahnui, die im Schlaf ermordet wurden. Nur falls ein Nachkomme des Mara-Feh seinen Mord rächt, darf er in ihren Reihen wandeln.«

Ich unterbrach ihn nur ungern, aber ich verstand nicht ganz. »Entschuldigt, was ist der Fehclan?«

Für einen Moment sah er überrascht aus, dann schmunzelte er. »Nein, es ist meine Schuld. Ich vergesse ständig, wie wenig du weißt. ›Feh‹ bedeutet ›Geist‹ in unserer Sprache. An deinem Gesicht sehe ich, dass du verstehst. Nach dem Tod wechseln wir von unserem irdischen Clan in den Fehclan – allerdings nur, wenn wir als seiner würdig erachtet werden. Rache hat deshalb so eine große Bedeutung für uns, weil es zum Fehclan keine Alternative gibt. Wer abgelehnt wird, bleibt clanlos. Und wir können keinen Marada ehren, Abtrünnige oder Einzelgänger. Sie verdienen in unserer Kultur keinen Respekt – die Gemeinschaft ist das Wichtigste in unserem Leben. Wer seinen Clan verliert, verliert seine Ehre. Die Rahnui ist aus vielen Gründen grausam gewesen …«

Ich nickte nachdenklich. Ich glaube, ich verstand ihre Traditionen und Werte, obwohl sie mir fremdartig vorkamen. Trotzdem war mir einiges unklar. »Euer Volk hat also all die Jahre im Düsterwald gelebt?«

»Ja. Es war schwer, wir waren der Sache nur mit Mühe gewachsen. Dank unseren tierischen Instinkten und unserem menschlichen Verstand fanden wir uns einigermaßen zurecht. Wir schlossen uns schnell zu einigen Clans zusammen, nach Fehtieren getrennt. Ihr Menschen hättet ›nach Tierarten‹ gesagt, aber nur, weil wir unsere Wurzeln ehren, sind wir noch lange keine Tiere. Es dauerte nicht lange, bis wir lernten, die gefährlicheren Geschöpfe des Waldes zu meiden und die harmlosen zu jagen. Wir bauten eine blühende Gesellschaft auf. Das Leben hier ist hart. Es ist furchtbar kalt im Winter, wie du zweifellos bemerkt hast. Und dabei ist dieser hier sehr mild. Es ist fast unmöglich, dem Boden hier Feldfrüchte abzutrotzen. Wir haben zwar gelernt, die Monster zu vertreiben, dennoch fällt ihnen alle paar Jahre ein unvorsichtiges Junges zum Opfer.«

»Warum habt ihr den Wald nicht verlassen?«

»Wir haben es versucht. Vor fünfunddreißig Jahren einten sich unsere Clans. Unsere Krieger verließen den Wald, geführt von dem glorreichsten Anführer, den wir jemals hatten.« Seine Brust schwellte vor Stolz an und seine Augen glitzerten, als er daran zurückdachte. »Wenn du unsere Vergangenheit bedenkst, verstehst du vielleicht, dass mein Volk damals nicht nur Frieden wollte. Es waren die Kinder der Flammentoten, die da marschierten. Sie wollten den Erben des Königs für die Rahnui büßen lassen. Unglücklicherweise gerieten unsere Krieger in einen Hinterhalt der königlichen Armee. Wir kämpften mit einer Entschlossenheit, die die Welt noch nicht gesehen hatte, und waren der Überzahl der Menschen dennoch nicht gewachsen. Hunderte starben auf dem Schlachtfeld, darunter unser Anführer. Es war ein schwerer Schlag. Unsere Gesellschaft bestand danach nur aus Alten und Kindern, da unsere Frauen unseren Männern auf dem Schlachtfeld in nichts nachstehen. Die Einheit der Clans blieb bestehen, wir stützten uns gegenseitig in dieser schweren Zeit. Heute wünschen wir uns nichts, außer endlich in Frieden im Land unserer Vorfahren zu leben. Mein Volk ist müde, Rasuba.«

Ich merkte, dass er zitterte. Die Kraft und der Stolz waren aus seinem Körper gewichen. Während er seine bewegende Geschichte erzählt hatte, hatte ich den Schmerz und die Erschöpfung in seiner

Stimme hören können. Ich sah in seine Augen und ich sah nichts als den Wunsch, endlich Ruhe zu finden.

Ich schluckte den unangenehmen Kloß hinunter, der sich in meinem Hals gebildet hatte. Ich wollte mich für all das Unrecht entschuldigen, doch meine Worte wären nichts wert gewesen.

Stattdessen beschloss ich, vom Thema abzulenken. »Was ist mit den Monstern? Ich wurde in den Wald geschickt, um herauszufinden, warum sie plötzlich über uns herfallen. Ihr lebt hier, wisst ihr mehr darüber?«

»Ich fürchte, das ist unsere Schuld.«

»Was? Ihr lasst die Monster auf uns los? Ich dachte, ihr wolltet Frieden!« In einer Welle aus aufbrausender Verwirrung schossen die Worte aus meinem Mund.

Der Mesa-Cral hob nur beschwichtigend die Hände. »Selbstverständlich lassen wir sie nicht auf euch los. Mein Clan erholt sich langsam. Wir jagen ihre Beute und wissen, wie man sie tötet. Wir können sie mit unserer bloßen Stimme vertreiben. Für uns sind sie nichts als die gefährlicheren Tiere des Waldes. Und wir haben schon vor langer Zeit gelernt, ihr Territorium für uns einzunehmen. Dieser Wald bietet nicht genug Platz für zwei Völker. Bei euch da draußen gibt es so viel mehr …«

Ich fühlte mich schrecklich blöd. Warf hier mit Anschuldigungen um mich. Den Halbmenschen blieb nichts anderes übrig, als die Monster aus dem Wald zu drängen. Wir hatten sie schließlich gezwungen, hier zu leben! Dieser Sumpf hatte nicht viel zu bieten. Wir Menschen besaßen Felder und Flüsse und Vieh. Und wir hatten nicht von klein auf gelernt, wie man gegen Monster kämpfte. Diese schrecklichen Bestien würden so lange in unsere Welt vordringen, bis ihr eigenes Zuhause, der Düsterwald, wieder einladender war als der Rest des Landes.

Mir kam eine Idee. Eine großartige Idee.

»Ihr habt recht. Der Düsterwald bietet nicht genug Platz für zwei Völker. Der Rest des Landes schon. Vielleicht für drei, vier, wenn man sparsam wäre. Das Problem ist, dass sich Menschen und Monster leider so gar nicht vertragen. Wenn ihr bei uns leben würdet … Man könnte einen neuen Friedensvertrag schließen. Euer Volk könnte diesen düsteren Wald verlassen und wieder unter der Sonne leben. Die Menschen würden euch beim Errichten eurer Häuser helfen und im Gegenzug würdet ihr sie vor den Monstern beschützen! Damit wäre beiden Völkern geholfen!«

Für einen Moment zeigte sich der Ansatz eines freudigen Strahlens auf dem Gesicht des Mesa-Cral. Dann jedoch verdunkelte sich seine Miene. »Nein. So verlockend der Gedanke auch ist, es würde nicht funktionieren. Niemand würde uns glauben, dass wir mit guten Absichten kommen. Der König erinnert sich zu gut an die Schlacht vor fünfunddreißig Jahren – er hat damals selbst mitgekämpft. Sobald wir uns außerhalb des Waldes blicken lassen, werden sie versuchen, uns zu töten.«

Seine Worte versetzten mir einen gewaltigen Dämpfer. Ich war so stolz auf meine Idee gewesen. Ich hatte einen friedlichen Weg gefunden, meiner Aufgabe als Heldin gerecht zu werden. Und ich hätte dabei geholfen, ein bisschen Unrecht auf dieser Welt auszugleichen. Es hatte nach einer blühenden Zukunft geklungen. Leider hatte er recht – die Menschen hätten bestimmt Angst. Und der Mob in der Hauptstadt hatte mir nur zu deutlich gezeigt, zu was die Menschen wurden, wenn sie Angst hatten …

Ich wollte einen Ausweg finden, aber mir fiel nichts ein. Gut, »nichts« war nicht ganz richtig. Mir fiel nichts Nützliches ein. Stattdessen erinnerte ich mich an Kendra und an die Goldene Drossel. Über all den hochspannenden Dingen, die ich erfahren hatte, hatte ich fast vergessen, weshalb ich hergekommen war.

»Ich hätte ein paar Fragen zu anderen Themen …«

»Nur zu. Ich werde dir all deine Fragen so gut ich kann beantworten.«

»Wer ist die Goldene Drossel?«

Ein Schatten flackerte in seinen Augen auf, nur für einen Sekundenbruchteil.

»Da hast du mit großer Zielsicherheit eine Frage getroffen, bei der ich dir nicht helfen kann. Ich weiß nichts über goldene Drosseln. Bei uns im Wald gibt es nur braune und schwarze.«

Und das war sein letztes Wort. Ich war fest davon überzeugt, dass er mehr wusste, doch er war die ganze Zeit über freundlich und hilfsbereit gewesen. Ich wollte den König des Waldes nicht unnötig vor den Kopf stoßen. Ich würde jemand anderen danach fragen.

»Das ist schon in Ordnung, selbst ein König ist nicht allwissend. Kann ich trotzdem eine weitere Frage stellen?«

Er lächelte. »Selbstverständlich. Nur weil ich eine Frage nicht zu deiner Zufriedenheit beantworten konnte, hast du dir das Recht auf eine weitere keinesfalls verwirkt.«

»Ich habe bereits eine Halbmenschin getroffen. Ihr Name war Kendra.«

Dieses Mal erkannte ich es. Das Flackern. Er erschrak. Allerdings besaß er eine hervorragende Selbstbeherrschung: Sofort hatte er sich wieder gefangen und blickte so stoisch drein wie eh und je.

Ich fuhr fort: »Es ist nur … sie sah ganz anders aus als die Katzenmenschen hier. Fast wie ein Mensch. Sie war unbestreitbar eine Halbkatze, sie hatte jedoch weder Schnauze oder Schwanz noch richtiges Fell …«

Der Mesa-Cral dachte für einen Moment nach. Als er antwortete, sprach er langsam und wählte seine Worte mit Bedacht. »Das kann schon sein. Manche Halbmenschen haben zu viel Tier in sich, andere so wie Kenna ha…«

»Kendra.«

»… wie Kendra haben zu viel Mensch. Ein merkwürdiger Zufall. Eine Laune der Natur. Das ist selten. Bei weniger als jeder siebten Generation gibt es einen Vorfall im Clan. Diese Halbmenschen fühlen sich oft nicht wohl bei uns. Vielleicht hat deine Freundin deshalb ihren Clan verlassen – anders zu sein ist nirgendwo leicht.«

Das klang plausibel. Kendra hatte sich sehr für ihr Halbmenschendasein geschämt. Es war leicht, sich vorzustellen, dass sie von den anderen für ihre merkwürdige Nase geärgert worden war. Sie hatte mir erzählt, dass sie schon als Missgeburt beschimpft worden war. Ich wusste nur zu gut, wie schwer es sein konnte, ausgeschlossen zu werden. Und ich hatte nur die falsche Haarfarbe! Bei den Menschen konnte sie ihre Andersartigkeit viel besser verstecken – sie brauchte bloß eine Kapuze zu tragen.

»Ich danke Euch vielmals, Mesa-Cral.«

Das meinte ich so. Er war äußerst aufmerksam und geduldig gewesen.

»Dank Euch habe ich alles erfahren, was ich wissen wollte.«

Das wiederum war nicht ganz richtig. Die Goldene Drossel war nur mysteriöser geworden. Und ich hatte viele weitere Fragen. Wie die Halbmenschen organisiert waren, wie sie an Glas und Metall gekommen waren, warum sie Angst vor mir hatten. Weil ich ein Mensch bin, wurde mir schlagartig bewusst, weil wir sie vertrieben haben. Mein Entschluss, den Mesa-Cral nicht mit weiteren Fragen zu bedrängen, festigte sich.

»Es war mir eine Ehre.«

Ich verbeugte mich und er antwortete mit einem leichten Kopfnicken, dann verließ ich den Thronsaal. Während Resi mich zurück zu meiner Hütte führte, sprach ich kein Wort. Ich dachte nach.

Der Mesa-Cral war ein aufrichtiger … Mensch. Er hatte mir erzählt, was er wusste, und jede meiner Fragen beantwortet. Nur bei der Goldenen Drossel hatte er gelogen. Warum? Was hatte er zu verbergen?

Wie schon die alten Völker wussten: Im Geheimnis liegt die Macht.

Das Geheimnis um die Goldene Drossel musste größer sein als das der Halbmenschen. Weshalb sollte er es sonst so streng hüten? Wenn ich es herausfand, würde ich eine unbeschreibliche Macht erlangen. Die Macht, einen Unterschied zu machen – ich musste nur herausfinden, wie. Es würde sich lohnen, mehr in Erfahrung zu bringen.

Erst als ich vor meiner Hütte stand und Resi sich schon zum Gehen gewandt hatte, besann ich mich eines Besseren.

»Danke«, flüsterte ich, viel zu leise. Doch ich konnte sehen, wie ihre niedlichen Pinselöhrchen zuckten und sie ein bisschen fröhlicher durch den Wald davonwuselte.

Meine Hütte war leer, bis auf frisches Essen auf dem Tisch. Luna fehlte! Ich drehte mich um und rief nach ihr: »Luna! Luna, wo steckst du!«

Ich hoffte, dass sie nicht zu weit davongelaufen war. Hier im Wald wimmelte es nur so von Monstern und ich würde es mir nie verzeihen, wenn ich sie erneut in Gefahr gebracht hatte. Selbst im Dorf war sie nicht geschützt. Allein der Gedanke an Ilans gehässiges Grinsen jagte mir einen eiskalten Schauer über den Rücken. Vielleicht wollte er sich bei mir für die Standpauke rächen, die ihm der Mesa-Cral gehalten hatte?

»Luna!«, schrie ich, dieses Mal lauter.

Es stellte sich schnell heraus, dass ich mir grundlos Sorgen gemacht hatte. Luna kam freudig angerannt, gefolgt von einer Horde kichernder Kinder. Wolfsmenschen. Sie mussten blutjung sein mit ihrem dunklen, struppigen Fell und den dünnen Ruten. Luna sprang an mir hoch und versuchte, mein Gesicht abzuschlecken. So ausgelassen hatte ich sie schon lange nicht mehr erlebt. Einer der Jungen kam auf mich zugerannt, streckte den Schweif in die Höhe und stellte sich auf seine Zehenspitzen, als wollte er mir imponieren. Luna war weit davon entfernt, in Gefahr zu sein.

»Ist schon gut.« Ich wuschelte durch ihr langes weiches Fell. »Geh du nur spielen, meine Hübsche.«

Grinsend sah ich zu, wie sie mit den Wolfsjungen davonstob. Der draufgängerische Welpe, der versucht hatte, mich zu beeindrucken, stürzte sich auf sie und gemeinsam kugelten sie über den staubigen Weg. Luna wand sich heraus, schnappte spielerisch nach dem Kleinen und jagte dann wie der Blitz davon. Das Rudel folgte ihr mit lautem Geschrei und Lachen. Lange sah ich ihnen hinterher. Natürlich. Sie musste sich hier mehr als wohlfühlen.

Ich saß auf dem Boden meiner Hütte und löffelte nachdenklich Haferbrei in mich hinein. Es war gut, einen Moment für mich zu haben, um all das zu verarbeiten, was ich heute erfahren hatte. Die Flammennacht. Die Flucht in den Wald, die Clans, die Rachetradition. Hinterhalt, Rückschlag, Resignation. Der tägliche Kampf ums Überleben, das Vertreiben der Monster, Kendras Schicksal, die Goldene Drossel. Es war eine ganze Menge an Dingen, mit denen ich fertigwerden musste.

Als ich es endlich geschafft hatte, all das in mein Weltbild einzuordnen, ohne dass es daran zerbrach, stand ich auf. Ich würde mich auf den Weg machen, um das Geheimnis der Goldenen Drossel zu lüften.

Es stellte sich heraus: Das war leichter gesagt als getan. Ich hatte den ganzen Tag wahllos Einwohner nach der Goldenen Drossel gefragt und herausgefunden hatte ich … nichts.

Manche starrten mich entgeistert oder wütend an, drehten sich dann um und gingen davon, ohne ein Wort zu sagen. Andere erzählten mir dasselbe wie der Mesa-Cral: »Also wir haben hier nur schwarze und braune Drosseln. Eine Goldene Drossel? Wie merkwürdig. Nebenbei bemerkt, was für ein herrliches Wetter heute! Der Winter ist dieses Jahr erstaunlich mild, nicht wahr?«

Ein paar wenige waren kreativer. Die Goldene Drossel sei eine Metapher für eine besonders hübsche Drosselart, bekam ich angeboten. Am besten gefiel mir die Erklärung, es sei ein anderer Name für den Schwalbenschwanz, einen großen gelben Schmetterling. Keiner sagte mir die Wahrheit.

Ich wusste, dass die Goldene Drossel ein Halbmensch war. Und sie musste jemand Wichtiges sein, denn sonst hätte man ihren Namen nicht auf das Grab ihres Gefährten geschrieben. Warum hatte sich das gesamte Dorf gegen mich verschworen und es sich fest in den Kopf gesetzt, mir nichts darüber zu erzählen?

Niedergeschlagen ging ich zu meiner Hütte zurück. Es war inzwischen Abend geworden und ein kalter Wind wirbelte welkes Laub über die Wege. Draußen wurde es dunkel und ungemütlich.

Als ich ankam, war Resi schon da und machte Feuer. Sie schreckte auf und stammelte aufgeregt vor sich hin: »Oh! Tut mir leid, ich wusste nicht, dass du kommst. Ich dachte nur, weil es hier nachts so kalt wird und …«

Ich musste lächeln – sie wirkte, als hätte ich sie beim Stehlen erwischt.

»Schon gut«, versicherte ich. »Ich bin dir nicht böse! Ohne dein Feuer wäre ich gestern Nacht bestimmt erfroren.«

Resi sah aus, als wäre sie mehr als stolz auf sich. »Du bist jetzt schon fast erfroren. Schau, deine Hände!«

Ich sah hinab auf meine klammen, roten Finger.

»Du hast recht. Ich habe es mit einer echten Lebensretterin zu tun!«

Sie lachte ein hohes, helles Lachen. Es war fast ein Kichern.

»Ich kann dir eine Suppe machen«, schlug sie dann vorsichtig vor. »Nur wenn du möchtest! Ich bin nämlich nicht besonders gut im Kochen …«

Dieses Mädchen war vielleicht sechs oder sieben Jahre alt und sie wollte für mich kochen. Es war nicht so, dass man den Kindern in den Bergen viel Zeit ließ, erwachsen zu werden, dennoch war so viel Reife beeindruckend.

»Gerne«, antwortete ich und machte es mir auf meinem Bett bequem.

»Meine Mutter hat mir das beigebracht«, erklärte Resi, während sie meinen Tisch als Hocker benutzte, um an die Kräuter weiter oben im Regal zu gelangen. »Sie ist die beste Köchin der Welt, weißt du? Ihre Haselnusscreme ist fantastisch!«

Sie erinnerte mich ehrlich an meine kleine Schwester – nur vielleicht ein bisschen fleißiger. Resi schüttete einige Zutaten in den großen Kessel, zwischendurch probierte sie kritisch, kletterte dann erneut auf das Regal und warf ein paar Kräuter mehr in die Brühe. Währenddessen plapperte sie fröhlich vor sich hin. Ich lehnte mich zurück und lauschte ihren Geschichten über den Alltag eines Eichhörnchenkinds im Dorf der Halbmenschen. »Meine Mama bringt mir viel über Kräuter, Beeren und Nüsse bei. Sie will, dass ich später mal eine Sammlerin werde, genau wie sie. Ich bin mir nicht so sicher.«

»Was meinst du?«, fragte ich ehrlich interessiert. Resi drehte den Kopf weg, trotzdem konnte ich sehen, wie sie rot wurde. »Eine Sammlerin hat eine ehrenhafte Aufgabe. Sie nährt den Clan. Aber ich würde gerne mehr tun! Ihn beschützen!«

»Du willst gegen Monster kämpfen?«, entfuhr es mir. »Du bist doch nur ein Eichhörnchen!« Sofort schlug ich mir die Hand vor den Mund. Ich war schrecklich unsensibel.

Resi schüttelte energisch den Kopf. »Nein, ich will kein Jäger oder Kundschafter werden. Das macht mir Angst. Ich will ein Verteidiger sein. Dann kann ich auf ganz hohe Baumwipfel und die Ringbrücken klettern und den Clan warnen, wenn sich eine Gefahr nähert!«

Ich erinnerte mich an die pelzigen Gesichter, die meine Ankunft beobachtet hatten. Das konnte ich mir bei einem Eichhörnchen schon besser vorstellen. »Ich glaube, du wärst eine tolle Verteidigerin.«

Resi strahlte. »Die Eichhörnchen gehören zu den besten Verteidigern! Nur manche Vögel sind besser, weil sie nachts sehen können.«

»Darf ich dir eine Frage stellen?« Resi schlürfte gerade mit skeptischem Blick aus ihrem Kochlöffel, also wartete ich nicht auf eine Antwort. »Was meinst du mit Kundschaftern?«

»Oh, die Kundschafter!«, Resi streute ein paar weitere Kräuter in die Suppe. »Das sind große Helden! Riskieren ihr Leben für den Clan! Sie kämpfen nicht nur gegen Monster, so wie die Jäger.«

»Nicht nur?«, unterbrach ich sie entgeistert.

Resi Stimme hatte ein andächtiges Flüstern angenommen. »Nein, die Kundschafter verlassen den Wald. Sie stehlen nützliche Dinge von Menschen. Glas, Metall, Waffen für die Jagd … Das ist viel gefährlicher! Nur schnelle, starke Leute dürfen das machen.«

Betreten sah ich zu Boden. Resi fürchtete sich vor Menschen, nicht vor Monstern. Stille machte sich breit.

Resi hatte den Tisch vor die Feuerstelle gezogen, hockte darauf und rührte nachdenklich in der Suppe.

»Du, Rasuba?«

»Ja?«

»Wie sind die Wälder bei dir in den Bergen?«

Für einen Moment war ich verwirrt. Warum wollte sie das wissen? Dann erinnerte ich mich an meine Tage allein im Düsterwald. An die fahlen, geduckten Baumgerippe, die langen Flechten und die modrigen Tümpel. Und ich erinnerte mich an die Wälder meiner Heimat. An hohe, dunkle Tannen und Eichhörnchen, die über ihre Äste huschten …

»Sie sind wunderschön. Es gibt riesige Tannen und mächtige Eichen. Im Sommer ist es, als würde man unter einem grünen Dach aus dichtem Laub wandeln, unter dem es stets kühl und schattig ist. Zwischen den Blättern fällt Sonnenlicht hindurch und malt Flecken auf das weiche Moos des Waldbodens.«

Ich kam ins Stocken. Mir die Schönheit meiner Heimat so detailliert ins Gedächtnis zu rufen, tat weh. Andererseits war die Vorstellung, dass Resi keine Heimat hatte, viel schlimmer. Klar, sie war hier zu Hause, aber konnte ich mir vorstellen, dass in diesem Wald Eichhörnchen lebten?

»Am Boden blühen kleine Blumen. Weiße, gelbe und blaue. Die Luft riecht nach Bärlauch und Fichtenharz.«

Ich spürte, wie Tränen über mein Gesicht liefen. Wie hatte ich es bloß geschafft, den lauernden Schmerz in meiner Brust zu ignorieren?

»Eichhörnchen treiben sich in den Wäldern herum. Freche braune und rote Kerlchen. Man kann sie von Baum zu Baum huschen sehen, auf der Suche nach Nüssen und Samen. Sie haben buschige Schwänze, zierliche Köpfchen und leuchtende schwarze Augen, so wie deine. Ab und zu finde ich abgenagte Tannenzapfen auf dem Boden.«

Resi reagierte nicht, wie erstarrt saß sie vorm Feuer.

»Es gibt auch andere Tiere im Wald. Rehe und Dachse. Man kann überall den Gesang der Vögel hören. Manchmal eher ihre Streitereien – die können ganz schön laut werden! Wenn du Glück hast, findest du einen Gebirgsbach. Der Wald liegt nämlich am Hang, wie meine gesamte Welt. Man kann schon von Weitem das Plätschern hören. In Kurven und kleinen Wasserfällen bahnt sich der Bach seinen Weg nach unten, durch den dichten Wald hindurch. Das Wasser ist frisch, klar und eisig kalt. Es kommt direkt von den schneebedeckten Gipfeln. Die Bäume neigen ihre Äste schützend über den Bach. Am Ufer wächst Farn, der sanft im Wind schwankt. Und es gibt Hecken mit prallen, saftigen Brombeeren. Es wimmelt nur so von Leben.«

Für eine Weile war es still.

»Das klingt wunderschön«, sagte Resi dann und ihre Stimme klang erstickt von Tränen.

Wir saßen am Tisch und löffelten die Suppe. Sie war heiß, dickflüssig und köstlich. Ich wusste gar nicht, was Resi an ihrer Kochkunst auszusetzen hatte. Wir unterhielten uns ein bisschen über die Berge und über die Halbmenschen.

»Was ist das für eine Sprache, die ihr da sprecht?«, fragte ich zwischen zwei Bissen.

»Meinst du die …«, Resi verstummte für einen Moment, während sie sich den Kopf über eine Übersetzung zerbrach, »… Allezunge?«

»Ich nehme es an. Was ist die ›Allezunge‹?«

»Früher haben wir Halbmenschen ganz viele Sprachen gehabt. Die Menschensprache, Eichhörnisch, Wölfisch, Rehisch … Seit die Clans zusammen in einem Dorf wohnen, haben wir nur eine Sprache. Allezunge!«

»Was bedeutet denn ›ich‹ in Allezunge?«

»Mara.« Ich bildete mir ein, dass Resis Stimme leicht keckernd klang, viel näher an einem Eichhörnchen als sonst.

Ich zeigte auf meine Brust. »Mara – Zoraya.«

Resi lachte über meinen Versuch, ihre Sprache zu lernen. Es war kein bösartiges Lachen, vielmehr klang es, als würde sie sich freuen. Ich grinste.

»Und ›du‹?«, fragte ich ausgelassen weiter. »Was heißt ›du‹ auf Allezunge?«

Resi grinste von einem Ohr zum anderen, als hätte ich einen Witz gemacht. »Mara!«, rief sie freudestrahlend.

Ich sah sie verdutzt an, dann fiel ich in ihr Lachen mit ein. »Komm schon, es muss doch mehr als ein Wort in Allezunge geben!«

Resi schüttelte den Kopf. »Viele, viele Wörter. Aber es gibt kein Ich und Du. Nur Mara.« Sie dachte kurz nach, fest entschlossen, die richtigen Worte zu finden.

»Mara«, sagte sie endlich. »Einer von uns. Den Halbmenschen ist es egal, wer du bist. Solange du zum Clan gehörst. Einer von uns.«

Ich schwieg ergriffen. *Einer von uns.* Ich wusste nicht, ob ich den Gedanken befremdlich oder schön finden sollte.

Da ich nicht wollte, dass die Stille unangenehm wurde, fragte ich ins Blaue hinein: »Du weißt nicht zufällig, wer die Goldene Drossel ist?« Ich musste grinsen. Das wäre absurd.

Resi jedoch wirkte ernsthaft verwirrt: »Klar, das weiß doch jedes Kind! Warum fragst du *so was?*«

Ich starrte sie total entgeistert an. Das konnte nicht wahr sein …

»Hat dir der Mesa-Cral nichts von dem Anführer erzählt, unter dem wir versucht haben, diesen blöden Wald zu verlassen?«

»Er hat mir davon erzählt. Allerdings hat er die Goldene Drossel nicht erwähnt …«

»Die Goldene Drossel war die Freundin des damaligen Anführers. Seine Geliebte!« Resi machte eine Pause, um zu kichern. »Und sie war kein Halbmensch. Sie war ein Mensch!«

Ein »Ohhh!« entfuhr mir, genau an der richtigen Stelle. Dann war das im Wald also das Grab des großen Anführers … Wieso lag so ein bedeutender Held so fernab der Siedlung? Und die Goldene Drossel war ein *Mensch?* Damit hatte ich nicht gerechnet.

»Keine Sorge«, sagte Resi vergnügt, »Sie war auf unserer Seite. Mara. Nach dem Tod ihres Gefährten hat sie unsere Clans geeint.«

»Lebt sie hier? Gibt es eine Möglichkeit, mit ihr zu sprechen?«

Das versetzte Resis Begeisterung einen Dämpfer. Deutlich kleinlauter fuhr sie fort: »Das weiß niemand. Sie wohnt schon lange nicht mehr bei uns …«

»Warum das?«, wollte ich fragen, doch in diesem Moment wurde Resi nach Hause gerufen. Was für ein Mist! Ich war so nah dran gewesen, das Geheimnis der Goldenen Drossel endgültig zu lüften. Warum musste Resi ausgerechnet jetzt schlafen gehen? Ich hatte gar nichts in Erfahrung gebracht.

Das kleine Mädchen war aufgesprungen, hatte sich verneigt und war dann davongehuscht.

Nun gut. Ich konnte sie morgen danach fragen. Ein Geheimnis, das sich so lange davor gehütet hatte, gelüftet zu werden, konnte eine weitere Nacht warten.

17. KAPITEL

Als ich am nächsten Morgen aufwachte, dachte ich nicht mehr an die Goldene Drossel. Mir war über Nacht nämlich die Lösung für ein ganz anderes Problem eingefallen. Es war so leicht! Warum war ich nicht sofort darauf gekommen?

Auf einen Schlag saß ich kerzengerade in meinem Bett und rüttelte Luna wach, die mitten in der Nacht zu mir unter die Decke gekrochen war. Dann schwang ich mich aus dem Bett, ignorierte das Frühstück und rannte in Richtung Troneff. Luna folgte mir und bellte nervös. Sie machte sich anscheinend Sorgen.

»Schon gut!«, rief ich ihr atemlos im Laufen zu. »Wir müssen zum Mesa-Cral! Schnell!«

Leider wusste ich nicht, wie man zum Troneff gelangte. Ich war zu aufgeregt, um jemanden nach dem Weg zu fragen. Stattdessen rannte ich so lange kreuz und quer durch das Dorf, bis ich den großen Platz gefunden hatte.

»Mesa-Cral!«, rief ich, als ich die Flügeltüren des Thronsaals aufschlug, »Mesa-Cral!«

Der Herrscher des Waldes saß auf seinem Thron und war gerade am frühstücken. Er hatte eine erstaunlich kleine Schale auf dem Schoß, mit Laub und einigen Früchten gefüllt. Ich fragte mich, wie so wenig Futter so ein riesiges Tier satt machen konnte und erinnerte mich dann, dass Hirsche es gewohnt waren, im Winter wenig zu fressen. Ich schüttelte hastig den Kopf, um diese belanglosen Gedanken zu vertreiben und mich auf das Wichtige zu konzentrieren.

»Es ist so unglaublich leicht! Ich …«, ich verbeugte mich hastig, »ich entschuldige mich. Ich bin nur so aufgeregt. Mir ist die Lösung für unser Problem eingefallen.«

Der Hirsch stellte sein Frühstück zur Seite und zog eine Augenbraue hoch: »Na, dann lass mal hören.«

Freudige Erregung knisterte durch meine Adern. Ich war so unglaublich stolz auf mich. Ich war eine echte Heldin!

Ich zwang mich dazu, tief durchzuatmen, bevor ich loslegte: »Wir hatten die Lösung schon gefunden. Ihr verlasst den Wald, um mit uns zu leben. Die Menschen geben euch euer Land zurück und im Gegenzug beschützt ihr sie vor den Monstern. Es ist die perfekte Lösung für beide Völker! Nicht einmal den Monstern wird Schaden zugefügt …«

Der Mesa-Cral zeigte sich unbeeindruckt. »Das hatten wir schon, Rasuba.«

Ich nickte schnell und strahlte ihn an: »Ich weiß! Wir hatten gesagt, dass ihr nicht mal in die Nähe des Königs gelangen könntet, um einen neuen Friedensvertrag auszuhandeln. Man würde euch böse Absichten unterstellen. Ihr könntet den Wald nicht verlassen.« Ich legte eine Spannungspause ein. »Aber ich kann es! Ich werde in den Palast zurückkehren und mit dem König sprechen. Ich bin ihre Heldin – eine ausgezeichnete Position, um zu vermitteln!«

Der Hirsch wirkte nachdenklich: »Und du meinst, das könnte funktionieren?«

Da hatte ich keine Zweifel.

»Erinnert Ihr Euch an meine Freundin Kendra? Ich habe von ihr erzählt.«

Er nickte gedankenverloren. »Ja, deine ungewöhnliche Freundin. Die Schreiberin im Palast. Du erwähntest, dass sie eine Halbmenschin sei?«

»Ja genau. Niemand außer mir weiß das! Und mit ihrer hervorragenden Stellung kann sie mir bestimmt helfen, den König zu überzeugen. Das Wort einer Gelehrten hat Gewicht! Und ich muss gewiss nicht zwei Mal sagen, warum sie uns bei unserem Plan unterstützen wird.«

Der Mesa-Cral sah mich lange an. Sein Blick durchbohrte mich förmlich.

Dann lächelte er.

»Ich glaube dir.« Seine Stimme klang warm. »Wir haben dich beobachtet. Du bist klug und dein Herz ist gut. Andererseits traue ich den Menschen nicht. Wenn du mit ihnen sprichst, versprich mir, ihnen nichts von unserem Dorf zu erzählen. Du darfst ihnen keinen Hinweis auf die Lage oder die Verteidigung unserer Heimat geben. Wenn du sie nicht überzeugen kannst, sind wir in großer Gefahr.«

Erneut schämte ich mich wegen meiner Herkunft. Sie sollten sich nicht vor uns zu fürchten brauchen!

»Ich schwöre es. Ich werde nichts sagen, was euch schaden könnte. Kein Wort!«

Der Hirsch nickte bedächtig. »Dann soll dem so sein«, sagte er feierlich. »Du bist ihre Heldin. Und jetzt bist du ebenso die unsere. Wenn jemand diesen ewigen Streit beilegen kann, dann du.«

Ich errötete. »Ich danke Euch, Mesa-Cral.«

Ich verbeugte mich tief, um von meiner beinahe peinlichen Rührung abzulenken.

»Verneige dich nicht.« Der Hirschmensch packte mich sanft an den Schultern und schob mich Richtung Tür. »Dafür ist keine Zeit. Du wirst sofort aufbrechen! Ich werde dir meinen besten Krieger zum Geleit durch den Wald an die Seite stellen. Mein Volk hat lange genug darauf gewartet, diesen vermoderten Ort zu verlassen!«

Wir traten vor die Hütte. Ich musste winzig wirken, direkt neben dem stattlichen Anführer der Halbmenschen. Er war für sich genommen schon groß, das mächtige Geweih ließ ihn geradezu riesig wirken. Er legte den Kopf in den Nacken und röhrte.

Es war laut, ohrenbetäubend laut. Ein durchdringendes, tiefes Geräusch, das durch den Wald hallte – und aus sämtlichen Ecken strömten Halbmenschen herbei, die seinem Ruf folgten. Schnell hatte sich der Platz gefüllt, es waren beinahe mehr als am Tag meiner Ankunft. Sämtliche Blicke waren gespannt auf mich gerichtet.

Es war fast wie in der Hauptstadt, als ich auf dem winzigen Balkon gestanden und mich schrecklich klein gefühlt hatte vor der Menschenmasse. Und gleichzeitig ganz anders. Nicht nur, dass es weniger Schaulustige waren, die viel freundlicher dreinblickten – nein. Dieses Mal war ich davon überzeugt, ihre Hoffnungen erfüllen zu können.

Und ich musste keine Rede halten. Das übernahm der Mesa-Cral für mich, in der Sprache der Halbmenschen. Ich verstand kein Wort. Er klopfte mir dabei anerkennend auf die Schulter. Ein Raunen ging durch die Menge, das klang, als würde der Wald selbst flüstern.

Der Mesa-Cral beendete seine Ansprache mit einem Satz, der wie ein Befehl klang. Ilan trat aus der Menge hervor und funkelte mich böse an.

»Ilan wird dich aus dem Wald begleiten.«

Wieso? Wieso *er?*

»Er ist mein fähigster Krieger und der Anführer der Kundschafter. Keiner kennt den Wald so gut wie Ilan. Er wird dir ein guter Führer sein.«

Das bezweifelte ich. Der Schlangenmensch sah unverändert so aus, als wollte er mir am liebsten die Kehle durchschneiden. Alleine wäre ich besser dran gewesen …

Ich besann mich meiner Manieren und verneigte mich zunächst vor dem Mesa-Cral, dann vor Ilan. »Ich danke Euch. Ich fühle mich gleich viel behüteter.«

Eine widerlich schleimige Lüge. Ilan bemerkte es, denn er sah mich an, als wollte er mir unbedingt ins Gesicht spucken. Oder mir ein Messer in die Brust rammen.

»Ich sollte meine Rüstung tragen!«, stieß ich hervor. »Ich meine … dann erkennen sie mich besser! Ich gehe mich nur schnell umziehen, dann können wir aufbrechen.«

»Gut«, nickte der Mesa-Cral, dann rief er einer Rehfrau einige Worte zu, woraufhin sie davoneilte. »Meine Gefährtin wird euch mit Proviant versorgen. Beeile dich, Rasuba. Ilan sollte vor Einbruch der Dunkelheit zurück im Dorf sein.«

Zurück in meiner Hütte legte ich die unbequeme Rüstung an und sog ein letztes Mal die behaglichen Erinnerungen an zu Hause ein. Schweren Herzens trat ich ein letztes Mal vor die Tür.

»Brauchst du eine Führung?«

Resi saß auf einem Ast hoch über meinem Kopf und grinste frech auf mich hinab. Ich war froh, sie zu sehen.

»Das wäre lieb von dir«, rief ich hinauf.

Resi kam heruntergeklettert und umarmte mich. Ihre Arme schlangen sich um meine Hüfte und sie presste ihren Kopf gegen meinen Bauch. Hilflos wuschelte ich ihr durch das struppige braune Haar.

»Ist schon gut. Ich komme bald zurück. Ich regle das mit dem König und dann kommt ihr hier raus. Du kannst mit mir in die Berge kommen.«

Resi schob sich ein Stück weg, um mich mit großen, tränennassen Augen anzusehen. »In die Wälder mit den Blumen und Vögeln und Eichhörnchen?«

Ich nickte und drückte das kleine Mädchen fest an mich. Ich würde dafür sorgen, dass es endlich glücklich wurde, das schwor ich mir.

»Versprochen.«

Wortlos liefen wir zurück zur Lichtung. Resi, Luna und ich. Die Stille beruhigte mich. Am Troneff angekommen, drehte ich mich um und küsste Resi auf ihre Stirn.

»Danke, Kleines«, flüsterte ich, »danke für alles.«

Dann wandte ich mich Ilan zu, der bereits auf mich wartete. »Von mir aus können wir los.«

Er zischte leise als Antwort.

Im Gehen winkte ich den Halbmenschen zu, die sich versammelt hatten, um mich zu verabschieden. Ilan schnaubte abschätzig. Er trug eine Lederjacke und eine Tasche, in der er den Proviant aufbewahrte. Außerdem hingen an seinem Gürtel einige gebogene, unterschiedlich lange Messer. Warum beunruhigte mich das bloß?

Ich gab es nicht gerne zu: Mit Ilan zu reisen war um einiges angenehmer, als alleine unterwegs zu sein. Wir sprachen nicht viel, aber er kannte sich bestens im Wald aus. Er führte mich über ein Netzwerk von Wegen und Brücken, was uns den lästigen Kampf mit dem Unterholz ersparte. Gegen Mittag kamen wir an einen kleinen See, dessen Wasser sich als trinkbar herausstellte. Wir machten dort Rast und aßen von dem üppigen Proviant, den die Rehfrau für uns eingepackt hatte.

Es war erst früher Nachmittag, als wir den Waldrand erreichten. Ich wollte mich schon bei Ilan bedanken und mich für meine Vorurteile entschuldigen, da packte er mich unsanft und drückte mich gegen einen Baum. Eines der längeren Messer wurde gegen meine Kehle gepresst. Es war erschreckend scharf. Verzweifelt starrte ich Ilan an wie ein verschrecktes Kaninchen. Ich traute mich kaum, zu schlucken.

»Hör zu«, zischte Ilan. »Ein Wort darüber, wie sie uns finden können, und du bist tot. Egal, wie sicher du dich fühlst – wenn du uns verrätst, sorge ich persönlich dafür, dass du stirbst. Und zwar langsam. Und qualvoll. Hast du mich verstanden?«

Ich zuckte unmerklich mit den Wimpern. Er musste sich keine Sorgen machen: Ich würde den Mesa-Cral niemals verraten. Und schon gar nicht Resi.

»Hast du mich verstanden!«, brüllte er. Kleine Speicheltröpfchen landeten in meinem Gesicht.

Ich nickte, wobei ich versuchte, die Bewegung so minimal wie möglich zu halten, und doch erschauderte ich unter dem Schmerz, als sich seine Klinge in meine Haut drückte.

Für einen schrecklich langen Augenblick sah er mich prüfend aus diesen unnatürlich orangefarbenen Augen an.

Seine Stimme klang beinahe angewidert, als er weitersprach: »Ihr Menschen haltet euch für so viel besser. Dabei seid ihr nicht anders als wir. Ihr ehrt eure Wurzeln nur nicht mehr. Selbst euer Fehtier habt ihr vergessen! In Wahrheit seid ihr nichts als Affenmenschen, die ihr Fell verloren haben. Darauf seid ihr so stolz, deshalb bringt ihr uns um! Weil ihr euch für etwas Besseres haltet. Was gibt dir das Recht, auf mein Leben zu spucken, nackter Affe?«

Für einen Moment konnte ich puren Hass in seinen Augen funkeln sehen. Ich schwieg, unfähig, eine angemessene Antwort zu finden. Ilan schnaubte verächtlich, dann ließ er mich achtlos zu Boden fallen.

Ich blieb verängstigt auf der Erde sitzen und fasste mir an meine schmerzende Kehle. Ilan warf mir das Bündel mit dem Proviant vor die Füße. »Wenn es nach mir ginge, könnten sämtliche Menschen verrecken.« Und mit diesen Worten verschwand er im Wald.

Seine Worte hallten in mir nach, drangen bis auf den Grund meiner Seele. Ich war ein Affenmensch. Ein Wesen, das andere Menschen als Abscheulichkeit bezeichnet hätten, als Monster. Aber selbst sie waren Halbmenschen. Was gibt dir das Recht, auf mein Leben zu spucken, nackter Affe?

Ich spürte zwei nasse Pfoten auf meinem Oberschenkel. Luna leckte mir vorsichtig übers Gesicht und winselte leise. Ich war froh, dass sie nicht versucht hatte, einzugreifen – das hätte mich das Leben kosten können. Dafür wirkte sie jetzt schrecklich besorgt. Sie war so eine treue Seele.

»Mir geht's gut, schau.« Ich grinste breit, um gute Laune zu verkörpern. Sie stupste mich ein paar Mal prüfend mit der Schnauze an, dann ließ sie mich aufstehen. Ich machte mich auf einen langen Fußmarsch gefasst. Damals waren wir die ganze Nacht mit der Kutsche unterwegs gewesen und ich war nicht einmal überzeugt davon, dass ich in die richtige Richtung lief.

Zweiteres erledigte sich schnell. Schon nach einer halben Stunde über feuchte Wiesen und Schwemmland stieß ich auf den schlammigen Pfad, über den ich vor nur einer Woche hergekommen war. Das Problem mit dem langen Fußmarsch wurde dadurch leider nicht gelöst.

Ich lief den ganzen Nachmittag und den Abend ohne Pause, bis mir meine Füße wehtaten und ich total erschöpft war. Zum ersten Mal empfand ich Hochachtung für die Wachen, die meine Reise in der Kutsche begleitet hatten. Sie waren den ganzen Tag über marschiert, und das in schwererer Rüstung, als ich sie jetzt trug. Und sie hatten sich nie über die Anstrengung oder die Blasen an den Füßen beschwert. Ich hatte ihnen Unrecht getan, als ich sie als größtenteils unfähig eingestuft hatte …

Mein Nachtlager schlug ich in der Krone eines umgestürzten Baumes auf, der am Wegrand lag. Zwischen den zusammengefallenen Ästen war es windstill und sie boten guten Sichtschutz. Außerdem hatte sich ein Haufen vertrockneten Laubes in der Krone gesammelt. Es war feucht und ich hoffte, dass es mich trotzdem warm halten würde. Ich grub mich tief in die modrigen Blätter ein und drückte Luna so fest ich konnte an mich. Es war furchtbar kalt. Ich vermisste das warme Feuer in den Hütten der Halbmenschen jetzt schon. Oder mein traumhaftes Himmelbett.

Am nächsten Morgen wachte ich viel zu früh auf, weil ich so zitterte. Es war viel kälter geworden. Da ich sowieso nicht würde einschlafen können, machte ich mich erneut auf den Weg. Bewegung hält ja bekanntlich warm. Und je schneller ich im beheizten Palast war, umso besser.

Die Sonne würde sich erst in etwa einer Stunde am Horizont zeigen, dafür schien der Mond hell – ich konnte die schmale Straße unmöglich verfehlen. Ich rieb mir unablässig die Hände, während ich lief. Trotz der Lederhandschuhe hatte ich das Gefühl, meine Finger würden jeden Moment vor Kälte erstarren und abfallen.

Mit dem Sonnenaufgang wurde es wärmer. Meine Rettung kam in Form eines Ochsenkarrens, der mich langsam auf der schlammigen Straße einholte. Der Kutscher senkte den Kopf in Demut, als ich ihn ansah. Ich war zunächst darüber äußerst verwirrt, bis ich mich daran erinnerte, dass ich eine glänzende Rüstung trug. Zwar eher eine verkratzte, mit Schlamm und Laub überzogene Rüstung, in deren schlanken Scheide kein Schwert mehr steckte – aber ich schätze, Rüstung bleibt Rüstung. Ich bemühte mich, meine Stimme möglichst erhaben klingen zu lassen, als ich großspurig fragte: »Wohin des Weges?«

Der Mann antwortete mit einer Stimme, die von der Feldarbeit und vom selbst gebrannten Schnaps rau geworden war: »Zum königlichen Palast. Meine Abgaben machen, Herrin.«

Gott – wie ich das gehofft hatte.

»Kann ich vielleicht mitfahren?«, quiekte ich aufgeregt und klang dabei eher verzweifelt als erhaben.

Der Bauer nickte Richtung Ladefläche, auf der sich Stroh zu einem großen Haufen türmte: »Hier vorne ist kein Platz mehr.«

Ich zögerte keine Sekunde. Luna sprang neben mir auf die Ladefläche und gemeinsam vergruben wir uns tief in dem trockenen Stroh. Es war viel wärmer und bequemer als in der Baumkrone. Im Handumdrehen war ich eingeschlafen.

Als ich aufwachte, konnte man den Palast schon in der Ferne sehen. Als wir näher kamen, duckte ich mich tiefer ins Stroh, um keine unangenehmen Fragen der Wachen beantworten zu müssen, und wartete, bis wir im Inneren waren. Wir passierten die Palastmauern durch einen kaum bewachten Hintereingang. Er war für Lieferanten bestimmt und gerade breit genug für einen Wagen.

Bevor wir die hofeigenen Ställe zum Abladen erreichten, sprang ich ab und brachte Luna zu ihrer gewohnten Hütte. Ich kettete sie an und streichelte ihre Flanke. »Es tut mir leid, das sind die Vorschriften im Palast. Du wirst sehen, schon bald sind wir zurück in den Bergen.«

Sie gab eine Art widerwilliges Murren von sich. Ich lachte und küsste sie auf die Schnauze. »Ich bin gleich zurück, du kleine Diva, du.«

Ich war erst auf halbem Weg durch den Park, als der Bote auf mich zugerauscht kam. Er klopfte mir empört das Stroh aus dem Haar und den Kleidern. »Du hast Glück, dass dich kaum jemand gesehen hat.

Du siehst schrecklich aus! Wir müssen dich schnellstmöglich in deine Gemächer bringen.«

Er packte mich am Arm und zog mich hinter sich her. Das war ja ein toller Empfang.

»Keinerlei Wiedersehensfreude? Hattest du solche Angst, dass ich im Wald sterben würde, dass du mit mir schon komplett abgeschlossen hattest?« Beleidigt riss ich mich los. »Außerdem bin ich die Heldin, ich kann allein laufen.«

Er blieb kurz stehen und zwang sich zu einem Lächeln. »Ich bin froh, dich lebendig zu sehen. Und ich würde dich jetzt gerne auf dein Zimmer bringen.«

Ich schüttelte amüsiert den Kopf. Er war unmöglich.

»Nur zu.« Ich folgte ihm ohne Widerworte, als er mich auf dem schnellsten Weg durch die Gänge führte.

Während er vor mir herhastete, warf er einen neugierigen Blick über seine Schulter. »Und? Was hast du herausgefunden?«

Ich grinste stolz. »Wenn du auf die Lösung für die Monsterplage hoffst, ist heute dein Glückstag.«

Er sah mehr als zufrieden aus. »Ich wusste, dass ich mit dir die Richtige gefunden habe. Ich werde dir gleich für heute Abend eine Audienz beim König organisieren.« Wir waren inzwischen an meinem Zimmer angelangt. »Sorg dafür, dass du bis dahin einigermaßen präsentabel aussiehst. Ich werde dir ein neues Schwert bringen lassen. Und nimm ein Bad oder so.«

Ich nickte ergeben und ließ mich auf mein Bett fallen.

»Und polier deine Rüstung!« Der Bote rauschte geschäftig aus meinem Zimmer. Bevor er mit eiligen Schritten davonstürmte, hörte ich das wohlbekannte Klicken des Türschlosses. Er würde mir nie vertrauen.

Das kümmerte mich nicht – ich konnte Kendra so oder so besuchen. In meiner Abwesenheit waren sämtliche Nägel aus dem Fensterrahmen entfernt worden, um zu lüften. Oder um das Zimmer weniger fluchtgefährdeten Gästen zur Verfügung zu stellen. Wer wusste das schon.

18. KAPITEL

Ich legte die schwere, verstaubte Rüstung ab und schlüpfte in mein Lieblingskleid. Nach all der Zeit fühlte es sich herrlicher an als beim ersten Mal. Für einen Moment betrachtete ich mich zufrieden im Spiegel: Ich hatte endlich meinen Platz in dieser Welt gefunden. Ich war eine Heldin – nicht so, wie es für mich vorgesehen war. Sondern auf meine ganz eigene Art. Ich lächelte. Dann kletterte ich aus dem Fenster und beeilte mich, in die Bibliothek zu gelangen.

Kendra saß an ihrem Schreibtisch und las in einem dicken Buch. Ich hatte jegliche Vorwürfe gegen sie längst vergessen – mir war absolut nichts passiert. Ich freute mich nur wahnsinnig, sie zu sehen.

»Kendra!«, rief ich und rannte den abschüssigen Weg entlang auf sie zu.

»Zoraya?« Sie blickte verwirrt auf. Als sie mich sah, erhellte sich ihr Gesicht. »Du bist zurück!«

Sie stand auf und bevor sie einen Schritt auf mich zutreten konnte, schlang ich ihr schon meine Arme um den Hals. Ich stieß dabei ihre Kapuze ein Stück nach hinten, sodass ihre nervös zuckenden Katzenohren zum Vorschein kamen. Unbeholfen tätschelte Kendra meinen Rücken. Ich ließ sie los und strahlte sie an: »Ich habe die Lösung gefunden!«

Kendra lachte und bot mir ihren Stuhl an. »Setz dich. Ich habe etwas Tee übrig.« Sie füllte eine Tasse und reichte sie mir. »Und jetzt erzähl. Aber in Ruhe, du verhaspelst dich sonst. Und von Anfang an, bitte.«

Sie lehnte sich an ihren wuchtigen Schreibtisch und beobachtete aufmerksam, wie ich an dem lauwarmen Kräutertee nippte.

»Also, zuerst hatte ich ja furchtbare Angst vor dem Wald«, begann ich meine Erzählung. »Ihn als ungemütlich zu beschreiben, wäre eine Untertreibung. Die Bäume sehen aus wie tot und der Boden ist ein einziger Sumpf. Von den Monstern ganz zu schweigen … Dann habe ich die Halbmenschen getroffen. Sie waren unglaublich nett zu mir. Du hast gewusst, dass sie im Wald leben und mich retten würden, oder?«

Kendra schmunzelte. »Ich hatte es gehofft. Es war wichtig, dass du allein sein würdest, den königlichen Soldaten hätten sie niemals Einlass gewährt. Ich hoffe, du verstehst das …«

»Längst vergessen. Sie haben da eine großartige Gesellschaft aufgebaut. Trotz der Umstände! Der Mesa-Cral hat mir die Geschichte deines Volkes erzählt. Und er hat von den Problemen gesprochen, die sie heute haben. Und da ist mir die Lösung gekommen!«

Kendra schenkte mir Tee nach. »Spannungspausen sind ein Stilmittel, das man sporadisch nutzen sollte! Sag schon, was hast du dir ausgedacht?«

»Die Halbmenschen können den Wald nicht verlassen, weil ihnen niemand über den Weg traut. Obwohl es das Beste wäre! Sie würden ihr Land zurückbekommen und würden uns im Gegenzug vor den Monstern beschützen. Sie wissen, wie man mit den Biestern umzugehen hat. Unsere Völker könnten sich gegenseitig helfen und das alte Kriegsbeil endlich begraben! Das Problem ist nur, dass der König dem Plan zustimmen muss. Und rate mal, wer ihn umstimmen wird.«

»Wer?«, fragte Kendra misstrauisch. Sie witterte Fangfragen sechs Meilen gegen den Wind.

»Wir«, grinste ich sie an. »Das heißt, ich werde ihn heute Abend bei meiner Audienz darauf ansprechen. Ich kann bezeugen, dass die Halbmenschen das absolute Gegenteil einer Gefahr darstellen. Und mit deiner Hilfe werde ich ihn überzeugen.«

Kendra legte ihren Kopf schief, dann nickte sie langsam. »Normalerweise hätte ich deine Hoffnungen als Naivität abgetan, aber so wie sich die Lage momentan entwickelt … In deiner Abwesenheit sind die Überfälle deutlich angestiegen. Die Armee ist heillos überfordert. Wenn ich dem Kriegsrat die Ausweglosigkeit der Situation klarmachen kann, sind sie vielleicht gewillt, selbst unliebsame Lösungen anzunehmen. Ich werde versuchen, sie auf deine Audienz vorzubereiten. Konzentriere du dich nur darauf, dass dein Auftritt einwandfrei wird, Fehltritte kannst du dir nicht erlauben. Du solltest beispielsweise mal wieder ein Bad nehmen. Du müffelst.«

Ich lachte. »Das hat mir der Bote schon unter die Nase gerieben.«

Kendra grinste zurück und entblößte dabei ihre scharfen Eckzähne. Ein bisschen verschlagen sah sie damit schon aus. »Dann haben wir eine Abmachung. Ich muss jetzt los, wenn ich vor der Audienz einen Vorteil erreichen will. Trink du deinen Tee aus und dann ab in die Wanne mit dir!«

Kendra lief zu den Regalen, suchte ein paar Bücher heraus und rauschte dann mit einer Eifrigkeit davon, die selbst dem Boten Konkurrenz gemacht hätte. Ich leerte in Ruhe meine Tasse, dann schlich ich mich zurück auf mein Zimmer.

Es gab nichts Wunderbareres auf der ganzen Welt als ein heißes Bad. Erst nach Ewigkeiten stieg ich aus dem duftenden, schaumigen Wasser und trocknete mich mit einem der viel zu weichen Handtüchern ab.

Ich frisierte mich und machte mich daran, meine Rüstung zu polieren. Es war um einiges anstrengender und zeitaufwendiger, als ich gedacht hatte – ich verbrachte den ganzen Tag damit. Gegen Nachmittag brachte der Bote mir Essen, einen dicken, kalorienreichen Eintopf, in dem der Löffel fast aufrecht stecken blieb. Er schmeckte nicht besonders gut und es war viel zu viel, doch der Bote bestand eisern darauf, dass ich die Schüssel leerte. Ich sah ihm zu abgemagert aus.

Als ich endlich mit dem Polieren fertig war, hatten sich zahllose Strähnen aus meiner Hochsteckfrisur gelöst und hingen wirr und verschwitzt in mein Gesicht. Es hieß also erneut ab in die Wanne und von vorn beginnen. Manchmal war es klug, *vorher* über die Reihenfolge nachzudenken. Dafür glänzte meine Rüstung jetzt fast so wie am ersten Tag.

Am Abend holte der Bote mich ab. Er trug ein Schwert bei sich und sah mich vorwurfsvoll an. »Es ist meiner Aufmerksamkeit nicht entgangen, dass bei deiner Rüstung ein Teil fehlt. Ich frage mich, wie eine Ritterin ihre Waffe verlieren kann. Zoraya. Deine Klinge ist dein Leben! Ich hoffe, du wirst diese hier besser wertzuschätzen wissen.« Er reichte mir die Waffe. »Ich habe sie nur für dich anfertigen lassen. Leider ist sie nicht rechtzeitig zu deinem Aufbruch in den Düsterwald fertig geworden.«

Behutsam nahm ich das glänzende Schwert entgegen. Der Griff war mit einer aufgehenden Sonne verziert und mit weichem Leder umwickelt worden. Am Knauf prangte ein polierter Rubin. Das Schwert war viel zu schön und kostbar, um den Boten wegen seinen unangebrachten Anschuldigungen zurechtzuweisen. Also lächelte ich nur freundlich und machte die Klinge an meinem Gürtel fest. »Danke. Ich werde sie hüten wie meinen Augapfel.«

Der Bote zog misstrauisch eine Augenbraue in die Höhe, sagte jedoch nichts mehr dazu. Stattdessen begann er, mich durch die Gänge zu scheuchen.

Es war viel zu leer im Palast für diese Tageszeit. Fast schon erinnerte es mich an meine nächtliche Mission.

»Der halbe Hofstaat hat sich im Thronsaal versammelt. Sie wollen hören, was du zu sagen hast«, meinte der Bote, als wir vor der gewaltigen Tür angelangt waren. »Ich hoffe, du weißt, was du tust.«

Ich nickte. Die Lösung war perfekt und Kendra hatte den Kriegsrat bereits darauf vorbereitet. Ich hatte gar keinen Grund, so nervös zu sein. Es würde endlich gut werden: Die Monster würden verschwinden, die Halbmenschen würden frei sein können, und man würde mich nach Hause zurückkehren lassen. Vielleicht würde man mich sogar mit Reichtümern überschütten. Mein Leben wäre der reinste Sommer. Meine Familie hätte die schönsten Kleider, die besten Schafe und stets genug zu essen.

Als die Fanfaren erschallten, war ich bereit. Ich hob den Kopf und schritt stolz durch das Tor, das langsam vor mir aufgeschoben wurde.

»Meine Damen und Herren«, verkündete der Ausrufer mit lauter Stimme. »Unsere Heldin: Zoraya!«

Jubel brandete auf. Der Saal war zum Bersten voll mit Menschen in schicken Kostümen. Sie bildeten eine Schneise, durch die ich Schritt für Schritt in den Raum einziehen konnte. Ich bemühte mich, den Kopf erhoben zu halten und den Blick nicht vor der Masse zu senken. Die Leute bewarfen mich mit Blütenblättern und riefen meinen Namen. Ein paar Meter vor dem König blieb ich stehen und verbeugte mich. Aus dem Knicksen war ich herausgewachsen. Ich war eine Ritterin. Ich war eine Heldin.

»Erhebe dich!« Die Stimme des Königs ließ den Saal verstummen.

Ich hob den Kopf und sah ihm direkt ins Gesicht. Er war alt, vielleicht älter als meine Großmutter, aber das bequeme Leben am Hof hatte ihn jung gehalten. Seine Haut war hell, nicht von der Sonne gegerbt. Anstatt tiefen Furchen hatte er Falten, die von Erfahrung kündeten. Er stand aufrecht und sein Rücken wurde nicht von der Last der Jahre gekrümmt. Seine Augen funkelten.

»Was hast du zu berichten?« Es war eher ein Befehl als eine Frage.

Mit zittriger Stimme begann ich zu sprechen, stockte und wiederholte mich sofort in angemessenerer Lautstärke. Ich wollte, dass die Leute hörten, was ich zu sagen hatte. »Ich war – Ich war allein im Düsterwald. Und ich bin zurückgekehrt.«

Ein Raunen ging durch die Menge. Ich wartete, bis es verstummt war, bevor ich fortfuhr: »Der Wald ist schrecklich und die Reise war beschwerlich.«

Wohlweislich legte ich eine Spannungspause ein. Vielleicht würde es ja meine Belohnung erhöhen, wenn ich die Geschichte ein bisschen dramatischer klingen ließ. Außerdem war es nicht mal gelogen. Der Düsterwald war furchtbar.

»Dort habe ich die Halbmenschen getroffen. Sie haben mich gerettet und …«

Weiter kam ich nicht. Sobald ich die Halbmenschen erwähnt hatte, hatte sich das Gesicht des Königs verfinstert. Auf seine Handbewegung hin strömten von überall her Wachen auf mich zu. Sie hatten ihre Schwerter gezogen und ihre Gesichter zeigten Entschlossenheit, keine Dankbarkeit. Sie kamen nicht, um mir zu gratulieren. Sie kamen, um mich zu töten.

Entsetzt schrie ich auf. Panik war in der Menschenmenge ausgebrochen. Sie glich jetzt einem aufgescheuchten Bienenschwarm – Unverständnis, Angst, Wut und Verwirrung verwebten sich zu einem dichten Geräuschteppich.

Ich selbst fühlte mich, als würde ich in einer gläsernen Blase stecken. Die Szene war so unwirklich, als würde ich die Realität durch eine schillernde Wand betrachten. Nichts existierte mehr in meiner Nähe. Nur gedämpft drangen die Geräusche zu mir durch. Sämtliche Bewegungen verstrichen wie in Zeitlupe.

Es war, als würde ich an einem heißen Sommertag im warmen Wasser eines Gebirgssees tauchen. Wenn ich einige Meter unter der Oberfläche innehalte und die Augen öffne. Wenn ich im grünen Wasser schwebe und nichts sehen kann außer dem Licht, das sich langsam in der Dunkelheit unter mir verliert. In diesen Momenten existiert weder Zeit noch Raum. Genau so fühlte ich mich jetzt. Ich schwebte in einem Meer aus Angst und Verwirrung und spürte doch nichts von all dem Aufruhr.

Dann entdeckte ich Kendra, die zwischen den Adligen stand und hektisch mit den Armen fuchtelte. »Komm her!«, schrie sie. »Rasuba! Rasuba, hierher! Mach schon, beeil dich! Die werden dich töten!«

Die Blase zerplatzte. Die Welt war plötzlich gnadenlos laut und schnell. Ich rannte los. Rannte auf Kendra zu, die wie verrückt winkte. Ich schob mich durch die Menge, schubste kleine Mädchen in Prinzessinnenkleidern zur Seite und rammte dicklichen Herren meinen Ellenbogen in den Bauch. Es war, als kämpfte ich mich erneut durch das Unterholz, während mir schreckliche Monster auf den Fersen waren. Ich stolperte und ein Schwert streifte meinen Unterschenkel. Ein stechender Schmerz schoss durch meinen Körper. Für den Bruchteil einer Sekunde glaubte ich, der gefürchtete Drei-Meter-Wolf habe mich erwischt.

Ich sprang auf und humpelte weiter. Kendra packte mich am Arm, ihre Finger bohrten sich in meine Haut wie die Klauen eines Raubvogels. Sie zerrte mich vorwärts, zwischen den drängelnden, fassungslosen Leuten hindurch. Direkt auf eine Wand zu. Hinter uns konnte ich die wütenden Schreie der Wachen hören.

»Kendra!«, brüllte ich panisch. »Wir müssen hier weg! Sie wollen uns töten!«

Sie hörte nicht. Sie zog mich weiter, geradewegs in die Falle. Sie würde uns beide umbringen.

Ich versuchte mich loszureißen, schrie und schlug um mich, doch Kendra umklammerte meinen Arm wie ein Schraubstock. Verzweifelt drehte ich mich zu meinen Verfolgern um. Wir hatten nur wenige Sekunden Vorsprung. Jeden Moment würde unsere Flucht an der Wand scheitern und dann hätten sie uns. Der ältere Herr mit dem zerzausten weißen Schnurrbart brach aus der Menge hervor. Seine

Klinge glänzte metallisch und in seinen Augen spiegelte sich purer Hass. Ich konnte meinen Blick nicht abwenden und stolperte rücklings hinter Kendra her. Der Soldat hob sein Schwert über den Kopf, um Schwung für den tödlichen Streich zu holen. Ein tiefes Grollen kündigte meinen Tod an. Es spielte keine Rolle mehr, woher das Donnern kam, denn ich würde sterben. Wir sollten die Wand längst erreicht haben.

Kendra zog mich weiter. Auf einen Schlag wurde es kühler. Mit einem zweiten Donnern schob sich die Wand vor meine Verfolger und Dunkelheit verschluckte mich. Wir waren in Sicherheit.

Ich streckte meine Finger aus und stieß auf raue Wände, die direkt in den Fels gehauen worden waren. Das leise Geräusch von tropfendem Wasser hallte durch den Gang.

»Du – du hast mir das Leben gerettet …«, stammelte ich.

Ich konnte hören, wie Kendra neben mir erleichtert die Luft ausstieß. »Es wäre leichter gewesen, wenn du dich nicht so gewehrt hättest. Dachtest du, ich hätte dir *sämtliche* Geheimgänge gezeigt?«

Endlich ließ sie meinen Arm los. Meine Fingerspitzen kribbelten, als Blut in sie zurückströmte. »Komm, wir müssen weiter«, befahl sie mit scharfem Tonfall.

Meine Augen hatten sich inzwischen genug an die Dunkelheit gewöhnt, dass ich ihr folgen konnte. Der Gang führte zunächst über eine Treppe in die Tiefe und wand sich dann in schlangengleichen Kurven auf und ab, als hätte man ihn ziellos in den Fels gehauen. An manchen Stellen stand Wasser auf dem Boden.

»Wohin führt dieser Gang?« fragte ich, während wir durch die Dunkelheit hasteten.

Kendras Antwort kam stoßweise, ebenso wie ihr Atem. »Direkt in den Garten. Wenn wir Glück haben, schaffen wir es rechtzeitig zu den Toren, bevor sie verriegelt werden. Das ist unsere einzige Chance. Wir müssen hier weg, solange wir es können.«

Jeder Schritt schmerzte, doch ich biss die Zähne zusammen. Es war egal, dass Blut meine Hose tränkte. Die Klinge hatte mich kaum gestreift, es konnte nur ein kleiner Kratzer sein. Kendra hatte recht, wir mussten unbedingt weiter. Es würde eine Weile dauern, bis sich die Verwirrung über unser plötzliches Verschwinden gelegt hatte.

Man würde die Menge beruhigen müssen. Viele orientierungslose Momente würden vergehen, bis jemand den Befehl geben konnte, die Tore zu sichern. Wenn wir uns beeilten, waren wir bis dahin längst über alle Berge. Vielleicht konnten wir uns ja bei den Halbmenschen verstecken? Draußen, im Freien, würden sie uns jedenfalls nicht so leicht finden. Solange wir uns hingegen hinter den hohen, glatten Mauern befanden, saßen wir in der Falle. Wenn wir es nicht schafften, würden sie uns töten.

»Warum?«, sprudelte es aus mir heraus. »Kendra, warum? Warum wollen sie uns töten? Warum tun sie das? Ich bin ihre Heldin!«

Kendra nahm sich nicht die Zeit, sich zu mir umzudrehen. »Es tut mir leid. Das Gespräch mit dem Kriegsrat ist genau so verlaufen, wie ich es mir vorgestellt habe. Ich erwähnte, dass du eine Lösung für das Übel gefunden hättest, die große Opfer verlangt. Der König stimmte mir zu, dass in dieser Situation eine Rettung jeden Preis wert ist. Ich wusste, dass die Halbmenschen im Palst verhasst sind, das Gespräch hat mir Grund zur Hoffnung gegeben. Ich habe mich von deiner Gutgläubigkeit anstecken lassen. Mir hätte klar sein sollen, dass es keinen Frieden zwischen unseren Völkern geben kann. Es tut mir leid. Ich wollte dich nie in Gefahr bringen.«

Wie hatte ich nur so naiv sein können?

Nicht jeder auf dieser Welt träumt von Frieden.

Der Tunnel endete unter einer lustlos in Form geschnittenen Buchshecke im hinteren Teil des Gartens. Wir zwängten uns unter den dicht am Boden wachsenden Ästen hindurch ins Freie. Die Sonne war bereits untergegangen, dennoch war es überraschend hell, das Licht des vollen Mondes tauchte die Welt in fahles Zwielicht. Die Luft war kalt, dafür angenehm frisch. Von Osten her wehte eine leichte Brise zu uns herüber. Der Garten war menschenleer. So schnell war uns niemand gefolgt.

Kendra packte mich am Arm. »Komm hier entlang! Dort hinten ist der nächste Liefereingang. Wenn wir Glück haben, ist er nicht besetzt. Und halte dich im Schatten!«

Ich folgte ihr. Gemeinsam huschten wir an der Mauer des Palastes entlang, sorgsam in die Dunkelheit gekauert. Nach einer Weile hielt

Kendra an. »Dort vorne ist die Tür, siehst du sie? Wir müssen das letzte Stück ohne Deckung zurücklegen, glücklicherweise ist niemand da. Wenn wir nicht vorher entdeckt werden, sollte uns die Zeit reichen, um gemeinsam das Tor aufzuschieben.«

Ich spähte angestrengt hinüber. Im Vergleich zu den anderen Eingängen war dieser hier winzig – das Tor bestand dennoch aus drei Meter hohem, schwerem Eichenholz. Es würde nicht leicht werden, es lautlos zu öffnen. Ich konnte keine Wachen in der Nähe entdecken, also nickte ich.

»Auf mein Signal. Ich zähle bis drei.«

Ich sah mir den Platz vor uns genauer an. Die weißen Kiesel glänzten im Mondschein. Ich würde aufpassen müssen, dass ich nicht ausrutschte.

»Eins …«

Ich visierte mein Ziel an.

»… zwei …«

Ich straffte meine Muskeln.

»… drei!«

Wir rannten los. Kendra war erstaunlich schnell – und das nicht nur für ihr Alter. Sie hatte mich schon nach wenigen Metern hinter sich gelassen. Gleich hätte sie den Ausgang erreicht …

Ich bremste ab. Kiesel spritzten davon, als ich mitten im Sprint innehielt. Von einer Sekunde auf die andere kam ich zum Stehen. Kendra war mittlerweile am Tor angekommen, verwirrt fuhr sie herum. Ihr Gesicht war ein Bild der Fassungslosigkeit.

»Was machst du da?«, zischte sie. »Komm jetzt, schnell! Um Himmels willen, bist du von allen guten Geistern verlassen?«

Ich achtete gar nicht auf ihre Einwände.

»Luna!«, formte ich mit den Lippen, machte auf der Stelle kehrt und hastete in die entgegengesetzte Richtung davon.

Fast hätte ich sie vergessen. Meine beste Freundin. Hätte meine treue Begleiterin achtlos zurückgelassen. Sie war angebunden. Sie konnte nicht fort. Wenn die Wachen bemerkten, dass ich entkommen war, würde sie die Erste sein, an der sie ihren Frust auslassen würden. Mein armes Mädchen … Wie hätte ich ihr das antun können?

Ich musste zu ihr! Wenn ich schnell genug war, würden wir es zurück zum Tor schaffen, bevor jemand dort aufkreuzen würde. Es gab keine andere Möglichkeit. Ich würde sie ganz bestimmt nicht hierlassen. Niemals. Ich konnte es schaffen – ich musste es schaffen!

Schon von Weitem bemerkte ich, dass etwas nicht stimmte. Luna kam sonst sofort auf mich zugelaufen, bis sich ihre Leine spannte und das Halsband sich tief in ihr Fleisch schnitt. Wenn ich angerannt kam, sollte sie um einiges aufgeregter sein. Doch da waren nur ihre kleine Hütte und ein dunkler Körper, der flach auf dem Boden lag.

»Luna!«, schrie ich, ohne mir Gedanken über eventuell anwesende Wachen zu machen. Ich war krank vor Sorge. *»Luna!«*

Ich eilte zu ihr und ließ mich neben ihr auf die Knie fallen. Sie öffnete die Augen und sah mich an. Ihr Blick war schwach, fast glasig.

»Luna«, hauchte ich, meine Stimme kaum lauter als ein Flüstern. »Bist du in Ordnung, Mädchen?«

Ich beugte mich zu ihr hinab und ließ meine Hände hilflos durch ihr Fell streichen. Warmes Blut sickerte aus einer kleinen, tiefen Wunde an ihrer Flanke. Mit ihrer trockenen Zunge leckte sie über mein Kinn. Fassungslos starrte ich tief in ihre dunklen, matten Augen.

»Alles wird gut. Hörst du, Liebes? Alles wird gut«, versicherte ich ihr verzweifelt.

Ich umarmte sie. Nahm ihren kleinen warmen Körper in meine schützenden Arme, die viel zu spät gekommen waren. Kraftlos ließ sie ihren Kopf nach unten gleiten.

Und in diesem Moment wusste ich, dass sie sterben würde.

Ich klammerte mich so fest an sie, wie ich nur konnte. Sie durfte nicht sterben! Sie konnte mich nicht allein lassen. Sie würde mich niemals allein zurücklassen!

Ich drückte sie so eng an mich, dass sie vor Schmerzen aufheulte. Sofort ließ ich sie los. Sie war verletzt, ich wollte ihr nicht zusätzlich wehtun. Ihre Stimme klang so schrecklich schwach …

Für einen Moment saß ich fassungslos da, starrte sie aus meinen tränenverschwommenen Augen an. Ihren kleinen schwarz-weißen Körper, das flauschige Fell, das hübsche Köpfchen. Dann hielt ich es nicht mehr aus.

Ich legte mich neben sie und nahm sie erneut ganz vorsichtig in den Arm.

»Du wirst nicht sterben«, flüsterte ich ihr ins Ohr. »Du bist so ein gutes Mädchen. So tapfer. Erinnerst du dich an damals, als du als junger Welpe diesen riesigen Dorn in der Pfote hattest? Ich habe ihn dir rausgezogen und du hast kein einziges Mal gewimmert. Du wirst nicht sterben.«

Es war eine Lüge. Behutsam streichelte ich ihre großen, weichen Tatzen.

Bilder kamen in mir hoch. Von der Zeit, als sie so klein gewesen war, dass sie in die Hände meiner Mutter gepasst hatte. Wie ich, selbst noch ein Kind, mit ihr auf Erkundungstour über die Weiden gezogen war, das Gras hoch über unsere Köpfe ragend. Wie wir ihr das Schafe hüten beigebracht hatten. Wie ich mit ihr bei Lisa gewacht hatte, als sie ihr erstes Lamm bekam. Wie Luna das kleine Bündel trocken geleckt hatte.

Ich spürte gar nicht, dass mir die Tränen über die Wangen flossen. Ich konnte nur hören, wie sie leise zu Boden tropften.

Ich vergrub mein Gesicht in Lunas weichem Fell. Sie roch nach zu Hause.

»Du darfst nicht gehen«, flehte ich.

Du darfst nicht gehen …

Ich lag ewig so da. Tief vergraben in ihrer seidigen Mähne, wie ich es schon so oft getan hatte, wenn ich mich traurig gefühlt hatte. Ich lauschte dem leisen Schlagen ihres Herzens und spürte jeden ihrer schwächer werdenden Atemzüge. Ich streichelte ihre Pfoten, ihren Rücken, ihren Bauch und ihren Kopf. Ich atmete den Geruch ihres Fells ein. Sie roch nach Hund und nach Schaf, nach Geborgenheit und Wärme.

Ihr Atem verstummte so plötzlich, dass es mir das Herz brach. Ich hielt sie, bis der Wind jegliche Wärme aus ihrem Körper davongetragen hatte. Selbst dann versuchte ich, sie mit meinem Körper abzuschirmen, die Wärme zu halten. Als würde mit ihr das Leben aus meiner Hündin verschwinden.

Die Nacht war kalt und der Tod ist gnadenlos.

Als ich meinen Kopf hob, saß Kendra mir gegenüber. Sie war schon länger da. Ich hatte sie kommen gehört, doch ich hatte sie nicht beachtet.

Mitleidig blickte sie mich aus ihren blauen Katzenaugen an.

»Die Wachen werden bald hier sein«, sagte sie sanft.

Ich antwortete nicht. Stattdessen löste ich behutsam Lunas Halsband, stand auf und hob meine Hündin vom Boden auf. Ihr kleiner schlaffer Körper war auf einmal erstaunlich schwer.

Ohne ein letztes Mal zurückzublicken, trug ich sie davon, in den hintersten Winkel des Gartens, in dem die Wachen ganz zuletzt nach ihr suchen würden. Ich brachte sie in den kleinen Pavillon, den ich in meiner ersten Woche hier entdeckt hatte. Ich hätte ihn ihr zu gerne gezeigt – damals war er einer meiner Lieblingsplätze gewesen. Jetzt wünschte ich mir, ich hätte ihn mit ihr teilen können.

In der Mitte des Pavillons legte ich Luna auf den Boden. Ich schloss ihre Augen und drückte einen Kuss auf ihre Stirn. Ich erzählte ihr, wie sehr ich sie liebte und dass sie der beste Hund war, den es jemals gegeben hatte.

Dann zerstörte ich den Garten.

Ich zog mein Schwert und zerschlug die Buchsfiguren und Rosenhecken. Ich zertrampelte Blumenbeete und warf einen Zierbrunnen um. Kendra versuchte mich zu stoppen, aber ich stieß sie von mir. Ich fühlte nichts. Weißer Zorn flackerte in meinen Adern, mein Verstand war scharf wie eine Klinge. Ich fühlte nichts außer der Kälte. Es war so kalt, so schrecklich kalt. Ich fühlte nicht, dass meine Hände bluteten oder wie schwer mein Atem ging. Nichts. Nicht einmal den Schmerz, der mein Herz zerfraß.

Ich weiß nicht, wie lange ich gewütet hatte, bevor ich mich erschöpft ins Gras fallen ließ und den Himmel betrachtete. Es war eine klare Nacht – über mir funkelten unzählbar viele Sterne.

Meine Großmutter hatte einmal gesagt, wenn ein geliebter Mensch starb, so wird er zu einem Stern am Himmel. Dort oben leuchtet er, so wunderschön, wie er im Leben gewesen war. Wacht über dich. Lächelt auf dich hinab und wartet. Wartet, bis du zu ihm kommst. Und selbst ein Stern wirst, dort oben, im unendlichen Himmelszelt.

Luna war kein geliebter Mensch. Sie war ein Hund. Sie würde keinen Stern bekommen.

Ich blickte nach oben. Ich sah all die funkelnden kleinen Punkte, die ihr Licht spendeten, um uns zu leiten. Wie die Fackeln eines Schäfers in der Dunkelheit.

Nein. Luna war kein Stern.

Sie war der Mond.

Ich wäre keinem Licht so bereitwillig gefolgt wie dem ihren.

19. KAPITEL

Danach kam mir das Leben stumpf vor. Weinen war anstrengend. Einen Garten zu zerstören noch mehr. Einen Verlust zu ertragen, war fast unmöglich.

Ich fühlte mich, als wäre ich den ganzen Tag steile Felshänge hinaufgeklettert, um jetzt auf den sanft ansteigenden Wiesen eines Hochplateaus die letzten Meter zurückzulegen. Ich war erschöpft, doch was vor mir lag, stellte keine Herausforderung dar. Es wirkte nur so bedeutungslos und leer.

Kendra legte ihren Kopf schief und sah mich besorgt an.

»Bist du endlich bei Sinnen?«, fragte sie verständnislos. »Ich verstehe ja, dass du trauerst, aber in blinder Wut auf den Garten losgehen? Und auf mich, sobald ich versuche, dich zur Vernunft zu bringen! Hier sind überall Wachen. Wir können von Glück sagen, dass dich niemand gehört hat. Das Tor können wir jetzt jedenfalls als Fluchtweg ausschließen. War das dein Hündchen wirklich wert?«

Ich warf ihr einen verachtungsvollen Blick zu. Ich erwartete von niemandem, dass er verstand, was Luna mir bedeutet hatte. Ich erwartete jedoch, dass es respektiert wurde.

»Wir werden hier niemals rauskommen!«, beschwerte sich Kendra erneut.

Zu meiner Überraschung war mir das völlig gleichgültig.

»Wie viele Leute kennen den Weg in die Bibliothek?«, fragte ich schroff.

Kendra dachte kurz nach. »Nicht viele. Einige wenige, den meisten davon kann ich vertrauen. *Wir* zählen momentan nicht dazu. Sämtliche Eingänge liegen innerhalb des Palastes.«

»Nicht ganz. Komm mit!«, befahl ich und stapfte los.

Kendra folgte mir wortlos, sie zischte nur ab und zu ärgerlich, wenn wir zu nah an einer Wache vorbeischlichen. Ich steuerte geradewegs auf die große Eiche zu, die ich schon so oft benutzt hatte. Stumm deutete ich auf den mächtigen Stamm.

»Oh …!«, entfuhr es Kendra. »Ich wäre nie darauf gekommen, dass jemand diesen Weg wählen würde. Ich hätte dich nie unterschätzen sollen, du bist außerordentlich clever.«

Ich zuckte achtlos mit den Schultern. Man hätte meinen können, dass sie von der riesigen Eiche vor ihrem Fernster gewusst hätte.

Ich machte mich an den Aufstieg. Meine Glieder waren müde und schwer, meine Hände zerschnitten. Jede Bewegung schmerzte. Die steife Rüstung machte das Klettern schier unmöglich. Es war, als wollte der König mich persönlich zu Boden stoßen. Als hätte man mir Stöcke an sämtliche Gelenke gebunden und meinen Körper mit Steinen beschwert. Dieser verdammte Kriegsrat mit seinem verfluchten Krieg versuchte auch jetzt noch, mich zu bekämpfen. Als hätten sie mich nicht schon längst geschlagen.

Kendra huschte den Stamm so mühelos hinauf, als wäre sie ein Eichhörnchen. Oder vielleicht eine Katze. Wütend starrte ich ihr hinterher. Sie kannte die Last nicht, die mir auferlegt wurde.

Oben angelangt zwang sie mich dazu, beinahe endlos im Verborgenen zu kauern und nach den Wachen zu lauschen. Nichts war in der Stille in meinem Inneren zu hören. Keine Schritte, nicht einmal der Atem eines stationierten Soldaten.

Erstaunlich. Der König war vielleicht nicht der Hellste, dem Boten hingegen traute ich es durchaus zu, jemanden vor der Bibliothek aufzustellen – obwohl er behauptete, nichts von ihrer Existenz zu wissen. Wer wusste schon, ob er mich verraten würde? Es war mir nie leichtgefallen, Phillian zu durchschauen. Mein Tod war ihm vielleicht genauso gleichgültig wie mir.

Ich folgte Kendra durch den gähnend leeren Gang. Gemeinsam schlüpften wir durch die vertraute Tür ins Innere der Bibliothek. Dort ließ ich mich auf einen Stuhl fallen und starrte ins Leere. Fürs Erste waren wir in Sicherheit.

Kendra kramte einen Schlüsselbund hervor und eilte von einem Eingang zum nächsten, um sie sorgsam zu verschließen. Dann begann sie aufgeregt von Regal zu Regal zu eilen und in verstaubten Büchern zu blättern. Sie bemerkte nicht, dass ich Zeit für mich brauchte, sondern redete unablässig auf mich ein. Von der Spitze einer langen, schmalen Leiter aus rief sie mir über den Rand eines dicken Wälzers hinweg zu: »Ich muss hier alte Grundrisse des Schlosses haben. Mit sämtlichen Geheimgängen. Einer davon muss intakt sein!«

Ich wandte meinen Blick nicht von einem besonders interessanten braunen Buchrücken im gegenüberliegenden Regal ab, immerhin antwortete ich: »Es ist zwecklos. Wir wissen nicht einmal, was sie vorhaben.«

»Natürlich!«

Innerhalb eines Wimpernschlags war sie die Leiter hinuntergerutscht und schmiss mich jetzt fast vom Stuhl.

»Du sitzt auf meinem liebsten Geheimgang«, erklärte sie, während sie mich schroff zur Seite schob. »Ein paar von den hohen Herren werden sich im Ratsraum gerade ganz fürchterlich streiten. Komm schon, lass uns ihnen einen Besuch abstatten.«

Missmutig ließ ich mich von ihr in den Gang schieben, bis wir hinter der vergilbten Leinwand angekommen waren und die verschwommenen Schemen der Ratsleute erkennen konnten. Sonderbar. Ich hatte so lange davon geträumt, mit Kendra hier unten zu sitzen und den Kriegsrat auszuspionieren. Ich hatte es mir vorgestellt wie in einem der Abenteuerbücher. Kendra und ich, alleine gegen die Welt. Jetzt fühlte es sich kein bisschen aufregend an. Da waren nichts als Schatten, die meinen Tod wünschten.

Wir saßen in der Stille und lauschten. Ein großer Schrank von einem Mann erstattete gerade mit harscher Stimme Lagebericht. Selbst dieses unerhörte Glück konnte keine Begeisterung in mir wecken.

»Der Geheimgang hat uns kalt erwischt, aber wir haben die Situation unter Kontrolle. Die verfügbaren Wachen sind auf dem Gelände verteilt. Die Tore sind gesichert. Zusätzliche Patrouillen durchstreifen das Gebäude und den Garten. Die Bewohner des Palastes sind angewiesen worden, sich in ihre Zimmer zu begeben und die Türen von innen zu verriegeln. Die verborgenen Gänge, über die man das Gelände verlassen kann, wurden bereits vor langer Zeit zugemauert. Es gibt keinen Ausweg für diese Hochverräter, Eure Hoheit. Und da sie keine andere Möglichkeit haben, als im Palast herumzuirren, ist es nur eine Frage der Zeit, bis wir sie finden.«

Zu meiner Überraschung war es nicht die tiefe Stimme des Königs, die antwortete, sondern die schmierige, vor Überheblichkeit zitternde Stimme des Prinzen. »Großartig. Ist mein Vater über die Vorgänge informiert worden?«

Ein Mann, den ich nicht kannte – vielleicht eine der Leibwachen des Königs –, antwortete. »Mein Herr, Eurem Vater geht es nicht gut. Er ist nicht mehr der Jüngste und das war heute zu viel Aufregung für ihn. Er hat sich in seine Gemächer zurückgezogen und deutlich gemacht, dass er nicht gestört werden will. Wir haben zusätzliche Wachen im Schlaftrakt platziert.«

Kendra kicherte. So laut, dass sie uns fast entdeckt hätten.

Ich starrte sie mit einer Mischung aus Empörung und Verwirrung an. Was bitte schön war so witzig? So witzig, dass sie sich das Lachen nicht verkneifen konnte, wenn wir nur durch ein paar Millimeter Leinwand von einem Raum voller Soldaten – die uns zufälligerweise töten wollten – getrennt waren?

Sie dachte nicht einmal daran, sich ihr blödes Grinsen aus dem Gesicht zu streichen und bedeutete mir stattdessen bloß, ihr zu folgen. Gemeinsam verließen wir den Geheimgang.

»Was zur Hölle sollte das?«, fauchte ich sie an, sobald die Falltür hinter uns zufiel. »Wer hat denn damals gesagt, ich dürfte auf keinen Fall mit, weil ich ja Geräusche machen könnte? Und warum sind wir jetzt schon raus? Wir haben keinen Ausweg gefunden. Außer den Tod, den du uns ja freundlicherweise fast ermöglicht hättest!«

Kendra grinste mich nur wissend an. »Paranoia!«

»Paranoia?«

»Verfolgungsangst.«

»Verdammt, Kendra, ich *weiß*, was Paranoia bedeutet! Ich habe in den letzten sechs Monaten deine halbe Bibliothek gelesen.«

»Ist ja gut«, beschwichtigte sie mich. »Das Mädchen vom Land weiß Bescheid.«

Ich funkelte sie wütend an.

Sie seufzte. »Du hast deinen Sinn für Humor anscheinend im Düsterwald gelassen. Hör zu, wir sollten uns jetzt nicht streiten. Ich habe gute Neuigkeiten, die ich gerne mit dir teilen würde.«

»Schon gut.« Ich ließ mich auf meinen vertrauten Stuhl fallen. »Schieß los.« Ein Streit wäre die Anstrengung sowieso nicht wert gewesen.

»Seit dem Vorfall vor fünfunddreißig Jahren leidet der König unter Paranoia. Er weiß nur zu gut, wie wichtig den Halbmenschen ihre Rache ist. Manchmal erleidet er echte Panikattacken. Um die zu vermeiden, flüchtet er sich in die Arme der Medizin. Das Einzige, das ihn ruhigstellen kann, ist ein spezielles Schlafmittel. Sein persönlicher Kammerdiener hat mich einmal um eine Rezeptur gebeten.«

Ich verstand nicht, worauf sie hinauswollte. Der König lag also in seinem Zimmer und schlief wie ein Stein. Und was brachte das uns? Er war im Moment unser geringstes Problem.

»Und das Schnarchen des Königs wird uns einen Fluchtweg freisägen?«, fragte ich genervt.

»Ach, komm schon.« Kendra sah mich missmutig an. »Etwas mehr Vertrauen. Der König trägt den Schlüssel für das Haupttor stets bei sich. Es lässt sich nur mit diesem Schlüssel und somit der ausdrücklichen Genehmigung des Königs öffnen. Wenn wir den in die Finger bekommen und das Tor öffnen würden, werden die Wachen es für einen Befehl von oben halten. Das Schlafmittel erfüllt seinen Zweck – es wäre nicht schwieriger, als ihn einem Toten abzunehmen. Bis sie den Irrtum bemerken, sind wir längst auf und davon.«

»Und du glaubst, dass die Wachen so schwer von Begriff sind?«

Kendra runzelte die Stirn: »Die meisten? Sicherlich. Aber du hast recht. Unser Leben steht auf dem Spiel. Wir sollten uns nicht auf ein ›die meisten‹ verlassen …«

»Also gibt es keinen Ausweg.«

»Das habe ich nicht gesagt. Der nette Hauptmann hat vorhin erwähnt, dass sämtliche verfügbaren Wachen auf der Suche nach uns sind. Der Prinz ist ein machthungriger, geltungssüchtiger junger Mann. Er wird uns unbedingt schnappen wollen, während sein Vater schläft. So streicht er die Lorbeeren selbst ein. Wenn wir also nur ein bisschen Tumult veranstalten könnten …«

»Du meinst, er würde die Wachen vom Haupttor abziehen?«

»Warum nicht? Der König hat draußen keine Feinde. Die Monster werden kaum versuchen, durch das Haupttor einzudringen, solange so viele verlockende, ungeschützte Dörfer in der Umgebung liegen. Und ohne den Schlüssel lässt es sich selbst von innen nicht öffnen. Ein Bollwerk wie das Haupttor braucht keinen Schutz.«

Ich dachte eine Weile darüber nach. Das klang gar nicht so schlecht. Fast schon – möglich.

»Ich denke, es könnte funktionieren …«

Kendra lächelte.

»Der Plan beinhaltet zwei Rollen. Eine von uns muss den Schlüssel stehlen, die andere lenkt die Wachen ab. Ich würde mich bereit erklären, den zweiten Teil zu übernehmen.«

»Wie soll ich den Schlüssel aus dem bestgesicherten Zimmer des ganzen Palastes stehlen?«

Kendra klopfte mir mitleidig auf die Schulter. »Kleines, glaub mir, das ist der leichtere Teil. Der König schläft wie ein Stein. Das wird ein Kinderspiel. Die Wachen, mit denen ich es zu tun haben werde, sind hingegen sehr wach. Und bewaffnet. Und wie der Zufall es so will, wollen sie mich töten.«

Ich seufzte ergeben. »Und wie soll ich deiner Meinung nach in das Gemach des Königs kommen?«

Kendra strahlte: »Das ist die Zoraya, die ich kenne!«

Ich verdrehte die Augen, fühlte mich jedoch zum ersten Mal seit Stunden fast zuversichtlich.

Kendra klatschte ein dickes Buch auf den Schreibtisch. Auf den aufgeschlagenen Seiten war ein Gebilde zu sehen, das aussah wie der Grundriss des Palastes.

»Das ist gerade das Raffinierte daran«, erklärte sie mir zufrieden und klopfte energisch auf das Bild. »Über das Dach.«

Kendra hatte eine der unendlich langen Leitern, die man benötigte, um an die höchsten Bücher zu gelangen, an ein ganz bestimmtes Regal gelehnt. Ich balancierte auf ihrer obersten Sprosse, direkt unter der Decke, und war kurz davor, die Falltür aufzudrücken, die sich über mir abzeichnete. Kendra befand sich einen halben Meter unter mir. »Du weißt, welchen Schornstein du nehmen musst?«

»Ja, den großen, am hinteren Teil des Gebäudes. Kein Rauch, im Garten links davon ist ein Labyrinth mit einem Stern in der Mitte.«

Kendra nickte mir von unten zu. »Genau. Wie viele Zacken hat der Stern?«

»Fünf.«

»Nein, sechs«, korrigierte Kendra mich. »Der Stern hat sechs Zacken. Das ist wichtig, sonst landest du am Ende im Gemach der Königin.«

»In Ordnung. Links im Garten ist ein Labyrinth mit einem sechszackigen Stern in der Mitte. Wie gut, dass ich über Katzenaugen verfüge, um das im Dunkeln genaustens zu überprüfen.«

Kendra gab einen Laut von sich, der wie eine Mischung aus Glucksen und Schnurren klang. »Gut! Und jetzt los mit dir. Husch!«

Sie schob mich förmlich durch die Falltür hinaus ins Freie. Ein kalter Windzug blies mir die Haare aus dem Gesicht.

»Es ist wunderschön, nicht wahr?« Kendra war neben mir lautlos auf das Dach geklettert. »Du musst wissen, Katzen haben eine gewisse Affinität für Dächer.«

Ich sah mich um. Die Dächer des Palastes waren unvergleichlich. Allein schon die Tatsache, dass ich von Dächern sprach. Das Dach setzte sich aus vielen, vielen kleineren zusammen wie ein riesiges Mosaik. Manche davon waren nur zur Zierde da. Das gesamte Dach war mit matten dunkelblauen Ziegeln abgedeckt. Eine weitere ungewöhnliche Tatsache, die ich sonst nur aus der Hauptstadt kannte. Die meisten Dächer, die man so sah, bestanden aus Stroh oder Holz, und Ziegel gab es normalerweise nur in lehmigem Orange.

Überall erblickte ich Dachfenster, die ihre eigenen kleinen Dächer besaßen. Unzählige Schornsteine in verschiedenen Größen ragten überall empor wie Pilze. Einige davon waren breit und sorgsam verziert, andere lang und dünn. Viele hatten, welche Überraschung, ein Dach. Jedes größere Zimmer im Palast musste mit einem eigenen Kamin versehen sein. Weißer Rauch drang aus zahlreichen ihrer Öffnungen und formte sich vor dem dunklen Nachthimmel zu gespenstischen Schwaden.

Generell wirkte die ganze Szenerie unheimlich. Der Vollmond spendete sein bleiches, kaltes Licht. Beim Anblick des leuchtenden Gestirns verkrampfte sich mein Magen. Es wären Tränen in meine Augen geschossen, wenn sie nicht längst versiegt wären.

Der Wind fegte über die Dächer, fuhr pfeifend durch Winkel und Ecken. Im Garten raschelten die ordentlich gestutzten Buchsbäumchen und die langen exotischen Grasbüschel. Es war dunkel dort unten. Man konnte die Beete kaum erkennen, denn die Pflanzen verschluckten das Licht und ein Großteil des Gartens lag im Schatten. Nur die Kieswege glänzten fahl im Mondlicht. Trotzdem hatte Kendra recht: Es war wunderschön.

»Hier«, flüsterte sie und drückte mir einen gebogenen silbernen Dolch in die Hand. Perplex blickte ich von der Waffe zu ihr und zurück.

»Wozu …?«, stammelte ich.

»Der König trägt den Schlüssel um seinen Hals.«

Ich starrte sie entgeistert an. »Ich soll ihn töten?!«

Kendra tätschelte mir beruhigend den Arm und setzte ein kleines Lächeln auf. »Keine Sorge, er wird schlafen. Er hat sein Mittelchen genommen. Das hier ist … nur für den Fall.«

Sie zwinkerte mir zu.

»Nur für den Fall?«, schrie ich sie jetzt fast an. »*Nur für den Fall?* Ich kann ihn nicht nur für den Fall töten!«

Meine Freundin sah mich lange ernst an.

»Vergiss nicht, was er dir angetan hat.«

Mit diesen Worten verschwand sie und ließ mich allein. Die Falltür schwang mit einem dumpfen Knall hinter ihr zu.

Was er mir angetan hatte … Er hatte versucht, mich umbringen zu lassen. Deshalb konnte ich ihm nicht dasselbe antun! Ich konnte niemanden ermorden!

Und wenn er wach war? Wenn er mich in seinem Zimmer entdeckte? Wie weit würde ich gehen, um mein Leben zu retten?

Missmutig steckte ich den Dolch in meinen Gürtel. Er würde schlafen. Er würde sicherlich schlafen …

Ich trug nur mein Wams – ich hatte meinen Brustpanzer und das Schwert in der Bibliothek gelassen, um besser klettern zu können -, der Aufstieg war dennoch eine echte Herausforderung. Ich war froh über die Beschäftigung, sie füllte die Leere meiner Gedanken.

Die Ziegel waren eng gesetzt, kalt und glatt. Bei einem Strohdach musste man sich nur Sorgen machen, ob es das Gewicht halten würde oder nicht. In jedem Holzdach fand man Unebenheiten. Aber hier?

Ich musste penibel auf mein Gleichgewicht achten. Die Füße gegen die Ziegel gestemmt, suchte ich mit meinen Fingerspitzen Halt. Ständig hielt ich an, um mir den Schweiß von meinen Handflächen zu wischen. Jedes Mal kam er zurück, dank dieser furchtbaren Mischung aus Aufregung und Anstrengung.

Zentimeterweise arbeitete ich mich vorwärts. Ich bewegte mich seitlich, nur ganz leicht schräg nach oben. Es war der leichteste Weg. Oben angekommen, schwang ich mich auf den Giebel, umschloss ihn mit Armen und Beinen und zog mich voran. Diese Methode war schneller, bequemer und um einiges sicherer als der Aufstieg. Dadurch bot sich mir die Zeit, nach dem gesuchten Schornstein Ausschau zu halten.

Es gab einige große ganz in der Nähe. Es konnten nicht die richtigen sein – die Privatgemächer waren weiter hinten im Palast. Ich kniff die Augen zusammen und folgte den Umrissen des Daches mit suchendem Blick. Dort hinten! Zwei besonders breite Schornsteine, dicht beieinander. Das mussten die Gemächer von König und Königin sein, oder?

Während ich weiterrobbte, behielt ich sie genau im Auge. Es mussten die richtigen sein. Es stieg kein Rauch auf und sie wirkten besonders verziert, als hätte –

Fast wäre ich hinuntergefallen. Erschrocken keuchend klammerte ich mich an den Giebel und starrte in den Abgrund, der sich plötzlich vor mir aufgetan hatte. Er fiel fünf Meter weit ab – eine dunkle, gähnende Kluft. Was sollte das? Auf der anderen Seite zog sich das Dach ganz normal weiter. Als hätte man den Abgrund nur zur Zierde eingebaut. Völlig unpraktisch, und mich hätte es eben beinahe das Leben gekostet. Gleichgültig, ob ich den Sturz überlebt hätte, da unten wäre ich in der Falle gesessen. Mit einem gebrochenen Bein hätte sich eine Flucht schwierig gestaltet.

Ich blickte zu den Schornsteinen, auf die ich es abgesehen hatte. Sie waren schon viel näher, nur ein, zwei Meter Leere hinderten mich an jeglichem Vorankommen. Ich meine, es war keine lange Strecke, mit Anlauf würde ich den Sprung schaffen. Aber kriechend Anlauf nehmen?

Oh Gott. *Oh Gott.*

Ein paar Augenblicke später stand ich auf dem Giebel, zwanzig Meter vom Abgrund entfernt. Nervös versuchte ich, mein Gleichgewicht zu halten. Ich schwankte – jede plötzliche Windböe hätte mich vom Dach gefegt. Was zur Hölle tat ich da?

Es sah aus wie Rennen.

»Wieso muss sich mein Körper auf solchen halsbrecherischen Unternehmungen jedes Mal selbstständig machen?«, fuhr es mir durch den Kopf, während die Ziegel unter mir vorbeiflogen. Das war keine gute Idee. Gar keine gute Idee. Meine Füße kümmerte das nicht. Sie rannten weiter, als wäre der Untergrund eine Blumenwiese.

Mein Gleichgewichtssinn war durch zahlreiche Klettertouren in den Bergen gestärkt, ich konnte von Stein zu Stein springen wie eine Gämse. Aber das hier war verrückt.

»Halt an!«, schrie ich, als die Schlucht bedrohlich nahe kam.

»Was hat der Verstand bloß?«, dachte sich mein Körper. »Es ist völlig in Ordnung, über ein Dach zu rennen. Läuft super!«

Jetzt war ich nur wenige Schritte vom Abgrund entfernt.

»Halt sofort an!«, schrie die Stimme in meinem Kopf ein letztes Mal. Doch ich dachte gar nicht daran.

Ich sprang.

Ich flog durch die Luft, meine Beine wirbelten herum, als würde ich weiterhin rennen. Meine Arme ruderten hilflos auf und ab, in einem verzweifelten Versuch, das Gleichgewicht zu halten.

Ich schwebte. Wie in Zeitlupe zog der Abgrund unter mir vorbei. Ich spürte, wie meine Haare hinter mir flatterten, wie der kalte Wind an meinem Gesicht vorbeizog. Unendlich langsam.

Dann landete ich.

Es war Schmerz. Nichts als Schmerz.

Seid ihr schon einmal von einem Dach auf ein anderes gesprungen? Nein? Weise Entscheidung. Ist nicht zu empfehlen.

Der Dachgiebel schlug mir in den Bauch, meine Arme und Beine schlackerten nutzlos herum. Sämtliche Muskeln in meinem Körper erschlafften, machten mich so gewandt wie einen Sack Kartoffeln. Ich hätte geschrien, hätte der Aufprall nicht die Luft aus mir herausgepresst.

So kippte ich stumm zur Seite und glitt das Dach hinunter. Mein schlaffer Körper ruckelte über die Ziegel, meine Hände und Knie schürften über die raue Oberfläche. Kurz vorm Ende des Daches kam ich langsam zum Stillstand. Jede Faser meines Körpers tat weh. Die wunden Stellen brannten wie Feuer und ein stechender Schmerz in meiner Brust machte mir das Atmen schwer. Der Schnitt an meinem Bein hatte wieder zu bluten begonnen.

Ich biss die Zähne zusammen und machte mich an den Aufstieg. Handbreit um Handbreit schob ich mich nach oben, schwer atmend und kleine Blutströpfchen auf den Ziegeln hinterlassend. Trotzdem erreichte ich den Schornstein.

Ein kurzer Blick in den Garten. Ein Labyrinth mit einem Muster in der Mitte, das einen sechszackigen Stern darstellen könnte. Ein zweiter Blick und ich war überzeugt. Das Gebilde war auf jeden Fall symmetrisch.

Mühsam löste ich ein langes, stabiles Seil von meinem Gürtel und band es an einem nah gelegenen Schornstein fest. Ich fertigte zwei, drei Knoten zu viel an, im Zimmer des Königs festzusitzen war das Letzte, worauf ich Lust hatte. Ich stemmte mich gegen das Seil, um den Schornstein auf seine Belastbarkeit zu prüfen. Meine Vorrichtung wirkte stabil. Das Schlimmste wäre, wenn das Seil beim Abstieg riss und ich am Ende mit gebrochenem Bein in der königlichen Feuerstelle läge.

Sicherheitshalber machte ich einen weiteren Knoten.

Dann balancierte ich hinüber zum Kamin des Königs. Ich kletterte auf den Rand und blickte hinab in den dunklen Schlot. Der beißende Gestank von Rauch und Asche empfing mich. Ich führte das Seil durch meinen Gürtel und ließ das lose Ende in den Schacht fallen. Vorsichtig stemmte ich meine Beine gegen die gegenüberliegende Wand des Schornsteins und umklammerte das Seil fester. Dann ließ ich mich langsam hinab.

Der Abstieg war beschwerlich. Ich musste meine Füße gegen die eine und meinen Rücken gegen die andere Wand stemmen, um mich abzubremsen. Trotzdem rieb das raue Seil meine verletzten Hände weiter auf. Mit jedem Schritt, den ich nach unten machte, wurden die Schmerzen unerträglicher. Als ich endlich in der warmen Asche der Feuerstelle angekommen war, bestanden meine Hände aus blutigem Fleisch.

Achtlos wischte ich sie an meiner Kleidung ab. Das bisschen Blut störte nicht weiter, sie war sowieso schon schwarz vom Ruß. Den schrecklich brennenden Schmerz spürte ich inzwischen gar nicht mehr. Mein Verstand hatte sich längst ausgeschaltet und meinen Instinkten das Steuer überlassen – und die schlugen sich gar nicht so schlecht. Ich zog das Seil aus meinem Gürtel, stieg über das kleine Ziergitter vor der Feuerstelle und hatte mein Ziel somit endlich erreicht.

Ich weiß nicht, was meinen Verstand derart betäubt hatte. Ob es das Adrenalin war, die Aufregung, die Angst, die Wut, die Trauer um Luna …

Lunas Tod. Das hatte Kendra gemeint. Das war es, was der König mir angetan hatte. Nicht, dass er mich töten wollte, sondern, dass er mir meine Freundin genommen hatte. Dass er diese treue, liebe, völlig unschuldige Seele gnadenlos ausgelöscht hatte. Abgestochen und zum Sterben zurückgelassen, nur um mir eine Lehre zu erteilen. Weil ich den Frieden wollte, vor dem er sich fürchtete.

Was, wenn er es wieder tat? Mit meiner Familie? Wenn er seine Soldaten in die Berge schickte, um unseren Hof niederzubrennen, wie es die Menschen in der Rahnui getan hatten? Wenn er sie losschickte, um jedem Einzelnen, den ich jemals geliebt hatte, die Kehle durchzuschneiden?

Ein Stich durchbohrte meine Brust. Eine eiskalte Hand schlang ihre dünnen Finger um mein Herz. Meine Wangen glühten vor Wut. Zaghaft fuhren meine Fingerspitzen über den Knauf des Dolches an meinem Gürtel. Über die Ranken, die ihn verzierten, über die glatte Kuppe. Der Gedanke fühlte sich auf einmal gar nicht mehr so schlecht an …

Letztendlich war der König nichts als ein alternder, eitler Herrscher, der sich nicht um sein Volk scherte. Der nicht einmal bereit dazu war, sich einen Vorschlag zu seiner Rettung anzuhören – aus Angst um seine eigene Haut. Was für ein Feigling! Was für ein Tyrann!

Meine Hand schloss sich um den Griff, nur probeweise. Es fühlte sich gut an. So, so gut. Es war, als flösse all meine Angst, meine Trauer, mein Schmerz und meine Verzweiflung in die Klinge. Was zurückkam, war so kalt wie der blanke Stahl – und ebenso tödlich.

Ich machte ein paar Schritte in den Raum hinein. Jedes letzte bisschen war aus Gold. Oder Marmor, Samt und Seide. Ach nein, da hinten, da war ein Kelch aus Kristall! Und dieser diamantbesetzte

Kronleuchter bestand lediglich aus purem Silber … Ich grinste spöttisch. Wie erbärmlich. So ein Armutszeugnis duldete man in den königlichen Hallen?

Wann hatte er all diese Schätze angehäuft? Während der letzten Hungersnot? Oder reichten schon die Einnahmen aus den Steuern, die die normale Bevölkerung beinahe in den Ruin trieben? Was für ein weiser, gütiger Herrscher er war.

Als ich vor seinem ausladenden Bett stand, vor diesem Berg aus Kissen, Decken und Teppichen, aus Samt und aus Seide – da befand sich der Dolch nicht mehr in meinem Gürtel. Er lag in meiner Hand, die dünne Klinge blitzte im matten Schein der Kerzen auf dem Nachttisch. Langsam hob ich meinen Arm.

Es war mir egal, ob der König schlief oder nicht.

Er würde jedenfalls nicht mehr aufwachen.

20. KAPITEL

Ich schlug die Decke zurück. Ich wollte diesem Abschaum ins Gesicht blicken, wenn ich sein Leben beendete.

»Nein! Bitte! Tu es nicht! Töte mich nicht, bitte!«

Die Frau begann zu schluchzen.

Vor lauter Verwirrung ließ ich den Dolch sinken. Das war definitiv nicht das bärtige Gesicht des Königs. Er war es nicht, der da um Gnade flehte. Es war die Königin.

Aus der Nähe sah sie älter aus. Feine Falten durchzogen ihr gesamtes Gesicht wie Spinnweben. Ihre Haare waren gefärbt, denn am Ansatz schimmerten sie silbern. Sie war nicht viel jünger als meine Großmutter. Trotzdem war sie wunderschön. Tränen glitzerten in ihren warm blickenden braunen Augen.

Sie weinte. Weinte, weil sie Angst um ihr Leben haben musste. Weil sie befürchtete, dass ich sie töten wollte.

Um ihren Hals hing eine lange silberne Kette mit einem großen Schlüssel daran. Warum besaß sie den Schlüssel? Was machte sie hier? Ich hatte mich nicht im Raum geirrt. Warum also lag sie im Bett des Königs?

Eine weitere Welle des Hasses schwappte durch meine Gedanken. Der König war paranoid. Er fürchtete die Rache der Halbmenschen. Und er war nicht dumm. Er würde sich nicht ohne Weiteres im Schlaf abstechen lassen. Er hatte seiner Frau den Schlüssel gegeben, sie in sein Zimmer geschickt, ihr vielleicht eine Dosis Schlafmittel verabreicht und ihr dann die Decke über den Kopf gezogen. Sollte sie an seiner Stelle ermordet werden.

Ermordet.

Oh Gott. Was tat ich hier?

Was wäre, wenn ich die Decke nicht zurückgeschlagen hätte? Ich hätte die Königin getötet. Eine unschuldige Frau. Unbewaffnet und völlig wehrlos. Und weshalb? Weil man meinen Hund erstochen hatte. Weil man nicht bereit war, mir zuzuhören. Weil vieles falschlief in diesem Land, ja. Aber wurde ich deshalb zur Mörderin? Ich, die keiner Fliege etwas zuleide tun konnte? Die bei der Hinrichtung eines *Monsters* Mitleid gehabt hatte?

Was war bloß aus mir geworden?

Ich ließ den Dolch fallen. Er glitt aus meinen zittrigen Fingern und fiel mit einem dumpfen Geräusch auf den flauschigen weißen Teppich. Dort, wo der blutverschmierte Griff im weichen Stoff versank, würde ein hässlicher Fleck zurückbleiben.

Dann brach ich zusammen. Fiel auf meine Knie, während meine Welt vor mir zersplitterte. Ich hatte mich für einen guten Menschen gehalten. Wie es sich herausstellte, war ich nur eine falsche Entscheidung davon entfernt, zur wahnsinnigen Mörderin zu werden.

Die Königin lag im Bett und schluchzte. Ich robbte rückwärts weg von ihr, versuchte, so viel Platz wie möglich zwischen mich und das Leben zu bringen, das ich beinahe beendet hätte. Ich war ein guter Mensch. *Ich war ein guter Mensch.*

Im hintersten Winkel des Zimmers kauerte ich mich in einer Ecke zusammen, presste mich gegen die Wand und begann unkontrolliert zu schluchzen. Es war zu viel. Die letzten Tage – die letzten Stunden –, es war viel zu viel. Ich fühlte mich meines Verstandes beraubt. Dunkle Schwaden hatten sich durch meine Seele gezogen und mein Herz war zu Eis erstarrt. Ich hatte in Lunas Namen töten wollen. In Lunas Namen! Und in dem meiner Familie … Wie hätten sie eine derart schändliche Tat jemals gutheißen sollen? Wie hatte *ich* das jemals gutheißen können?

Nie mehr.

Ich hatte Glück gehabt. Ich hatte die Chance bekommen, den Menschen zu sehen, in den ich mich verwandelte, bevor es zu spät war. Ich hatte die Chance bekommen, in den schwarzen Abgrund zu blicken, der sich in meiner Seele auftat, bevor es kein Zurück mehr gab. Das Schicksal hatte mich gerettet, indem es mir diese Chance gegeben hatte. Noch war ich keine Mörderin.

Aber ich würde damit leben müssen, dass ich fast zu einer geworden wäre.

Nie mehr.

Nie mehr würde ich so nahe an den Rand des Bösen kommen. Ich würde nie mehr auch nur daran denken, jemanden zu töten. Das war ein Versprechen.

Ich drückte mein Gesicht gegen die kalte Marmorwand und weinte um meine verlorene Unschuld.

Ein Arm schlang sich um meine bebenden Schultern. Ein zweiter zog mich in eine schützende Umarmung.

Die Königin hatte sich neben mich gesetzt. Hatte ihre Arme um mich geschlungen und hielt mich fest. Zögerlich streckte ich meine zittrigen Hände nach ihrem warmen Körper aus und klammerte mich an sie.

Arm in Arm saßen wir da, in der kleinsten Ecke dieses riesigen, prunkvollen Raumes und weinten. Es musste wie ein Kunstwerk ausgesehen haben – ein Bild voll paradoxer Schönheit.

Der Wolf und das Schaf. Ein gewöhnliches Hirtenmädchen und eine Königin. Ein Feenbalg und eine Schönheit, ein Mädchen und eine Weise, eine Mörderin und ihr Opfer. Uns verband unser Schicksal. Uns verbanden der Schmerz und die Angst und die Liebe, die bereit war, zu verzeihen. Das Mitgefühl für die Tränen des anderen und das unstillbare Bedürfnis nach Trost.

Ihre Umarmung tat gut. Viel zu lange hatte mich niemand mehr beruhigend in den Arm genommen. Viel zu lange hatte ich Angst, Schmerz und Einsamkeit allein ertragen müssen. Ich vermisste die Zuneigung meiner Familie. Die warme Umarmung meiner Mutter. Wie mein Vater mir durchs Haar strich. Wie sich meine kleine Schwester mir um den Hals warf und wie mir meine Brüder aufmunternd in die Seite boxten. Ich vermisste den Trost und die Wärme am Ende eines kalten Tages.

In den Armen dieser unendlich großherzigen Frau, die einem erhobenen Dolch mit Liebe begegnete, kam ich endlich zur Ruhe. In ihrer sanften Geborgenheit fand ich langsam zu mir selbst zurück. Nie mehr würde so viel Reue vonnöten sein.

Wir rührten uns nicht, bis sämtliche Tränen versiegt waren.

Dafür kehrte der Schmerz zurück. Ich biss die Zähne zusammen, doch die Hitze in meinen Händen ließ sich nicht ignorieren. Betreten betrachtete ich die blutigen Fetzen, in die sie sich verwandelt hatten.

Plötzlich erhob sich die Königin. Gediegenen Schrittes durchquerte sie den Raum – ihre Eleganz war selbst mit zittrigen Händen und blutverschmiertem Nachthemd ungebrochen. Für einen Moment war sie im Nebenzimmer verschwunden, dann kam sie mit einer Schüssel Wasser und einem dieser unendlich weichen Waschtücher zurück. Sie hielt den Kopf hoch erhoben und lächelte mir sanft zu. Ihr Stolz war unversehrt und ihre Güte war grenzenlos.

Ich konnte nicht fassen, was sie da tat. Strahlend wie ein Stern kniete sie vor mir und tauchte den weichen Stoff in das klare Wasser. Zu meiner Überraschung entdeckte ich dunkle Blutergüsse auf ihren bloßen Oberarmen. Schüchtern reichte ich ihr meine Hände und sie begann behutsam, meine Wunden zu reinigen. Die Berührung schmerzte, zugleich besänftigte mich die Kälte des Wassers. Ich lehnte den Kopf zurück und wartete, bis die Flüssigkeit von Blut und Ruß dunkel gefärbt war.

»Ich weiß, wer du bist«, sagte die Königin leise.

Verdutzt blickte ich sie an.

»Selbstverständlich wisst Ihr das. Ich bin die sogenannte Heldin, die sich als Enttäuschung entpuppt hat.«

»Nein«, antwortete sie und ich meinte, ein Lächeln in ihrer Stimme zu hören. »Ich weiß, wer du wirklich bist, Zoraya. Du bist meine Großnichte.«

Das brachte mich völlig aus der Fassung. Für eine Weile starrte ich sie bewegungslos mit weit aufgerissenen Augen und offenem Mund an.

»Deine … Großnichte?«

Sie lachte: »Deine Großmutter, sie ist meine Schwester.«

»Woher?«, stammelte ich.

Die Königin lächelte nur freundlich und strich mir eine Strähne aus dem Gesicht. »Sieh dich nur an. Du bist genau wie sie. Ich wusste, dass sie eine Tochter hat. Sie hat es mir nie erzählt, aber ich wusste es. Ich wusste auch, dass sie Enkel bekommen hat. Vier, wenn ich mich nicht irre?«

Ich nickte perplex.

»Wie wunderbar. Zwei Mädchen und zwei Jungen.«

Das konnte nicht wahr sein. Wie konnte sie … Meine Gedanken schweiften zurück zu dem Tag, als ich in das Arbeitszimmer des Prinzen eingebrochen war. Zu dem Porträt der Königin, auf dem sie meiner Mutter zum Verwechseln ähnlich sah. Kein Wunder – die Königin war ihre Tante! Was hatte das zu bedeuten?

»Um genau zu sein, wusste ich, wo sie sich versteckt hielt«, fuhr sie sanft fort. »Es war fürchterlich, sie nie besuchen zu können, aber seine Majestät, der König, hat nach ihr suchen lassen.«

Ich stutzte. Meine Mutter hätte meinen Vater ihren Mann genannt. Oder vielleicht ihren Gemahl, wenn sie ganz förmlich sein wollte. Welche Frau sagte »Seine Majestät, der König« zu ihrem Geliebten?

Die Herrscherin, die angeblich meine Großtante war, setzte ihre Erzählung fort. »Ich habe sie nie verraten. Als kleines Kind nicht und all die Jahre danach genauso wenig. Ihre Geheimnisse befinden sich bei mir hinter versiegelten Lippen.«

Sie zeigte ein trauriges Lächeln.

Ich stellte endlich die Frage, die mir schon die ganze Zeit über auf der Zunge brannte: »Wieso? Wieso ist sie gegangen? Wieso hat sie sich versteckt?«

Die Königin senkte ihren Kopf, sodass ich ihr Gesicht nicht sehen konnte. »Sie war die Erstgeborene einer hoch angesehenen Fürstenfamilie. Sie sollte mit dem Thronfolger vermählt werden. Doch sie wollte nicht. Meine Schwester hatte ihren eigenen Kopf. Sie sagte, sie wolle nicht das Püppchen für einen Mann spielen, nicht einmal für den zukünftigen König.«

Die Königin machte eine kurze Pause. »Außerdem hatte sie sich verliebt. Ich habe ihn nie zu Gesicht bekommen, den Mann, den sie so unsterblich liebte. Sie hätte ihre Freiheit für niemanden sonst geopfert.«

An dieser Stelle begannen Tränen über ihr Gesicht zu fließen. »Sie hat mich damals verlassen. Eines Tages war sie verschwunden. Ist mit ihrem Geliebten vor der Hochzeit geflohen, die sie nie wollte. Ich habe tagelang nur geweint.«

Für einen Moment befand sie sich in der Zeit, von der sie mir erzählte. Als sie ihre Erzählung erneut aufnahm, war ihre Stimme kalt und leer. »Meinen Eltern entschieden damals, dass es das Richtige war, den Zorn des Königs zu besänftigen, indem sie ihm ihre andere Tochter versprachen. Um das Chaos unter den Teppich zu kehren, sollte ich möglichst bald mit dem Kronprinzen vermählt werden. Ich war viel zu jung. Und der Prinz wollte mich nicht – er hatte nur meine Schwester gewollt.« Ein verbittertes Lächeln zog sich über ihr Gesicht. »Jeder Mann hatte meine Schwester gewollt. Sie war schön wie die Morgensonne und kühl wie ein Diamant. Ich war hübsch, sie jedoch … Ihre Haare flossen wie Bäche aus Gold über ihre zarten Schultern, ihre Augen blitzten gefährlich in ihrem lieblichen Gesicht. Sie hatte dieses Selbstvertrauen, diese Aura, die sie so stark, schön und geheimnisvoll wirken ließ. Sie umgab sie wie ein Zauber. Ich war jünger und schüchtern. Ich war eine kleine Maus neben einem Schwan.«

Sie sah mich lange an.

»Ich habe ihr nie verziehen, dass sie gegangen ist. Verstehst du das? Ich habe es ihr nie verziehen.«

SEIDE IM WIND

Sie kam oft hierher zurück. Saß auf dem nackten Boden, die Arme um die Knie geschlungen, und sah aus dem Fenster. Die großen Flügeltüren standen dauerhaft offen. Der Wind spielte mit den langen weißen Vorhängen. Am Himmel dahinter kreisten Schwalben.

Sie wusste nicht, weshalb sie diesen Ort so schätzte. Er barg ein Risiko, das sie nie hatte eingehen wollen. Sie konnte sich kaum vorstellen, was diese einsamen Stunden sie kosten könnten.

Und doch.

Und doch kehrte sie zeitlebens hierher zurück.

»Er hat es wieder getan, weißt du.«

Der Wind antwortete, wie er es immer tat. Ein leises Rascheln, ein kaum wahrnehmbares Knistern. Es war ein edler Stoff, mit dem er da spielte.

»Glaubst du, er hätte es bei dir gewagt?«

Sie wusste, dass das nicht fair war. Aber die Frage brannte schon so lange in ihrem Herzen. Hätte er ihr das angetan?

»Denkst du, es ist meine Schuld?«, sie zögerte einen Moment. »Ich mache so vieles falsch. Ich gebe mein Bestes, natürlich tue ich das, es reicht nur nicht.«

Der Wind lauschte ihrem hilflosen Schluchzen. Besorgt streichelte er ihr Gesicht. Es war kalt draußen – er trug den fernen Geschmack von Schnee herein. Ein Klirren hing in der klaren, trockenen Luft. Es war viel kälter hier, mit den weit geöffneten Fenstern.

Die junge Frau hatte schon lange zuvor gezittert.

»Weißt du was?« Die Frau stürmte in den Raum, mit wehenden Röcken und peitschendem Atem. Sie schob die Vorhänge zur Seite und riss das Fenster auf, so weit sie konnte. »Es ist nicht meine Schuld!«, schrie sie in den Garten hinaus, aus vollem Hals, die Stimme bebend vor Zorn. »Es ist nicht meine Schuld, hörst du?«

Schwer atmend starrte sie in die Ferne. Ganz dort hinten lag das Gebirge, direkt hinter dem Horizont.

»Ich weiß, dass du das nicht wolltest. Weißt du was? Du musst es nicht ertragen! Egal, wie schrecklich dein Leben hier gewesen wäre, ich habe es nicht verdient, deinen Platz einnehmen zu müssen. Es ist nur deine Schuld!«

Ihre Schreie hallten von den Mauern wider, es war niemand da, den es hätte stören können. Dunkelheit lag über dem zurechtgestutzten Rasen.

Eine ganze Weile stand sie so da, ihre Finger ins Fensterbrett gekrallt, bis sie ergeben zu Boden sank.

»Es tut mir leid«, hauchte sie, ihre Stimme zart und flatternd wie ein Schmetterling in der Nacht.

Und in diesem Augenblick schwor sie sich, dass sie nicht zerbrechen würde. Es war ein stummes Versprechen. Nur für sie. Es war nicht für die Ohren des Windes gedacht.

Ihre Schwester war die Löwin gewesen. Wunderschön und gefährlich. Sie konnte sanft sein oder ungezähmt und wild. Die Königin der Freiheit, fest davon überzeugt, dass die meisten Männer sowieso zu nichts zu gebrauchen waren.

Lange Zeit hatte sie sich hinter ihrem Rücken versteckt. Hatte sich hinter ihren goldenen Schein gekauert und gehofft, dass niemand sie sehen würde. Ihre Schwester war eine Kämpferin gewesen. Sie hatte es nie geduldet, wenn sich jemand gegen sie beide stellte. Und wenn sie mit Worten und Blicken nicht weitergekommen war, hatte die List jeden Kampf für sie gewonnen.

Der glänzende Schutzschild war längst nicht mehr da. Schon viel zu lange fehlte das stolz erhobene Haupt der Löwin in ihrem Leben.

Die Kämpfe waren schlimmer geworden.

Aber sie würde nicht daran zerbrechen.

Sie konnte nicht kämpfen wie ihre Schwester. Sie hatte es nie gekonnt.

Sie konnte nachgeben, wie Schilf im Sturm. Sie konnte den Blick senken und besänftigende Worte flüstern. Sie konnte den Kopf erhoben halten und ihren Bewegungen Anmut verleihen. Sie konnte die Kälte in ihrem Herzen mit Zuneigung bekämpfen, jeden Tag aufs Neue.

Sie konnte die Kälte draußen bekämpfen. Demut war ihr Schild, Güte ihre Waffe. Sie wusste, dass ihre Dienerschaft ihm Treue geschworen hatte. Doch sie wusste auch, wem sie in Wahrheit galt.

Keiner von ihnen hatte sie jemals verraten.

Und so harrte sie aus. Tag um Tag, Stunde um Stunde, Jahr um Jahr.

Nicht wie eine Löwin, sondern wie ein Fels in der Brandung.

An manchen Tagen lag sie stundenlang auf dem Boden und weinte.

Doch sie zerbrach nie.

»Sie geht jetzt. Es ist schwer, sie ziehen zu lassen.«

Die Frau war inzwischen älter geworden, abermals saß sie auf demselben Bett und sprach mit dem endlos wispernden Wind. Sie kämmte ihr langes braunes Haar, während sie den Tauben vor dem Fenster ihre Gedanken anvertraute.

»Es hilft, dass sie glücklich sein wird. Ich habe ihr einen guten Gemahl gefunden. Ein richtiger Edelmann. Alte Schule«, sie musste lächeln. »Ein bisschen verbohrt vielleicht und eindeutig zu dick, aber er wird gut zu ihr sein.«

Sie legte den Kamm zur Seite und begann, ihr Haar zu flechten.

»Sie wird mich nicht besuchen kommen. Sie hat es versprochen, natürlich hat sie das. Ich weiß schon, wie das läuft. Sie wird jetzt bald selbst Mutter. Und ihr Gut liegt fernab. Besuche nehmen Zeit in Anspruch, die sie nicht haben wird. Vielleicht, wenn meine Enkel älter sind …«

Die Frau verfiel in nachdenkliches Schweigen.

»Immerhin hat sie sich von mir verabschiedet.«

Eine einzelne Träne lief über ihre Wange, ihre Hand wischte sie so schnell weg, dass sie sie nicht einmal bemerkte. Sie hatte Übung darin.

»Verstehst du? Das ist das Einzige, das ich von ihr verlangen kann …«

Manchmal fragte sie sich, wie sie diesen Raum all die Jahre hatte geheim halten können.

Der König wusste, dass es das Zimmer ihre Schwester gewesen war. Es war seine Verlobungsfeier gewesen, auf die sie sich damals darin vorbereitet hatte. Es war eines der größten Gästezimmer des Hauses und das schönste. Gerade recht für eine Braut, wie sie es gewesen wäre.

Als Königin hatte sie veranlasst, dass die Einrichtung genau so blieb, wie sie hinterlassen worden war. Sie wusste, dass man ihr jeden Wunsch erfüllen würde. Sie wusste, dass dieser Ort niemals nur ihr eigenes Geheimnis sein würde. Sie war nicht die Einzige, die wusste, was er ihr bedeutete.

Es kam stets jemand, um sie zu warnen, wenn der König auf der Suche nach ihr ungeduldig wurde. Keiner betrat jemals das Zimmer. Nur ein höfliches Klopfen an die Tür bekundete ihre Solidarität. Dieser Raum gehörte nur ihr und dem Wind.

Es war nicht allzu verblüffend. Der König hatte so lächerliche Kleinigkeiten wie die Verwaltung sämtlicher Räume, Ressourcen und Bediensteten des Schlosses zeitlebens für Frauenarbeit gehalten. Eine Königin schrubbte keine Böden – doch auch sie führte den Haushalt.

Und sie war gut darin. Außerordentlich gut. Meistens fiel seiner Majestät nicht einmal auf, dass es eine Aufgabe war. Wenn die Dinge reibungslos liefen, vergaß man sie einfach. Das war Lohn genug für die harte Arbeit, die dahintersteckte.

Nur diesen Raum nahm sie sich heraus. Es war ein Risiko, doch es war kalkuliert.

Und wer eine plötzlich eintreffende Gesellschaft mit den bloßen Resten einer Speisekammer versorgen konnte, der hatte nie Probleme mit Kalkulationen gehabt.

»Nana, Nana, hast du Süßigkeiten?«

Das kleine Mädchen wusste, dass es seine große Schwester nicht so nennen sollte.

»Nana sagt man zu einer Großmutter!«, hatte Nana sich einmal beschwert, und dann hatte sie ihre Arme um sie geschlungen und sie zur Strafe beinahe zu Tode gekitzelt. Die Kleine erinnerte sich gerne an die Lachtränen, die sie damals lauthals um Gnade flehend vergossen hatte.

Nana hatte versprochen, ihr Süßigkeiten von der Verlobungsfeier zu besorgen. Die war nur für Erwachsene, hatte man ihr gesagt. Total unfair, denn sie liebte Früchte mit Honig.

Mit einem Grinsen, das breit war vor Vorfreude, stieß sie die Tür auf und stürmte in das riesige Zimmer.

»Nana?«

Es war leer.

Das kleine Mädchen kicherte.

»Ich weiß, dass du hier bist!«, rief sie und stolzierte betont langsam durch den Raum. »Du brauchst dich nicht zu verstecken! Du weißt, dass du sowieso verlierst …«

Mit einem triumphierenden Grinsen sprang sie zum Himmelbett und zog den Vorhang beiseite. »Hab dich!«

Da war niemand. Das Bett war so leer wie das Zimmer. Ein sanfter Windstoß raschelte durch den Tüll, das Fenster stand weit offen. Das Mädchen ließ sich auf den Bauch fallen, um unter dem Bett nachzusehen, und fand nichts als Staub.

Es dauerte eine Stunde, bis sie aufgab.

Eine Stunde, in der sich ihr Lachen längst in Tränen und Verzweiflung aufgelöst hatte.

Eine Stunde, in der sie jeden Winkel des Zimmers mehrmals abgesucht hatte.

Eine Stunde, bis sie begriff, dass niemand mehr da war.

Eine Stunde, bis sie es endlich glaubte.

Ihr Blick blieb an den langen, teuren Vorhängen kleben, die ihr vom offenen Fenster aus sanft zuwinkten, als wollten sie sich verabschieden.

Von ihrer Schwester blieb ihr nichts als Seide im Wind.

21. KAPITEL

Ich legte meine Hand auf die Schulter der Herrscherin.

»Er weiß von nichts, oder?«

Die Königin lächelte ein bitteres Lächeln. »Er hätte dich längst umbringen lassen, wenn dem so wäre. Aus Rache dafür, dass deine Großmutter damals Schande über seinen Namen gebracht hat.«

Ich schluckte.

»Keine Sorge, er wird es nie erfahren. Wenn er nur wüsste, wie viele Dinge ich weiß, von denen er nie ahnen wird …« Sie zwinkerte mir zu, dann wurde sie ernst. »Wozu bist du hergekommen?«

Ihr Tonfall ließ mich stutzen.

»Ihr werdet mich gehen lassen?«, fragte ich sie mit großen Augen.

Die Königin nickte nur stumm.

Ich habe versucht, Euch umzubringen!, schrie es in meinem Kopf und ich wischte den Gedanken beschämt beiseite.

Stattdessen sagte ich nur: »Danke. Ich danke Euch vielmals. Ihr rettet mir mein Leben.«

»Ist schon in Ordnung«, winkte sie ab, »ich tue es um meiner Schwester willen. Ich habe es nie geschafft, sie gehen zu lassen. Bei dir sollte das leichter werden. Wozu bist du hierhergekommen?«

»Der Schlüssel«, antwortete ich und deutete auf ihre Halskette.

»Du willst fliehen?«

Ich nickte hastig. Im Moment wollte ich nur weg von hier.

Sie lächelte. »Das ist das Vernünftigste, das dir in den Sinn hätte kommen können. Warte einen Augenblick.«

Sie stand auf, um im Nebenzimmer zu verschwinden. Kurz darauf kehrte sie mit einem weißen Leintuch und einer vergoldeten Schere zurück. Sie kniete sich erneut vor mir auf den Boden und begann, den Stoff sorgsam in lange Streifen zu schneiden.

»Erzähl mir von meiner Nichte«, forderte sie. Ihre Stimme war leise und sanft, aber es war nicht zu überhören, dass sie es gewohnt war, Befehle zu geben.

»Sie … sie sieht Euch ähnlich«, begann ich. »Sie ist glücklich. Sie hat einen guten, lieben Mann, gesunde Kinder und einen schönen Hof. Es gibt reichlich Weiden für unsere Schafe und Ziegen. Das Leben in den Bergen ist hart, dennoch können wir uns nicht beklagen.« Ich nahm mir einen Moment Zeit, um an meine Mutter zu denken. »Sie kocht gerne. Manchmal regt sie sich auf und scheucht uns durch das ganze Haus. Sie ist dann unausstehlich!« Die Königin fiel in mein Kichern mit ein. »Sie kann köstliches Essen machen. Ihre Kuchen sind ein Gedicht. Und sie kann singen! Sie tut es nicht oft, weil sie behauptet, kein Talent zu haben, aber wenn sie es tut … In besonders lauen Nächten am Lagerfeuer stimmt sie manchmal eines der uralten Wiegenlieder an und sie klingt dabei wie eine Nachtigall.«

Die Königin lächelte verträumt, während sie meine Hände behutsam verband. Mit flinken, geschickten Bewegungen wickelte sie das weiße Leinen über meine blutige Haut.

»Sie ist glücklich«, fuhr ich fort, »meine Großmutter ebenfalls. Sie ist alt geworden und weise. Sie ist unser ruhender Pol. Sie sitzt pausenlos auf der Bank vor dem Haus und strickt. Sie spricht nicht viel und wenn sie es tut, kann man sich sicher sein, dass ihre Worte weise und von Bedeutung sind.«

Jetzt lachte die Königin. Sie war freundlich, stets ein Lächeln auf den Lippen, doch dieses Mal wirkte es anders. Es war ein echtes, ein frohes Lachen. Ein Lachen, das sich seinen Weg nach außen bahnte. Keines, das nur für den Schein geschaffen wurde.

»Das sieht ihr gar nicht ähnlich«, meinte sie.

Die Königin machte einen letzten Knoten auf meinen Verband und betrachtete zufrieden ihr Werk. Dann zog sie sich die lange Silberkette über den Kopf, legte mir den Schlüssel in meine Handfläche und schloss meine Finger darum. Sanft drückte sie zu.

Zu guter Letzt gab sie mir einen Kuss auf die Stirn.

»Viel Glück«, flüsterte sie.

Mir fielen keine Worte ein, die die Dankbarkeit hätten ausdrücken können, die ich verspürte. Ich wusste nicht, was sie für ihre Gutherzigkeit würde erleiden müssen. Sie war die Königin, man konnte sie nicht töten – aber ein Mensch musste nicht sterben, um Schmerzen zu erfahren. Sie opferte sich für mich. Ein Gefallen, den ich niemals würde zurückzahlen können. Schon gar nicht mit Worten.

Schweigend trat ich an den Kamin. Für einen Moment verharrte ich davor, dann drehte ich mich um.

Die Königin lag schon wieder im Bett, mit dem Rücken zu mir, die weiche Daunendecke fest um ihren verletzlichen Körper geschlungen. Meine Großtante.

Damit hätte ich niemals gerechnet. Ich sah meine Großmutter plötzlich mit ganz anderen Augen. Es war merkwürdig, daran zu denken, dass die eigenen Großeltern selbst einmal jung gewesen waren. Während des gesamten Kampfes zurück über die Dächer kreisten meine Gedanken um die beeindruckende junge Frau, die sie einmal gewesen war.

Die Schönheit mit den blitzenden Augen, die den zukünftigen König hatte stehen lassen, um mit ihrem Geliebten zusammen zu sein. Die in die Berge floh, so weit weg von ihrer Heimat, um dem Zorn dieses gekränkten Königs zu entkommen. Ich stellte mir eine starke Frau vor, eine, die mit einem frechen Lächeln den mächtigen Männern dieser Welt die Stirn bot. Eine Frau, die mit ihrer Schönheit und ihrem Selbstbewusstsein die Menschen um sie herum verzaubert. Eine Frau mit Haar aus fließendem Gold …

Ich war adelig. Nachfahrin einer einflussreichen Fürstenfamilie. Ein kleines, unbedeutendes Hirtenmädchen mit blauem Blut.

Was hatte passieren müssen, bis ich das endlich erfahren hatte. Ich hatte mein Zuhause verlassen, gegen Monster gekämpft und mich in verfluchten Wäldern verlaufen. Ich hatte Reden gehalten und Lesen gelernt. Beinahe wäre ich zur Mörderin geworden. Ich hatte Luna verloren. Es war so viel Grauenhaftes geschehen.

Die Geschichte hingegen, die ich heute gehört hatte, bot Stoff für ein großartiges Märchen. Eines mit einem glücklichen Ende. Ein Märchen vom Sieg der Liebe über Macht und Reichtum. Ein Märchen von einer beeindruckenden jungen Frau. Und von ihrer kleinen Schwester, die hatte Abschied nehmen müssen. Wie sie darunter litt. Darunter und unter der Hochzeit mit einem Mann, der sie nicht wollte und den sie nicht liebte. Vielleicht gab es glückliche Enden nur in echten Märchen.

Die Königin war eine unglaublich gutherzige Frau. Trotz des Leids, das sie durchleben musste. Sie strahlte Anmut und Stolz aus, dahinter verbargen sich dunkle Schatten.

Heute Nacht hatte ich sie gesehen. Man musste ihr nahekommen, um sie ausmachen zu können: den Schmerz und die Einsamkeit, die langsam ihre Seele zerfraßen. Schmerz und Einsamkeit hatten mich mit Hass erfüllt und fast zur Mörderin werden lassen. Sie war dem über Jahre hinweg ausgesetzt gewesen. Und zu was war sie geworden?

Zur perfekten Königin. Voller Ehrfurcht stand man ihr gegenüber und doch trat sie sofort zurück, sobald der König das Wort ergriff. Sie regierte den Hof hinter seinem Rücken – mit einem freundlichen Lächeln und ruhiger Hand.

Ein Herz, das aus so viel Schmerz und Einsamkeit so viel Güte hervorbringen konnte, musste unbegreiflich stark sein. Meine Großmutter mochte in ihrer Jugend geleuchtet haben wie ein Stern, ich wusste nicht, ob sie daran heranreichen konnte. Ich respektierte und liebte sie mehr denn je, doch was die Königin zur Schau stellte, war wahre Größe.

Obgleich das Leben stets sein Bestes gegeben hatte, um sie klein zu halten: sie hatte die Schultern gestrafft, den Kopf gehoben und sich geschworen, die Schatten mit Licht zu bekämpfen.

22. KAPITEL

Ich traf Kendra in der Bibliothek. Sie sprang von ihrem Schreibtisch auf, hinter dem sie auf mich gewartet hatte.

»Hat es funktioniert?«, fragte sie und ihre Ohren zuckten nervös.

Für einen Augenblick überlegte ich, ihr von der Königin und meinem Mordversuch zu erzählen, doch mir fehlte die Kraft dazu. Und um ehrlich zu sein, war das nicht der einzige Grund. Ich hatte gerade ein riesiges Geheimnis gelüftet – das Geheimnis meiner Herkunft. Es hatte mich so viel gekostet, davon zu erfahren. Ich würde es ihr erzählen, eines Tages. Für den Moment – nur für diesen Moment – wollte ich es für mich behalten. Ich wollte es noch nicht teilen.

Wie schon die alten Völker wussten, im Geheimnis liegt die Macht. Langsam verstand ich, was meine Großmutter mir damit hatte sagen wollen.

Also nickte ich bloß.

»Du hast den Schlüssel?«

Ich griff an die Kette um meinen Hals und ließ den silbernen Schlüssel vor Kendras Gesicht baumeln. Er war über und über mit meinem Blut beschmiert. Es musste aussehen, als hätte ich den König getötet.

Ein Flackern huschte über Kendras Gesicht, dann nickte sie ernst.

»In Ordnung. Lass uns gehen. Die Wachen sind abgelenkt und suchen im völlig falschen Winkel des Schlosses nach uns. Sie werden allerdings bald zurück auf ihrem Posten sein.«

Es machte ihr rein gar nichts aus, dass ich gerade den König ermordet haben könnte. Ihr Gesicht hatte eine ausdruckslose Miene angenommen, aber ich spürte, dass es nur eine Maske war. Hatte sie sich am Ende den Tod des Königs gewünscht? Sie hatte mir den Dolch persönlich gegeben. Und unter den Halbmenschen war der König nicht gerade beliebt.

Nein, das war Schwachsinn. Ich hatte Kendras Absichten schon mal grundlos hinterfragt. Sie war eine listige Frau und als solche auf jede Eventualität vorbereitet. Sie hatte die Dinge sorgsam abgewogen und den Tod des Königs im Austausch für unser Leben in Kauf genommen. Sie hätte nie zugelassen, dass ich ihm unbewaffnet gegenübertreten musste. Und sie würde mir keine Vorwürfe machen, dass ich getan hatte, was nötig war, um uns aus der Sache herauszubekommen. Wenngleich ich mir es selbst nie verziehen hätte.

Sie konnte ja nicht ahnen, dass ich es getan hätte, wenn es nicht nötig gewesen wäre. Ich war das Gefühl der Scham nicht losgeworden. »Nie mehr«, versicherte ich meinem Gewissen – ein lächerlicher Versuch, es zu beruhigen.

Es stellte sich heraus, dass Kendra ganze Arbeit geleistet hatte. Es war mir schleierhaft, wie sie das bewältigt hatte, aber wir huschten durch vollkommen menschenleere Gänge Richtung Haupttor. Selbst als wir den Garten betraten, war keine Menschenseele zu sehen.

Es war inzwischen beinahe Morgen. Die Luft war unheimlich kalt, doch die Angst hielt mich warm. Der Himmel hatte ein helles Grau angenommen und würde bald beginnen, sich erneut blau zu färben. Wir liefen über das mit Frost überzogene Gras, vorbei an dem alten Wachturm, der einst einer meiner Lieblingsplätze im Palast gewesen war.

Ich folgte Kendra bis an den Fuß der hohen Palastmauern und hielt inne, als ich die Treppe zum Umlauf erblickte. Dort oben auf der Mauer gab es keine Abzweigungen. Es würde ein Leichtes sein, uns einzukesseln. Der einzige Ausweg wäre ein Sturz in die Tiefe. Ich hatte ein mulmiges Gefühl dabei. Es war, als würde man sich freiwillig in eine Falle begeben. Mein Herz surrte in meiner Brust wie die Flügel eines Insekts.

»Du schwörst, dass sie weg sind?«, fragte ich Kendra besorgt.

»Keine Sorge, der Umlauf ist der letzte Ort, den sie bewachen würden. Wir haben ja keine Flügel, um uns in die Lüfte zu schwingen, oder?« Kendra zwinkerte mir aufmunternd zu und erklomm die Stufen mit solch einer Zuversicht, dass ich ihr zögerlich folgte.

Wir rannten beinahe den Umlauf entlang, nur gebremst durch die Tatsache, dass wir geduckt unterwegs waren. Es war wichtig, sich in den

Schatten der Brüstung zu schmiegen. Unsere Silhouetten wären sonst vor dem heller werdenden Himmel viel zu leicht bemerkt worden.

Wir kamen erst zum Stillstand, als sich der Weg in zwei Treppen aufgabelte. Eine führte nach unten vor das Tor, die andere darüber, ein Stückchen höher als der Rest des Umlaufs.

»Die Treppe hier führt über das Haupttor«, erklärte Kendra. »Dort befindet sich eine Kurbel, sieht aus wie ein Kasten. Sie ist vollautomatisch, du musst nur den Schlüssel in das Schloss stecken und ihn zwei Mal nach rechts drehen.«

»Und du?«, fragte ich mit zitternder Stimme. Je näher wir dem Ausgang waren, umso mehr wuchs meine Angst. Als könnte ich nicht glauben, dass wir es schaffen würden. Ich verstand nicht, warum ich jetzt allein weitermusste.

»Ich werde nach unten gehen und sicherstellen, dass die Luft rein ist.«

Auf einen Schlag machte ich mir schreckliche Sorgen um sie. »Du glaubst, dass jemand hier sein könnte?«

Ein Lächeln huschte über Kendras Gesicht, das man fast als hämisch hätte bezeichnen können: »Falls dem so sein sollte, werde ich mich darum kümmern.«

Ich starrte sie entgeistert an.

Ihre Stimme wurde sofort sanfter. »Keine Sorge, Rasuba. Alles wird gut. Vertrau mir.«

Sie wandte sich zum Gehen, doch ich packte ihre Hand und hielt sie fest.

Kendra fuhr herum und für einen Moment funkelte Verwirrung und Wut in ihren Augen.

»Was?«, fauchte sie. Ich konnte die nervöse Energie spüren, die sie zum Beben brachte und jede untätige Sekunde zur Hölle machte. Betreten senkte ich den Kopf.

»Ich habe Angst«, flüsterte ich.

Meine Freundin drückte mich an sich und streichelte mir unbeholfen über das Haar.

»Wir sind so weit gekommen. Du hast es fast geschafft. Du musst nur den Schlüssel umdrehen. Wir verstecken uns im Wald und schlagen uns dann in die Berge durch. Gemeinsam. Wir sind ein Team, oder?«

Sie schob mich von sich, sodass sie mich ansehen konnte. Ich hob den Kopf und blickte in ihr Gesicht. Es floss förmlich über vor Zuversicht. Ein siegessicheres Lächeln entblößte ihre scharfen Eckzähne.

Mir war schlecht vor Angst, aber ihre felsenfeste Entschlossenheit gab mir Hoffnung. Wenn Kendra glaubte, dass wir es schaffen würden, musste es stimmen. Ich nickte fest.

»Na also. Jetzt geh und bring es zu Ende.« Sie klang beinahe stolz.

Indem sie mich an den Schultern packte, drehte sie mich um und gab mir einen sanften Stoß Richtung Treppe. Dann hörte ich ihre Schritte über die Stufen davoneilen.

»Wir schlagen uns schon durch«, hallte es in meinem Kopf wider. Wann war das passiert? Wann hatte sich meine Zukunft in einen düsteren Wald voller Dornen, Monster und Sümpfe verwandelt? Wann war mein Leben zu widerspenstigem Unterholz geworden, durch das ich mich kämpfen musste, bis mich meine Kraft endgültig verließ? Was hatte ich falsch gemacht? Wo war der weite Himmel der Berge geblieben? Wo war das Licht der Sterne in dieser finsteren Nacht?

Ich würde nicht alleine sein. Das war der letzte Strohhalm, an den ich mich klammerte. Ich würde Kendra an meiner Seite haben, diese wunderbare, listige, mutige Frau. Der Gedanke war wie eine einzelne Kerze in der Dunkelheit. Sein Schein war klein und schwach, aber er machte die Nacht so viel erträglicher.

Ich betrat die erste Stufe. Wenn ich das Tor öffnete, würde das unseren Plan offenbaren. Sie würden genau wissen, wo wir waren und wohin wir wollten. Dann erst würde unsere Flucht richtig beginnen. Ein ewiges Wettrennen um Leben und Tod. Von der Treppe aus blies mir der kalte Wind der Endgültigkeit entgegen. Die kleine Kerze der Hoffnung flackerte, doch sie erlosch nicht. Ich würde Kendra nicht enttäuschen. Schritt für Schritt erklomm ich die Stufen.

Oben angekommen, war ich fast ein bisschen enttäuscht, wie unscheinbar der Ort war, an dem sich mein Schicksal entscheiden sollte. Er sah genauso aus wie der Rest der Mauer, lediglich ein bisschen höher und nur zehn Meter lang. In seiner Mitte stand ein metallischer Kasten. Ich näherte mich zögerlich. In der Nähe des linken Randes war ein kleines Schlüsselloch eingelassen.

Ich nahm den Schlüssel vom Hals und umfasste ihn mit zittrigen Fingern. So verzweifelt ich mich beruhigen wollte, so sehr war der Versuch zum Scheitern verurteilt. Ich konnte mein Herz schlagen spüren, heftig hämmerte es gegen meine Brust. Mein Atem war schwach, meine Knie weich. Ich glaubte, jeden Moment kraftlos zusammenzubrechen.

Als ich versuchte, den Schlüssel in das Schloss zu stecken, bebten meine Hände vor Angst. Mir gelang es bloß, den Rand des Schlosses zu verkratzen. Ich musste mich beruhigen!

Ich blickte auf in die Ferne. Von hier oben hatte man einen tollen Ausblick auf das umliegende Land. Es war flach, auf der rechten Seite wurde es allmählich hügeliger. Irgendwo, weit weg von hier, würden die Hügel steiler und der Boden felsiger werden. Irgendwo in der Ferne stürzte das Wasser sich Schluchten hinunter und das Kreischen der Greifvögel hallte von den Hängen wider. Irgendwo da hinten lag mein Zuhause.

Dahin konnten wir uns nicht aufmachen. Vielleicht eines Tages. Heute würden wir uns nach links wenden, in Richtung des Waldes. Ich sah genauer hin. Es war nur ein Wäldchen aus lichtem Gehölz. Fast wirkte es gemütlich. Leider würden wir dort nicht bleiben können. Unser Ziel war der Düsterwald. Mein Herz wurde schwer. Der Düsterwald war nie ein Ort zum Leben gewesen.

Verdammt! Ich wollte ruhiger werden, nicht deprimiert. Kendra wartete schon ungeduldig! Ich versuchte mich zu konzentrieren. Der Wald war nur ein paar Hundert Meter entfernt. Wir wären schneller dort, als die großen, schwerfälligen Tore sich hinter uns schließen konnten. Ich atmete tief durch. Die Luft roch nach Morgen.

Der Morgen! Es gab nichts, das mich so in seinen Bann zog wie ein Sonnenaufgang. Das Haupttor war direkt nach Osten gerichtet. Im Morgen würde ich die Ruhe und Kraft finden, die ich gerade so dringend brauchte.

Der helle Streifen am Horizont war breiter geworden. Die Farben wurden kräftiger. Der Wind wehte vom Wald herüber und brachte den Geruch von feuchtem Holz und das Gezwitscher der ersten Vögel mit sich. Ich schloss die Augen und stellte mir vor, ich wäre zu Hause.

Als ich die Lider aufschlug, brach die Sonne gerade durch die dünne Wolkenschicht. Der erste Strahl des Morgens verfing sich im Nebel, der von den Feldern vor den Palastmauern aufstieg. Die plötzliche Helligkeit blendete mich, doch sie füllte mein Herz mit Freude. Die Sonne schien mir ins Gesicht, streichelte sanft meine Haut, eine kaum wahrnehmbare Wärme breitete sich aus. Sanft und golden strahlte sie auf die glatte Mauer unter mir und malte helle Flecken in die Landschaft. Sie ließ den Raureif glitzern und den Waldrand blitzen.

Blitzen?

Ich sah genauer hin. Ich hatte mich nicht geirrt. Dort am Waldrand hatten sich die ersten Sonnenstrahlen gespiegelt – in etwas Metallischem. Da! Ein paar Meter weiter blitzte es erneut auf. Ich kniff die Augen zusammen und versuchte im heller werdenden Morgenlicht Details zu erkennen. Da bewegte sich jemand. War das eine Falle, die der König uns gestellt hatte? Rechnete er damit, dass wir entkamen?

Ich konnte eine neue Welle Panik spüren, die unaufhaltsam in mir aufbrauste, während ich fassungslos die Schatten am Waldrand beobachte. Ihre Haltung stimmte nicht. Die Art, wie sie von Baum zu Baum huschten und die Stämme – in Windeseile erklommen?

Das waren keine Menschen, die dort lauerten. Das waren Halbmenschen – nein, eine ganze Armee von Halbmenschen. Was machten sie hier? Hatte Kendra ihnen bereits geschrieben und sie waren gekommen, um uns zu helfen? Warum hatte sie dann kein Wort davon gesagt?

Die Erkenntnis traf mich wie eine Keule. Ebenso plötzlich und ebenso schmerzhaft. Ich weiß nicht, was es war, es machte einfach *Klick* in meinem Kopf und das ganze Bild fiel zusammen.

Die einzelnen Teile des Puzzles rasten durch meine Gedanken, unerbittlich und unaufhaltsam. Ich wollte die Augen vor ihnen verschließen, wollte sie beiseitewischen, sie ignorieren, doch eins nach dem anderen fiel auf seinen vorbestimmten Platz. Ich wollte ihr nicht misstrauen müssen, nicht nach all dem, was wir gemeinsam durchgemacht hatten, bitte …

Die Wahrheit kennt keine Gnade.

Kendra wollte nicht, dass wir hinausgelangten. Sie wollte sie *hineinlassen.*

Brennende Häuser, schreiende Halbmenschen, ein Himmel voll Asche.

Rache.

Resi, wie sie traurig im Wald saß und von einer echten Heimat träumte.

Hinterhalt.

Ein winziges Dorf aus ärmlichen Hütten, mitten in einem Wald voller Monster.

»Der größte Anführer, den wir je hatten … er hat uns in den Krieg geführt.«

Ein Hirsch mit mächtigem Geweih, der seinen Kopf in den Nacken wirft und seinen Schrei durch den Wald hallen lässt, tief und stark und entschlossen.

Ein Leben im Düsterwald war kein Leben …

Warum hatte ich geglaubt, es wäre den Halbmenschen möglich gewesen, zu verzeihen? Solche Verbrechen waren unverzeihlich. Wie hatte ich das Unmögliche erwarten können von einem Volk, das so viel Wert legte auf Stolz, Rache und Freiheit?

Die Halbmenschen würden zurückkehren und sie würden es nicht in Frieden tun. Sie hatten keine Geduld mehr mit den Menschen. Sie kamen mit Schwertern und dem festen Entschluss, Blut zu vergießen. Und ich war dabei, ihnen die Tore zu öffnen. Die Tore zum Palast. Zu dem König, den sie aus ganzem Herzen hassten. Dem König, der ihren letzten Anführer getötet hatte. Dies war nicht nur ein protziger Prunkbau. All das Gold und all der Marmor waren nicht bloß zum Vergnügen hier. Es war ein Symbol. Dieser Ort war der Inbegriff der Macht der Menschen. Ich war dabei, einen neuen Krieg zu beginnen.

Eine eiskalte Welle schwappte über meine Seele und löschte die kleine einsame Kerze, die dort der Dunkelheit trotzte. Es gab keine Hoffnung mehr auf dieser Welt. All die Dinge, die Kendra getan hatte, hatten nur einem Zweck gedient: der Rückkehr der Halbmenschen. Es war ihr nie um mich gegangen. Ich war allein und ich war es immer schon gewesen.

Ich ließ den Schlüssel los.

Er fiel aus meiner Hand, kam mit einem leisen Klirren auf dem Steinboden auf, hüpfte zur Seite und rollte langsam über den leicht abschüssigen Boden davon, die lange Kette hinter sich herziehend. Einen halben Meter entfernt blieb er liegen.

Ich spürte, wie Tränen meine Augen füllten. Der scharfe Schmerz des Verrates brannte in meiner Brust. *Verrat.* Dieses Mal war ich mir sicher. Ich wünschte mir, ich wäre es nicht. Ich wünschte mir die Gnade der Unwissenheit, wünschte sie mir so sehr. Ich hätte Kendra mein Leben anvertraut. Aber ich sah die Wahrheit vor meinen Augen, so schmerzhaft klar.

Nur eines verstand ich nicht. Warum ich? Warum musste *ich* den Halbmenschen die Tore öffnen? Warum musste Kendra mich für ihren Plan benutzen, wenn sie es selbst hätte tun können?

Schritte. Schnelle, schwere Schritte. Ein metallisches Scheppern begleitete jeden einzelnen. Erschrocken fuhr ich herum, um dem Soldaten ins Gesicht blicken zu können, wenn er mich schnappte.

Da stand er. Er trug eine schwere Rüstung mit goldenem Wappen auf der Brust, aber keinen Helm. Seine grauen Haare waren zerzaust, sein Bart ebenfalls. Er war eine beeindruckende Erscheinung, so wie er es stets gewesen war. Er strahlte Macht aus, Kraft und Stolz. Und jetzt gerade Wut.

Unter seinen zusammengezogenen buschigen Augenbrauen funkelten mich dunkle Augen an. Purer Hass stand ihm ins Gesicht geschrieben und der Zorn hatte tiefe Furchen durch seine Stirn gezogen. In der rechten Hand hielt er ein langes Schwert, das seiner Gestalt eine bösartige, kalte Energie verlieh. Es fügte dem Zorn den Geschmack des Todes hinzu.

Er stand vor mir, beeindruckender, als ich ihn je zuvor gesehen hatte.

»Hab ich dich«, zischte der König.

Ich stieß einen stummen Schrei aus.

Es war seine Stimme, die mir den Rest gab. Hämisch, bösartig und gefährlich leise. Ungeachtet dessen, was ich über ihn gehört hatte, war er in der Lage, jeden durch seine bloße Anwesenheit in Ehrfurcht zu versetzen. Und in diesem Moment brauchte er nur drei Worte, um Todesangst in mir zu wecken.

Ich wich zurück, stolperte ein paar Schritte davon, dann versagten mir meine Beine ihre Dienste. Ich wollte rennen, aber die Angst hielt mich fest im Griff und in einer hilflosen Starre gefangen. Während der König mich langsam umkreiste, spürte ich, wie mein Herz zu flattern begann. Wie Sterne vor meinen Augen tanzten und meine Knie schwach wurden. Meine Sicht verschwamm und das Bild flackerte. Jeden Moment würde ich umkippen. Und es wäre am König, dafür zu sorgen, dass ich nie mehr aufwachen würde.

Nie mehr.

Mein Körper wollte mir den Schmerz nicht ersparen. Mit letzter Kraft klammerte er sich an das Leben und hielt mich bei Bewusstsein. Mir blieb nichts anderes übrig, als zuzusehen, wie der König sein Schwert hob.

Die Strahlen der Morgensonne fingen sich darin und für einen Moment sah es so aus, als wäre die Klinge aus purem Gold. Ich seufzte innerlich. Der Morgen. So schön, so schrecklich schön. Kaltes Gold.

Dann fuhr das Schwert nach unten, sauste an mir vorbei und schwang ein letztes Mal nach hinten, bevor es mit voller Wucht in meine Richtung gestoßen wurde. Das kühle Metall durchdrang mühelos mein Wams und bohrte sich tief in meinen Bauch. Es fühlte sich an, als würde mein Körper zerreißen. Ich brüllte.

Ein langer, widerhallender Schrei entwich meiner Kehle, während ich langsam nach hinten taumelte. Eine harte Kante bohrte sich in meinen Rücken. Es musste die Kurbel gewesen sein, die verhinderte, dass ich fiel. Der Schmerz war unerträglich. Er war so stark, dass ich ihn schon fast nicht mehr spüren konnte. Er füllte mich völlig aus, war so allumfassend, dass ich ihn in meinem Schock kaum wahrnahm. Stattdessen spürte ich die Kälte der Klinge in meinen Eingeweiden.

»Stirb, du Bastard«, knurrte der König.

Ich starrte fassungslos auf das Schwert, das aus meinem Körper ragte.

Dann zog der König es hinaus. Schrecklich langsam. Und der Schmerz wurde viel schlimmer.

Ich konnte ein genüssliches Lächeln auf seinem Gesicht sehen. Mit boshafter Freude zog er die Klinge aus meinem Körper, kostete jede Sekunde meiner Qual aus. Warmes Blut tränkte mein Wams und tropfte träge zu Boden.

Ich folgte den Tropfen mit meinem Blick, starrte auf die Pfütze, die sich zwischen meinen Füßen bildete. Viel zu schnell rann das

Leben aus mir heraus. Die Sonne spiegelte sich in der Pfütze und ließ sie erstrahlen wie einen Rubin.

»Du stehst«, der König spuckte mir die Worte beinahe vor die Füße, so abfällig klang seine Stimme. »Keine Sorge, du wirst sterben, bevor du diese Missgeburt rächen kannst!«

Ich hob meinen Kopf. Der Schmerz hatte mich komplett stumpf gemacht, kein Gefühl drang mehr zu mir durch. Ich blickte unbewegt in das Gesicht des Königs, diese schreckliche, hämische Fratze. Sah zu, wie seine Mundwinkel sich zu einem überlegenen Grinsen verzogen. Wie er den Arm ein zweites Mal hob, um mir den Rest zu geben.

Und als ich ihn ansah, wusste ich, was er war. Er war das einzige Monster, das mir in meinem ganzen Leben je begegnet war.

Zorn füllte meine Adern mit Feuer und gab mir meine Kraft zurück. Das letzte bisschen Leben, das in mir steckte, bäumte sich zu einer abschließenden Verzweiflungstat auf. Ich stieß mich mit all meiner verbliebenen Kraft ab und stürzte nach vorne, direkt auf den König zu. Mit einem dumpfen Knall prallten wir zusammen. Das Lächeln war wie aus seinem Gesicht gewischt und hatte einem Ausdruck puren Entsetzens Platz gemacht.

Er war schwer, denn die Rüstung gab ihm zusätzliches Gewicht, dafür machte sie ihn steif und ungelenk. Und der Schwung war auf meiner Seite. Ich stieß ihn zurück, drängte ihn weiter nach hinten. Er rammte die Brüstung; ich konnte ein leises Zischen hören, als die Luft aus seinem Körper wich. Seine Arme ruderten hilflos umher, als wollte er das Gleichgewicht wiedererlangen. Ich drückte weiter.

Weiter, weiter, weiter.

Wenn dies das Letzte sein sollte, das ich in meinem Leben tat, wollte ich es zu Ende bringen.

Ich würde ihn mit mir reißen.

Und endlich kippte er.

Er war groß und das Gewicht seiner Rüstung zog ihn nach hinten. Er verlor die Balance, als sein Körper sich rückwärts über die niedrigen Zinnen neigte. Die Schwerkraft zog an ihm, riss ihn hinunter …

Diese Sekunden sollten sich für den Rest meines Lebens in mein Gedächtnis einbrennen. Wie sich sein Gesicht veränderte, im letzten

Augenblick vor seinem Tod. Wie seine Augen zum ersten Mal das widerspiegelten, was ihn ausmachte. Schwäche.

Ein schwacher, alter Mann, der sich von der Macht hatte verderben lassen. Ein Mann voller Angst – vor dem Niedergang, den Halbmenschen, Konkurrenten und Veränderungen. Ein Mann, der sich verzweifelt an seinen Einfluss klammerte und jene unterdrückte, die ihm nichts entgegenzusetzen hatten. Ein ängstlicher, verdorbener Geist – zu schwach für die Rolle, die ihm aufgezwungen worden war. Er war kein guter Mensch, doch ich werde niemals die Furcht in seinen Augen vergessen.

Werde nie vergessen, wie er fiel, so schlaff wie ein Sack. Es war erschreckend, wie würdelos sein Sturz wirkte – er hatte kaum mehr Ähnlichkeit mit einem lebendigen Menschen. Ich werde nie das dumpfe Geräusch des Aufpralls vergessen, das blecherne Klappern und das Knirschen der Knochen. Ich werde nie vergessen, wie schnell sich die Blutlache unter seinem Kopf bildete oder wie merkwürdig sein Bein abstand. Ich werde nie den Geruch von Blut vergessen, den scharfen Geruch von Blut, der über der ganzen Szene schwebte wie ein unheilvoller Schleier.

Ich weiß, dass es mein eigenes Blut gewesen sein musste, in meinem Herzen jedoch würde es seines bleiben.

Er war sofort tot. Der Wind blies den letzten Hauch Angstschweiß davon, der in der Luft hängen geblieben war.

Nie mehr …

Ich taumelte, lehnte mich über die Brüstung, starrte meinem Todfeind entgegen. Sah zu, wie sich sein weißes Haar langsam rot färbte. Von dem Anblick wurde mir übel.

Ich stolperte zurück, einen Schritt, zwei, dann fiel ich.

Mein Körper schmerzte. Ich lag auf dem Boden. Ich wusste nicht mehr, was geschehen war. Vielleicht war ich gefallen. Ja, gefallen. Ich fühlte mich so schwach, so schrecklich schwach. Ich hatte Durst. Mein Atem ging schnell und die Welt drehte sich. Der Anblick des Himmels beruhigte mich.

Über mir gab es nichts außer dem weiten, hellen Blau. Es war so sanft, so still. Voller Hoffnung. Der Wind trieb rosige Wolkenfetzen vorbei, deren Ränder golden schimmerten. Sie waren so leicht und weich, als stammten sie aus einem Traum. Es war wunderschön. Zartes Rosa, warmes Gold, ein Hauch tiefes Blau. Dies war vielleicht der schönste Morgen, den ich je gesehen hatte.

Warum hatte ich solchen Durst?

Ich schloss die Augen. Ich war zu schwach, um sie offen zu halten. Ich war zu schwach gewesen. Nie mehr …

»Zoraya!«

»Kendra?« Meine Stimme war kraftlos, kaum mehr als ein Gedanke. Schwerfällig öffnete ich meine Augen. Das Licht war so grell …

»Zoraya!«, eine Frau warf sich neben mir auf die Knie, umfasste mein Gesicht mit ihren Händen. Es war nicht Kendra. Ich blickte direkt in die warmen haselnussbraunen Augen der Königin. Ein stumpfer Schmerz durchfuhr meinen Körper, als sie ihre Hände auf meinen Bauch presste.

»Zoraya, Zoraya!«, rief sie verzweifelt.

Ich sah sie an.

»Ich …«, es fiel mir schwer, zu sprechen, nur mühsam brachen die Worte aus mir heraus. »Ich habe … den König … getötet.«

Tränen liefen ihr über das Gesicht, sie lächelte und ihre Stimme klang wie ein Glockenspiel, als sie sprach. »Ich weiß, Liebes, ich weiß. Ich verzeihe dir. Alles wird gut, Kleines, du wirst schon sehen.«

Eine Hand fuhr durch mein Haar, die andere presste sich gegen meinen Bauch, drückte diesen stumpfen Schmerz in meinen Körper. Ihre Augen flossen über vor Sorge und Stolz, warme Tränen tropften auf mein Gesicht. Ich verstand nicht. Ich hatte den König getötet …

Plötzlich bekam ich es mit der Angst zu tun.

»Der Schlüssel …«, stammelte ich und versuchte, meinen Arm zu heben. Sie drückte ihn sanft auf den Boden zurück.

»Schhh …«, machte sie, beugte sich zur Seite und streckte ihre Hand aus. Mit einem beruhigenden Lächeln hielt sie mir den Schlüssel vors Gesicht.

»Siehst du, hier ist er«, flüsterte sie. »Ich habe den Schlüssel, beruhige dich. Das Tor ist geschlossen. Siehst du das? Der Schlüssel ist hier bei mir.«

Ich entspannte mich und konnte dennoch nicht aufhören, mich zu fürchten. Vor was? Die Welt drehte sich. Warum drehte sie sich?

Sie hatte den Schlüssel. Die Königin hatte den Schlüssel. Ich bemühte meine Mundwinkel um ein Lächeln, aber es war zu anstrengend.

»Nicht mehr lange!« Ein Fauchen durchschnitt die Luft.

Kendra tauchte hinter der Königin auf, einen langen gebogenen Dolch in der Hand.

Es war entsetzlich. Sie sah völlig aufgelöst aus. Ich verstand die Welt nicht mehr. Wie konnte das Kendra sein? Nichts war mehr von ihr übrig. Von der gebildeten, geheimnisvollen Frau, die mich so vieles gelehrt hatte. Wo war ihr wissendes, leicht überlegenes Lächeln, ihr belustigtes Schnurren, ihre leise, gewichtige Stimme, die mir Geschichten erzählte, die größer waren als die Welt?

In einer grausamen Klarheit stand sie vor mir, durchbrach für einen Moment den Sumpf, in den sich meine Gedanken verwandelt hatten. Es war nichts mehr von ihr übrig. Und doch war es Kendra, die da vor mir stand.

Eine Furie. Eine Katze mit gesträubtem Fell und ausgefahrenen Krallen. Eine Wahnsinnige. Ich ertrug es nicht.

Ihr Dolch war zum Stoß erhoben. Sie würde sie töten. Kendra würde die Königin töten, den Schlüssel an sich nehmen und abschließen, woran ich gescheitert war. Das war das Ende …

Der Augenblick der Klarheit verschwand hinter einer Wand aus Panik. Es war vorbei. Es war umsonst gewesen. Die Welt drehte sich. Mein Atem ging viel zu schnell, ich bekam keine Luft. Ich hatte Angst. Qual füllte meinen Körper. Was passierte hier?

Warum war ich so schwach? So schrecklich, schrecklich schwach …

Das Letzte, was ich sah, war eine Lichtgestalt. Plötzlich ragte sie über mir, wie ein Engel, der gekommen war, um mir beim Sterben zuzusehen. Sie wirkte klein und gebeugt, doch sie strahlte wie die Morgensonne. Ihre Bewegungen waren sanft und bestimmt, die Gesten eines Engels. Gleißendes Licht ging von ihr aus. Das Bild verschwamm. Licht füllte jeden Winkel. Es war wie die Sonne, die sich auf einer frischen Schneedecke spiegelte. So blendend, so kalt, so strahlend hell …

Der Engel hob die Hand. Ein Wort hallte durch die Stille, driftete an mir vorbei. Mein Kopf war erfüllt von weißem Licht.

Die Stimme hatte leise und zugleich durchdringend geklungen. Eine unsichtbare Macht ging von dem Engel aus, die die Zeit um ihn herum einfror. Meine Welt zerbrach vor meinen Augen, die Sekunden dehnten sich zur Unendlichkeit. Die Lichtgestalt hob eine Hand, ganz langsam, nicht einmal besonders hoch. Sie schwebte über meinem Gesicht. Schimmerte und verwandelte sich in Schlieren.

Das Leben verstummte. Es war kein Atemzug zu hören. Es gab nichts zu sehen. Ich versank in einem Meer aus Licht.

Das Letzte, was ich hörte, war ein sanftes Klirren. Wie Musik. Einige metallische Töne, dann ein lang gezogenes Sirren. Es war nicht von dieser Welt. Nichts war mehr von dieser Welt. Die Wesen vor mir verschwammen zu silbernen Schemen und in meinem Kopf hallte diese merkwürdige Melodie wider, hoch und surrend und metallisch.

Das Letzte, was ich sah, war eine Lichtgestalt.

Das letzte, was ich hörte, war das Geräusch, das entsteht, wenn ein Silberdolch zu Boden fällt.

Dann starb ich.

23. KAPITEL

Manche Menschen sagen, wenn man stirbt, zieht das ganze Leben an einem vorbei. Rauscht wie in einem Schnelldurchlauf vor dem inneren Auge vorüber. So ist es nicht. Bei mir war es nicht so.

Wenn man tot ist, steht die Zeit still. Sie hört auf, einem zwischen den Fingern zu zerrinnen, ohne dass man jemals weiß, wie viel einem bleibt. Es gibt nichts mehr, was zerrinnen könnte. Man hat nichts mehr übrig. Und wo es keine Zeit gibt, hat die Eile ihren Sinn verloren. Man braucht das Leben nicht in einer Schnellfassung zu durchleben.

Man hat alle Zeit der Welt. Besser gesagt die Welt hat keine Zeit mehr. Letztendlich bedeutet es das Gleiche.

Eine Unendlichkeit ist lange. Lange genug, um sich zu fragen, warum man sterben musste. Um sich zu fragen, wann man begonnen hat, unaufhaltsam auf sein eigenes Ende zuzuschliddern. Ich denke, in den meisten Fällen kann man das nicht so genau sagen. Bei mir ist es ein Kinderspiel. Mein Ende begann nur wenige Tage vor Samaras …

Das ist jetzt fast ein Jahr her. Viel Zeit, um den falschen Weg einzuschlagen. Um Fehler zu machen, die man bis in alle Ewigkeit bereut. In einem Jahr kann eine Menge schiefgehen.

Ich habe ja jetzt Zeit, darüber nachzudenken. Besser – ich habe nicht nur Zeit, ich habe auch Zuhörer. Ja, ich meine euch. Ihr da draußen.

Ich weiß nicht, warum ich da seid. Seid ihr vergangene Versionen meiner selbst? Oder vielleicht jene der Zukunft, vor denen ich mich rechtfertigen muss, weil ich ihnen jede Chance auf ein Dasein genommen habe? Oder seid ihr jedes Mal da, um die Sterbenden auf ihrer letzten Reise zu begleiten?

Ich weiß es nicht. Aber ich bin froh, dass ihr da seid. Die Ewigkeit wird allein schnell einsam. Und ich liebe es, Geschichten zu erzählen. Und was wäre eine Geschichte ohne Zuhörer?

Es gibt so viele Dinge, die mir nicht klar sind. Dinge, die ich nicht verstehe. Ich habe so viele offene Fragen. So viele Fehler, die ich verteidigen muss. Und so viele, die ich mir erst einmal eingestehen sollte. Es fühlt sich an, als wäre mein Kopf mit Brei gefüllt. Ein undurchsichtiger Strudel aus Erinnerungen und Gedankenfetzen. Ich habe einiges verstanden, bevor ich starb, doch da ist so vieles, das mir nie klar geworden ist.

Warum ich? Und wie konnte es so weit kommen?

Ich weiß jetzt, was ich tun muss. Ich werde erzählen. Keine beliebige Geschichte, sondern die meine. Ich bin fest davon überzeugt, dass mir die Dinge klarer werden, wenn ich von vorne anfange. Und ich glaube, dass ihr dabei auf eure Kosten kommen werdet. Wenn ihr sämtlichen Lebensgeschichten lauscht, wie ich es vermute, so habt ihr es vielleicht langsam satt. Aber ich verspreche euch, meine wird eine der interessanteren sein.

Es sterben täglich Hunderte von Menschen, Tieren und Halbmenschen. Doch wie viele davon waren schon Helden?

Ich wollte nie die Heldin sein. Retterin hat man mich genannt, Auserwählte. Was für ein absoluter Schwachsinn!

Ich glaube nicht an die Ammenmärchen von der einen Auserkorenen, die von Geburt an dazu bestimmt ist, die Welt zu retten. Ich denke, es kommt vielmehr darauf an, zur richtigen Zeit am richtigen Ort zu sein. Oder in meinem Fall eher zur falschen Zeit am falschen Ort …

Nennt es Schicksal, wenn ihr wollt, ich werde definitiv bei Zufall bleiben – höchstens Pech könnte besser beschreiben, was mich in diese Lage gebracht hat. Zoraya, die Heldin. Dass ich nicht lache.

Alle sind so besessen von ihren Helden.

Es zieht sich durch die ganze Geschichte. Von dem Moment an, in dem meine Vorfahren vor unendlich langer Zeit auf einer kleinen einsamen Insel landeten. Damals, als sie Wesen irgendwo zwischen Mensch und Affe waren und ihre zukünftige Zivilisation nur ein Konstrukt aus Hoffnungen und Träumen. Jeder ihrer Tage war ein Kampf ums Überleben, denn die Insel spuckte unablässig Feuer, Asche und Gestein.

Sie begannen, den Berg anzubeten, machten ihn zu ihrer Gottheit und brachten ihm Opfer dar, um seinen Zorn zu mildern. Und unter der Hitze ihrer Heimat verloren sie ihr Fell. Im Schein der Lava lernten sie, das Feuer zu bändigen und Tiere zu erlegen; sie erlernten Sprache, Kunst und Gesellschaft. Dies ist lange, lange her. So alt sind die ersten Sagen. So alt sind die ersten Helden der Menschheit.

Später, als sie neues Land erreichten, hielten sie sich selbst für die Helden aus ihren Geschichten. Sie brachen in kühlere Gebiete ein, erlernten Ackerbau, Viehzucht und Schmiedekunst. Und Stolz. Stolz auf ihre Herkunft, Stolz auf ihren uralten Feuergott, ihre Anführer und ihre Legenden …

Held sein, das ist zunächst einmal nicht so golden glänzend, wie man sich das vorstellt. Held sein ist grau vom Staub der Straße, braun vom Schlamm des Schlachtfelds und rot von Blut. Dem eurer Feinde, eurer Freunde – oder eurem eigenen. Ihr dürft euch aussuchen, was euch lieber ist. Haha, reingelegt! Dürft ihr nicht. Am Ende habt ihr von jedem davon an euren Händen kleben.

Viel schlimmer ist es jedoch, nichts als ein Spielball zu sein. Ein Spielball der Reichen und Mächtigen, hin und her geworfen wie ein kleines Holzschiffchen auf einem Gebirgsbach. Ihr müsst kämpfen, töten, euer Leben riskieren – für Ziele, die niemals eure eigenen waren.

Aber so sind die Geschichten. Der alte König ist ein guter, weiser Mann. Der Held ist tugendhaft und furchtlos. Die Dinge nehmen ihren vorgeschriebenen Lauf und die Monster sterben wie die Fliegen. Habt ihr euch nie gefragt, ob die Geschichten wahr sind? Habt ihr euch nie gefragt, ob sie es sein können?

Ich will euch die meine erzählen. Die ehrlichste Heldensaga, die ihr je gehört habt. Ich kann euch nicht einmal ein glückliches Ende versprechen – im Moment sieht es eher schlecht für mich aus. Bald wird es vorbei sein, denke ich. Fast macht mich das froh. Ich wollte nie die Heldin sein.

Und so erzähle ich. Ich erzähle meine Geschichte, von Anfang an. Erzähle, wie ich aus meiner Heimat fortgerissen wurde. Wie ich den Monstern begegnet bin. Wie ich gekämpft habe, mit Stock und

Schwert und mit den richtigen Worten zur richtigen Zeit. Ich erzähle, wie ich langsam zur Heldin wurde.

Ich erzähle von Zerstörung und Angst, von prunkvollen Palästen und unglaublichen Bibliotheken. Von Freundschaft, Einbrüchen und Geheimmissionen. Von düsteren Wäldern und erstaunlichen Völkern. Von Rache und Krieg und brennenden Himmeln. Von Verlust und Trauer und Todesangst. Von Güte in den dunkelsten Stunden. Von Geheimnissen, die ich lüften konnte, und solchen, die ich vielleicht nie verstehen werde. Von Verrat und Schuld.

Von all den Dingen, die mir auf meiner langen Reise begegnet sind. Von all dem, was ich im letzten Jahr erfahren habe. Ich erzähle meine Geschichte in aller Ausführlichkeit. Mein Leben ist keine Heldensaga, in der man sich die spannendsten Momente herauspickt und sie bis zur Unkenntlichkeit verzerrt. Mein Leben ist nichts weiter als mein Leben.

Und als ich endlich fertig bin mit meiner Geschichte, als ich endlich am Ende angelangt bin …

Als ich endlich gestorben bin, beginnt mein Herz wieder zu schlagen.

24. KAPITEL

Ich liege in meinem Bett.

Nicht in dem Zuhause in den Bergen – dies ist keine dieser Geschichten, die mit dem Erwachen aus einem Traum enden und ihren Namen gar nicht verdienen. Ich liege in meinem Himmelbett im Palast.

Einiges ist klarer als zuvor …

Auf dem Nachttisch meines Bettes steht eine Vase mit einem riesigen Strauß Blumen. Wie kommen die hierher? Es sind noch einige Wochen bis zu Samaras, glaube ich. Hier unten in der Ebene wird es viel schneller warm.

Eine kleine Notiz hängt zwischen den Blättern. Mit zittriger Hand picke ich sie heraus. Sie gleitet zwischen meinen tauben Fingern hindurch und fällt auf den Nachttisch. Mit meinen Fingerspitzen fahre ich darüber und schließe meine Faust darum. Ich benötige eine Ewigkeit, um das Papier auseinanderzufalten und die Nachricht zu entziffern.

»Es tut mir leid«, steht darauf – in Kendras Handschrift. Ich starre darauf, bis die fein säuberlich geschriebenen Worte verschwimmen. Ich bin schrecklich müde.

Ich knülle das Papier zusammen und werfe es auf den Boden. Ich will keine Blumen oder Entschuldigungen. Ich will die Zeit zurück, in der ich glaubte, dass sie meine Freundin war. Doch ich kann die Augen nicht vor der Wahrheit verschließen. Egal wie sehr ich es versuche.

Mit einer groben Handbewegung schlage ich den Blumenstrauß vom Nachttisch. Die Blumen fallen mit einem kaum hörbaren Rascheln zu Boden, klatschen auf den weißen Marmor. Ein lautes Klirren, das leise Tropfen von Wasser. Die Farben des Stoffhimmels über mir verwischen, verwandeln sich in einen stürmischen Ozean aus Gold.

Ich gleite zurück in einen fiebrigen Schlaf.

Als ich aufwache, steht ein neuer Strauß Blumen an meinem Bett. Eines muss ich ihr lassen, sie ist hartnäckig. Meine Botschaft ist unmissverständlich gewesen.

Daneben wartet ein Glas Wasser. Ich bin gestorben. Blumen für die Toten sind eine Sache, aber wozu braucht eine Leiche ein Glas Wasser? Plötzlich wird mir klar, dass ich gar nicht so lange tot gewesen sein kann. Vielleicht ein paar Herzschläge. Die Legende nennt die magische Zahl sieben – wer länger fort ist, wird nicht zurückkehren. Das Wasser ist hier, damit ich zu trinken habe, wenn ich aus meinem Erschöpfungsschlaf aufwache. Nicht, falls ich wider Erwarten von den Toten auferstehe.

Und wirklich, ich habe Durst. Meine Kehle ist staubtrocken. Ich versuche, mich aufzusetzen und nach dem Glas zu greifen. Ein fürchterlicher Schmerz in meinem Bauch hält mich davon ab. Es fühlt sich an, als wollte es mich in der Mitte zerreißen.

Ganz langsam und behutsam schaffe ich es, mich aufzurichten, ohne dabei meinen Bauch zusammenzudrücken. Ich fühle mich dabei so elegant und beweglich wie eine Katze, die mitten im Winter eingefroren auf einem Feld steht.

Ewig sitze ich regungslos da, das leere Glas in den Händen, und starre an die gegenüberliegende Wand. Ich glaube, ich verstehe es jetzt. Warum der König mich Bastard genannt hat, obwohl meine Eltern glücklich verheiratet sind. Warum ich es sein musste, die den Halbmenschen das Tor öffnete.

Die Erkenntnis macht nichts besser. Früher war ich hellauf begeistert gewesen, wenn ich ein Rätsel gelöst hatte oder neue Erkenntnisse gewann. Jetzt ist das Leben so stumpf.

Nie mehr.

Ich sehe den König vor mir, fast deutlicher als an jenem letzten Morgen. Die weit aufgerissenen Augen, der geöffnete Mund, aus dem sein letzter Atemzug entweicht. Die Falten in seinem Gesicht. Die rudernden Arme. Den absoluten Ausdruck der Hilflosigkeit, der plötzlich seine ganze Ausstrahlung für sich einnimmt. Nichts als der erbärmliche Schatten eines Königs, der in den Tod stürzt. Ich schüttle den Kopf, um den Gedanken zu vertreiben, das Bild zu zerrütten. Warum bin ich am Leben?

Ich habe mir geschworen, nie mehr auch nur an das Töten zu denken. Und doch habe ich es getan. Es war keine Notwehr. Es gibt keine Entschuldigung. Ich war schon tot, als ich mich auf ihn stürzte. Ich war zu stark verletzt, um mich jemals davon zu erholen. Dachte ich. Ich war tot und mein letzter Gedanke war Rache. Was für ein erbärmlicher letzter Wunsch.

Warum bin ich am Leben? Ich wollte ihn mit mir nehmen. Aber ich bin nicht gestorben, nicht endgültig. Er ist tot und ich bin am Leben. Es ist völlig egal, ob er es verdient hat oder nicht. Ich hätte nie gedacht, mit seinem Tod leben zu müssen. Ich kann das nicht. Wie soll ich damit leben, meinen Schwur gebrochen zu haben?

Sie zwingen mich dazu. Warum haben sie mich nicht verbluten lassen? Ich wäre gerne in das dunkle Schattenreich gegangen. Mittlerweile ist es mir fast schon vertraut. Ich habe nicht darum gebeten, weiterzuleben. Warum sollte ich weiterhin ihre Marionette spielen wollen?

Ich bin mein ganzes Leben lang nur benutzt worden. Nicht von Fremden, sondern von denen, die mir wichtig waren.

Ich stehe auf. Es tut weh, aber der Schmerz ist erträglicher als die Leere in meinem Herzen. Mein Leben ist eine Lüge. Schritt für Schritt humple ich zur Tür. Zu meiner Überraschung ist sie nicht abgeschlossen. Sie rechnen nicht damit, dass ich aufstehen könnte. Oder es soll ein Zeichen sein, dass ich frei entscheiden kann, wo ich sein will. Als ob das der Wahrheit entspräche. Als ob sie nicht jeden meiner Schritte gelenkt hätten.

Ich wanke durch den Palast, langsam und zittrig. Mit jedem Meter werde ich besser. Mein Körper gewöhnt sich an das Laufen. Mit der Wand als Stütze komme ich gut voran.

Die Tür zum Garten steht offen, frische Luft empfängt mich. Ich habe tatsächlich das Glück, einen Morgen zu erwischen. Unfreiwillig beginne ich zu lächeln. Es ist grau, lang nicht so schön wie an dem Tag, an dem ich gestorben bin. Aber es ist ein Morgen. Ich finde, dass das ein guter Zeitpunkt zum Sterben ist.

Ich brauche eine Ewigkeit, um dorthin zu gelangen. Der richtige Ort ist schwer zu erreichen. Niemand ist zu sehen, im ganzen Garten nicht. Ich bin froh, allein zu sein.

Mühsam klettere ich auf die niedrige Brüstung. Der Wind spielt mit meinen Haaren, bläst jegliche Wärme aus meinem Gesicht. Es ist noch nicht Frühling, macht er mir deutlich. Auf dem Boden hinter mir kleben die vertrockneten Reste meines Blutes. Warum haben sie mich nicht sterben lassen?

Es war so ein wunderschöner Morgen damals. Ich glaube, ich war niemals so bereit, zu gehen.
Nicht einmal jetzt, wo ich es aus freien Stücken tun werde. Ich will nicht gehen. Ich will nur nicht mehr leben. Ich will raus aus dieser Welt, der ich nichts bedeute. In der jeder meiner Schritte von so wahnsinnig großer Bedeutung ist, dass man ihn auf keinen Fall mir überlassen darf.

Dieser eine Schritt wird der meine sein. Meiner ganz allein. Niemand will, dass ich sterbe. Und genau deshalb werde ich es tun. Nie mehr werde ich für fremde Ziele kämpfen. Nie mehr … bei den Worten wird mir übel.

Ich blicke hinab auf den Boden. Ich sehe die Stelle vor mir, an der er gelandet ist – ich erinnere mich genau. Ich sehe das Blut, die Rüstung, die Leiche. Das erschlaffte Gesicht mit den abstehenden weißen Haaren. Den leblosen Körper. Es ist so viel Kraft nötig, um einen Menschen zu töten. Und wenn es dann passiert, geht es viel zu schnell.

Schnell genug, dass ich ihn Tausende Male sterben sehen kann, bevor ich einen einzigen Atemzug beendet habe.

Ich kann das nicht mehr. Es ist zu viel. Die Welt ist leer und kalt. Ich habe gekämpft, bis mich das letzte bisschen Kraft verlassen hat. Ich halte die Worte nicht mehr aus.

Nie mehr, nie mehr, nie mehr …

Ich habe es nicht verdient, zu leben. Aber ich habe es verdient, zu sterben.

Nach dem, was mir angetan wurde, habe ich das Recht dazu. Zu gehen, wann ich will. Still und leise zu gehen und sie mit dem ganzen Chaos allein zu lassen. Es ist nie meine Sache gewesen. Und ich werde nicht zulassen, dass sie es dazu machen. Ich will nichts als aufhören. Mit allem.

Ich habe das Recht dazu, wenigstens das Ende dieser Geschichte zu bestimmen. Wenn es schon das Einzige ist, was in meiner Macht liegt.

Und ist das Ende nicht das Wichtigste? Nichts ruiniert eine Geschichte so wie das falsche Ende. Ich werde ihnen ihre Geschichte ruinieren. Das haben sie sich verdient. So wie ich mir mein Ende verdient habe.

Seid ihr bereit, mit mir das letzte Wort unter diese Zeilen zu setzen?

Ich blicke auf. Ich will mit erhobenem Kopf gehen. Dies ist mein Ende, der Teil der Geschichte, der mir gehört. Ich bin keine Heldin. Ich bin nichts von dem, was man mir im letzten Jahr erzählt hat. Genau genommen nicht einmal etwas von dem davor.

Ich bin eine Kämpferin. Und ich werde erhobenen Hauptes in den Tod gehen.

Ein Eichhörnchen huscht über den unnatürlich kurz geschorenen Rasen. Ein kleines braunes Kerlchen, mit buschigem Schwanz und niedlich zuckenden Öhrchen. Mit einigen schnellen Sprüngen eilt es vorbei, eine Frucht im Maul, die es aus der Küche geklaut hat. Ein unwillkürliches Lächeln schleicht sich auf mein Gesicht und verschwindet sofort wieder.

Resi.

Die süße kleine Resi. Das kleine Mädchen mit den flauschigen Ohren und dem buschigen Schwanz. Mit dem putzigen Näschen und den großen, dunklen Augen, die in Traurigkeit ertrinken.

Ich habe ihr ein Versprechen gegeben …

Habe mir geschworen, sie nicht im Düsterwald zu lassen. Sie aus diesem fahlen Sumpf zu retten und dorthin zurückzubringen, wo sie hingehört. So wie ich. Zurück in die Berge – zurück in unsere Heimat. Wie grausam muss Heimweh sein, wenn man nicht weiß, wonach man sich sehnt?

Ich muss es tun. Ich muss sehen, wie sie in Windeseile die hohen Tannen erklimmt und staunend die schneeweißen Gipfel betrachtet. Ich muss sie über den weichen, moosbedeckten Waldboden hüpfen sehen und mich bedanken, wenn sie mir ein Sträußchen Waldblumen nach Hause bringt. Ich kann sie nicht dort lassen. Nicht in diesem kalten Wald voller Nebel und Monster.

Resi ist die Einzige, der ich auf meiner Reise begegnet bin, die gut zu mir war. Weil sie es so wollte. Sie hatte keine Ahnung von all den Plänen und Intrigen, die sich um mich spannen wie ein klebriges Netz. Sie mochte mich. Resi, mit ihrem großen Herzen und ihrer reinen Seele, war die Einzige, die meine Freundin sein wollte. Wegen mir und nicht wegen höherer Ziele.

Ich kann sie jetzt nicht im Stich lassen.

Egal, wie schwer es wird. Ich habe das wichtigste Versprechen überhaupt gebrochen. Wenn ich jetzt gehe, breche ich auch dieses. Das könnte ich mir nie verzeihen.

Dann werde ich eben ein bisschen warten. Ich kann die Geschichte später beenden, so wie ich es will. Diese eine Sache muss ich noch erledigen.

Ich werde mein Versprechen halten und sie in die Berge bringen. Während mich die Worte erdrücken, bis ich kaum atmen kann. *Nie mehr –*

Ich kann die anderen zurücklassen. Ihnen bin ich nichts mehr schuldig. Nicht einmal meiner Familie. Das Mädchen, das sie kannten, ist gestorben. Ich will nicht, dass sie eine Mörderin kennenlernen müssen.

Resi ist anders. Ihr kann ich mehr geben als Leid und Scham. Dieses eine Versprechen ist das letzte, das mich an diese Welt fesselt. Noch bin ich nicht frei.

Dies ist nicht das letzte Kapitel.

DIE FARBEN DER RACHE

Eine junge Frau stand auf der Kuppe eines kleinen Hügels und beobachtete die Ebene, die sich unter ihr ausbreitete. Langes, gelbliches Gras wurde vom Wind gepeitscht wie Wellen. Die Sonne stand hoch im Himmel und tauchte das Feld in ein warmes Licht.

Das rotblonde Haar der Frau flatterte wie eine Fahne im Sturm. Ein optimistisches Lächeln zierte ihr liebliches Gesicht. Ihre Brust hob und senkte sich schnell vor Aufregung unter ihrem ledernen Brustpanzer.

Hinter ihr wartete eine Armee. Ihr Volk. Vereint. Die Hirsche, die Wölfe, die Echsen, Falken, Mäuse, Katzen, Schlangen, Wildschweine, Füchse … auch der letzte Clan war hier. Es hatte lange gedauert, bis sie das gegenseitige Misstrauen abgelegt hatten. An diesem Tag marschierten sie gemeinsam. Unter einer Fahne. Unter einem Anführer.

Sie sahen großartig aus. Praktische Lederrüstungen, verziert mit den Fellen, Hörnern und Schuppen von Monstern. Zerfetzte Stoffe wehten im Wind wie die Umhänge der gefallenen Krieger, die sie rächen würden. Jedes Detail der Rüstungen war mit Sorgfalt ausgewählt worden, um der Armee ein verwegenes Aussehen zu verleihen. Krieger des Waldes. Wenn man eine Welt voller Monster überlebte, verließ man sie nicht in strahlenden Rüstungen. Die Geschichte eines Volkes verschwindet nicht.

Kriegsbemalung zierte die unterschiedlichen Gesichter und Körper ihrer Krieger. In lehmigem Rotbraun und rußigem Schwarz hatten sie ihre Botschaften auf ihre Leiber gemalt. Die traditionellen Linien des Krieges wechselten sich mit Schriftzeichen ab, die von Einheit, Neuanfang und Rache sprachen. Ihr Volk war bereit. Blanker Stahl blitzte an ihren Gürteln.

Sie selbst würde nicht kämpfen. Nicht, weil sie nicht bereit dazu gewesen wäre – nie hatte sie ein Ereignis sehnlicher erwartet als diese

Schlacht. Allerdings wäre es eine Schande gewesen: Jeder Soldat, den sie tötete, würde ein Stück der Genugtuung zerstören, die ihr Volk suchte. Sie selbst hatte die Feuer nicht überlebt. Sie war nicht im Schatten aufgewachsen. Sie war nur die liebliche Blume einer adligen Familie gewesen. Diese Schlacht war nicht die ihre, denn sie hatte niemanden, den sie rächen musste.

Es war die seine. Er stand neben ihr, das rotbraune Fell glänzend in der Sonne. Er trug einen langen schwarzen Pelz über seiner Rüstung, die Haut eines Wesens, das er selbst erlegt hatte. Sie blickte zu ihm auf, bewunderte den entschlossenen Zug, der auf seinem edlen Gesicht lag. Er würde diese Schlacht gewinnen. Komme, was wolle, er würde dafür sorgen, dass sein Volk keinen Tropfen Blut zu viel verlieren musste. Sie war so stolz auf ihn.

Behutsam nahm sie seinen Kopf in ihre Hände und zog ihn zu sich hinab. Strich über das kurze, weiche Fell. Dunkle Striemen Farbe klebten zwischen den Härchen auf seiner Stirn. Das Zeichen des Anführers.

Sie küsste ihn auf seine Schnauze.

Er sah sie lange an und seine dunklen Augen brannten sich in die ihren.

Keiner von ihnen fand Worte, die diesem Augenblick würdig gewesen wären.

Er strich ihr eine Strähne aus der Stirn und lächelte. Dieses wunderschöne, verwegene Lächeln, das sie so liebte.

Dann drehte er sich um und machte sich daran, die Ebene zu überqueren.

Auf der anderen Seite des Grasmeers befand sich eine zweite Armee. Größer als die ihre, mit neueren Waffen und besseren Rüstungen. Manche von ihnen waren zu Pferd.

Ihr König zum Beispiel. Es überraschte sie ein wenig, dass er höchstpersönlich gekommen war. Die Etikette ließ nichts anderes zu, aber sie hatten ihn von Anfang an für einen Feigling gehalten. Vielleicht würde ihm jetzt die Ehre zuteil werden, auf dem Schlachtfeld zu fallen.

Die blauen Banner der gegnerischen Krieger peitschten im Wind. Die silbernen Rüstungen reflektierten die Sonne und blendeten die junge Frau. Einige hatten die Frechheit besessen, Fackeln mitzubringen. Feuer! Zu dieser Schlacht. Wut und Entschlossenheit brannten in ihrem Herzen.

»Zoran!«, rief sie, ließ seinen Namen über die Ebene hallen. Sie verwendete ihre Sprache. Die Sprache, mit der sie aufgewachsen war und für die sie sich manchmal schämte. Der König sollte ruhig hören, mit wem er es zu tun hatte.

»Rasu!«, rief sie. »Zoran!«

»Zittert vor dem Mesa-Cral!«, erwiderten ihre Reihen.

Zoran watete durch das hüfthohe Gras auf seine Feinde zu.

Er würde den König zu einem Zweikampf herausfordern, dem ehrenhaftesten Kampf. Mit nichts als einem Schwert und den eigenen Fähigkeiten bewaffnet. Es gab keine Rückendeckung – jeder Fehler war tödlich. Es gab keine Ablenkungen oder Hilfe von außen. Es gab nur den Kampf. Möge der Bessere gewinnen.

Die gehobene Stellung des Zweikampfs wurde noch durch einen anderen Aspekt unterstrichen: Das Gefolge musste bereit sein, die Folgen des Sieges oder der Niederlage zu tragen. Ihr Volk würde nicht zögern. Sollte Zoran verlieren, würden sie sich zurückziehen. Würden ihre Hoffnungen und Träume aufgeben und in die Hölle verschwinden. Sie vertrauten auf ihren Anführer.

Die junge Frau wusste nicht, was passieren würde, nachdem der König der Menschen gefallen war. Wenn alles gut ging, könnte ihr Volk friedlich in seine Heimat zurückkehren. Und für den Fall, dass die Menschen ihre Schuld nicht einlösen würden … Sie waren bereit. Komme, was wolle.

Zoran würde siegen. Sie wusste es. Er war ein Fuchsmensch, seine Stärke und Schnelligkeit übertrafen die eines Menschen bei Weitem. Es war unmöglich, dass er den Zweikampf verlieren würde. Nicht, wenn so viel auf dem Spiel stand.

Der Mesa-Cral näherte sich dem König mit erhobenen Armen, als Zeichen, dass er unbewaffnet war. Er blieb stehen und sprach zu dem Mann auf dem weißen Pferd. Der König stieg ab.

Das Herz der jungen Frau jubelte. Er hatte zugestimmt! Sein Stolz hatte ihn in eine wahrlich missliche Lage getrieben. Glaubte er, er hätte nur den Hauch einer Chance?

Zoran drehte sich um und präsentierte sich stolz seinen Anhängern. Er breitete die Arme aus, legte den Kopf in den Nacken und ließ seinen Kampfschrei über die Ebene hallen. Ein Zeichen, dass ihre Rückkehr nach Plan verlief.

Ihr Volk brach in Jubel aus. Rufe in Hunderten von Zungen schwollen zu einem undurchdringlichen Geschwirr an. Sie hatten so gut wie gewonnen. Ein breites Grinsen zog sich über das Gesicht ihrer Anführerin. Dies war ein glorreicher Tag.

Zorans Kopf fiel zu Boden. Für einen Augenblick stand sein Körper da wie zuvor, seinem Volk zugewandt, die Arme zum Jubel erhoben. Dann brach er zusammen. Hinter ihm stand der König. Triumphierend hob er sein blutverschmiertes Schwert zum Himmel und die Fanfaren seiner Truppen bliesen zum Angriff.

Staub wirbelte auf, als die Reiter über die Ebene galoppierten.

Wie gelähmt standen die Krieger zu Salzsäulen erstarrt, ihre Blicke hingen an den Soldaten, die ihnen entgegenpreschten. Es war, als hätte man ihr Volk mitten im Jubel eingefroren.

Jemand packte die junge Frau an ihrem Arm und zog sie mit sich.

»Nein! Nein!«, schrie sie und begann wie von Sinnen um sich zu schlagen. Sie wollte nicht fort. Mit einem einzigen Schwertstreich war dies ihre Schlacht geworden. Der König hatte ihren Gefährten getötet und sie würde ihm mit ihren eigenen Händen die Augen aus den Höhlen kratzen.

Ihre Leibwache ließ sie nicht gehen. Man schleifte sie davon, zu ihrem Schutz. Und dem Schutz des Jungen in ihrem Leib. Sie wollte nicht weg. Sie wollte den Geschmack von Blut auf ihrer Zunge spüren und den Geschmack von Rache in ihrem Herzen.

Trauer, Schock und Wut brannten in ihrer Seele. Ein tiefes Blau, ein fahles Schwarz und ein leuchtendes Rot. Die Farben des Krieges. In ihrem Inneren verschwammen sie mit den Geräuschen der Schlacht.

Mit den Schreien aus Wut, Schmerz und Angst. So viel Schmerz …

Mit dem Klirren des Metalls. Mit dem erstickten Keuchen. Mit den dumpfen Schlägen, dem Spritzen des Blutes und dem Prasseln der Flammen.

Trauer, Schock und Wut schoben sich über die Bilder des Grauens, die sich vor ihren Augen ausbreiteten. Verwebten sie zu einem

Teppich der Grausamkeit. Zu einem Bild, das sich unauslöschlich in ihr Herz brennen würde. Und dort formte es eine neue Farbe. Formte die Farbe der Rache.

Nichts ließ dieser Tag in ihr zurück bis auf diese Farbe.

Nichts verließ diese Hügel außer der Sehnsucht. Sehnsucht nach dem Geschmack von Blut auf ihrer Zunge und dem erlösenden Gefühl von Rache in ihrem Herzen.

In der Ebene tobte die Schlacht.

Und einmal mehr stand der Himmel in Flammen.

Der Boden war schwarz von Ruß. Vereinzelte Rauchschwaden stiegen auf und hüllten das Feld in einen beißenden Nebel.

Überall lagen Tote. Verstümmelte Körper in Pfützen aus Blut. Die meisten gehörten zu ihrem Volk. Das Stöhnen der Verletzten hing über der Ebene wie der Rauch und der Geruch von gerinnendem Blut.

Es war ein heißer Tag und nur der Qualm hielt die Fliegen davon ab, in Schwärmen über die Gefallenen herzufallen. Einige Krähen waren bereits auf dem Feld gelandet. Sie waren die Ersten. Die dunklen Engel des Schlachtfelds.

Inmitten der Szenerie saß eine junge Frau. Auf ihrem Schoß hielt sie den Kopf ihres Geliebten. Sie weinte. Kniete auf dem verbrannten Boden und ertrug den Schmerz nicht, der seinen Weg aus ihrem kleinen Körper heraus suchte. Sie weinte und sie schrie. Und um sie herum landeten Krähen auf der verkohlten Erde.

Das war das Ende. Das Ende der Hoffnung. Das Ende der schönen Fürstin, die die Welt in ihren Bann zog. Das Ende des goldenen Engels, der einst die Stämme unter seinem Licht hatte einen können. Die Frau, die sich in die Herzen der alten Völker geschlichen hatte, gab es nicht mehr. Heute hätte ihr niemand mehr den Namen der Goldenen Drossel gegeben. Es war das Ende der Gefährtin des großartigsten Anführers, den die Wälder je gesehen hatten.

Es war die Geburt einer Rachegöttin.

Sie würde vor nichts zurückschrecken. Sie war eine Legende: Nichts und niemand würde sie aufhalten können. Sie würde kämpfen – bis sich Trauer, Schock und Wut mit dem Lärm der Schlacht vereinten. Und der Tod über jene herfiel, die ihr Volk in die Dunkelheit zwangen.

Bis das Blut des Feiglings den Boden tränkte und ihr Geliebter den Schatten des Vergessens verlassen konnte.

Sie würde nicht ruhen.

Bis Zoran seinen Platz im Fehclan einnehmen konnte und ihr Volk sich sein Recht auf Licht erkämpft hatte.

Sie würde nicht ruhen, bis sie die Leiche seines Mörders mit ihren eigenen Augen gesehen hatte.

Und die Farben der Rache waren alles, was ihr blieb.

25. KAPITEL

Mit mechanischen Bewegungen steige ich von der Brüstung und setze mich, den Rücken an die Wand gelehnt, die Arme nutzlos an den Seiten baumelnd, den Blick starr in den Himmel gerichtet. Lange sitze ich stumm da und beobachte, wie die Sonne höher steigt und die Wolken vorbeiziehen. Ich sitze nur da. Ohne zu sehen, ohne zu fühlen und ohne zu denken.

Es ist der Bote, der mich findet. Er sieht besorgt aus, bietet mir jedoch keine Worte des Beistands, sondern bittet mich nur in seiner förmlich steifen Art, ihm zu folgen. Stumm stehe ich auf.

Er stützt mich auf dem Weg die Mauer hinab, durch den Garten und einen Teil des Palastes, den ich nicht kenne. Er öffnet eine schlichte Tür und vor uns breitet sich die Bibliothek aus. Ich drehe meinen Kopf und schaue zu ihm hoch. Man sieht, dass ihm die ganze Sache sichtlich unangenehm ist.

»Du auch?«, frage ich.

Er nickt nur. Ein langsames, trauriges Nicken.

Dann schiebt er mich sanft in die Bibliothek und schließt leise die Tür hinter mir.

Vor mir liegt der Schreibtisch. Zwei Frauen sitzen dahinter, davor steht ein leerer Stuhl. Ich bemühe mich, meinem Gang trotz der Verletzung einen letzten Rest Würde zu geben.

Umständlich setze ich mich auf den Stuhl und sehe die beiden an.

Da ist Kendra, mit betreten gesenktem Blick und hängenden Ohren. Ihre Finger spielen nervös mit einer Feder. Daneben sitzt meine Großmutter. Meine Großmutter! Sie hat den Kopf stolz erhoben, ein zufriedenes Lächeln auf den Lippen und einen unergründlichen Blick in den funkelnden Augen.

»Schön, dass du kommen konntest.« Ihre Worte sind schwer und hängen für einen Augenblick in der Luft, bevor sie verklingen. Die würdevolle Stimme einer Königin. Ich beachte sie nicht weiter. Sie hat mich verraten.

Eine unangenehme Stille macht sich breit. Wir sitzen wortlos inmitten all der Bücher. Ich, verärgert an ihnen vorbeistarrend, meine Großmutter, die mich nachdenklich mustert, und Kendra, ein einziges Häufchen Elend.

Ungeduldig zische ich: »Was ist?«

Kendra zuckt zusammen und schaut auf. Ihre blauen Augen sind groß und rund. Sie beginnt sich unaufhörlich zu entschuldigen, erzählt mir, wie leid es ihr tut, doch ihre Rechtfertigungen prallen an mir ab.

Ich bin nur auf Zeit hier.

Meine Großmutter bringt die Katzendame zum Verstummen. Und dann beginnt sie selbst zu erzählen. Erzählt mir, was ich längst weiß. Ihre Worte geben der Geschichte eine Tiefe, eine Größe, die mir nicht bewusst war. Ihre Worte nehmen die Wahrheit, dieses schrecklich klare Bild, das mich seit Tagen heimsucht, und bringen es zum Leben.

»Ich sollte mit meiner Geschichte beginnen«, sagt sie, ihr Tonfall gediegen und ruhig. »Sie ist notwendig, um den Rest zu verstehen. Ich komme nicht aus den Bergen. Ich bin die Tochter einer einflussreichen Familie, eine Adlige von hohem Stand.«

»Ich weiß«, unterbreche ich sie.

Meine Großmutter schaut mich überrascht an, dann lächelt sie: »Hat dir das meine Schwester erzählt? Das sieht ihr ähnlich. Sie war schon damals ein schlaues Mädchen.«

Für einen Moment versinkt sie in Gedanken, bevor sie mich ernst anblickt und in scharfem Tonfall weiterspricht: »Zoraya, du solltest mich nicht unterbrechen. Deine Mutter und ich haben dir Respekt beigebracht. Ich erzähle meine Geschichte und du hörst gefälligst zu. Sie ist wichtig für dich.

Ich war eine Adlige und meine Eltern machten ein riesiges Aufheben um mich. Ich sollte den zukünftigen König heiraten, diesen hohlen Mann. Nichts als Schein, kein Tropfen Ehre floss durch seine Adern. Er war ein schwacher Mensch und würde einen schlechten König abgeben. Und einen schlechteren Gemahl.«

Die Königin würde ihr da zustimmen.

»Ich hatte mich ohnehin in einen anderen verliebt. Er war ebenfalls ein Herrscher – ein Anführer vielmehr. Völlig anders als der König. Er war schlau, charmant, geheimnisvoll und witzig. Er hat mich als seine Gefährtin angesehen, als seine Ebenbürtige. Ich hätte ihn meinen Eltern schlecht vorstellen können. Nicht nur, dass meine Hochzeit längst beschlossene Sache war, nein. Zoraya, dein Großvater war ein Halbmensch.«

Also ist es wahr.

»Du wirkst nicht überrascht.«

»Nur so ergibt euer hinterhältiger kleiner Plan einen Sinn. War er ein Hirschmensch?«

Meine Großmutter stutzt für einen Moment. Dann versteht sie. »Du meinst wie der Mesa-Cral? Nein, dieses Amt ist nicht an ein bestimmtes Fehtier gebunden. Er war ein Fuchs. Ein wunderschönes, listiges Wesen. Er war ein großartiger Anführer.«

Hmm, ein Fuchs. Ich hätte es wissen müssen, wenn man meine Haarfarbe bedenkt.

Meine Großmutter fährt mit ihrer Erzählung fort: »Ich war unsterblich verliebt und wollte mein Leben nicht eingesperrt in einem goldenen Käfig verbringen. Also bin ich fortgegangen, zusammen mit Zoran. In den Düsterwald. Es ist eine Schande, dass mein Schicksal meine kleine Schwester treffen musste, man kann sich den Lauf der Dinge eben nicht aussuchen. Mein Gefährte und ich einten die verschiedenen Clans der Halbmenschen. Sie wurden zu meinem Volk. Gemeinsam marschierten wir in Richtung des königlichen Palastes.«

»Wo ihr in einen Hinterhalt geraten seid und euer großer Anführer einen erbärmlichen Tod starb.«

Jetzt wirkt sie sauer. Sie funkelt mich so zornig an, dass nicht nur ich mich erschrecke. Selbst Kendra wirkt entsetzt.

Die Stimme meiner Großmutter ist gefährlich ruhig, als sie von Neuem beginnt: »Ich habe gesagt, du sollst mich nicht unterbrechen. Es gab keinen Hinterhalt.«

Nicht? Warum hatte der Mesa-Cral mir dann … Ich hatte das Grab gesehen!

»Wir standen der königlichen Armee gegenüber, es war ein herrlicher Tag für eine Schlacht. Zoran schritt vor, allein, um den König zu einem Zweikampf herauszufordern. Er stimmte zu. Doch als sich mein Gefährte umdrehte, um seinem Volk die gute Nachricht zu überbringen, schlug er ihm den Kopf ab. Es war die erbärmliche Tat eines Feiglings. Es war nicht der Tod, den Zoran verdient hätte. Danach griffen die Menschen an. Sie hatten ein leichtes Spiel mit unseren Kriegern. Wir waren in der Unterzahl und der Schock saß jedem einzelnen in den Knochen.«

Ihre faltigen Hände krallen sich vor Zorn zusammen. Sie sammelt sich einen Moment, bevor sie weiterspricht. »Die Überlebenden krochen zurück in den Wald. Ich vollendete die Vereinigung der Stämme. Es waren zu wenige zurückgekehrt, als dass die Clans getrennt hätten überleben können. Also führte ich sie zusammen und wir erbauten ein großes Dorf, das leichter zu verteidigen war als vereinzelte Lager. Wir mussten den Wald schließlich mit den Monstern teilen. Es war in dieser Zeit, dass sich der Name der Goldenen Drossel endgültig durchsetzte. Ich wurde als eine der ihren in ihre Reihen aufgenommen. Und ich begann, einen Racheplan zu schmieden.«

Ein Stich. Das Wort Rache trifft mich wie ein Pfeil.

»Schon damals spielte ich mit dem Gedanken, die Monster für unsere Zwecke einzusetzen. Der Plan war nicht rücksichtsvoll, das gebe ich zu. Ich war jung und mein Herz war krank vor Trauer und Zorn. Ich hatte nur eines im Sinn. Zoran, der größte Anführer, den die Halbmenschen je gehabt hatten, dieser wunderbare Mann, der die Welt für mich bedeutet hatte … er war hinterrücks ermordet worden. Weißt du, was das bedeutet?«

Ja, das weiß ich. Die Halbmenschen kennen keine Gnade. Es gibt keine Ehre für jene, die nicht um ihr Leben gekämpft haben. Als Clanlose werden sie verachtet. Man darf ihrer nicht gedenken. Sie nicht ehren, nicht in ihrem Namen kämpfen. Für ihren geliebten Anführer gab es nur ein namenloses Grab, im hintersten Winkel des Waldes.

Bis ein Blutsverwandter ihn rächt …

Ich nicke.

»Ich konnte das nicht ertragen. Ich sah, wie es mein Volk zerfraß. Also schmiedete ich einen Plan. Ein Blutsverwandter Zorans würde den König töten müssen. Kein leichtes Unterfangen – ich plante ein Attentat auf den einflussreichsten Mann des Landes! Doch ich fand einen Weg. Durch Kendra. Sie war damals ein kleines Mädchen, gerade alt genug, dass ich sie unterrichten konnte. Und sie war besonders. Eine von jenen Halbmenschen, die den Menschen verblüffend ähnlich sehen. Es war ein Leichtes für sie, ihre wahre Identität zu verbergen. Also bildete ich sie zur Schreiberin aus. Sie arbeitete sich hoch, bis sie das offizielle Amt im Palast zugesprochen bekam. Dort verweilte sie und wartete auf mein Signal. Denn ich hatte nicht bleiben können. Ich war schwanger und der König kannte mein Gesicht. Ich musste mein Kind schützen. Es spielte die entscheidende Rolle in meinem Plan.«

Der große Plan, das Einzige, was in deiner verkorksten Welt zählt.

»Sobald die Zeit gekommen wäre, würde ich das Signal geben. Die Halbmenschen hätten bis dahin begonnen, die Monster aus dem Wald zu treiben. Kendra hätte eine Prophezeiung ‚gefunden', die wie maßgeschneidert auf mein Kind zutraf. Wie ich erfuhr, hatte sie sich im Laufe der Jahre die Gunst eines königlichen Boten erworben, der uns bei unserem Plan helfen würde.«

Phillian. Ich habe recht behalten: Er ist schwer zu durchschauen.

»Als der Held, der in den alten Schriften angekündigt wurde, hätte mein Kind seinen Weg in den Palast gefunden. Kendras Aufgabe war es, mein Kind zu beeindrucken und sein Vertrauen zu gewinnen, um Kontrolle über es ausüben zu können. Wenn sie das Gefühl hatte, es sei an der Zeit, sollte sie in die Wege leiten, dass es in den Düsterwald gebracht wurde. Die Halbmenschen hätten eine Falle vorbereitet, aus der sie mein Kind ›retten‹ könnten. Dadurch und durch ihre Gastfreundschaft würden sie es für unsere Seite gewinnen. Sie würden ihm von den Grauen der Vergangenheit erzählen. Niemand erträgt das, ohne einen Hass auf die Menschen zu entwickeln.« Unwillkürlich haut sie ihre Faust auf die Tischplatte. Entgeistert starre ich meine Großmutter an. Ich hatte sie als ruhenden Pol erlebt. Eine Quelle der Weisheit und der Güte. Jetzt wirkte sie wie eine hasserfüllte Wahnsinnige.

»Sobald es zurück im Palast wäre, würde es mit seinem Plan vor den König treten. Die Tatsache, dass sein vermeintlicher Held mit den Halbmenschen in Kontakt war, würde alte Ängste und alten Zorn wecken. Er würde versuchen, mein Kind zu töten. Kendra müsste einen Weg finden, das zu verhindern. Was die Loyalität zu ihr und den Zorn auf diesen tyrannischen Herrscher nur steigern würde. Und damit hätte ich die beiden perfekt gegeneinander ausgespielt.« Ein siegessicheres Lächeln prangt auf ihren Lippen. Ich würde es ihr am liebsten aus dem Gesicht schlagen. Gegeneinander ausgespielt … Eher aufeinandergehetzt wie zwei wilde Hunde.

»Dann kam der entscheidende Punkt: der Einbruch in das königliche Schlafgemach. Mein Kind würde zu diesem Zeitpunkt meinen Hass auf den König teilen und das Schlafmittel wäre so präpariert, dass es nur einen möglichen Ausgang geben konnte. Mein Kind würde den König töten und damit meinen Gefährten rächen. Zorans Andenken wäre endlich frei vom Schmutz des Königs!« Sie klingt jetzt hellauf begeistert. »Der Schlüssel würde einer Armee die Tore öffnen, die im Gedenken ihres Mesa-Crals neuen Mut schöpfen konnte. Das Überraschungsmoment und der Schock wären dieses Mal auf unserer Seite. Ein Großteil der Verteidigung wäre ohnehin abgezogen, um das Land gegen die Monster zu verteidigen. Ein Kinderspiel, den Palast in Besitz zu nehmen und die Krone zu gewinnen. Die Halbmenschen könnten endlich diesen verfluchten Wald verlassen. Wie du siehst, waren die Ereignisse bis ins kleinste Detail geplant, schon Jahrzehnte im Voraus. Doch es ist so viel schiefgegangen …«

Meine Großmutter verfällt in ein tiefes Schweigen. Sie hat genug gesagt.

Die ganze Zeit über habe ich gedacht, der König wollte mich für seine Ziele missbrauchen. In Wahrheit ist sie es gewesen. Ich war nie mehr als ihre Marionette. Es war ihr Plan, der mich zur Mörderin gemacht hat.

Ich wünsche mir, ich wäre stärker gewesen.

Kendra beginnt, die Stille mit Erklärungen zu füllen. »Das Kind der Goldenen Drossel, deine Mutter, hatte keinen einzigen Tropfen Halbmenschenblut im Leib. Mein Volk hätte sie nicht anerkannt. Zu tief sitzt sein Hass auf die Menschen, als dass es eine weitere Ausnahme gemacht hätte. Wir mussten auf ihre Enkel warten. Und dann kamst du. Zoraya! Du bist beinahe eine von uns. Sieh dich nur an, mit deinen spitzen Zähnen und dem feuerroten Haar. Dein Element ist die Dämmerung, die frühen Morgenstunden, wenn die Füchse auf die Jagd gehen. Du hörst besser, als die Menschen es tun, du siehst besser. Deine Reflexe sind besser, deine Bewegungen schneller und deine Gedanken listiger. Du riechst sogar ein bisschen nach Fuchs!«

Kendra sieht mich begeistert. Ich teile ihre Überschwänglichkeit nicht. Soll ich jetzt stolz darauf sein, die perfekte Schachfigur abzugeben?

»Der Bote hat dich zu mir gebracht. Du warst schlauer, als ich erwartet hatte. Du hast mein Geheimnis gelüftet. Das war gefährlich. Anfänglich ging das gut: Du hast mich nicht verraten – im Gegenteil, wir wurden Freundinnen. Ich mochte dich. Das musst du mir glauben. Aber ich durfte den Plan nicht gefährden. Ich habe dir das Lesen beigebracht, allerdings nur die Druckbuchstaben. Du durftest die Notiz für den Prinzen nicht entschlüsseln können. Schließlich wärst du nie freiwillig in den Wald gegangen. Du hast dich dagegen gewehrt, die Heldin zu spielen. Das machte die ganze Sache schwieriger.«

Ja, ich habe mich gewehrt. Weil ich *ich* sein wollte und keine Marionette. Weil ich nicht für fremde Ziele kämpfen wollte. Ha! Man sieht ja, wie gut das funktioniert hat …

»Diese Klippe konnte ich umschiffen. Ungünstig war nur, dass du es geschafft hast, die Halbmenschenschriftzeichen aus mir herauszulocken. Die Falle war mit Warnzeichen ausgestattet – das hätte ich wissen müssen. Sie haben dich so schön hineingetrieben und ich mache es kaputt, indem ich dir zu viel beibringe. Anstatt dass die Ereignisse nach Plan gehen, entdeckst du die Existenz der Goldenen Drossel. Du kannst nicht glauben, was für einen Schrecken ich bekommen habe!«

Ich schnaube. Das tut mir furchtbar leid.

»Glücklicherweise war es unmöglich für dich, die Sache mit deiner Großmutter in Verbindung zu bringen. Das wäre abwegig gewesen. Und so nahmen die Dinge ihren vorgeschriebenen Lauf, als du zurück im Palast warst. Ich hatte befürchtet, du wärst zu gutherzig, um den König zu töten. Also habe ich versucht nachzuhelfen. Als ich dann all das Blut gesehen habe, dachte ich, es hätte funktioniert. Ich konnte ja nicht wissen, dass er seine Frau vorschicken würde. Ich hätte ihm nicht einmal zugetraut, einen Angriff in seinem Schlafzimmer vorherzusagen. Wir dachten, er würde in dieser Nacht sterben. Dann ist er auf der Brücke aufgetaucht und hat dich beinahe umgebracht. Als ich bemerkt hatte, was vor sich ging, habe ich versucht, dir zu helfen, aber du lagst bereits im Sterben. Ich habe mir solche Sorgen um dich gemacht.«

Ich lache tonlos. Fast so viel Sorgen wie darüber, dass der Plan nicht aufgehen könnte. Ich erinnere mich zu gut daran, wie sie mit einem Dolch bewaffnet auf die Königin losging. Um ihr den Schlüssel abzunehmen, koste es, was es wolle. Damit die Halbmenschen mordend in den Palast einziehen konnten und all die sorgsam geführten Schachfiguren ihren Zweck erfüllten. »Gott sei Dank habe ich es geschafft, den König runterzuschubsen, bevor ich abgekratzt bin, was?«

Kendra sieht verletzt aus.

»Zoraya, Liebes«, die Stimme meiner Großmutter ist jetzt ganz sanft. »Du musst das verstehen. Kendra hat ihr ganzes Leben dem Plan verschrieben. Hat ihr Volk verlassen, um hier zu sein. An einem Ort, an dem sie der ständigen Gefahr ausgesetzt ist, enttarnt und ermordet zu werden. Sie hat ihr Leben riskiert und stets nur auf diese eine Sache hingearbeitet. Für ihr Volk. Meine Schwester angreifen zu wollen, war ein Fehler, den ich ihr kaum verübeln kann. Wir waren so kurz vor dem Ziel. Ihr ganzes Lebenswerk wäre vergebens gewesen. Mit dem Schlüssel hätte sie den Plan retten können. Aber ich konnte nicht zulassen, dass sie meinem Schwesterchen ein Haar krümmt.«

Also war sie die Lichtgestalt. Ein Engel, der vom Himmel herabsteigt, um seine kleine Schwester zu retten. War das der Grund, warum sie aus den Bergen angereist ist? Um den Tod der Königin zu verhindern? Seltsam. Wo ihr sonst jedes Mittel recht ist.

»Du warst tot«, fügte meine Großmutter hinzu und unterbricht damit meine finsteren Gedanken. »Dein Herz stand still. Wir konnten dich retten, doch für ein paar Sekunden warst du tot.«

»Es war unerträglich!«, schluchzt Kendra. Dann murmelt sie einen unverständlichen Satz, der wie »Es tut mir leid« klingt und fängt an zu weinen.

Meine Großmutter tätschelt beruhigend ihre Schulter.

Es ist ein seltsames Bild. Die stolze, selbstbewusste, fast ein bisschen herablassende Kendra in Tränen aufgelöst. Daneben meine Großmutter, ruhig und erhaben wie sonst, nur weit, weit weg von ihrer Bank in den Bergen.

»Hast du Fragen?«, fragt sie.

Ich muss lachen.

Mein ganzes Leben ist eine Lüge. Selbstverständlich habe ich Fragen, jetzt, wo sie sich bereit erklären, mir endlich die Wahrheit zu erzählen.

»Warum falle ich ständig in Ohnmacht?«, frage ich ins Blaue hinein. Es ist eine sinnlose Frage, die nichts mit der Sache zu tun hat. Vielleicht versteht meine Großmutter dann, dass man auf blöde Fragen eben blöde Antworten bekommt. Ich will jedes Detail der Geschichte wissen, für die ich gestorben bin.

Meine Großmutter schaut kurz irritiert, dann nickt sie verständnisvoll. »Ich vermute, dass das mit deinem Halbmenschenblut zu tun hat. Vielleicht verträgt es sich nicht sonderlich gut mit deinem Kreislauf, das bringt das natürliche Gleichgewicht durcheinander. Das heißt, in Stresssituationen besteht die Gefahr, dass du schnell das Bewusstsein verlierst. Dafür hast du dich erstaunlich gut geschlagen.«

Das ist das erste Mal, dass ich einen Anflug von Ironie in der Stimme meiner Großmutter höre. Ich schaue kurz verwirrt aus der Wäsche, dann wende ich meine Gedanken wichtigeren Dingen zu.

»Was ist mit den Schatten? Ich hatte die ganze Zeit das Gefühl, verfolgt zu werden.«

Dieses Mal antwortet Kendra. Sie wischt einige Tränen beiseite und schnieft leise, bevor sie zu sprechen beginnt. »Oh, das waren Freunde von mir. Mardermenschen. Sie sind außerordentlich zuvorkommend und haben für mich ein Auge auf dich geworfen. Sie haben aufgepasst, dass dir keine Monster zu nahe kommen und dergleichen. Wenn du willst, kann ich sie dir mal vorstellen.«

Sie schaut mich beinahe flehentlich an, doch ich habe ihr nicht verziehen. Ich weiß nicht, ob ich das jemals kann.

»Sie haben zudem Nachrichten für mich übermittelt. Deshalb konntest du so leicht über den Baum in die Bibliothek gelangen. Der Weg stand für sie offen.«

»Wie haben sie es in den Palast geschafft?«, frage ich erstaunt. »Ich dachte, ich müsste die Tore für die Halbmenschen öffnen.«

Kendra lächelt endlich ihr amüsiertes Lächeln. »Oh, eine Handvoll Marder sind nicht mit einer Armee zu vergleichen. Und das sind gerissene Kerlchen, das kannst du mir glauben.«

Ich zucke mit den Schultern und nehme es als Fakt hin. Was bleibt mir anderes übrig? Plötzlich jedoch fällt mir eine wichtige Frage ein: »Wem untersteht der Palast denn gerade? Ich habe keinen Menschen auf dem Weg hierher gesehen.«

Meine Großmutter nickt. »Keine Sorge, ihnen ist nichts passiert. Momentan haben wir die Palastwache unter Kontrolle, über die Jahre hat Kendra einige Kämpfer ausgemacht, die für Gold abtrünnig werden. Und einige unserer eigenen Krieger sind gewandt genug, um selbst einen Weg über die Mauern zu finden. Die große Armee des Königs ist über das Land verteilt und ihr sind die Hände gebunden. Wir haben hier wichtige Geiseln gefangen. Doch solange meine Schwester den Schlüssel und die Krone hat, gehört ihr der Thron. Sie hat die Loyalität des gesamten Gefolges. Wenn sie verletzt wird, könnte die Stimmung im Palast kippen. Momentan sind die Menschen eingeschüchtert und starr vor Angst. Der Tod der Königin könnte einen Aufstand auslösen. Es ist eine Pattsituation. Politik ist eine heikle Sache. Die Adligen können das Gelände frei passieren, doch offensichtlich ziehen sie es vor, in ihren Zimmern zu bleiben. Kendra und ich haben beschlossen, die Machtübernahme hinauszuzögern. Wir wollten erst sichergehen, dass es dir gut geht, bevor wir einen erneuten Tumult starten.«

»Eure Armee ist also in der Nähe?«

»Ja. Der Tod des Königs allein ist nicht genug, um den Zorn der Halbmenschen zu besänftigen. Ich habe ihnen eine Inbesitznahme des Palastes und die Rückkehr in die Ebene versprochen und dazu wird es früher oder später kommen.«

Der Gedanke jagt mir einen kalten Schauer über den Rücken. Ich hatte gedacht, die ganze Geschichte wäre endlich vorbei. Das war ein Irrtum. Als ob nicht schon genug Blut vergossen wurde …

Es erinnert mich an Luna. Ihr Name lässt mein Herz schwerer werden. Ich überlege, ob ich nach ihr fragen soll, doch ich traue mich nicht. Die Umstände ihres Todes sind mir bis jetzt verborgen geblieben und vielleicht ist das besser so. Manchmal kann man es nicht ertragen, die Wahrheit zu hören.

Stattdessen versuche ich, mich mit Trivialerem abzulenken. Mir ist die Lust auf bedeutsame Fragen vergangen. »Was bedeutet Rasuba?«

Kendra antwortet mit schlecht verstecktem Stolz in der Stimme: »Das ist dein Name bei uns Halbmenschen. Ich habe ihn dir gegeben, damit mein Volk dir vertraut. Da Wort Rah kennst du bereits. Es bedeutet Feuer. *Sul* heißt Sonne. Kombiniert ergeben sie *Rasu*, Feuersonne. Es ist unser Wort für eine auf- oder untergehende Sonne. Rasu war der Name deines Großvaters. Es ist ein passender Name für einen großen Anführer. *Bar* bedeutet Haar oder Fell. Rasuba heißt also Feuersonnenhaar. Oder weniger wörtlich, dafür deutlich poetischer: ›Die, deren Haar aus dem Licht der Morgensonne gesponnen wurde‹. Man kann es in eure alte Sprache übersetzen! Zo – Feuer, Ra – Sonne, Ya – Haare.«

Sie lächelt mich glücklich an. Mir hingegen ist es völlig egal, wie poetisch mein Name ist. Es ändert nichts daran, dass die beiden mich nur benutzt haben. All meine Fragen sind belanglos. Es gibt nur eine Sache, die zählt.

»Ihr habt mich also schamlos ausgenutzt? Mich für eure Machtspielchen missbraucht?«

Kendra will widersprechen, aber meine Großmutter unterbricht sie. »Ja. Ja, Zoraya, das haben wir. Du musst verstehen. Die Rahnui. Das Leben im Düsterwald. Der hinterhältige und feige Mord an Zoran. Es ist Gift für die Seele, einen Helden zu haben, den man nicht verehren darf. Es hat den Halbmenschen den Rest gegeben. Wir mussten es tun, für unser Volk. Wir waren so jung, als wir die Entscheidung getroffen haben. Ich war nicht viel älter als du jetzt. Wir haben nicht an dich gedacht. Wir haben nicht daran gedacht, was es für dich bedeuten würde. Wir beginnen langsam, es zu verstehen. Und es tut uns unendlich leid.«

Sie greift nach meiner Hand und drückt sie behutsam. Sie sieht mich lange an und lässt mich spüren, dass sie die folgenden Worte ernst meint. »Zoraya. Diese Schuld lastet unglaublich schwer auf uns. Wenn wir das wiedergutmachen können, werden wir das tun. Du kannst dir alles wünschen, was in unserer Macht steht.«

Kendra nickt energisch.

»Ausnahmslos?«, frage ich misstrauisch.

»Ausnahmslos«, antwortet Kendra entschieden. »Das hast du verdient.«

Ich überlege, was aufwiegen könnte, was sie mir angetan haben. All die Lügen. All das Leid. Was könnte Lunas Tod wert sein? Was könnte mich darüber hinwegsehen lassen, dass sie mich dazu getrieben haben, das wichtigste Versprechen zu brechen? Was kann wettmachen, dass sie mein Leben zerstört haben?

Gold? Reichtum? Es gibt nichts, was ich mir kaufen will. Ich wünsche mir nur, das Ganze wäre nie passiert. Kein Geld der Welt kann die Zeit zurückdrehen.

Macht und Ruhm? Was Macht mit einem Menschen anstellt, habe ich gesehen. Ich habe gesehen, wie sie verdirbt und zerstört, wenn man nicht dafür geschaffen wurde. Und ich traue meiner Seele keine Probe auf ihren Wert mehr zu. Nicht nach jener Nacht …

Und vom Ruhm habe ich für mein ganzes Leben genug. Ruhm ist nichts als eine wertlose Währung, mit der sie versuchen, sich dein Leben zu erkaufen.

Es gibt nichts, was ich von ihnen haben will. Ich will ihnen gerade ins Gesicht schmettern, dass sie mir nichts zu bieten haben, als mir ein Geistesblitz kommt. Entschlossen hebe ich das Kinn. »Ich will den Thron für mich.«

Kendras Ohren zucken nervös. Fragend wendet sie den Blick zu ihrer Herrin. Meine Großmutter schluckt schwer, dann nickt sie entschlossen. »Eine angemessene Bezahlung.«

Eine Weile lang hängt eine merkwürdige Stille im Raum. Staub tanzt in den Lichtkegeln, die von der Decke aus in den gewaltigen Raum fallen.

»Ich möchte eine öffentliche Krönung«, füge ich hinzu. »Vor den Halbmenschen und vor all den Bewohnern des Palastes.«

Jetzt schaut Kendra erst recht empört. »Du willst die *Menschen* bei deiner Krönung dabeihaben?«

Ich durchbohre sie mit einem entschiedenen Blick. Ich werde mich nicht von dieser Sache abbringen lassen. Ganz langsam, jedes Wort bewusst betonend, beginne ich zu sprechen. »Ich will kein Blutvergießen mehr. Ich werde eure Königin sein und die der Menschen. Ich habe mein ganzes Leben lang als Mensch gelebt. Ich mag die Erbin eures großen Anführers sein und den König getötet haben. Aber ich werde immer mehr Mensch als Halbmensch bleiben.«

Kendra sieht mich erstaunt an. Sie wirkt getroffen, ihre Unterlippe zittert.

Dann senkt sie ergeben den Blick.

Ich fühle mich so hohl. In meinem Herzen ist nichts als eine stählerne, kalte Leere. »Ich war nie eine von euch. Vergiss das nicht.«

26. KAPITEL

Die Zeit ist gekommen, in der ich verlangen muss, dass Phillian sein Versprechen einlöst …

Ich stehe an dem Platz, an dem der König stehen sollte, und fühle mich sichtlich unwohl. Meine Hände krallen sich unwillkürlich in den weichen Stoff meines grünen Kleides. Es tut gut, in dieser Hinsicht mir selbst treu bleiben zu können.

Zu meiner Rechten steht die Goldene Drossel, zu meiner Linken die Königin. Vor uns erstreckt sich der bis vor die weit geöffneten Türen gefüllte Ballsaal. Menschen und Halbmenschen bevölkern ihn, strikt voneinander getrennt. Es hat eine Menge harte Verhandlungen und gutes Zureden gebraucht, um diese Krönung zu organisieren. Ich kann von Glück sagen, den begnadetsten Redner des ganzen Königreichs an meiner Seite zu wissen.

Ich kann das Misstrauen im Raum förmlich spüren. Es quillt aus allen Ecken und droht mich zu erdrücken. Auf nur einen einzigen Blick kann ich mehr als zehn Waffen entdecken. Schlecht versteckte Bögen und Dolche, selbst ganz offen zur Schau getragene Äxte und Breitschwerter. Lediglich die Tatsache, dass beide Völker eine Menge wehrloser Zivilisten unter sich wissen, hält sie davon ab, aufeinander loszugehen.

Es ist eine prekäre Situation. Die Königin musste unter dem Druck der Goldenen Drossel und ihrer Armee vor den Toren zustimmen, den Thron an mich abzutreten und den Halbmenschen Zutritt zum Ballsaal zu verschaffen. Innerhalb der Palastmauern jedoch gehört die Macht ihr. Es wimmelt nur so von königlichen Wachen, die ihr größtenteils treuer ergeben sind, als sie es dem König je waren.

Beide Seiten akzeptieren mich, wenn auch mit sichtlichem Widerwillen. Ich bin ein direkter Nachfahre ihrer Herrscherfamilien. Ich sehe aus wie ein Mensch, mein feuerrotes Haar hingegen erinnert an

Zoran. Wenn ich mir die feindseligen Blicke aus der Menge so ansehe, bin ich bei keiner Seite beliebt. Ich bin ein Kompromiss. Für den Geschmack beider Völker habe ich zu viel vom jeweils anderen. Es würde mich nicht überraschen, wenn ich plötzlich einen Pfeil im Hals stecken hätte.

Mir ist nur zu gut bewusst, in welche Gefahr ich mich begebe. Letztlich ist es mir egal. Es gibt da diese eine Sache, die ich tun will. Die ich tun muss. Diese eine letzte Sache. Keine Anfeindung kann mich davon abhalten, mein Ziel zu erreichen.

Die Goldene Drossel tritt feierlich vor. In ihren Händen trägt sie ein dunkelblaues Samtkissen, auf dem die Krone des Landes ruht. Pures Gold, mit Rubinen versehen und mit feinen Mustern verziert. Ich muss gestehen – sie ist wunderschön. Die alte Frau dreht sich zu mir um und lächelt mir freundlich zu. Ihre Augen blitzen, als sie mir die Krone entgegenhält. Fast glaube ich, sie hat das von Anfang an geplant: ihr Nachkomme als Regent des Reiches. Ich würde es ihr zutrauen. Dumm nur, dass ich mich allein für das Versprechen des Throns niemals freiwillig für dieses Schicksal entschieden hätte. Das hat sie gewusst und ihren grausamen Plan gesponnen …

Ich nehme die Krone entgegen. Das Metall ist glatt und kühl unter meinen zitternden Handflächen. Obwohl ich mich innerlich völlig leer fühle, ist mein Körper nervös. Ich lasse meine Fingerspitzen über die aufwendigen Verzierungen am Rand gleiten. Langsam wird es still in dem riesigen Saal.

Ich atme einmal tief durch, dann schließe ich meine Finger um die Krone und hebe sie entschlossen von ihrem Kissen. Ich richte mich zu voller Größe auf und drehe mich der Menge zu. Die Stunde der Wahrheit ist gekommen.

Mit festen Schritten trete ich näher an das Publikum heran, halte die Krone hoch über meinen Kopf, sodass sich das Licht darin verfängt – und erstarre. Sämtliche Augen sind auf das Gold in meinen Händen gerichtet. Ein matter Glanz geht davon aus und in den makellosen Rubinen reflektieren sich funkelnd die Sonnenstrahlen.

Ich reiße meinen Blick los und lasse ihn über die Köpfe der Anwesenden gleiten. So viele verschiedene Formen, Farben und Gesichter. So viele Geschichten.

»Verneigt euch vor eurer Königin!«

Ich versuche, meine Stimme so anmaßend und erhaben wie möglich klingen zu lassen. Ich halte die Krone des Reiches in meinen Händen.

»Kniet nieder!«

Ein Raunen geht durch die Menge. Es hat mehr von einem abfälligen Zischen als einem echten Raunen. Nach und nach beugen sich die Anwesenden meinem Willen. Widerwillig senken sie die Köpfe und kauern sich auf den Boden. Selbst meine Großmutter und ihre Schwester gehen in die Knie. Ich kann ihren Hass spüren. Kann spüren, wie sie mir selbst in der Verbeugung wütende Blicke zuwerfen. Es ist mir egal. Dies ist mein großes Finale.

Endlich ist es so weit. Ich verharre einige Augenblicke in meiner Position, um meinen Mut zu sammeln. Ich atme tief durch, schließe die Augen und spüre das wärmende Gefühl, das Richtige zu tun. Und die Angst, die langsam in meinem Magen aufsteigt. Es ist so weit. Mit einer einzigen raschen Bewegung mache ich auf dem Absatz kehrt, einen Schritt auf die Königin zu und senke zitternd die Krone auf ihr Haupt. Ich kann hören, wie Bewegung in die Menge kommt. Ich höre sie aufspringen, scharf die Luft ausstoßen und ihre Waffen ziehen.

Die Königin blickt verwirrt zu mir auf. Ihre großen haselnussbraunen Augen flattern hin und her, während sie versucht, die Situation zu verstehen. Hinter uns bricht Tumult aus. Ich kann Schreie hören, Getuschel, Fauchen und Knurren. Ich sehe hinab zur Herrscherin des Landes und ein amüsiertes Lächeln schleicht sich auf meine Lippen. Niemand hat damit gerechnet. Nicht einmal sie selbst.

Behutsam lege ich ihr meine Hände auf die Schultern und flüstere ihr die entscheidenden Worte zu.

»Der König ist tot. Lang lebe die Königin.«

Dann bricht endgültig das Chaos über uns herein. Kendra kommt auf mich zugestürmt, fast so aufgelöst wie an jenem Morgen. Hinter ihren Augen tobt ein Orkan.

»*Was tust du da?*«, faucht sie, ihre Stimme schärfer als je zuvor. »Ich habe mein ganzes Leben dafür gegeben, Zoraya, mein ganzes Leben! Was *tust* du?«

Sie will auf die Königin losgehen, ihr die Krone vom Kopf reißen, doch sofort springen einige Wachen ihrer Herrin zu Hilfe. Mit gezückten Schwertern und wild entschlossenem Blick bilden sie eine schützende Mauer zwischen den beiden.

Weit hinten in der Menge klirrt zum ersten Mal Metall auf Metall, ein Kind beginnt zu schreien. Kendra starrt mich an, ihre Brust hebt und senkt sich unter ihrem zischenden Atem, ihr ganzer Körper zittert vor Verzweiflung. Sie hält die Arme ausgestreckt neben sich, die Finger zu Krallen verbogen. Schäumend sucht sie nach Worten und findet keine.

Ich fühle einen leisen Schmerz in meinem Herzen. Ich bewundere sie selbst jetzt noch. Trotz ihres Verrats. Es tut weh, sie so zu sehen. Was nicht heißt, sie hätte es nicht verdient.

Während der Lärm des Kampfes lauter wird, wendet sie sich Hilfe suchend an die Goldene Drossel, die wie erstarrt neben uns steht. Ich sehe die Verzweiflung in dem Blick, den Kendra ihrer Meisterin zuwirft. Und als sie zu flehen beginnt, ist ihre Stimme schrill und dünn, als wollte sie jeden Moment zerreißen. »*Das kann sie nicht tun! Ravenna! Das ist nicht möglich. Das kann sie nicht tun. Stoppe sie! Ravenna, das kann sie nicht tun!*«

Meine Großmutter steht nur da und starrt zu Boden. Die ganze Spannung ist aus ihrem Körper gewichen, sie wirkt erneut zittrig und alt. Sie hebt den Blick nicht, als sie endlich spricht. Ihre Worte sind monoton und dumpf. Der Tonfall der absoluten Resignation. »Es ist zu spät.«

Und wie ein wärmendes Feuer steigt das Gefühl der Rache in mir auf, verbrennt all meine Zweifel und all mein Mitgefühl, füllt meinen Kopf mit schwarzem Rauch und bösen Gedanken.

Die Königin ist längst auf den Beinen und ruft Befehle, versucht, den Kämpfen in den Rängen Einhalt zu gebieten. Zu meiner großen Überraschung funktioniert es.

Die Goldene Drossel fängt sich. Sie wendet sich ihrem Volk zu und zum ersten Mal höre ich sie in der Sprache der Halbmenschen sprechen. Ich verstehe kein Wort des fauchenden und bellenden Singsangs, aber es wird klar, dass auch sie Befehle gibt.

Langsam beruhigt sich das Chaos im Saal. Die Halbmenschen halten in ihrem wütenden Ansturm auf die Tribüne inne. Mit hitzigen Blicken und lauten Worten beschweren sie sich bei meiner Großmutter, die ihnen verbietet, sich an den Menschen zu rächen und die Krone zurückzuholen. Kinder werden schützend in die Arme genommen, Waffen werden gesenkt. Die Gefühle schäumen hoch, Hass schwappt hin und her wie Wellen in einem Sturm. Jetzt, da langsam Ruhe einkehrt, werden die Gemüter gebändigt, der Zorn in klare Bahnen gelenkt. Und plötzlich sind ihre Augen auf mich gerichtet.

Die Angst stößt auf mich herab und packt mich schlagartig, wie ein Raubvogel. Mein Herz rast und nur mein Atem geht schneller. Jeder einzelne Halbmensch in diesem Raum hat den Wunsch, mich zu töten.

Es gibt nichts Bedrohlicheres als einen Mob.

Ich werde sterben. Ich kann es in ihren Augen sehen. Jemand spannt einen Bogen.

Ich will fort, aber ich bin unfähig, mich vom Fleck zu rühren. Mein ganzer Körper beginnt zu zittern, ich bekomme keine Luft mehr. Sternchen tanzen zum wilden Trommelschlag meines Herzens. Völlig erstarrt blicke ich in die Menge, die sich schrittweise und in ruhiger Formation nach vorne drängt. Die Palastwache versucht ihnen den Weg zu versperren und meine Großmutter schreit sich die Seele aus dem Leib, doch nichts kann sie aufhalten. Ich werde sterben. Ein Schrei hallt durch meinen Kopf, findet nicht hinaus. Er bleibt in meinem Inneren gefangen, ein endloser, schriller Schrei.

Ein leises Surren an meinem Ohr. Der erste Pfeil hat mich verfehlt.

Wie aus dem Nichts taucht der Bote an meiner Seite auf, mit wallendem Mantel und gezücktem Degen. Er schiebt mich hinter sich und beginnt die königlichen Soldaten zu koordinieren. Ich starre ihn nur verwirrt an, bis es endlich Klick macht.

Ich drehe mich um und renne los, geradewegs auf die kleine, schlichte Tür hinter dem Thron zu. Ich renne, während hinter mir Metall klirrt und Schmerzensschreie die Luft zerschneiden.

Ich halte erst an, als ich in einem fernen Winkel des Schlosses kraftlos zusammenbreche.

Ich frage mich, ob ich mein Ziel erreicht habe.

Es gab eine Sache, die ich wollte. Die ich will.

Mein eigenes Ende. Ich will in dieser Geschichte, in der jeder meiner Schritte nur ein weiterer Schachzug war, wenigstens die wichtigste Sache bestimmen können. Ich will keine Marionette in einem Machtkampf mehr sein, sondern die Fäden durchschneiden und die Fesseln lösen. Ich will auf eigenen Beinen stehen, damit ich meine eigenen Schritte tun kann.

Schritte, die weder so vorhergesagt noch so gewollt sind. Sie haben mir mein Leben genommen und ich habe ihr Ende zu meinem gemacht. Ich bin nicht bloß ein Puzzlestück in ihrem Plan. Ich bin mehr als das. Ich war immer mehr als das.

Ich frage mich, ob es funktioniert hat. Ob mein Verschwinden dem Blutvergießen Einhalt geboten hat und die Krone dort bleiben wird, wo ich sie platziert habe. Wenn ich in diesem Machtkampf schon gefochten habe, ohne es zu wollen, wenn ich dafür schon getötet habe und gestorben bin – dann wollte ich ihn auch gewinnen. Und es gab nur einen Weg, das zu tun …

Ich wollte die Macht nie für mich. Ich bin genauso wenig eine Königin wie ich eine Heldin bin. Aber ich habe ihnen den Triumph genommen. Und ich weiß, dass es das Richtige war. Obwohl meine Schritte vom süßen Geschmack der Rache geleitet worden sind, in meinem Herzen spüre ich, dass ich die richtige Entscheidung getroffen habe.

Es wird funktionieren. Ich werde mein Ende bekommen.

Das Ende, in dem ich ihren Plan durchbreche. In dem ich ganz zum Schluss endlich einen Spielzug selbst vollführen kann. Den Zug, der das Spiel entscheidet.

Ich bin endlich frei.

Ich habe von dem Moment an am Fenster der Kutsche geklebt, als die ersten Berge am Horizont aufgetaucht sind. Es war nichts zu sehen bis auf kleine, dunkle Erhebungen in der Ferne, aber das allein hat mich schon unglaublich glücklich gemacht. Resi hat sich von meiner Begeisterung anstecken lassen, die ganze Fahrt über ist sie unruhig auf ihrer Bank herumgerutscht und hat unentwegt fröhlich vor sich hin geplappert.

Als wir uns den Bergen langsam genähert haben, überkam mich ein warmes Gefühl des Glücks. Ich habe jeden einzelnen Gipfel wiedererkannt. Nichts ist mir so vertraut wie ihre scharfen Kanten und ihre mit Eis überzogenen Spitzen vor dem leuchtenden Blau des Himmels.

Jetzt sind wir endlich da.

Resi reißt sofort die Tür auf, springt jauchzend aus der Kutsche und stürmt über die Wiese in Richtung Wald.

Ich bleibe einen Moment wie gebannt sitzen. Ich kann nicht glauben, dass es wahr ist. Dass ich endlich wieder hier bin. Zu Hause.

Wie in Zeitlupe steige ich aus der Kutsche. Ich bewege mich vorsichtig, als könnte ich die Welt um mich herum zum Platzen bringen, wie eine Seifenblase aus Träumen. Das Zwitschern der Schwalben und Zirpen der Grillen empfängt mich. Die Luft ist warm und träge, nur eine sanfte Böe streichelt mein Gesicht. Ich blicke hinauf zum Himmel, an dem kleine Schäfchenwolken vorbeiziehen. Ganz weit oben kreist ein Bussard. Die Sonne scheint mir ins Gesicht, als wollte sie mich mit ihren warmen Strahlen willkommen heißen. Es ist einer der ersten richtig schönen Sommertage in diesem Jahr.

Ich schließe die Augen und atme tief ein. Atme den Geruch meiner Heimat. Den Geruch von frisch geschmolzenem Schnee, von Schafen, Heu, Wildblumen und den schweren Duft von Fichtennadeln. Zum ersten Mal seit Monaten spüre ich eine tiefe Zufriedenheit in mir. Vielleicht habe ich endlich meinen Frieden gefunden.

Vor den Toren des Palastes habe ich mich vom Boten verabschiedet.

Aber an der Schwelle zur Bibliothek habe ich mich das letzte Mal umgedreht.

Habe meinen Blick sehnsüchtig über die unendlichen Reihen von Büchern streichen lassen und ihnen schweren Herzens Lebewohl gesagt.

Doch das ist nicht das Einzige, was mich zurückgehalten hat.

»Eine letzte Frage habe ich.«

Meine Großmutter hatte überrascht den Kopf gehoben.

»Der Spruch, den du mir vor meiner Abreise verraten hast. *Wenn Finsternis kriecht aus dem Schatten in der hellen Hügel Licht, begonnen mit den dunklen Ratten, besteht der alte Herrscher nicht. Das Licht der Morgensonne, Aufgang oder Untergang, Restez fehouu ra deonne, wie einst die Gold'ne Drossel sang.* Was bedeutet er?«

»Es war eine Art mündliche Überlieferung des Plans«, hatte mir meine Großmutter erklärt. »Eine einprägsame Kurzfassung, an die sich die Halbmenschen erinnern sollten. *Restez fehouu ra deonne* bedeutet: ›Das Licht des Tageseinbruchs wird das Geheimnis lüften‹. Eine Erinnerung daran, wann der Angriff stattfinden wird.«

Kendra war empört herumgefahren.

»Warum hast du ihn ihr verraten?«, hatte sie gefaucht. »Du hast damit den ganzen Plan gefährdet! Ich kann nicht glauben, dass du das riskiert hast!«

Meine Großmutter hatte nur tief geseufzt, bevor sie mit schwerem Herzen und weicher Stimme geantwortet hatte: »Ich wollte, dass sie es versteht. Ich wollte, dass Zoraya am Ende auf der Brücke steht, die Halbmenschen sieht, die durch das Tor strömen, und es versteht. Ich wollte an ihrer Seite erscheinen, um unseren Triumph zu feiern. Ich wollte, dass sie es weiß. Dass sie versteht, was dieser Tag für ihr Volk bedeutet. Ich wollte, dass sie unseren Sieg voller Stolz miterlebt.«

Für einen Moment war es ganz leise gewesen.

»Ich wollte doch nur, dass sie es versteht.«

Und während ich meinen Blick über die grünen Hänge hinab ins Tal gleiten lasse, bis hin zum Horizont, wo die Landschaft zu einem diesigen Blau verschwimmt, beginne ich zu verstehen.

Das Licht der Morgensonne, Aufgang oder Untergang.

Es lag an mir. Ich bin so viel mehr gewesen als ihre Spielfigur.

Ich war die Morgensonne.

Und ich hatte gesiegt.

EPILOG

Die Gestalt, die durch den Wald schritt, war alt und gebückt. Sie stützte sich auf einen Stock, die Last der Jahre drückte sie zu Boden. Mühsam humpelte sie durch das Unterholz, trotzdem blieb ihre Würde deutlich spürbar. Niemand hätte sie gefragt, ob sie Hilfe brauchte. Vielmehr hätte man sie um Rat gebeten.

Denn sie war weise. Ihr gesamtes Auftreten wies darauf hin, dass sie eine Ravenna war – eine Schicksalsweberin.

Ein uralter Titel der Halbmenschen. Neben dem flackernden Feuer hatte dem Wort *Rah* stets die Bedeutung des Schicksals angehaftet. Zu eng waren die beiden Wörter in der Geschichte verknüpft. *Venna* hingegen war die Weberin, war verflochtene Stränge und dicht geknüpfte Teppiche. Eine Ravenna behandelte das Schicksal eines Menschen, als wäre es ein Faden. Unablässig verwob sie die Stränge miteinander, schaffte einen Teppich, auf dem die Zukunft zu sehen war, die sie sich wünschte.

Eine Ravenna war die Herrin der Schicksale. Unerkannt saß sie im Schatten und lenkte die Welt. Die alte Frau war eine der besten Weberinnen gewesen, welchen der Titel je zuteil geworden war.

Es schneite. Kleine weiße Flöckchen hingen in ihrem grauen Haar und legten sich auf ihren warmen Mantel. Die glitzernde Schneedecke ließ den Wald weniger Furcht einflößend wirken, gemütlicher machte es ihn nicht. Es war ohnehin zweifelhaft, ob ein Wald, der die Geburtsstätte der Monster war, jemals behaglich sein konnte.

Während die alte Frau durch das Unterholz humpelte, schweiften ihre Gedanken zu ihrer Enkelin. Ihre Tat damals war erschreckend gewesen, nahezu niederschmetternd. Doch die Alte wäre eine andere Frau gewesen, wenn sie die Entscheidung ihrer Nachfahrin nicht bewundert hätte. Es war ein überraschender Schritt gewesen – ein stolzer Schritt. Das Mädchen hatte das ganze Geschehen an sich gerissen. Mit einem einzigen Handgriff hatte sie die losen Fäden geschnappt und sie zu einem neuen Ende verknüpft. Es war unbestreitbar, dass das Blut einer wahren Ravenna durch ihre Adern floss.

Die alte Frau lächelte. Jetzt, fast vier Jahre später, hatte es sich als die richtige Entscheidung herausgestellt. Ihre kleine Schwester war eine großartige Herrscherin, gütig und weise. Sie hatte den Halbmenschen gestattet, in ihr Land zurückzukehren. Das gegenseitige Misstrauen machte die Sache allerdings schwer. Die Halbmenschen lebten am Rande der Gesellschaft, in eigenen Dörfern oder in bestimmten Vierteln der Stadt. Vielerorts wurden sie wie Abschaum behandelt, doch die Königin gewährte ihnen Schutz und duldete keine Übergriffe. Die Situation besserte sich von Jahr zu Jahr. Wenn die Vorurteile eines Tages endlich ganz überwunden waren, würde alles so sein, wie es immer schon hatte sein sollen. Die Welt war auf dem richtigen Weg.

Die junge Zoraya hingegen blieb gezeichnet. Es hatte sie mehr mitgenommen, als die Ravenna es jemals hatte vorhersagen können. Sie litt besonders unter dem Tod ihrer Hündin und dem des Königs. Ab und an wachte sie nachts schweißgebadet auf und schrie nur: »Nie mehr! Nie mehr!« In solchen Nächten machte sich ihre Großmutter Sorgen um sie und verurteilte ihre eigenen Taten. Doch sie wusste, dass das Mädchen es schaffen würde. Das kleine Eichhörnchen half ihr, die Wunden zu heilen. Es war mit Zoraya in die Berge gegangen. Im letzten Jahr hatten sie in einer dunklen Höhle einen Kegel aus schneeweißen Steinen aufgeschichtet. In der Nacht, in der Luna gestorben war, fiel das Licht des Mondes in genau dem richtigen Winkel durch einen Spalt in der Decke und brachte die Steine zum Leuchten.

Und die alte Frau war überzeugt, dass ihre Enkelin eines Tages einen der Briefe beantworten würde, die sich in ihrem Zimmer stapelten. Es hatte Jahre gedauert, bis sie den ersten geöffnet hatte. Sie brauchte Zeit, aber früher oder später würde sie eine Feder nehmen und mit dunkler Tinte Wörter auf das Papier malen. Und die Antwort, die sie schreiben würde, bekäme einen besonderen Ehrenplatz in der beeindruckendsten Bibliothek des Landes.

Bald, bald würde Zoraya es geschafft haben. Längst hatte sie sich in den umliegenden Städten als Schreiberin etabliert. Es war nur eine

Frage der Zeit, bis die offiziellen Institutionen ihr Talent anerkennen würden. Und es war ebenfalls eine Frage der Zeit, bis sie mit der Dunkelheit in ihrem Herzen zurechtkam. Sie war stark. Sie hatte den Tod und das Schicksal besiegt. Sie würde auch die Erinnerungen schlagen.

Die Erinnerungen … Die alte Frau seufzte. Zoran. Es war so lange her.

Als sie vom Balkon gesprungen und in seinen Armen gelandet war, wäre ihr Herz fast zersprungen vor Freude. Sie hatte sich hier in diesem schrecklichen Wald glücklicher gefühlt als jemals zuvor in der stattlichen Villa, in der sie aufgewachsen war. Sie war endlich frei gewesen. Frei wie ein Falke oder der Wind über den Feldern. Sie war stark und schön, sanft und stolz. Sie hatte an der Seite ihres Geliebten über den Wald geherrscht. Man hatte ihr den Namen der Goldenen Drossel verliehen und sie hatte sich geschmeichelt gefühlt.

Als sie Seite an Seite mit ihrem Gefährten aus dem Wald marschiert war, hatte sie den Umbruch spüren können. Sie hatte gesehen, wie sich die Dinge vor ihren Augen änderten. Sie war so begeistert gewesen, weil ihrem Volk endlich Gerechtigkeit zuteilwerden würde. Als Zoran sich umdrehte, um die gute Nachricht zu verkünden, sein rotbraunes Fell im Licht der Sonne strahlend wie eine Flamme, hatte ihr Herz einen Sprung gemacht.

Und dann hatte sie gesehen, wie der Kopf ihres Geliebten über den Boden rollte. Wie sein kraftloser Körper in sich zusammensackte. Und ihr Leben hatte sich augenblicklich verändert.

Aus der wunderschönen, geradezu schwerelosen Goldenen Drossel war eine verbitterte alte Frau geworden. Sie hatte sich in eine Ravenna verwandelt, ein Schicksalsweib – von einem Tag auf den anderen.

Sie hatte den Entschluss gefasst, als sie an seinem schmucklosen Grab gekniet hatte, allein, weil es den Halbmenschen verboten war, es zu besuchen. Sein Grabstein durfte nicht einmal seinen Namen tragen.

Genau hier stand sie jetzt. Vor seinem Grab.

Es hatte sich verändert. Man hatte die Lichtung vergrößert, sodass sie einen großen, offenen Platz bildete. Es gab eine Grabplatte aus weißem Marmor und einen neuen Grabstein. Das Wort Rasu prangte in großen Zeichen darauf. Feuersonne.

Man hatte ihm eine Statue errichtet. Sie zeigte ihn selbst, kurz vor seinem Tod, viel zu jung. Stattlich und stolz. In seinen Armen hielt er die Goldene Drossel, die an seiner Brust lehnte und weinte. Weinte um ihren Gefährten, der sie verlassen hatte, um mit dem Fehclan zu jagen.

Die Statue war ihm wie aus dem Gesicht geschnitten. Zögerlich trat die alte Frau näher und nahm sie in ihre Hände. Genau so hatte er ausgesehen. Genau so hatte es sich angefühlt, sein Gesicht zu halten. Es war nur nie so hart gewesen. Oder so kalt und tot.

Die Frau kniete sich auf den Boden und lehnte ihren Kopf gegen den Fuß der Statue. Tränen flossen aus ihren müden Augen, über ihre faltigen Wangen und tropften auf ihre welken Hände.

Ihre Zeit war gekommen. Sie hatte ihr Lebenswerk beendet. Sie war lange genug ohne ihn ausgekommen. Jetzt hielt sie es nicht mehr aus. Die Erinnerungen begannen bereits zu verblassen und an den Rändern zu verschwimmen. Sein Gesicht begann zu verschwinden, seine Worte erklangen von Tag zu Tag leiser in ihrem Herzen. Bald würde sie ihn vergessen haben. Bald wäre sie nichts anderes mehr als ein altes, verwirrtes Weib.

Eine Ravenna wartete nicht, bis der Tod sie holte. Sie sah nicht zu, wie sie langsam die Kontrolle über ihr eigenes Schicksal verlor. Sie entschied, wann der richtige Moment gekommen war, und ging.

Langsam wurde es Zeit. Sie war alt geworden.

Der Moment war gekommen – sie würde sterben. In diesem Winter, heute. An diesem Ort. An der letzten Ruhestätte ihres Geliebten.

Die Halbmenschen würden die Marmorplatte anheben und sie an seiner Seite begraben. Sie würde ihre Ruhe finden, in den Armen ihres Gefährten. Dem einzigen Ort auf der Welt, an dem sie jemals glücklich gewesen war.

Ihr Volk würde sich an die beiden erinnern. Als ihre Helden. Als ihren König und ihre Königin. Als das Paar, das sie aus dem Düsterwald hinaus in das Licht geführt hatte. So, wie die Ereignisse verlaufen waren, würden sie sich auch an ihre Schwester erinnern. Und an Zoraya. Selbst eine Ravenna hatte keine Macht über das Schicksal. Am Ende fand es seinen Weg.

Die alte Frau schloss die Augen. Sie kniete auf dem Grab ihres Geliebten, inmitten eines einsamen, weißen Waldes. Die Flocken fielen dichter, bedeckten den Boden um sie herum. Die weiße Schneedecke legte eine sanfte Friedlichkeit über den Ort. Für einen seltenen Moment wirkte der Düsterwald fast schön.

Einige Flocken landeten auf dem Gesicht der Goldenen Drossel und schmolzen dort. Kaltes Tauwasser vermischte sich mit den salzigen Tropfen ihrer Tränen und rann über ihre Wangen.

Sie würde nicht mehr lange allein sein. Bald würde sie bei ihrem Gefährten sein. Die Goldene Drossel war nicht bloß ein dahergelaufener Mensch – man würde ihr den Eintritt in den Fehclan nicht verwehren. Gemeinsam würden sie auf ewig zusammen sein, in den sanften Hügeln seiner Welt. Bald würde sie glücklich sein können.

Der Schnee fiel unablässig weiter, verzauberte die Welt um sie herum. Bis er auf dem Gesicht der alten Frau liegen blieb. Es war keine Wärme mehr in ihr, die ihn hätte schmelzen können.

Die Geschichte hatte ihr Ende gefunden. Die Goldene Drossel war zu ihrem Geliebten aufgestiegen.

Und sie lächelte.

Es war ein gutes Ende geworden.

Kein glückliches, aber ein gutes.

DANKSAGUNG

Mein erster Dank gilt dir. Danke, dass du verrückt genug bist, auch noch die letzten langweiligen Seiten aus meiner Feder (bzw. Tastatur) zu lesen. Ich hoffe, Zorayas Geschichte hat dir gefallen.

Ein riesiges Dankeschön geht natürlich an Astrid. Ich kann mich unglaublich glücklich schätzen, dass du mir dein Vertrauen geschenkt hast und mich in deine durchgeknallte Drachenfamilie aufgenommen hast. Danke, dass du dich in dutzenden Sprachnachrichten um mein Cover, den Titel und all meine Problemchen gekümmert hast. Danke für all die nervenaufreibenden Stunden, die du mit dem Buchsatz verbracht hast. Und danke für die unglaublich schönen Verzierungen! Ich habe sie zwar noch nicht gesehen, aber sie können nur großartig werden.

An dieser Stelle auch ein Dank an Ava, die sich um alles Organisatorische gekümmert hat. Ich verdanke es dir, dass mein Buch pünktlich schlüpfen konnte!

Ich danke Michaela für das hervorragende Korrektorat. Ohne dich wäre mein Roman doppelt so dick geworden und bestände zur Hälfte aus Füllwörtern. (Bitte ignoriere die Wortwiederholungen in diesem letzten Kapitel, es gibt einfach kein Synonym für danke.)

Marlena, vielen Dank für die Beratung zu meinem Vertrag. Und vielen Dank an Rebecca und die anderen Packdrachen, die hoffentlich ganz viele Exemplare dieses Romans liebevoll verpacken werden. Dieser Verlag hat nur tolle Mitarbeiter!

Ohne den Rückhalt und die Unterstützung in meiner Familie hätte ich nie die Zeit gefunden, einen Roman zu schreiben und ihn dann fünfundzwanzigtausend Mal zu überarbeiten. Danke Mama, für all die begeisterte Werbung, die du machst. Danke Papa, für deine unerschütterliche Zuversicht, dass ich die nächste J. K. Rowling werde. Danke an Steffen, den mein Cover an Panem erinnert und an meine Großeltern, die meinen Werdegang als Autorin mit Stolz verfolgt haben.

Vielen Dank an all meine Freunde, die der Veröffentlichung fast noch aufgeregter entgegenfiebern als ich selbst. Wegen euch war ich das eine oder andere Mal ziemlich verlegen und noch öfter total motiviert. Ihr seid die Besten! (Dasselbe gilt übrigens auch für all meine Leser auf Facebook, die mir ständig liebe Nachrichten schicken.)

Ein ganz besonderes Dankeschön geht auch an Moritz. Du hast mein Buch als einer der ersten gelesen und es durch deine kritischen Bemerkungen um einiges besser gemacht. Danke fürs Plotholes finden, unlogisches Verhalten bemängeln und mitfiebern. Danke für deine Geduld, wenn ich meinem Buch oder meinen Lesern mal wieder mehr Zeit gewidmet habe als dir. Ich liebe dich.

Zu guter Letzt möchte ich Sarah danken. Dieses Buch beginnt und endet mit dir, denn ohne dich wäre es nie entstanden. Du warst meine Brainstorm-Partnerin, meine erste Leserin, mein größter Fan, meine Exposé-Kritikerin, meine Lektorin, meine Klappentext-Künstlerin, meine Titelfinderin, meine Coverberaterin und der Grund, warum ich mich überhaupt getraut habe, das Manuskript an einen Verlag zu schicken. Danke, dass du dieses Buch genauso sehr liebst wie ich.

Sarah Adler

Rabenaas – Wie man die Schatten fängt

ISBN: 978-3-95991-194-8, Klappenbroschur, EUR 14,90

Wo der Himmel schwarz ist, finden wir ihn.
Eine Banshee. Eine Hexe. Ein Seuchenbringer. Ein Wer-Stier. Eine Vampirin. Ein Cowboy. Eine Anti-Sphinx. Ein Teenager. Und ein Rabe.
Dreitausend Jahre in der Zukunft sucht man nach Antworten in der Dunkelheit. Denn irgendwo in der Unendlichkeit des Universums lauert der meistgesuchte Dieb, Meuchelmörder und Betrüger seiner Generation – und das seit über siebenhundertsiebenunddreißig Jahren. Zeit, das zu ändern, findet der Cowboy, und trommelt die aberwitzigste Truppe Kopfgeldjäger zusammen, die man sich vorstellen kann. Es warten Ruhm und Geld. Es wartet eine Reise voller fremder Sterne, Intrigen, Weltraumpiraten, atemberaubender Kämpfe und Drachen mit Sonnenbrillen.
Und es wartet eine Jagd auf Leben und Tod.
Denn Corax ist gefährlich. Corax kennt keine Gnade. Und Corax wird nicht davor zurückschrecken, erneut zum Mörder zu werden. Oder?

Emily Thomsen

Flerya – Drachenschlaf

ISBN: 978-3-95991-351-5, kartoniert, EUR 14,90

Einst verbannte der Drachenkönig Gardorath die Herrscherin der Ghul und bewahrte damit das Reich vor dem Niedergang. Nur die Trägerin des magischen Armbandes Kemantie kann Aine befreien. Nichts anderes will Yadiran, der oberste Feldherr der dunklen Herrscherin und dabei ist ihm jedes Mittel recht. Er entführt Gardoraths Tochter Flerya, die untrennbar mit Kemantie verbunden ist und zieht sie als sein eigenes Kind auf. Ohne Erinnerung an ihre wahre Herkunft schenkt sie ihm ihre ganze Liebe. Doch der kaltblütige Seelenfresser wartet nur auf Fleryas sechzehnten Geburtstag. Es ist der Tag, an dem der Drache in ihr erwacht und sie Aine befreien wird. Der Tag an dem Yadiran ihren Tod fordert. Gebrochen vom Verrat und auf sich allein gestellt, versucht Flerya ihrem Häscher zu entrinnen – und den Untergang Emireschas abzuwenden.

Laura Labas

Der verwunschene Gott – Von Göttern und Hexen

ISBN: 978-3-95991-334-8, Klappenbroschur, EUR 14,90

Morgan Vespasian verdient sich ihren Unterhalt als Schmugglerin. Seit sie vom Alphawolf der Schmuggler entführt wurde, ist sie dazu verdammt, ihre Lebensschuld abzuarbeiten. Während eines Auftrags wird sie verraten und gerät zwischen die Fronten eines vergessenen Prinzen und eines verfluchten Gottes, die auf der Suche nach einem verwunschenen Schloss sind. Morgan muss sich schon bald für eine Seite entscheiden und bestimmt mit ihrer Wahl das Schicksal des gesamten Königreiches.